KB271212

깨진 어항에 아직도 금붕어가 …

깨진 어항에 아직도 금붕어가 …

초판 발행일 / 2013.3.15.

지은이 / 김덕중
펴낸이 / 이선규
펴낸곳 / 도서출판 아침
         등록 제21-27호(1988.5.31)
         주소 서울시 서대문구 북아현동 1-495
         전화 326-0683
         팩스 326-3937

© 김덕중 2013
ISBN 978-89-7174-049-1   03810

世和 김덕중 장편소설

깨진 어항에 아직도 금붕어가 …

도서출판
아침

들꽃향기 V　　38×38 cm 캔버스에 유채

그 여자

늘어지는 햇살이 들판을 서성이는 가을이다. 하늘은 맑고 높다. 하늘이 높다보니 쪽배처럼 떠도는 구름이 손에 잡힐 듯 낮아 보인다. 아침저녁으로 뺨을 스치는 가을바람에 오소소 솜털이 돋고 새벽녘이면 세상없는 열녀 열부도 이불을 끌어 당겨 제 몸부터 덮고 본다.

들판은 온통 황금빛이고 가지가 찢어지게 매달린 감이 꽃처럼 붉다. 간간이 부는 바람에 어디에서 나왔는지 고추잠자리 한 마리가 힘겹게 바들거린다.

인근에 둘러선 야산에는 붉은 단풍이 하루가 다르게 물드는 중이고 길거리에 떨어진 노란 은행 열매를 무심히 밟고 지나간 골목에는 구릿한 냄새가 역겹다. 길가에 뒤늦게 핀 코스모스가 찬바람에 흐느끼고 어느 집 암캐가 암내를 풍기는지 털갈이로 밤송이같이 꺼칠한 수캐 한 마리가 킁킁거리며 뒤를 따른다. 평화로운 시골의 가을 풍경이다.

그 나른한 평화 속으로 커다란 농기계가 소음을 일으키며 굴러가고 있었다. 거대한 악마처럼 입을 벌리고 들판을 향하여 굴러간다. 저 큰 아가리는 한여름 불볕더위에 영글어간 황금바다를 순식간에 집어삼킬 것이다. 뒤로는 누런 알곡을 뱉어낼 것이고 볏짚들은 바닥에 동댕이치듯 깔릴 것이다.

무지막지해 보이는 기계 위에는 잠자리만큼이나 가녀린 여자가 앉아있었다. 너무 가녀려서 금방 녹아 기계 속으로 흡수되어 버릴 것만 같았다.

기계가 구릉을 넘을 때면 가벼운 여자의 몸은 번쩍 들렸다가 다시 제자리에 앉곤 한다. 그러나 손은 운전대를 벗어나지 않는다. 썬캡 모자를 눌러 쓴 여자의 눈은 사슴같이 선해 보이지만 짙은 그늘이 노을처럼 드리워져 있었다.

"야! 이 개썅… 뭔 지랄하다 인자 와? 지금이 몇 시여? 어휴! 그냥…"

난데없이 농기구의 소음보다 더 지독한 욕설이 평화스런 들판을 튀어 다닌다.

꺼무튀튀한 초로의 농부가 허술한 모자를 삐딱하게 눌러쓰고 들판 한가운데 서서 욕설을 퍼 붓는다. 논에서 뽑은 피를 한 움큼 쥔 손으로 삿대질을 할 때마다 누런 풀잎이 깃발처럼 나부낀다.

기계의 시동을 끄고 여자가 날렵하게 내려선다. 여자는 밤색 추리닝 바지와 잠바를 입었고 긴 머리는 돌돌 말아 핀으로 고정이 되어 있다. 늘씬한 몸매나 상큼한 분위기가 방금 저 무지막지한 농기계를 몰고 왔다고는 볼 수 없고 운동을 하기 위해 막 집을 나서는 여자 같았다.

"빨리 시작하지 않고 왜 내려와? 오늘 해질녘까지 다 못 끝내기만 해봐라, 썅!"

여자는 다시 날렵하게 올라가 시동을 건다. 기계는 서서히 논바닥으로 미끄러지고 기계가 지나가는 곳에는 어김없이 볏짚이 나동그라진다. 사내가 농기계를 향해 몇 마디 더 욕지거리를 했지만 기계의 소음이 삼켜버린다.

그 여자, 나이는 사십을 코앞에 둔 삼십대 후반이다. 사슴같이 선한 두 눈은 언제나 암울했고 순간순간 분노가 일렁이는 여자, 그 여자의 이름은 인숙이다.

그녀는 남자에게 절대로 대항하지 않는다. 무서워서도 아니고 두려워서도 아니다. 험악한 얼굴로 말끝마다 욕설 외에는 대화가 없는 남자에게 그녀도 이제는 그냥 개려니, 개가 또 짖으려니 한다. 그녀보다 자그마치 열서너 살이 많은 폭군 같은 남자는 수시로 그렇게 개가 되어 짖었다.

남자는 자기의 땅이라고는 한 뙈기도 없으면서 욕심이 많고 부지런했다. 요즘 농촌 실정이 일손은 물론이고 농기구를 쓸 만한 젊은이가 없어 농사를 짓지 않고 방치되어 있는 논들이 많았다. 그는 그런 논들을 모조리 얻어 짓고 있었다. 나이 어린 여자를 소처럼 부리고 들판 가운데서 개가 되어 짖으면서.

몸이 부서지게 일을 하고 일렁이는 분노를 삭이며 살아온 세월만큼 여자는 이제 제법 알부자가 되어 있었다.

데릴사위

인숙은 방앗간 집 딸이었다. 아들은 없고 딸 형제만 있는 집에 인숙이가 그 둘째 딸이다. 한때 꿈 많고 아주 예쁜 소녀였다. 그녀가 고등학교에 들어가고 나서는 지나가는 남학생들이 그녀를 한 번 만나고 싶어 안달을 했고 그녀의 아버지는 언제나 그런 딸이 자랑스러워서 어깨를 으쓱거렸다.

이제 그녀의 아버지도 나이가 들어 방앗간을 혼자 꾸려 나가기가 힘에 부쳐 일꾼을 두게 되었다. 일꾼으로 들어온 덕배는 부지런했다. 말이 없고 자기가 할 일만 열심히 했다. 누가 보아도 성실한 일꾼이었다. 그는 주인이 무슨 일을 할 것을 미리 알고나 있었던 것처럼 주인이 하려던 일을 알아서 했고 주인과도 손발이 척척 맞았다. 그 마음은 몇 년이 가도 변하지 않았다. 덕배를 보는 주인의 믿음도 변함이 없었다.

아들이 없는 집에 아들처럼 믿을 수 있는 일꾼을 들여놓고 나니 주인은 차츰 여가도 생기게 되고 여유로웠다. 덕배를 생각하면 흐뭇하기만 했다. 그러다가 차츰 아들이 없으니 덕배를 데릴사윗감으로까지 눈여겨보기 시작한다. 어쩌다 둘이 눈이 맞고 배가 맞은 것도 아닌데 머슴에게 감히 딸을 준다는 것이 상식적으로 이해가 되지 않는 일이지만 주인의 생각은 달랐다.

그도 역시 일찍이 조실부모하고 친척집에 얹혀 머슴살이를 했었다. 그 집 부엌일을 하던 여자가 지금의 아내가 되어 살고 있다. 여자는 그보다

"

한두 살이 위였고 같은 처지의 머슴을 내 살처럼 틈틈이 챙겨주는 여자에
게 머슴도 마음이 열려 있었다. 알을 품던 암탉 바람 들면 품었던 알 팽개
치고 나돌듯, 더부살이 하는 처지에도 처녀 총각의 마음은 늘 콩밭에 가
있는 바람에 주인에게 야단맞는 날이 많았다. 부엌에서는 어디에다 정신
을 팔고 있는지 밥 태우기 일쑤고 밖에서는 해야 할 일을 깜박하는 바람
에 낭패를 보기 일쑤였다.

소문은 밖에서 무성했지만 정작 주인은 등잔 밑이었다. 밤마다 고양이
처럼 밤이슬을 맞고 돌아다닌다는 소문이 등잔 밑으로 들려오자 친척은
군시러운 전실 자식 짝지어 내 보내듯 홀가분한 마음으로 조촐하게 혼례
를 올려 주었다. 친척으로부터 여태 안팎으로 일해 준 새경을 받게 되었
는데 두 사람의 새경은 자그마치 논 닷 마지기의 값이었다. 새로운 정착
지를 찾아 나서는 데 두렵지 않는 큰 액수였다. 두 사람은 무작정 고향을
떠나 이곳에 정착을 했던 것이다.

일가붙이 없이 외롭던 차에 사위를 얻어 함께 살게 된다면 금상첨화가
아니겠는가. 저만한 심덕에 허튼 짓만 하지 않는다면 농사를 지어도 머지
않아 부농이 될 것이고 장사를 한다 해도 거상이 될 인물임을 주인은 의
심하지 않았다. 한번 눈에 들게 되면 하는 짓마다 될성부르고 한번 눈에
나게 되면 하는 짓거리마다 망할 짓으로 보이는 법이다

그때 큰딸 명숙이 나이가 스물한 살을 막 넘기고 있던 터였고 덕배는
스물아홉 노총각이었다.

"우리 말이시, 덕배를 아주 내 식구 맹글어불면 어찌까?"

저녁상을 물리고 화로를 끼고 앉아 담뱃불을 붙이던 남편의 뜬금없는
소리에 아내는 졸음이 잔뜩 든 눈으로 남편을 쳐다본다.

"야? 시방 당신 뭐라고 했소?"

"덕배놈을 봉게 놓치기가 아까워서 안 그런가. 젊은 사람 중에 저만한 심덕 찾기 쉽잖지 하는 생각에 자꾸 욕심이 생겨부네이. 자네 생각은 어쩐가?"

"글씨 사람 하나 봄사 머 버릴거 있더라고? 근디 사람이라는 거이 짐승 같덜 않고 근본이라는 것이 있는 벱인디요이, 덕배 총각은 도시 말을 허지 않응게 부모는 있는지 형제간은 몇이나 되는지 도통 알 수가 있어야지요이."

"아따 우리내에 뭔 근본썩이나 따지고 그런당가? 양반 부시래기도 아닌디."

"참 당신도. 꼭 양반들만 근본 따지라는 벱이 있다요? 하늘에서 뚝 떨어지지는 않혔을 거 아니드라고. 그러고 젊은 사램이 앞뒤 잰 것 매이로 똑 떨어지는 것이 신통스럽다가도 어찌 보면 독이 있는 사람같이 보이기도 허고, 정이 있는 사램같덜 안해라. 그나저나 명숙이년 맴이 어쩔랑가 아요? 요새 것들 워디 부모가 짝 지워준다고 봉사 손 잽혀 끌려오듯 따라 오는거 봤소? 워떻거나 내 집에서 부리는 머슴이나 진배 읎는 총각을 지 짝으루다 생각헐란지 어쩔란지."

"쳇, 제 년이 부모가 허라면 허야지, 중뿔나게 내세울 것이 뭐 있다고. 인숙이처럼 이쁘기를 헌가 배웠기를 헌가. 지 처지에 그만한 짝 구허기가 어디 쉬운감?"

"모르것소. 당신 맴이 그리 쏠린다는디 내 말이 씨알이나 먹히겄소? 잠이나 잡시다."

아내는 벽장문을 열고 이부자리를 대충 깔더니 베게에 머리를 얹기가 무섭게 이내 가벼운 잠짓을 한다. 아내는 태평스러운 것 같지만 매사에 진중한 여자였다.

덕배는 아버지가 누군지 모른다. 어려서부터 어머니 손에 끌려 이집 저집 다니면서 어머니가 그 집 허드렛일을 해주고 뚝배기나 쪽박에 국밥을 말아 담아주면 그 집 문간방 툇마루에 앉아 허겁지겁 먹었다.

아이가 밥을 거의 다 먹을 때쯤이면 어머니는 다시 아이 앞에 나타나 꼬질거리는 앞치마 속에 불룩하게 감춰 온 국밥을 그릇에 얼른 부어주고 돌아간다. 아이가 국밥을 다 먹고 나면 안채를 흘끗거리며 밖으로 나가라는 손짓을 했다.

이유를 모른 채 밖으로 쫓겨나온 아이가 갈 곳은 별로 없었다. 우람한 소나무가 마을을 내려다보는 앞산에 올라가 소나무에 달라붙어 있는 통통하고 털이 부숭부숭한 송충이들을 괴롭혔고, 그러다가 싫증이 나면 냇가에서 송사리 떼를 쫓아다녔다.

산에서 벌집을 잘못 건드리는 바람에 벌떼 습격으로 죽을 뻔한 적도 있었다. 냇가에서는 송사리 떼를 쫓다가 그만 제 키를 넘는 깊은 물에서 허우적거리는 것을 지나가는 농부가 건져 올린 적도 있었다. 밟아도 일어나고 뽑아도 살아나는 잡풀 같은 아이였다.

해가 저물면 다시 어머니 손에 끌려 움막집으로 기어 들어와 잠을 잤다. 등잔불조차 밝혀보지 않은 움막은 무덤처럼 캄캄했다. 다음날은 어머니 손에 끌려가는 집이 어제와 같은 집일 수도 있고 다른 집일 수도 있었다. 어떤 날은 자다가 오줌이 마려워 잠을 깨 보면 옆에서 자던 어머니가 없을 때도 있었다. 처음에는 어린마음에 어머니가 도망을 간 것 같아 소리도 내지 못하고 울면서 캄캄한 밖을 서성이며 기다렸다. 그런데 어머니가 홀연히 뒷산에서 내려왔고 다음날 아침에는 뜨듯한 아침밥을 먹을 수가 있었다. 그런 다음부터는 자다가 어머니가 보이지 않으면 내일 아침에는 밥을 먹을 수 있겠구나 하고 행복한 잠을 잤다. 아이는 매일매일 어머니가 자다가 없어지기를 바라기도 했다.

어느 날 어머니 손에 끌려 간 곳은 다른 동네였다. 꽤 멀어서 가다가 쉬어가기도 했다. 어머니의 머리에는 때가 절고 듬성듬성 기운 광목 보퉁이가 올라와 있었다. 아이의 손을 잡지 않은 어머니의 다른 손은 머리에 올려 있는 광목 보퉁이를 아귀차게 붙들고 있었다.

신작로 길을 한참을 가다가 야트막한 산을 넘기도 하고 졸졸졸 맑은 물이 흐르는 개울도 건넜다. 처음으로 움막집을 떠나 멀리 가보는 아이의 눈에 이렇게 넓은 세상도 있구나 싶었다. 여기도 쳐다보고, 저기도 쳐다보고, 이미 지나친 뒤도 다시 돌아보느라 걸음 폭이 늦어지게 되면 어미의 투박한 손바닥은 여지없이 아이의 등짝을 후려쳤다.

신작로 길 양쪽에 있는 논에서 간혹 개구리들이 튀어 올라왔다. 어리둥절 방향을 잃고 튀고 있는 개구리를 따라 잡으려는 아이의 머리통을 어미의 손바닥이 또다시 정통으로 갈긴다. 그래도 아이는 마른 땅에서 튀고 있는 개구리에 미련을 버리지 못하고 자꾸자꾸 돌아본다.

한참을 걷다보니 맑은 개울물이 졸졸졸 흐른다. 개울 바닥에는 물에 씻긴 자갈들이 햇빛을 받아 보석처럼 반짝이고 송사리 떼들이 자갈 사이를 비집고 몰려다닌다.

개울물을 보자 아이의 어미는 보퉁이를 내려놓고 맑은 물에 얼굴을 씻는다. 고쟁이를 허벅지까지 유감없이 걷어 올리고 다리도 씻는다. 기왕 물을 본 김에 가랑이를 잔뜩 벌리고 앉아 아래도 씻어 내린다. 마지막으로 흐트러진 머리를 물 묻힌 손바닥으로 싹싹 쓸어 넘기더니 이제 아이를 잡아당겨 씻긴다.

아이는 수세미처럼 꺼칠거리는 어미의 손이 얼굴에 닿을 때마다 고개를 뺀대다가 '철썩' 귀싸대기를 몇 대 얻어맞고는 꾹꾹 참고 있었다. 광목 치마 한 귀퉁이로 아이의 얼굴에 묻은 물기를 닦아주고는 다시 걷기 시작한다. 물기가 들어있는 낡아 빠진 고무신에서는 걸을 때마다 개구리 우는 소리를 낸다.

산모퉁이를 돌자 자그마한 마을이 아지랑이 속에서 일렁인다. 야트막한 둔덕 주위로 초가집들이 게딱지처럼 엎어져 있고 그 중 한집 외양간에는 누런 소도 한 마리 보인다. 손바닥만 한 텃밭에 엎어져 있던 아낙이 무심코 고개를 들었다가 낯선 두 사람을 심상치 않은 눈으로 훑어 내린다.

어머니는 누구네 집인지는 모르지만 게딱지처럼 엎어져 있는 초가집 중 한 집으로 들어갔다. 그 집을 여러 번 가보았는지 한 번도 기웃거리지 않고 제집처럼 곧장 들어간다.

점심나절이 훨씬 지났는지 배가 고팠다. 어머니는 아이에게 그 집의 툇마루나 문간방에 앉아 밥을 먹게 하지 않고 찌그러진 양은 쟁반에 상을 차려서 방으로 들어오게 했다. 그 집은 삐딱한 마루에 기어 들어가는 방 두 개와 거적때기를 쳐 놓은 부엌 하나가 전부였기 때문에 문간방이나 툇마루가 있을 수 없었다.

방문은 문살이 드문드문 빠져 있는데다가 돌쩌귀가 맞지 않아 방 문짝도 삐딱했다. 그러다 보니 집 자체가 삐딱하게 서있는 것 같았다. 그러나 아이는 그 동안 자기들이 살았던 땅속을 파고들어 앉은 움막집을 떠 올리면서 자기는 커서 꼭 이런 집에서 살리라 하고 다짐한다.

해가 저물었는데도 어머니는 집으로 갈 생각을 하지 않았다. 밤이 깊어지자 그 집 윗방에다 걸레 같은 이불을 깔아주고는 아이에게 자라고 했다. 먼 길을 걷느라 고단했던지 아이는 금세 곯아떨어져 버린다.

아침에 일어나 밖으로 나온 아이의 눈에 웬 낯선 아저씨가 보였다. 산처럼 거대해 보였다. 잠방이 단추를 활짝 열고 시뻘건 가슴팍을 드러내

놓은 채 삐딱한 마루에 앉아 담배를 뻐끔뻐끔 태우고 있었다.

방문 열리는 소리를 들었는지 고개를 들고 아이를 쳐다보는데 눈이 험악해 보였다. 아이는 움찔하며 다시 방문을 닫으려는데 마침 아이의 어미가 거적때기를 들추고 부엌에서 나온다.

"저놈이 누구여? 자식 놈이여?"

어머니는 사내가 묻는 말에 대답은 하지 않고,

"덕배야! 아저씨헌티 인사 혀라."

쭈빗거리며 나오는 아이를 사내는 눈을 치뜨고 쳐다본다. 꾸뻑, 인사를 하는 둥 마는 둥 부리나케 어미에게로 달려간 아이를,

"얼른 낯짝이나 씻어."

하며 밀쳐낸다.

어머니가 아침밥상을 들고 들어 왔다. 아저씨 밥에는 쌀이 섞여 있었고 어머니와 덕배의 그릇에는 쌀알을 찾아볼 수가 없었다. 시커먼 김치 한 보시기에 역시 시커먼 무장아찌, 그리고 된장국이 올라와 있었다. 아이는 그러나 진수성찬인 듯 허겁지겁 퍼 넣는다.

"천천히 먹어!"

아이가 또 밥을 미어터지게 입으로 넣는데 민망한 어미가 팔꿈치로 아이를 툭 치면서 사내의 눈치를 본다. 얼굴은 든 아이의 얼굴이 미어터진 입 때문에 사정없이 찌그러져 있었다.

잔뜩 째려보는 사내의 눈과 마주치자 아이는 다시 고개를 숙이고, 고개를 숙인 그대로 눈만 치뜨고 사내를 흘끔거린다.

"흐흠, 혹까지 달고 왔이니…"

"그람 저 어린 것을 그냥 버리고 온대유?"

"왜 자식 놈이 있다고 허질 안 혔어?"

"물어보덜 안 했잖유?"

어머니는 도둑질하다 들킨 것처럼 안절부절못하고 사내는 아이를 노려보면서도 밥숟가락은 제때에 맞춰 입으로 잘도 들어가고 나온다. 아이도 역시 사내의 눈치를 보면서도 밥숟가락의 속도는 정확했고 숟가락이 들락거리는 장소도 정확했다. 어미만 밥숟가락이 손에 들린 채 두 사람의 눈치를 살피고 있었다.

사내는 마지막 밥 한 톨마저 싹싹 쓸어 넣고는 숭늉까지 한 대접을 들이키더니 문살이 빠져나간 방문을 활짝 열어젖히고 나간다. 이제야 어머니의 밥숟가락이 움직이기 시작한다.

아이는 제 그릇을 다 비우고 나서도 숟가락을 놓지 못하고 제 어미의 밥그릇을 넘겨다본다. 어미는 아이의 머리통을 한 대 쥐어박더니 밥 한 술을 떠서 아이의 그릇에 담아준다.

오랜만에 아침밥을 양껏 먹은 아이는 낯이 설은 타동네라는 것도 잊고 밖으로 나와 돌아다녔다. 이 동네에도 여자들은 머리에 수건을 쓰고 다니고 남자는 지게를 지고 다니는 것이 아이의 눈에는 움막집이 있던 동네와 별반 다른 것 같지는 않았다.

마침 머리에 수건을 쓰고 호미를 든 여자들이 밭에를 가는지 아이를 비껴가면서 저희들끼리 하는 소리가 들린다.

"쟈가 그 소장사 집에 들어온 여자가 데리고 온 아이 아녀?"

"글씨 못 보던 애구먼 그려. 그 여자 애까지 데불고 들어온 것 보면 배짱도 좋다. 소장사가 암말 안 허고 그냥 받아주기로 했나베?"

"아이고. 그 여자 애라도 데불고 온 죄루다가 좀 붙어살라나 원. 어떤 지집도 두 달을 못 버티잖여. 소장사는 나간 지집마다 배지가 부르게 멕여 줬더니 인자 뱃때지에 지름이 찬 모앵이라고 퉤퉤거리지만 배부르고 살 만헌디 지집들이 나가기는 왜 나가겄어?"

"저번에 나간 여자가 나가면서 그러드랴. 여그서 살다가는 내명에 못 죽것다고."

"이잉? 그거이 뭔 소린디?"

"누가 알겄어. 그 집에 가서 살아 본 사람이나 알겄지이."

"소장사 지집이 벌써 몇 번째여? 그래도 연신 들어오는 걸 보면 보기보다 지집 꼬시는 재주가 남다르기는 헌게비?"

아이는 여기서도 갈 곳은 뒷산밖에 없었다. 산이라야 움막집 앞산처럼 우람한 소나무도 없고 털북숭이 송충이도 없었다.

키 작은 도토리나무와 아카시아, 그리고 떡갈나무와 이름 없는 잡나무들뿐이다. 여기저기 수북하게 피어 있는 붉은 진달래꽃을 한 주먹 따서 우적우적 씹는 아이의 입술이 엄동설한에 홑저고리 입고 쫓겨난 며느리 입술처럼 푸르딩딩 검붉다. 송사리 떼가 있는 냇가도 없고.

심심한 아이는 는적는적 걸어 내려오다가 삐딱한 집이 보이자 한달음에 달려 마당으로 들어선다. 마당이랄 것도 없지만, 그런데 언제 들어왔는지 사내가 어머니의 팔을 우악스럽게 붙잡고 막 부엌 거적때기를 밀치면서 나오고 있었다.

어머니는 마침 겁에 질린 아이를 보게 되고 사내에게 잡히지 않은 팔을 허위허위 내 저으며 나가라고 눈을 꿈쩍 꿈쩍거린다. 아이는 그만 더 들어가지도 나가지도 못하고 엉거주춤 서성이는데 사내가 힐끗 돌아보다가 아이와 눈이 마주쳤다.

"이눔 자식이? 당장 저리 나가지 못혀?"

양철통을 두드리는 것처럼 갈라지는 소리가 공중에서 튄다. 아이는 신작로에 튀어 올랐던 개구리처럼 팔딱 튀더니 방향을 몰라 두리번거리다가 쏜살같이 내뺀다. 그러나 어미가 걱정이 되어 다시 주춤주춤 되돌아와 뒷간 처마에 쪼그리고 앉아 문살이 빠져나간 문짝만 죽어라고 바라본다.

얼마의 시간이 흘렀을까. 삐딱한 방문이 벌컥 열리는 소리에 아이는 다시 튕기듯 일어나 몸을 숨긴다. 웃통을 벗은 사내는 잠방이에 한쪽 팔을 끼워 넣으며 바쁘게 나가고 아이는 서둘러 안으로 달려간다. 멀리서 사내의 가래침 돋우는 소리가 들리고 옆집에서 암탉이 알을 낳고 죽어라고 우는 소리도 들린다.

서둘러 달려가 방문을 열어본 아이의 눈에 널브러져 있는 어미가 보였다. 비녀가 빠졌는지 머리는 흘러내려 산발을 하고 있다. 때가 꼬질거리는 적삼은 풀어헤쳐져 젖가슴이 훤히 드러나 있고, 배꼽까지 말려 올라간 광목 치마 밑으로 허연 허벅지는 에라 모르겠다, 내팽개치듯 하고 있었다.

"엄니이~"

박제가 된 듯 그 상태에서 움직이지 않을 것 같던 어머니는 아이의 우는 소리를 듣고 후다닥 일어나 치마를 끌어내려 허벅지를 감추면서 소리를 지른다.

"이놈 자식이 워디를 들어오고 지랄이여. 당장 나가놀지 못혀?"

어미가 걱정이 되어 여태 뒷간 처마 밑에 쭈그리고 앉았다가 들어왔는데 나가라니, 아이는 그만 서러운 생각이 들어 비죽거리며 뒷걸음질로 문턱을 나선다.

그 날 이후로 아이는 울안에서 놀다가도 사내가 들어오면 후다닥 밖으로 나갔다. 사내가 없어도 밖에서 놀다가 무심코 들어와 방문을 열어보면 널브러져 있는 어미를 종종 볼 수 있었다. 그럴 때마다 어미는 아이에게,

"워디를 들어오고 지랄이여."

호통을 치고, 아이는 비죽거리며 방문을 닫았다.

어느 날, 그 날도 아침밥을 먹고 나갔던 사내가 시뻘건 눈알을 굴리며 들어왔다. 튕기듯이 밖으로 나온 아이는 마땅히 갈 곳도 없고 해서 서성거리고 있는데 마침 읍내에 서커스단이 들어왔다면서 한패가 몰려가고 있었다. 덕배는 얼떨결에 지신지신 그들 뒤를 따라간다.

어미가 투박한 손으로 얼굴을 씻겨주던 개울을 건너고 산자락을 돌아 들판을 지났다. 들판에는 파란 보리가 어설픈 수염을 달고 한창 벙그러지고 있었다. 보리밭 사이에 엎디어 있는 아낙들이 보이고 멀리서 누군가가 보리밭 속에 있는 아낙에게 소리를 지르며 아는 체를 한다.

"밭두렁에 땅콩 심을라고?"

엎드린 아낙이 허리를 펴고 돌아보더니 호미 든 손을 한번 번쩍 치켜든다.

들판을 지나고 나니 드문드문 자갈들이 굴러다니는 신작로 길이 나온다. 아이는 패거리들을 놓칠세라 부지런히 따라붙는다. 신작로 길을 따라 한참을 가도 가도 읍내는 보이지 않는다. 앞에 가는 패거리들은 꼬리를 쫄랑대며 따라오다 중간에 되돌아 갈 강아지만큼이나 아이에게 관심이 없는데 패거리들을 놓치지 않으려는 아이의 짧은 다리는 물방개처럼 바쁘다.

드디어 멀리서 나팔 소리, 북 소리, 꽹과리 소리가 울리고 사람들이 공터로 꾸역꾸역 모여 들고 있었다. 처음 보는 신천지에 넋이 빠진 아이는 아예 패거리 곁을 떠나 저 혼자 사람들 틈을 이리저리 돌아다니다가 자리 하나를 잡고 앉았다.

구름처럼 모인 사람들 틈에 서캐처럼 끼어 마지막까지 죽치고 앉아 구경을 하다가 고개를 들어보니 콩나물시루처럼 빽빽하던 사람들은 어느새

가버렸는지 주위가 헐렁했다. 아이는 일어나 패거리들을 찾기 위해 곡마단 주위를 뱅뱅 돌아보았지만 이미 가버리고 아무도 없었다.

집으로 가는 길을 모르는 아이는 짐작으로 집을 찾아간다는 것이 그만 정 반대 방향으로만 계속 걷는다. 그러다보니 집과는 한없이 더 멀어져 가고 있었다. 그래도 아이는 삐딱한 집을 향해 걷는다. 가다보면 삐딱한 집이 있을 것만 같았다.

짧은 다리는 쉬지 않고 걷는다. 그러나 가도 가도 삐딱한 집은 보이지 않는다. 배도 고프고 다리도 아프고 날은 어두워지고, 아이는 무서웠다. 두려움으로 숨이 멎을 것만 같았다. 무서움에 울음소리조차 낼 수가 없었다. 사방이 짙은 어둠 속에 갇히고 하늘만 별빛으로 부옇다. 지친 아이는 어느 초가집 처마 밑에 쭈그리고 앉아 쉬다가 그만 스르르 잠이 들어 버렸다.

햇살이 눈을 찌르듯 부시고 어수선한 주위에 아이는 눈을 뜬다. 고만고만한 아이들 서넛이 병든 짐승새끼가 죽었는지 살았는지 살피기 위해 발로 차듯이 아이를 툭툭 차고 있었다. 덕배는 잽싸게 일어나 도망을 친다.

아이들이 우우 소리를 지르며 쫓아온다. 어쩌다 산에서 길을 잃고 마을로 내려온 짐승새끼 몰이하듯 돌을 던지며 쫓아온다. 아이는 죽어라고 달린다. 한없이 달린다. 심드렁해진 아이들이 쫓아오는 것을 그만두고 제각기 구슬치기를 하든가 딱지치기를 하든가, 이미 제 집으로 돌아가고 있는데도 아이는 계속 달리고 있었다. 도망을 하면서도 아이는 울지 않는다. 다만 둥지에서 떨어진 새 새끼처럼 두려움에 바들바들 떨기만 할 뿐이다.

이틀을 굶고 돌아다니던 아이는 냇가에 가서 물이라도 마시려고 내려갔는데 졸음이 쏟아졌다. 물이 먹고 싶은데 스르르 눈이 감겼다.

"어허, 이눔아! 그만 정신 좀 채려봐, 인석아. 어린 것이 얼마나 굶고 돌아댕긴겨? 입술이 모다 타서 껍데기가 죄 일어났구먼. 쯔쯔쯧."

가물가물 소리가 들리는가 했는데 가깝게 들리는 웅성웅성 시끄러운 소리에 아이가 눈을 뜬다.

"인자 정신이 드능겨? 정신을 채렸으면 어여 일어나 이걸 좀 먹어봐라."

아이의 눈은 그러나 소리만 들릴 뿐 사방이 먹물처럼 캄캄했다. 물을 먹으려고 냇가에 내려간 아이는 가물가물 혼수상태로 쓰러져 버렸고 마침 다리 밑에 사는 거지가 안아다가 움막으로 데리고 와서 비럭질해온 밥으로 미음을 끓여 먹이고 있는 것이다.

한참 만에 아이의 눈에 사물이 희미하게 보이기 시작한다. 어머니와 살았던 움막집처럼 어둠침침한 사방을 두릿두릿 쳐다보는데 사람이 보였다. 두려움에 죽을 것 같던 아이는 거지의 너덜거리는 바지자락을 움켜쥔다. 미음을 받아먹으면서도 바지자락을 좀체 놓으려 하지 않는다. 아이는 곁에 사람이 있다는 것에 비로소 안정을 찾는다.

거지는 그 아이를 내보내지 않고 자식처럼 거둬 먹이는 생활이 시작되었다. 아이는 거지에게 차츰 마음을 열고 친근감을 갖는다. 거지가 비럭질을 하러 나간 사이 아이는 냇가에서 반들거리는 자갈을 주워 던지기도 하고 송사리 떼를 찾아 쫓아다니다가 물속에 들어가 목욕도 하면서 거지 아저씨를 기다렸다.

거지 아저씨는 비럭질해온 것이나마 아이에게 먹이기 위해 때를 맞춰 들어왔다. 송사리를 쫓아다니며 놀다가 거지 아저씨가 오는 것을 보면 아이는 곤두박질치듯 달려가 마중했다.

"넘어져 인석아!"

달려와 반기는 사람이 있다는 것이 통 실감이 나지 않은 거지는 그래서 하루에도 몇 번씩 움막을 드나들었다. 평생 어디를 가나 개새끼조차도 이빨을 드러내고 밀어내는 신세를 이렇게 반기는 아이가 있다니.

고사리 같은 아이의 손을 꼭 잡고 움막을 들어설 때면 부자(富者)된 마음이 이만큼 흐뭇할까 싶었다. 어떤 거부도 부럽지 않았다.

그렇게 삼 년이 지나고 나서 어느 날 거지 아저씨는 아이에게 같이 나가자고 했다. 평소에 같이 따라가겠다고 나서면 불같이 화를 내던 아저씨였는데 웬일로 오늘은 같이 나가잔다. 아이는 오랜만에 하는 나들이인지라 신이 나서 따라나선다.

그 동안 거지 아저씨는 아이에게 새 신발도 신기고 옷도 얻어다 입혔다. 새 신을 신고 깨끗한 옷을 입고 나서니 제법 때깔이 있어 보였다. 거지 아저씨 손을 잡고 간 곳은 장터거리에 있는 음식점이었다.

아이를 계속 데리고 있다가는 아이가 거지생활밖에는 할 수 없다고 생각한 거지 아저씨는 평소에 잘 아는 음식점에 아이를 맡기면서 심부름이나 시키고 먹여주고 재워주라고 부탁을 한 것이다.

아이는 아저씨를 따라가겠다고 울었다. 어미가 있는 집을 찾지 못해 헤매고 돌아다닐 때도 울지 않던 아이가 처음으로 울었다. 낯선 아이들에게 짐승 쫓기듯 하면서도 울지 않던 아이가 아저씨 옷자락을 붙잡고 울었다. 아저씨는 여기에서 일을 하고 있으면 다시 데리러 오겠다고 아이에게 약속을 하고 떠났다.

그날부터 아이는 음식점 잔심부름꾼으로 일을 하게 되었다. 살아남기 위한 삶과의 투쟁이 그 어린아이에게 시작된 것이다. 데리러 오겠다던 아저씨는 다시 오지 않았다. 음식점이 없어지게 되면 아이는 다른 곳으로 옮겨 다녔다. 새로운 일터에서 물지게를 지고 무거운 등짐을 졌다. 심부름은 물론이고 아궁이에 불도 때고 시장바닥에서 험한 일을 도맡아 했다.

아이는 나무랄 데 없이 부지런하고 성실했다.

옮겨 다니는 곳마다 아이는 꿈을 품었다. 움막에서 어머니 손에 끌려 삐딱한 초가집으로 옮기고 나서 품었던 꿈, 다음에 커서 꼭 이런 집에서 살리라 했던 그런 꿈을.

음식점에서는 음식점 주인이 되는 꿈을. 대포집에서는 대포집 주인이 되는 꿈, 잡상인집에서, 철물점에서. 건어물점에서, 그렇게 수없이 옮겨 다닐 때마다 아이의 꿈은 한결같이 변하지 않았다. 허드렛일이나 어깻죽지 살이 벗겨지도록 무거운 등짐 지는 일 외에 사람대접조차 제대로 받지 못하면서 그는 언제나 주인이 되는 꿈을 버리지 않았다.

그렇게 잔뼈가 굵어진 그가 열일곱 살이 되자 그곳을 나와 자전거포에 들어가게 되었다. 거기서도 역시 자전거포 주인이 되는 꿈은 그의 가슴 속에 도사리고 있었다.

그는 또 손재주가 있었다. 몇 년이 지나자 어지간한 기계들을 다 만질 줄 알게 되었다. 그리고 어느 날 방앗간에서 방아기계가 고장이 났다고 덕배를 불러간 것이 그 집에 눌러 앉는 계기가 된 것이다.

방앗간에 처음 오던 날, 덕배는 여기에서도 방앗간 주인이 될 꿈을 영락없이 품어본다. 날이 갈수록 이번에는 움막집을 나와 삐딱한 초가집을 보고 품었던 꿈이나 음식점이나 대포집이나 철물점 고공살이로 옮겨 다니면서 막연하게 품었던 꿈과는 다른, 몸이 성장한 만큼 꿈을 이루기 위한 계산도 그만큼 성장해 있었다.

지금 주인은 자기를 자식처럼 믿고 있으며 그리고 이 집에는 아들이 없다는 것이 큰 희망이었다. 그는 꿈을 이루기 위해 차츰 어떤 야심을 품기 시작하는데 이 집에서 나가지 않고 늙을 때까지 살아야겠다는 것이 곧 그의 야심이었다.

그 동안 지긋지긋하게 죽도록 일만 하고 보수를 받아본 적이 없는 무상 노동에 길들여진 그는 꿈을 이루기 위해 이제 한 단계씩 오르기 시작한다. 그는 지금부터 이 방앗간이 남의 것이라는 생각을 절대 하지 않기로 했다.

아침이면 제일 일찍 일어났다. 제 집처럼 집안 안팎부터 먼저 깨끗이 치우고 나서 기계를 돌렸다. 일거리가 아무리 많아도 내일로 미루지 않았다. 밤을 새워서라도 다 찧어 놓고서야 잠자리에 들었다. 방아가 고장이 나면 돈 한 푼들이지 않고 헌 부속을 구해다가 귀신처럼 새것으로 만들어 놓았다. 주인에게는 공손했고 아주 사소한 일이라도 주인보다 앞장서지 않았다.

몇 년 동안 쌓아 올린 그의 공은 결코 헛되지 않았다. 어느 날 주인은 데릴사위가 되어 줄 것을 슬쩍 비쳐왔다.

명숙은 아버지가 처음 덕배와의 혼담 얘기를 슬그머니 흘렸을 때 괜히 장난으로 그러는 줄만 알았다. 아침 설거지를 끝내고 빨래거리를 함지에 담고 있는데 아버지가 뜬금없이 앞에서 얼쩡거리더니,

"명숙이 너도 인자 시집을 가야 헐 나이가 되았는디, 워디 마땅한 자리 좀 있을랑가? 허기사 뭐 좋은 신랑감을 바로 코앞에 두고 멀리서 찾을 필요가 있겠냐?"

"아부지는, 지 나이가 인자 몇이나 된다구 벌써부터…"

"이이? 이것아 시악시 나이 이십이면 옛날 겉으면 환갑 나이여. 코딱지 뒤 봤자 살 되는거 아녀, 처녀 묵혀서 좋을 거 뭐 있겠냐. 기왕에 여울 것이면 임자 있을 때 후딱 해치우는 거여."

"근디, 좋다는 임자가 있어야지유. 혼자 시집가는 거래유?"

"마땅헌 임자가 있이니께 애비가 서두르자는 것 아녀."

"야? 누구래유?"

"느이 엄니랑 나는 덕배 총각을 니 짝으루다 점찍어 놨이니께 그리 알어라."

"뭐라구유? 더, 덕배 총각?"

"왜 그러냐. 그 총각이면 니헌티 과만허제 안 그러냐?"

"아이구 아부지이!"

명숙은 그만 빨래함지를 내동댕이치더니 부엌으로 들어가 버린다. 그 이후로 명숙은 덕배를 유심히 살펴보고 있었다. 그런데 그 동안에는 있는 듯 없는 듯 무심히 지나쳤던 모든 행동들이 눈에 들어오기 시작했다.

언제나 자기 일에 몰두해 있는 모습이 싫지가 않았다. 방아를 찧을 때는 시끄러운 소음에 허연 쌀겨를 뒤집어쓰고 묵묵히 무거운 볏가마를 번쩍번쩍 들어 올리고 내리고 하는 것이 새삼 미더웠다. 오로지 방아를 찧기 위해 세상에 태어난 사람처럼 행동거지가 과묵해 보이고 좋았다.

방아 찧을 거리가 없을 때라도 그는 방앗간을 떠나지 않았다. 기름통을 들고 다니면서 기계에 기름칠을 하고 피대를 갈아 끼우고 부속을 손질하여 맞추기도 하면서 내 살처럼 기계를 돌보았다. 주인은 흐뭇한 얼굴로 명숙이 들으라는 듯이 큰소리로 덕배를 부르고 아내에게 간식거리를 챙기라고 일렀다. 명숙이도 이제는 덕배와 혼례를 약속이라도 한 사이처럼 느껴졌다.

덕배는 그러나 과년한 처녀에게 심상한 눈짓 한번 해오지 않았다. 마치 누이동생 대하듯 이성이라는 감정이 전혀 없는 표정이었다. 좋게 본다면 점잖은 것이고 나쁘게 본다면 명숙이가 전혀 여자로서 느낌이 없다는 것이겠는데, 그러나 덕배는 점잖아서도 아니고 명숙이를 여자로 보지 않아서도 아니다. 그 나이가 되도록 그는 이성에 대해서나 동성에 대해서나 타인과의 관계형성을 전혀 할 줄 몰랐던 것이다.

동등하게 어울릴 수 있는 친구가 없었던 유년 시절이었고, 성장기에는 부엌강아지보다 못한 취급을 받으면서 겨우 허기만 면할 수 있는 남의 집 고공살이로 떠돌던 그였다. 인간으로서 기본관계조차도 모르는 그였다.

어느 날 주인이 딸을 주겠다는 뜻을 밝히자 그는 감히 주인 딸을 황감해 하지도 않았다. 그래도 인류지대사인데 생각할 말미를 달라 하지도 않았다. 그냥 일상으로 먹는 밥상을 받는 그런 태도였다. 다만 그의 머릿속에는 이제 방앗간 주인이 될 생각만 용트림을 하고 있을 뿐이었다.

덕배의 머리로는 방앗간 주인이 되기 위해 이집에서 늙을 때까지 살아야 한다는 야심만 있을 뿐, 방앗간 주인이 되려면 한식구가 되어야 가능하다는 것조차도 알지 못할 만큼 세상이치가 그에게는 단순했다.

아들이 없는 집에 딸이 상속자라는 것을 그가 알기에는 세상과 너무 단절된 생활을 살아온 것이다. 학교 문턱은 고사하고 학교 건물조차도 보지 못한 그였다. 의지할 수 있는 가족도 없고 일가친척도 없으며 대화를 나눌 수 있는 친구도 없었다.

학교란 배움에 앞서 혼자가 아닌 공동체 정신의 훈련이며 세상에는 질서가 있다는 것, 질서란 세상을 사는 동안 서로의 약속이며 그 약속을 문서화한 것이 곧 법이고 무릇 세상 안에서 그 법의 테두리를 벗어나면 안 되는 것을 무지한 덕배가 알기에는 무리였다.

주인은 좋다는 날을 골라 하늘에서 떨어졌는지 땅 밑에서 솟았는지 모를 천애고아를 데릴사위로 맞아들이기 위해 동네사람들이 둘러보는 가운데 조촐한 혼례를 올려 주었다.

이웃들은 잔치국수를 먹고 나오면서 자기들끼리 덕담도 아니고 그렇다고 악담도 아닌 소리들을 한 마디씩 주고받는다.

"아무리 당사자 하나만 본다고는 하지만 양친부모야 일찌거니 잃었다고 해도 고향이 어딘지도 모르는 떠돌이 일꾼을 사위삼다니 무슨 배짱이까? 혹시 알게 모르게 둘이 배가 맞은 것 아니까?"

"그렇기루 뭐가 어때서? 한 두 해도 아니고 벌써 여러 해 겪어 보니게 덕배가 원체 사람이 진국이기도 허고 건강하겠다, 부지런하겠다, 그렇다고 딸린 시집 식구도 없겠다, 아들도 없는 집에 데릴사위로 그만한 자리도 드물다 싶은 게지."

"그러까? 어떻든지 간에 명숙이도 좋다고 했으니게 혼인이 이루어 졌을 것 아녀?"

"그렇겠지. 짐승한테 새끼 낼라고 접붙이는 것도 아니고 어디까지나 당사자들이 좋다고 했으니게 혼인을 했을 테지. 요새 것들 지 맘에 없는 혼인을 어디 부모 맘대로 하는 것 봤남?"

"그려, 데릴사윗감으로는 안성맞춤일지도 몰러. 낮에 나온 도깨비 오죽하랴는 말처럼 아들을 데릴사위로 들여보내는 집구석이 오죽하겠어. 그러고 보면 섣불리 가난한 시집 동기간들이나 줄줄이 있어서 수시로 들랑거리는 것 보다야 백번 낫지. 우리 친정동네 어떤 집은 자식을 못 낳다가 삼신할매가 실수로 그랬는지 어쨌는지 여자나이 사십을 훨씬 넘어 늘그막에 딸을 하나 낳았지 뭐여. 재산도 먹고살만하겠다 금쪽같이 키웠을 것 아녀? 딸이 스무 살도 채 안 됐는데 시집을 보낸다능거. 사람들이 그 아까운 딸을 보내고 어떻게 살 거냐고 하니까 '내 재산을 받을 놈이 들어오겠지' 하면서 데릴사윗감을 고르는데 어디서 소문을 듣고 오는지 중매쟁이들이 문전성시를 이루더라. 재산욕심이지 뭣것어. 고르고 고른 것이 종당에는 뉘를 골랐다더니 선비 같은 사위를 맞아들였지 뭐여. 그런데 처가살이 하는 주제에 왕자가 따로 없더라. 장모는 허구헌 날 이놈의 사위 입맛에 맞는 밥상 준비하느라 얼굴 필 날이 없고 사위는 날이면 날마다 임금님 수라상 같은 밥상을 받고 어디를 그렇게 쏴 다니는지 머리에는 파리가 낙상하게 기름을 번드르르하게 처바르고 나오면 댓돌 위에 구두코가 거울처럼 반짝반짝하게 닦은 구두를 대령해 놓아야 한다.”

이웃 아낙이 계속해서 하는 얘기인즉슨,

그 해 가을 추수를 하는데 갈퀴 한번 손에 대지 않던 사위가 머슴을 부르더니 아예 장인 허락도 받지 않고 볏가마를 달구지에 척척 실어서 친가로 보냈다. 장인이 보고 깜짝 놀라서 사위에게 물었다. 사위가 하는 말이 ‘나 혼자만 배부르게 먹고 살자니 부모님이 눈에 밟혀서 도저히 그냥 있을 수가 없더라’고 했다.

그럴 수도 있겠다 싶어서 장인도 한번은 그냥 넘어가 주었다. 그런데 그것이 아니었다. 도둑질도 처음이 어렵고 서방질도 두 번째부터는 수월터라고 무슨 일이든지 첫발 내딛기가 힘든 것이다. 사위는 시도 때도 없이 곳간 문을 열고 실어 나르는데 나중에는 곳간이 텅 빌 정도였다. 화가 머리끝까지 난 장인이 사위를 불러 놓고, ‘이럴 수는 없는 노릇이다. 앞으로는 절대로 그러지 말라’고 호통을 쳤다. 사위가 군소리 없이 순순히 물러간다 했더니 웬걸, 제방으로 들어가더니 제 옷가지와 이불보따리를 싸고 장롱들을 죄다 달구지에 싣고 나서는 딸을 앞세우고 자기 집으로 들어가겠다고 나섰다.

그때 장모가 맨발로 뛰어 나와 사위 옷자락을 붙잡으며 내 집 놔두고 가기는 어디를 가느냐, 저것이 밥도 못하는데 시집살이를 어떻게 하느냐, 그러지 말고 들어가라, 빌다시피 해서 다시 짐 풀고 주저앉히기는 했는데 사단은 그 다음부터 일어났다.

　사위는 이제 아예 드러내 놓고 기고만장하는데, 시집 식구들이 드나드는 것을 시작으로 해서 사돈 생일상까지 차리게 했다. 시부모 생신날 며느리가 상 차리는 것이야 당연지사거늘, 금이야 옥이야 키운 딸이 뭘 할 줄을 아나, 친정어머니인 안사돈이 몇날며칠 차린 생일상을 온 식구들이 몰려와 상전처럼 앉아 받아먹었다. 그것도 냉큼 일어나지 않고 민적거리다 점심상, 저녁상까지 차리게 했다. 해마다 사돈 생일상 차려주고 나면 안사돈은 몸져누워 한바탕 몸살을 앓고 일어났다.

　장인이 보다 못해 하루는 바깥사돈을 불러내었다. 약주를 권하며 자초지종 얘기 끝에 앞으로는 그렇게 못해 드리더라도 양해를 바라노라 했겠지. 그랬더니 바깥사돈 하는 말,

　"어허! 부모 곁을 떠나 사는 자식 놈이 부모 생신에 밥 한 그릇 잡수시라해서 갔던 것이 사단이로구먼. 생일날 자식 놈 손에 밥 한 끼도 못 얻어먹어야 하다니. 허참, 겉보리 서 되만 있어도 처가살이는 안하는 거라는데 내 자식 놈이 어디가 어때서 처가살이를 해야 하나. 그 놈이 처가살이를 하면서 부모 생신날 밥상 한 번 차리는 데도 이렇게 눈치를 보며 살고 있는 것도 모르고, 참 한심한지고."

　단지 생일상에 한에서라면 장인이 듣기에도 백번 지당한 말이고 일리가 있었다. 장인은 더 이상 말을 못하고 애매한 약주만 냅다 들이키고 돌아왔다.

　그 후로도 사돈은 아들 하나 잘나서 처가살이로 내준 대가를 톡톡히 받아내었다. 먹을 양식은 물론이고 남아있는 아들딸 결혼비용도 사돈댁 곳간에서 나왔다. 더 기가 막히는 것은 머리에 기름을 처바르고 구두코가 반짝거리게 닦아서 신고 쏘다니던 사위가 첩을 얻어 제 부모를 모시게 하고 있

었다.

장인이 알고 노발대발하자 사위가 하는 말이, 며느리가 며느리 노릇을 하지 못하니 늙은 부모를 그럼 어쩌라는 거냐고, 장인이 들을 때 그 말 또한 일리가 있는 말이 아니던가.

결국 장인 장모는 화병을 얻게 되어 시름시름 앓다가 죽고 나자 집과 모든 재산은 자연히 시댁으로 넘어갔고 금쪽같이 키운 외동딸은 시댁으로 들어가 첩 꼴을 보며 사는 팔자가 되었다.

"저런, 세상에. 그래서 아들을 못 나면 송장보다 못 하다는 거 아닌감?"

"어떻든 방앗간 데릴사위는 그럴 염려는 없어서 뱃속은 편하겠어."

Bride 3　　162.2×130.3 cm 캔버스에 유채

첫날밤

　신부가 족두리를 이고 병풍 앞에 앉아 있었다. 방문을 들어선 덕배는 신부를 보는 순간 여태 기억 속에서 사라져 버렸던 어린 시절 환영이 나타났다. 삐딱한 문살이 보이고 널브러진 여자가 보였다. 널브러진 여자의 허벅지가 보였다. 여자가 족두리를 쓰고 널브러져 있다. 족두리를 쓴 여자의 허연 허벅지가 적나라하게 보인다. 순간, 널브러진 여자를 짓이기고 싶다는 생각이 든다. 피가 머리 위로 좔 좔 좔 흐르는 소리를 듣는다. 가슴이 뻐개지는 듯한 통증이 엄습했다.

　먹이를 포획한 짐승처럼 알 수 없는 잔인한 성욕이 그의 온몸을 회오리처럼 휘감는다. 앞으로 일생을 같이 할 꽃 같은 아름다운 아내가 될 여자를 향하여 짐승은 날카로운 이빨을 드러내면서 덮친다. 감성이 없는 본능만 존재하는 짐승은 난폭하기가 노루를 본 굶주린 호랑이었다.

　인간관계의 기본 틀조차 없는, 사랑을 받아보지 못한 그가 사랑을 할 줄 모른다는 것은 결코 기이할 일은 아니다. 감성이 마른 그의 가슴은 언제나 황량했다. 방앗간 주인이 된다는 욕심에, 이 집에서 평생 살아야 할 이유로 아내를 취했을 뿐이다. 사랑할 줄 모르는 남자는 원삼족두리를 쓰고 있는 장차 일생을 함께 할 동반자가 될 여자에게조차 신비를 느끼지 못한다.

　첫날밤 이후로도 그는 아내보기를 남이 베고 자던 베게 보듯이 하다가 갑자기 삐딱한 문살이 보이고 널브러진 여자가 보일 때면 굶주린 호랑이처럼 노루가 아닌 아내를 짓이겼다. 명숙은 남자에게 정도 들기 전에 잠자리까지 괴상하다보니 점점 말이 없어지고 생기를 잃어갔다. 늙은 부모에게 속을 털어 놓을 수도 없고 중학교 2학년짜리 갈래머리 어린 동생 인숙에게 잠자리를 의논할 일은 더욱 아니었다.

인숙은 언니가 시집을 가고도 떠나지 않고 한 집에 사는 것은 좋았으나 그러나 머슴이던 덕배가 형부라는 것이 징그럽게 싫었다. 언니가 시집가던 날 인숙은 제 방에 틀어박혀 세상을 버린 듯이 숨죽여 울었었다. 머슴한테 선뜻 시집가는 언니가 미웠고 언니를 저런 남자한테 줘 버린 엄니 아버지가 원망스러워 죽을 것 같았다. 그러나 속이 깊은 그녀는 전혀 내색하지 않았다.

"언니! 어디 아픈가? 얼굴이 아파 보여."

"특별하게 아프지는 않아. 걱정 마. 그런데 요즘에 봄 타는가 봐. 잠만 자고 싶어. 밥을 먹는데도 자꾸 배가 고프고 졸려."

콩나물시루에서 콩나물을 한 움큼 뽑아 다듬고 있던 어머니가 고개를 번쩍 든다.

"으이? 그람 꽃은 은제 비치고 안 비쳤냐?"

"에이, 엄니는 벌써 무슨…"

그러나 명숙이의 가슴도 벌떡거린다. 그러고 보니 첫날밤 이후로 꽃이 한 번도 안 비쳤던 것 같았다. 변태적인 잠자리를 하는데도 어느새 새 생명이 자리를 틀고 들앉아 있었던 것이다.

덕배는 아내가 홀몸이 아니라는데도 별 표정이 없었다. 홀몸이면 어떻고 홀몸이 아니면 뭐가 어떻다는 것인지, 그게 무슨 소린지 조차도 모르는 그는 삐딱한 문살과 널브러진 여자가 보이는 날이면 영락없이 아내를 덮쳤고 배가 부른 아내는 노루가 되어야 했다.

이제 덕배는 한 가족이 되면서 설치기 시작하는데 서서히 방앗간 주인처럼 행세를 했다. 혼자서 방앗간 일을 하기에는 무리였는데도 나가는 품삯이 아까워서 사람을 쓰지 않았다.

어느 장날, 장인이 읍에 나가 홍어회가 먹고 싶었는지 싱싱한 가자미를 한 마리 사들고 들어왔다. 볏짚으로 엮은 가자미를 본 순간, 덕배의 눈에는 독기가 잔뜩 들어가 있었다. 뼈 빠지게 일하는 사람에게 허락도 받지 않고 마음대로 돈을 쓰는 장인이 영 못마땅했던 것이다.

주객이 전도 되는 것에 급수가 있다면 당연 1등급이었다. 그러나 그날은 조용하게 넘어갔다.

배반

　며칠 있으면 사위를 들이고 처음 맞는 장인 생일이 돌아온다. 명숙은
부모를 모시는 입장에서 이웃을 불러 아침이라도 먹게 하려고 어머니와
의논을 했다.

　"엄니! 아부지 생신이 얼마 안 남았는데 이번에는 즈이가 생신상 채려
드렸으면 해서유, 뭐를 장만해야 한대유?"

　"늘 허든 거나 허고 찹쌀 좀 담갔다가 인절미나 보드랍게 혀서 이웃하
고 나눠먹으면 되지 환갑잔치 허는 것도 아닌디 뭘."

　"사위 얻고서 처음 맞는 생신인데 너무 부실허면 흉들 보지 않으까?"

　"글쎄. 그렇기도 허겠지만…. 그람 괴기나 넉넉허게 사서 국이나 맛있
게 끓여 보든가."

　안주인은 말은 그렇게 하면서도 내심 영감 생일상 차릴 계산을 며칠 전
부터 하고 있었다.

　생신 전날, 명숙은 떡쌀을 담가놓고 장에 나갈 채비를 하고서 방앗간으
로 들어간다. 지축이 흔들리는 소음 속에서 남편은 쌀겨를 허옇게 뒤집어
쓰고 이제 막 겉껍질이 벗어진 누런 쌀알들을 들여다보고 있었다. 가까이
다가가서 툭 치자, 무슨 일인가하여 그는 방아의 스위치를 잠시 내린다.
소음이 멎자 갑자기 세상이 없어진 듯, 숨어버리고 싶을 만큼 적막이 감
당하기 어렵다. 덕배는 일하는 데 방해가 되는 아내에게 곱지 않은 눈살
을 보이면서 돌아본다.

"저기 내일이 아버지 생신이여유. 장에 가야 허니께 돈 좀 줘유."

"……"

평생 생일이 뭔지도 모르고 살아온 덕배는 생신이 뭐 말라비틀어진 소리냐 하는 듯 고약한 눈을 방아 스위치로 그대로 옮기더니 스위치를 올려 버린다.

다시 방아 피대가 요란한 소음을 내며 저 혼자 신이 나서 돌고, 돌아선 덕배의 누런 등짝은 요지부동이다. 명숙은 다시 덕배에게 가려다 말고 방앗간을 나선다.

다리에 힘이 쪽 빠진다. 아니 온몸의 피가 조르르 흘러 어디론가 빠져나가는 것만 같았다. 그녀는 빈손으로 집을 나선다. 이웃집에 들러 지금 엄니가 없어서 그러니 돈 좀 빌려 달라했다. 서너 집을 더 들러 장볼 돈을 겨우 마련했다. 물론 그 돈은 방아 찧는 값에서 상쇄시키는 집도 있었는데 그런 날이면 덕배는 거의 이성을 잃다시피 광폭해졌다. 그 이후로 아내는 물론 장인 장모까지도 덕배에게 물어본 다음에 돈을 써야했다.

달이 차서 명숙은 아들을 낳았다. 집안에 경사가 났는데도 덕배는 표정이 없다. 기름통을 들고 다니면서 방앗간에서 나오지 않았고 여전히 늦은 밤까지 방아를 돌렸다. 쌀겨를 허옇게 뒤집어쓴 채 갓난 아이 옆에서 아무렇지도 않게 밥을 먹었다. 기름이 잔뜩 묻어 있는 옷을 그대로 입고 아이 옆에 벌렁 누워 잤다. 아이가 칭얼대면 시끄럽다며 아내를 향해 눈꼬리를 치켜들었다. 사랑을 모르는 황량한 가슴은 지축을 흔드는 방아 소리에는 익숙해하면서도 아기의 칭얼대는 소리를 거북스러워했고 아기의 옹알이조차도 밀어내었다.

인숙은 언니가 낳은 아이에게서 잠시도 눈을 떼지 못한다. 신비스러웠다. 파란 정맥이 팔딱팔딱 뛰는 모습이 맑은 피부를 통해 보였다. 생명이었다. 탄생한다는 것, 소멸과 탄생이 거듭되는 우주의 신비가 지금자신의 눈앞에서 이루어지고 있었다. 인숙은 가슴 저 깊은 곳에서 모락모락 올라오는 것을 느낀다. 그것은 아주 따뜻함이었다.

형부라는 사람과는 눈도 맞추기 싫었지만 언니가 낳은 아이는 얼마나 사랑스럽고 예쁜지 아이 때문에 학교에서 돌아올 때는 숫제 달음박질이다. 마당에 들어서기 무섭게 교복도 벗지 않고 언니의 방으로 뛰어 들어가 아기를 안고 제 방으로 들어간다. 언니가 아이에게 젖을 물리는 시간조차 아쉬워서 곁에서 기다리다가 잽싸게 뺏어와 안고 달아난다. 그럴 때면 언니는 동생이 예뻐서 죽을 지경이다. 그렇게 자매는 서로가 자별했다.

어느 날, 명숙이 아침을 짓느라 아궁이에 나무를 밀어 넣고 있는데 어머니가 힘없이 부엌문턱을 넘어서더니 한숨을 포옥 내쉰다.

“엄니! 어디 편찮으세유?”

“내가 아녀. 느이 아부지가 요즘 통 밥상을 달가워허질 않고 밤에는 기운이 딸리는지 식은땀을 연신 흘린다. 깊은 잠도 못 주무시는 것 같고.”

“그래유? 언제부터 그랬대유? 병원을 가 보시던지 진맥이라도 한번 봐야 허잖으까?”

“그렇기는 허는디….”

어머니는 사위 눈치가 보인다는 말을 차마 하지 못하고 다시 부엌 문턱을 넘으며 한숨을 내쉰다. 그러나 방아 소리에 묻혀 명숙이의 귀에까지는 들어오지 못했다. 그날 밤 명숙은 남편에게 어머니와 했던 얘기를 했다.

“낼일랑 아버지를 병원이나 한 약방에 한번 뫼시고 가 봐야 허겠어유. 어디가 많이 편찮으신 것 같은디. 통 진지도 잘 못 잡숫고 자꾸 식은땀을 흘리신다는데.”

그러나 벽을 향해 모로 누워버린 덕배의 등짝은 이번에도 요지부동 반응이 없었다. 다음 날 아침 방앗간에 들어간 명숙이의 다리는 방앗간을 나오면서 또 힘이 쪽 빠진다. 기가 막히고 답답하여 눈물이 쏟아졌다. 마침 어머니가 뒷간에 갔다 나오다가 그 모습을 보고 말았다. 어머니는 그러나 딸의 곤란한 입장을 생각하고 못 본 체 방으로 들어간다.

결국 방앗간 식구들은 머슴에게 모든 실권을 빼앗기고 아버지에게 병원은커녕 한의원에 진맥 한번 잡혀보지 못하고 하루하루 병세가 깊어지는 것을 속수무책 지켜볼 수밖에 없었다.

아버지의 병세는 온 몸에 노랑 물을 끼얹은 듯 눈동자까지 노랗더니 서서히 흙빛으로 변해가기 시작했다. 그리고 점점 배가 불러오는 것이 눈에 띄었다. 얼굴을 비롯하여 목과 팔 다리는 피골이 상접해있는데 대신 음식이 들어가지도 않은, 아니 들어가기도 전에 오물까지 토해내는데도 복부는 만삭된 임산부처럼 불러왔다. 여전히 방앗간에서는 소음이 들리고 여전히 쌀겨를 뒤집어쓴 덕배는 방앗간에서 나오지 않았다.

그해, 가을에서 겨울로 접어드는, 간간히 비어있는 들녘들이 보이고 지친 허수아비들이 눈에 띄는 늦은 가을에 아버지는 죽음의 문턱을 넘으면서 메마른 입술을 혀로 축이더니 아내에게 간신히 이른다.

"내가 속았어, 저 눔을 당장 쫓아내야 혀. 저 눔을 당장 쫓아내지 않으면 언젠가는 패가망신 하고 말껴. 쳐 죽일 눔 같으니라구우."

두 눈자위는 빈 조개껍질처럼 푹 꺼지고 해골에 가죽을 덮은 몰골을 하고 뽀드득 이를 가는 모습은 섬뜩했다. 이미 아내도 알고 있는 일인 것을, 이제 와서 엎어진 물이기에 어쩌지 못할 뿐인 것을.

분노의 끝

명숙은 두 번째 아이를 낳았다. 제 엄마보다 인숙이를 아주 많이 닮은 딸이었다. 인숙은 두 번째 조카를 보면서 아버지를 잃은 슬픔에서 다소 벗어날 수 있었다. 큰 아이는 떼를 쓰다가도 이모의 품에서 잠이 들었고 눈을 뜨면 또 이모를 찾았다.

이제 인숙은 두 아이의 보모처럼 아이들 곁에서 떨어지지 않았다. 그러나 여전히 덕배와는 눈 마주치기를 꺼려했다. 한집에 살았지만 부딪치지 않으려는 노력은 헛되지 않아 인숙이가 우정 방앗간을 들여다보지 않는 한, 덕배의 모습을 보지 않아도 되었다. 덕배 역시 누구에게나처럼 처제에게도 무심했다. 그들은 한 울안에서 서로 먹이 사슬을 피하듯 비켜가며 살고 있었다.

심지어 두 자식들에게조차도 무표정한 그는 자기세계에 몰두한 자폐증 환자처럼 방앗간에서 빠져나올 줄을 몰랐다. 삐딱한 문살이 보일 때만은 예외였다. 그런 그가 어떤 때는 한집에 살고 있는지 어쩐지도 식구들은 헷갈릴 때가 있었다.

인숙은 이제 졸업반이 되었다. 꽃보다 고운 열아홉 살, 피부는 복숭아 빛이었고 도톰하고 붉은 입술은 설사 험악한 소리일지라도 그 입술을 통한다면 정화가 되어 나올 것만 같이 정결해 보였다. 갈래머리 사이로 보이는 목덜미가 검은 머리에 반사되듯 눈이 부시게 하얗다. 새침한 입은 차가운 듯 보이다가도 웃을 때는 은빛 솜털이 잔잔한 양 볼이 옆으로 밀리면서 윤기 흐르는 가지런한 치아가 매혹적이었다.

하얀 교복은 그녀의 흰 피부를 더욱더 돋보이게 했다. 잘록한 허리, 흐르듯 출렁이는 검은 스커트 밑으로 매끄럽게 뻗은 다리가 신선해 보였다.

명숙은 비교적 두루뭉술한 동양적이었지만 동생 인숙은 길쭉길쭉한 서양적이다. 짙은 눈썹 아래 서글서글한 눈이 선량해 보이고 적당히 높은 코, 주저앉지 않은 콧날은 완벽했다. 손으로 빗은들 그만큼 완벽할까 싶을 만큼, 어려서부터 그녀의 아버지가 유난스레 큰딸 명숙이와 차별할 수밖에 없었을 만도 했다.

그날도 인숙은 집에 들어서자마자 조카들이 보고 싶은 마음에 기계 소음을 뒤로하고 서둘러 들어간다. 어머니는 마을(마실)을 갔는지 보이지 않고 언니는 저녁 국거리를 찾아 텃밭에라도 나갔는가, 언니도 보이지 않았다.

큰 아이는 할머니가 데리고 나갔는지 조용했다. 집에 있었다면 아마도 이모에게 안겨 앙증스런 두 팔로 목을 조이고 있을 것이다. 고물거리는 작은 아이는 언니 방에서 자고 있을 테니 어서 옷을 갈아입고 아이를 보러 갈 판이다.

인숙은 뒤란으로 난 방문이 조금 열려 있었지만 별로 신경을 쓰지 않고 교복을 벗는다. 하얀 슬립과 브래지어에 감싸인 팽팽한 가슴이 스커트를 벗기 위해 허리를 굽히자 깊은 골을 이루며 앞으로 쏟아진다. 그때 방앗간에 있어야 할 덕배가 조금 열린 문을 마저 활짝 열고 들어오고 있었다.

방앗간에 있던 덕배는 인기척에 무심코 밖을 내다보다가 교복을 입고 들어가는 처제의 뒷모습을 보게 되었다. 막 마루로 올라가는 순간이었다. 스커트 자락이 올라가면서 눈이 부시게 하얀 정강이가 보였다.

후드득 가슴이 떨린다. 곧이어 삐딱한 문살이, 그리고 예외 없이 하얀 교복을 입은 여자가 배꼽까지 올라간 스커트 밑으로 눈부신 다리를 허옇게 드러내 놓고 널브러져 있는 것이 보인다. 그만 '흐흡' 숨이 턱까지 받히고 앞뒤 생각 없이 방앗간을 뛰쳐나와 버린다. 그런데 자신도 모르게 뒤란으로 돌아가고 있었고 마침 열린 문 사이로 스커트를 벗기 위해 허리를 굽힌 여자를 보고 만다. 쏟아지는 가슴도 보고 만다.

명숙은 텃밭에서 상추를 한소쿠리 뜯어 가지고 막 마당으로 들어서면서 방앗간을 슬쩍 들여다보았다. 언제나 붙박이처럼 눈에 띄던 남편의 등짝이 보이지 않았다. 뒷간에 갔나보다 하고 부엌으로 들어가려는데 뒤란에서 덕배가 헐레벌떡 뛰쳐나오고 있었다. 벌겋게 충혈된 눈과 잔뜩 겁을 먹은 얼굴이 금방 살인을 저지르고 도망 나오는 그런 얼굴이었다.

"뭔 일이여?"

아내를 보기는 했는지 어쨌는지 대답도 없이 방앗간으로 들어가 버린다. 명숙은 소쿠리를 내려놓고 주춤주춤 뒤란으로 가본다. 토종 암탉 하나가 짚더미 위에서 막 알을 빠치고 소리소리 지르며 내려온다.

방문이 열려있는 사이로 인숙이가 속옷 바람으로 누워 있는 것이 보였다. 아직 대낮인데 웬일인가 싶어 불러본다.

"인숙아! 어디 아픈겨? 왜 누워 있냐?"

무심코 허리를 굽혀 들여다보는데 붉은 피가 하얀 슬립에 얼룩져 있고 속옷이 벗겨진 채 인숙은 의식을 잃고 있었다.

"인숙아! 이게 어떻게 된 일이냐? 인숙아 정신 채려봐! 정신 좀 채려 보라니께?"

명숙은 인숙이의 상체를 일으켜 안고 얼굴을 때리면서 금방 알을 빠친 암탉처럼 소리를 지르다가 벌떡 일어나 부엌으로 달린다. 찬물을 한바가지 퍼 가지고 다시 뒤란으로 달린다. 그때까지도 명숙은 사태를 파악하지 못하고 있었다. 경황도 없었지만.

찬물을 한 모금 물었다가 인숙이 얼굴에 뿜기를 두세 번 하자 인숙이 눈을 뜬다. 초점이 없는 동굴 같은 멍한 눈이다. 물바가지를 내려놓고 명숙은 인숙이 상체를 일으켜 안는다.

"인숙아! 인자 정신이 드냐? 정신이 들어? 이게 대관절 어떻게 된 노릇이냐, 어? 누가 그랬냐. 어떤 놈이 널 이렇게 했어? 어여 말해. 아이고오, 우리 인숙이 아이고오. 누구여. 그놈 얼굴 봤냐? 지금 느이 형부가 그놈 쫓아가다가 놓친 거 아녀?"

그때 갑자기 인숙이 발작하듯, 짐승처럼 울부짖는다.

"내가 그노옴을, 그놈을 죽일 껴, 꼭 찢어죽이고 말 껴어."

"어떤 놈인지 얼굴을 아는 놈이냐? 니가 아는 놈이여?"

"머슴새끼! 저 머슴새끼! 그 놈은 사람이 아니여. 짐승이여어~."

"뭐여? 너 지금 제 정신으로 하는 소리냐? 그럼 널 이렇게 만든 놈이 저, 저놈, 느이 형부란 말이냐?"

명숙은 방앗간을 향해 손을 쭉 내 뻗으며 아직도 얘가 정신이 덜 돌아온 모양이라고 생각하면서 묻는다.

"저 짐승한테 당했으니 나 이제 어떻게 살어. 나는 죽을 꺼야. 저 놈을 낫으로 쳐 죽이고, 갈기갈기 찢어서 죽이고 나도 죽을 꺼야아~."

감히 저 예쁜 입에서 저런 험악한 소리가 나오다니. 속옷이 벗겨있지 않고 하얀 슬립에 붉은 얼룩이 없었다 해도 헝클어져 있는 갈래머리가 좀 전에 무슨 일이 있었는지 말해 주고 있었다. 순간, 거친 덕배의 잠자리 습관이 떠오르고, 동생이 한 말이 진정 사실이라면? 명숙은 비로소 현실로 돌아온다.

‘설마.’

싸늘한 피가 머리를 한 바퀴 돌고 밑으로 흐르는 것 같다. 명숙이 튕기듯이 일어나 나간다. 발이 땅에 닿는 느낌이 없다. 방앗간으로 들어선 그녀가 덕배를 본 순간 모든 것이 사실이 아니기만을 자신도 모르게 천지신명께 주문처럼 외고 있었다.

한편 방앗간으로 돌아온 덕배는 비로소 두려움을 느낀다. 제정신이 돌아오자 자기가 지금 무슨 짓을 저지르고 왔는지 알게 된 것이다. 방앗간 주인을 내놓아야 할지도 모른다는 공포에 떨고 있다.

아무리 인간의 윤리를 모른다하나 어찌 그런 행위를 하고서도 오직 방앗간 주인 자리를 박탈당할 것만 두려운 것인지. 아니다. 또 한 가지, 어쩌면 동네 사람들한테 쫓겨날지도 모른다는 두려움.

덕배는 평소에도 혼자된다는 것에 무서운 공포를 가지고 있었다. 어려서 집을 잃어버렸던 그 암담한 공포는 늘 꿈속에서 그를 괴롭혔고 꿈을 깨고 나서도 공포감에서 쉽게 벗어나지 못했다. 그때 아내가 방앗간에 들이닥쳤고 순간, 막다른 골목에 몰린 쥐새끼가 된 덕배는 갑자기,

‘캬악!’

고함을 지르더니 아내를 획 밀치고 밖으로 뛰쳐나간다.

덕배가 성난 황소처럼 광폭하게 내닫는 바람에 방앗간 문턱을 들어서던 명숙은 그만 엉덩방아를 찧고 주저앉는다. 규칙적인 방아 소리가 오히려 평화스럽게 들린다. 그런데 안채 어디선가 기둥이 부러지는 소린지 마룻장이 뻐개지는 소린지 지붕이 내려앉는 소린지, 암튼 포효하는 성난 사자의 울음소리도 함께 들렸다.

명숙은 또 튕기듯이 일어나 나가고 눈에 보이는 광경은 도끼를 쳐들고 마룻장을 사정없이 찍어 내려치고 있는 덕배의 등짝이었다. 으르렁거리

는 짐승 울음소리도 함께.

그때 막 마실갔다 돌아온 어머니가 그 광경을 보았고 할머니 손을 잡고 들어오던 큰 아이도 보았다. 입술이 하얗게 질린 명숙이가 어머니를 보자 달려가 어머니 앞에 고꾸라지면서 울부짖는다.

"아이구 엄니! 아이구 엄니!"

늙은 어머니는 입술만 달싹달싹 할 뿐, 소리는 가두어진 채 입에서 나오질 않는다.

"엄마!"

아이가 경기를 일으키듯 날카로운 울음소리를 내자 도끼를 쳐든 손이 방향을 틀고, 시퍼런 도끼날이 장모와 아내와 아이를 향해 번쩍인다.

"다 죽일 텨. 나를 내쫓기만 혀 봐. 새끼고 뭐고 이 도끼로 싹 쓸어버릴 껴. 이 집구석에 불 싸지르고 다 죽능 겨~. 나를 내쫓아만 봐라~."

입에는 거품을 하얗게 물고 있었다. 시뻘건 눈알이 툭하고 튀어 나올 것만 같았다. 목 줄기의 돌출된 핏줄기가 지렁이처럼 꿈틀거렸다. 도끼자루를 공중에 휘두르고 있는 사내의 얼굴은 사람의 형상이 아니었다.

자식에게 있어서 어머니는 신성 그 자체다. 내 어머니는 나를 육적으로 낳았다는 생각이 들지 않는다. 그것은 본능과 같은 것이다. 어머니라는 존재는 아이에게 있어서 영원을 꿈꿀 수 있는 신성한 요람이다.

그런 존재인 어미에게서 부정한 행위를 목격하게 된 어렸을 때의 기억은 성장하면서 아이에게 많은 영향을 끼칠 수 있다는 것이다. 어미의 부정행위가 자의든 타의든 신성에 대한 배반감이 아이의 잠재의식 속에 존재하게 되고 결과적으로 어미를 포함한 모든 여자들에 대한 잠정적인 증오심이 독풀이 되어 자라게 되는데 그 증오심은 강간과 폭행 등, 난폭한 행위를 하게 되는 동기가 될 수도 있다고 한다. 물론 개인에 따라 차이의 범위는 있겠지만.

반대로 모성의 지나친 보호와 관심으로 어머니 치마폭을 벗어나지 못하고 성장한 아이는 매사 어머니에게 의존하지 않으면 스스로 행동이 자유롭지 못하다. 심지어 부부행위조차 제대로 할 수 없는 경향이 생길 수 있다는데, 그것은 누워있는 아내가 어머니로 혼동되기 때문이라고 한다. 그 또한 개개인의 차이는 있겠지만.

덕배의 어린 기억 속에는 삐딱한 문살과 그 안에 널브러져 있는 여자가 입력되어 있었다. 어떠한 계기로 그 입력된 자료가 기억의 모니터에 나타날 때면 그는 영락없이 난폭해지고 정상을 벗어나는 행동을 제어하는 기능을 잃고 있었다.

긴 여로

　인숙을 안방으로 옮기고 덕배를 제외한 온 식구가 저녁밥도 굶은 채 오글오글 앉아있다. 저녁밥 지을 상황도 아니었지만 밥을 했다한들 먹을 상황도 아니었다.

　낮에 본 아비에게 이미 정나미가 떨어진 아이는 울지도 않고 어른들 눈치만 살핀다. 배가 고팠지만 아무도 밥을 줄 것 같지 않은 상황을 아이도 알고 있는 것 같았다. 인숙은 발작을 멈추고 이제는 절에 온 색시처럼 일어나라면 일어나고 안방으로 가자면 가고 앉으라면 앉았다. 마치 꿈속에 있는 듯했다. 모든 상황을 다 알아버린 어머니는 역시 마당에서처럼 입술만 달싹달싹 거렸다. 그리고 답답한지 가끔 가슴을 주먹으로 퍽퍽 치다가 강아지처럼 끙끙거리는 이상한 소리가 목구멍을 간신히 비집고 나오곤 했다.

　명숙은 아무리 머리를 짜내어 보아도 대책이 서질 않는다. 가장 좋은 방법은 날이 밝기 전에 덕배가 스스로 떠나 준다면 더 이상 바랄 것이 없을 텐데, 떠나기는커녕 행여 누구라도 이 집에서 밀어냈다가는 식구들이 몽땅 몰살을 당하고야 말게 생겼다. 그렇다고 미친개한테 물린 셈 치고 그냥 아무 일도 없었던 듯이 살 수는 도저히 없는 일이다. 저 놈이 이 집에 눌러있는 이상 앞으로 인숙이 거처가 문제였다.

　먼 친척이라도 있으면 인숙이를 이 집에서 내보내는 방법도 생각해 볼 수 있겠는데 고향을 떠나온 아버지나 어머니에게 여태 외가로나 친가로

나 찾아온 친척을 한 번도 본 적이 없었다.

친척이 있다한들 서로 오가지 않는 친척은 남이나 다를 바 없는 것이겠지만 그렇다고 온실 속 화초 같은 어린 인숙을 대책 없이 집 밖으로 내 보낸다는 것은 이리떼에게 싱싱한 날고기를 덩어리째 던져 주는 거나 다름이 없을 것이다.

늙은 노모와 함께 어린 자식들을 데리고 모두 이집을 나가자니 당장 등을 눕힐 만한 곳도 없이, 다리 밑에 거적을 치고 살 수도 없는 일이다. 무엇보다 더 이상은 덕배를 남편으로서 받아들일 수가 없었다. 부부 인연은 이것으로 끝이었다. 그렇다면 한 지붕 밑에서 한솥밥을 먹으며 한시도 살 이유가 없다. 차라리 저놈을 죽이고 말까도 생각해 본다. 그럼 우리 민식이 민희는 살인자, 그것도 남편을 죽인 살인자의 자식들로 사람들의 기억에 남을 것이다. 동네사람들을 동원해서라도 저놈을 동네에서 내쫓아버릴까도 생각해 본다. 만일 그랬다가는 인숙이 앞길은 어찌 될 것인가. 경찰에 고발을 해 버리자니 경찰에서 수사를 하기 위해 불러 다니고 증언을 하다보면 그 역시 마찬가지일 것이었다.

어떤 결론도 내리지 못한 채 새벽닭이 울고 주검처럼 영원히 깨어날 것 같지 않던 세상이 기지개를 켜고 태동을 하려한다. 명숙은 새벽닭 울음소리에 퍼뜩 고개를 든다.

'그래, 어차피 당한 일이다. 무슨 수를 내든 내야할 일이다. 저 놈을 갈기갈기 찢어 죽이지 못한다면, 동네의 협조를 청할 수도 없다면, 경찰에 고발할 수도 없다면, 그냥 앉아서 생활을 계속할 수도 없다면, 내가 나가서 돈을 벌자. 돈을 벌어 식구들을 데리고 나가는 수밖에 없다. 일단 인숙에게 엄니와 아이들을 맡기자. 설마, 짐승이 아닌 바에야 또 그런 짓을 하랴. 아니 인숙이 한번 당한 일을 두 번 다시 당하지는 않으리라. 인숙에게

단단히 이르면 된다.'

인숙은 한 구석에 술독처럼 웅크리고 앉아 졸고 있고, 민식이는 아이답게 쌕쌕 자고 있는 것이 그런대로 평화스럽게 보였다.

쭈그리고 앉아 밤을 꼬박 새운 명숙은 서둘러 부엌으로 나가 이른 아침을 하기 시작한다. 야반도주하기 위해 새벽밥을 짓듯이, 캄캄한 부엌에 불도 켜지 않고 더듬더듬 밥을 안치고 아궁이에 불을 지핀다.

아직 새벽이 채 물러가기도 전에 조촐한 밥상을 들고 들어왔다. 벽을 보고 누워있는 어머니를 깨우고 술독처럼 웅크린 인숙이도 깨운다. 어머니는 여전히 말이 없고 인숙은 놀란 토끼처럼 발딱 고개를 든다.

"엄니! 그리고 인숙아, 밤새도록 생각해 봐도 대책이 없다. 저놈을 이 집에서 쫓아버리든지 죽이는 방법밖에는 없는디, 생각 같아서는 열두 토막을 내고 포를 떠서 천지 사방에 던져 버려도 시원찮을 것 같이 이가 벅벅 갈린다만 생각뿐이고. 엄니! 우선 내가 이 집을 나가서 돈을 벌어야 것어유. 무슨 짓을 허든지 방 한 칸이라도 마련해서 우리가 여기를 뜨는 수밖에 별 도리가 없어유. 집은 나중에 팔면 돼유."

흥분한 어머니는 입술만 달싹거릴 뿐 끙끙거리는 소리 외에 어떤 소리도 나오지 않는 것이, 마치 소리가 밖으로 나가려고 하는 것을 입안에서 죽어라고 잡아당기는 것 같았다. 소리 대신 굵은 눈물이 주름 골을 타고 목으로 적삼으로 사정없이 내려간다. 인숙은 백치같이 표정이 없다. 언니가 지금 무슨 소릴 하는 것인지 도통 관심이 없는 것 같았다. 순간, 명숙은 불길한 생각이 퍼뜩 스친다. 섬뜩했다.

명숙은 아침상을 치우고 집을 떠나려던 계획을 일단 며칠 미루기로 했다. 인숙이가 무슨 끔찍한 일을 저지를 것만 같았기 때문이다.

아침햇살이 문창살을 비집고 예나 다름없이 방안으로 스며든다. 뜰에는 참혹하게 밝은 햇살이 튀고, 이제 막 어미닭 날개를 벗어난 약병아리들이 듬성듬성 고르지 못한 털을 부르르 털며 먹이를 찾아 돌아다닌다. 오죽잖은 날개를 퍼덕이며 마루까지 올라오는 놈도 있었다. 반들거리는 마루에 먹을 것이 없자 똥만 삐죽 빠트리고 다시 위태롭게 내려간다. 방아 찧는 소리도 여전하고, 이토록 평화로운 이 집에 무슨 일이 일어났었단 말인가.

그날 밤, 웅크리고 있던 인숙이 부스스 일어나더니,

"머슴새끼 죽여야 해."

하면서 나간다. 놀란 명숙이가 미처 잡을 사이도 없이 잽싸게 방을 나간 인숙이 어느새 마루 밑에 아무렇게나 팽개쳐져 있는 도끼를 집어 들고 일어난다. 덕배가 마룻장을 찍어대던 도끼였다. 도끼를 제 자리에 놓을 경황이 있는 사람이 식구들 중 아무도 없었고 덕배가 마룻장을 찍어대다가 내팽개친 채 그대로 뒹굴고 있었다.

"인숙아! 정신 차려."

명숙이는 뒤에서 인숙의 허리를 껴안으며 도끼를 빼앗았다. 도끼는 아무런 힘없이 다시 바닥에 나뒹굴고 인숙의 몸이 휘청, 언니의 어깨에 기댄다.

인숙을 마루에 앉혀놓고 부엌으로 가 찬물을 한 사발 떠와서 인숙에게 먹인다. 찬물을 손에 적셔 얼굴을 닦아준다. 그녀는 임종을 앞둔 환자처럼 아무런 저항 없이 눈을 감고 있었다.

"인숙아! 내 말 잘 들어. 저놈을 백 번, 천 번, 만 번을 죽여도 시원찮어. 아버지도 저놈이 죽인 거여. 약 한 첩도 못쓰게 한 놈이 저놈이여, 그래서 아버지가 돌아가신 거여. 그렇지만 지금 당장 저놈을 죽인다고 모든 것이 끝나는 것이 아니다. 저놈을 이 집에서 쫓아내야 하지만 그런데 지금은 아녀. 식구들이 우선 살아야 하니까 저 놈을 부려먹는 데까지는 부려 먹어야 해. 그리고 저놈에게 고통을 줄 날을 기다려야 해. 지금부터 저놈을 다시 머슴이라고 생각하는 거여. 우리는 주인이라는 것을 명심하고 주인으로서 섣불리 보여서는 안 돼야. 정신 바짝 차려야 헌다. 설마 또 너한테 그런 짓을 하랴마는 사람이라고 생각하지 말고 꼭 엄니랑 같이 붙어 있으면 제까짓 게 어쩌겠냐. 너도 한 번 당했지 두 번까지 당할라구?'

명숙은 동생이 혹시 다른 맘이나 먹지 않을까하여 잠시도 동생 곁을 떠나지 않고 틈만 나면 지걸였다.

"내가 없으면 민식이 민희는 너만 찾을 거다. 너까지 잘못되면 길거리로 나가 거지가 될 게 뻔혀. 너도 알다시피 저놈이 새끼들 한번 보듬어 주는 거 봤냐? 저놈은 애비 자격도 없는 놈이여. 내가 올 때까지 니가 엄니허고 애들 곁에 있어줘야 허지 않겠냐? 오래 걸리지 않을 거다. 나가봐서 돈 벌이가 쉽지 않으면 다시 돌아올 겨. 그때 가서 저놈을 죽이던 쫓아내던 결단내도 늦지는 않어. 나는 이제 저놈하고 한 이불속에서 살 수가 없으니 일단 내가 집을 나가서 죽기 살기로 돈을 벌어 볼 테다."

머리가 텅 빈 듯한 소강상태에 빠져있던 인숙은 아이들 말이 나오자 처음으로 눈썹이 꿈틀 움직인다. 천진한 아이는 이모 무릎에 앉으려다가 전 같지 않은 이모의 반응에 눈치를 보다가 밖으로 나가고 없었다.

한편 덕배는 방아를 찧다가 배가 고프면 생쌀을 한 주먹씩 집어먹었다. 벼룩도 낯짝이 있지 그런 무서운 일을 저질러 놓고 차마 안채에 들어가 밥을 먹을 염치는 없었다.

덕배는 방앗간에 지천인 생쌀로 배를 채웠다. 며칠 계속해서 생쌀이 들어간 배가 부글부글 끓기 시작하더니 급기야 창자가 뒤틀리고 오그라드는 통증을 일으켰다. 덕배는 방아를 찧다말고 뒷간으로 내달렸다. 사흘 동안 설사를 수돗물처럼 쏟아내더니 탈수 증세를 일으켰다. 심한 갈증과 함께 방앗간에 쪼그리고 앉아 덜덜 떨었다. 덥지도 않은데 땀을 비 오듯이 흘린다. 그리고 깜박 잠이 들었던가 아니면 잠깐 정신을 놓았던가.

눈을 떠 보니 사방이 어둠에 갇혀 있었다. 일어나려했으나 두 다리가 휘청하여 도로 주저앉고 만다. 다시 일어나려다가 그냥 엉금엉금 개처럼 기어서 방앗간 밖으로 나온 그는 안채 방문을 쳐다본다. 불빛하나 없는 안채는 주검처럼 조용했다.

그는 부엌을 향해 기어간다. 곤충의 촉수처럼 더듬더듬, 가마솥 뚜껑이 손에 잡힌다. 뚜껑을 옆으로 밀자 구수한 밥 냄새에 오장이 요동을 친다. 허연 사기그릇이 보이고 먹다 남은 밥덩이가 어른 주먹만큼 담겨있었다.

덕배는 밥덩이를 움켜쥐더니 부엌바닥에 털썩 엉덩방아를 찧듯 주저앉아 우적우적 입으로 쳐 넣는다. 어미를 따라간 삐딱한 집에서 아침을 먹던 그날처럼 덕배의 얼굴은 사정없이 비뚤어져 있었다.

명숙은 아침에 일어나 가마솥을 열어 보고는 덕배가 몰래 밥을 먹었다는 것을 알았다. 그녀는 계속 가마솥에 밥을 넣어 두었다. 덕배가 안쓰럽다거나 마음이 아프다는 것은 발가벗고 대로에 나가 춤을 추는 것만큼이나 어림없는 일이고 다만 가족들 생계를 꾸려나가려면 머슴으로 부리기 위해서다. 처음부터 머슴이었지만, 낮에도 밥은 종종 없어졌다.

인숙이 어느 정도 안정되었다 싶어 명숙은 집 떠날 채비를 했다. 어머니는 그때까지도 말문이 터지지 않았고 누워만 있었지만 뒷간 출입은 스스로 하고 있었다. 명숙은 이른 새벽밥을 지어 어머니와 동생에게 차려주고 집을 떠났다. 떠나면서 엄니와 인숙에게 일렀다. 머슴밥은 챙겨주지 말고 남겨만 놓으라고.

아이들 생각은 하지 않았다. 원수 놈 핏줄이다 생각하니 그 또한 이가 갈리었다. 다만 충격으로 말이 막힌 어머니와 온실 속 백합 같은 동생 인숙을 두고 집을 떠나는 그녀의 발길은 천근이었다. 그냥 되돌아가서 모른 척하고 눌러 사는 데까지 살까 하는 유혹을 떨쳐내기가 제일 힘이 들었다. 그러나 그대로 살다가는 필경 이 두 손으로 그 놈을 꼭 죽일 것 같은 두려움이 그 유혹을 이겨내게 했다.

새벽닭이 울고 사방에는 어둠이 부옇게 묽어지고 있었다. 커다란 옷가방을 들고 부연 새벽 신작로를 걸어가고 있는 여자, 그녀는 동네를 벗어나자 그 동안 막혔던 울음을 목구멍으로 내보내기 시작한다. 처음에는 쿨쩍거리던 소리가 다음에는 '으으으흐흐' 하더니, 그러다가 '아이고오~ 엄니이!' 그 새벽 들판에서 처절하게 울어본다.

난생 처음 세상 밖으로 나온 그녀다. 대문을 나설 때만해도 말을 잃어버린 엄니와 야수 같은 짐승 곁에서 떨어야 할 동생 생각에 발걸음이 천근이었으나 집에서 멀어질수록 깊이를 알 수 없는 물속으로 들어가는 듯한 두려움이 왈칵 덮친다.

당장 어디로 갈 것인가. 목적지를 정하지 않은 출발은 경우에 따라서 무한한 자유일 수도 있겠으나 계획이 없는 자유는 두려움일 수도 있다. 버려진 아이처럼 막막하기가 절벽 끝에 서 있는 것 같았다.

시시각각 여명은 밝아오고 그녀의 발길은 되돌리기를 거부당한 채 앞으로만 내딛는다. 얼마 후 그녀를 실은 완행버스가 새벽길을 달리고 있었다. 터널 같은 짙은 안개가 완행버스를 거침없이 빨아들인다.

인숙은 옷가방을 들고 나가는 언니를 물끄러미 쳐다보고 있었다. 언니가 정말 집을 나갔다. 이제 언니는 없다. 나 혼자 남았다. 언니의 빈자리가 벌써부터 두려워지기 시작한다. 아니 엄니가 있구나. 며칠째 곡기를 끊고 벽만 보고 누워있는 엄니를 쳐다본다.

두 아이들, 민식이는 이제 어른들 눈치를 보는 네 돌이 지났고 민희는
겨우 돌이 지났을 뿐이다. 한창 포동포동 살이 오른 민희의 볼기짝, 명주
실 같은 머리칼이 말간 이마 위로 내려오자 인숙이가 사다 꽂아주었던 앙
증맞던 노란 나비 핀이 고아같이 쓸쓸해 보인다. 분홍빛깔을 띤 발바닥이
이제 겨우 땅을 디디려 하는 아이에게 어미의 부재(不在)라니.

인숙은 세운 무릎에 얼굴을 묻는다. 지금까지 있었던 이 모든 상황이
자신에게 일어난 일이 아닌 것 같았다. 내가 아닌 다른 누군가에게 일어
났으며 나는 그저 타인처럼 구경하면서 분노했을 뿐인 것 같았다. 보름이
란 시간이 가져다 준 착각이라는 선물이었다. 그런데 언니가 꼭 집을 나
가야만 했을까? 나 혼자 민식이 민희를 어떻게 키워. 엄니만 일어나신다
면야 뭘. 엄니가 빨리 일어나야 할 텐데.

설핏 잠이 들려고 한다. 누더기 옷을 입은 거지가 보인다. 나이는 여섯
살쯤 되어 보이고 손에는 깡통이 들려있다. 얼굴은 얼마동안 씻지를 않
았는지 어디가 입이고 어디가 코인지 분간이 되지 않는다. 까만 눈알만
반짝인다. 깡통을 들지 않은 다른 손에는 계집아이의 손이 잡혀있다. 계
집아이의 얼굴에도 까만 눈알만 반짝인다. 그 두 얼굴이 점점 크게 확산
이 된다. 그런데 그 얼굴들은 어느새 민식이 얼굴이고 민희 얼굴이 되어
버린다.

"안 돼!"

갑자기 인숙이 고함을 치더니 자리를 털고 벌떡 일어선다. 두 아이가
놀래서 자지러지게 울고 벽을 향한 어머니는 통나무처럼 반응이 없다. 인
숙은 우는 두 아이를 가슴에 싸안는다. 그리고 어금니 사이를 비집고 나
온 소리는,

"내가 키울 거야."

여명이 완전히 물러간 문살은 아침 햇살을 반기고 그 시간 완행버스는 논산역에 도착하여 명숙이를 내려놓고 쉬고 있는 중이었다.

목이 꺾인 해바라기

인숙은 몸을 추스르는 데 별반 긴 시간이 걸리지 않았다. 두 아이를 키우려는 모성본능의 의지가 그녀를 일으켜 세운 것이다.

자리를 털고 일어난 그녀가 맨 먼저 한 일은 부엌으로 나가 조그마한 과도를 챙기는 것이었다. 칼날은 소름이 끼칠 만큼 날이 서있고 끝은 뾰족했다. 아버지가 명절이나 이웃집 제사 때 일없이 마을(마실)가서 밤을 쳐주던 칼이었다.

아버지는 유난히 밤 치는 솜씨가 있었다. 사정없이 삐뚤어진 밤도 아버지 손에서 벗어 날 때는 반듯한 육모로 변신해 있었다. 보석이 깎여 나오듯 하얀 속살을 보이는 밤을 차마 입에 넣어 깨물기가 송구스러울 지경이었다. 이웃에 큰일을 치를 때면 아버지는 자진해서 밤을 쳐주곤 했었는데 이제는 그 칼을 쓸 일이 없었다.

인숙은 그 칼을 수시로 숫돌에 갈던 아버지의 모습이 떠오르자 명치끝이 아파온다. 다음에는 어머니를 일어나게 해야 한다. 인숙은 물수건을 가지고 방으로 들어가 어머니를 벽으로부터 돌려본다.

"엄니! 그만 정신 차려 봐유. 집에서 저 놈을 쫓아내려면 지금부터 정신을 바짝 차려야 해. 내가 저 놈을 어떻게 하나 두고 봐. 열배로 갚아 줄 겨."

어떻게 갚으려는지 아무런 계획도 없다. 풀숲에 앉은 새처럼 사방이 두려워서 지레 죽을 것만 같았다. 그럼에도 죽이고 싶은 증오심은 풍선처럼 커졌다. 잇사이로 내뱉지 않으면 가슴에서 터져버릴 것만 같아 자신도 모르게 그렇게 새어나왔던 것이다.

억지로 돌려진 어머니의 어깨가 잠시 부르르 떤다. 멍하니 딸을 쳐다보는 동공이 비어있는 듯 초점이 없다 싶었는데 눈을 감아 버린다. 그리고 누운 채로 오줌을 펄펄 싸버린다. 그 날 이후로 어머니는 실어증에다가 중풍까지 겹치고 말았다. 열아홉 꽃봉오리가 꽃도 피우기전에 살인적인 눈보라 속에서 살아내기 위한 지독한 시련이 시작되고 있었다.

여럿이 모여 있으면 유난히 튀어 보이고, 혼자 있으면 백합같이 정결해 보이던 여자였다. 길켠에 수줍은 몸짓으로 한들한들 피어있는 코스모스 같이 청초해 보이기도 하던 여자였다. 남학생들은 그녀를 향하여 목을 늘이고 우체부 발길을 바쁘게 만들던 여자였다. 분홍빛이 은은한 편지를 받을 때면 식구들이 모두 잠든 시간에 뒤란으로 난 문을 열고 열에 달뜬 가슴을 식히곤 했던 그녀의 꿈은 또 얼마나 순수했던가.

'아무개는 키가 너무 멀대같이 커서 좀 그렇고, 아무개는 키는 좀 작지만 공부를 잘 하니까. 누구는 얼굴은 잘 생겼는데 여드름이 너무 많아. 걔는 글씨를 참 잘 써. 걔는 참 선하게 생겼더라. 걔는 좀 능글스러워 보여서 싫어. 걔는… 참 단정하고 말수가 적은 것 같아. 글씨도 단정하고 문학적이지. 근데 왜 날 보면 그렇게 수줍어하는지 몰라. 남자가 돼가지고. 나도 싫지는 않은데…'

딱히 마음을 준 학생은 없었으나 밤이 깊도록 뒤척이며 자기와 마주치던 남학생들 얼굴을 하나하나 떠올리던 그녀의 가슴도 온통 핑크색이었다.

이제 목이 꺾인 해바라기는 해를 바라볼 수 없고 꺾어진 목으로 바라볼 수 있는 곳은 오직 땅 뿐이다. 해바라기로서는 희망이 없는 땅. 아픔보다는 체념으로 해바라기는 고개를 들지 않는다.

살구 같은 얼굴, 초록물이 담긴 듯한 상큼한 눈망울, 아침 이슬 같은 신선함, 백합향기를 머금은 그녀. 이제 그런 여자는 어디에도 없었다.

졸업반인 인숙은 그날로 학교에 나가는 것을 그만 두었다. 잠시도 집을 비울 수가 없었던 것이다. 처녀가 두 아이를 키우는 일만도 태산을 넘는 일이겠는데 어머니까지 중풍으로 누워있다.

어머니를 의지하여 머슴 놈으로부터 자신을 지키려던 계획은 애저녁에 수포로 돌아가 버렸다. 이제 스스로 갑옷으로 무장하고 자신을 지켜야했다. 낮에는 아이가 등에 업혀 있었지만 밤에는 날카로운 금속이 등에 깔려있다. 먼발치로라도 덕배의 모습을 보지 않는 날이 그녀에게는 하루의 축복이었다.

인숙은 새벽에 일어나 젖먹이 아이에게 미음을 끓여 먹인다. 자다가 어미의 젖을 찾으며 칭얼거리는 아이를 달래느라 잠을 설치면서 같이 울어버리는 날도 많았다. 허기를 면한 아이가 다시 쌕쌕 잠이 들면 중풍 든 어머니가 밤새 내놓은 오물을 치운다. 커다란 양동이에 물을 가지고 들어가 물수건으로 엄니의 사타구니를 언제까지 닦아낸다.

사지를 벌리고 누워 천장을 향한 눈동자는 부끄러움을 모르고 귀저기를 갈기 위해 눕혀놓은 아이처럼 편안한 얼굴이다. 그러나 아이처럼 발장난은 치지 않는다.

아침밥을 해서 어머니를 먹이고 아이와 함께 그녀도 양껏 먹는다. 적진 속에서 살아남아야 하니까. 언니가 이른 대로 머슴밥은 남겨만 놓았다. 아무리 힘든 삶이라도 살다보면 적응이라는 것이 있어 살아지는 법이다. 그녀가 그랬다.

아침 설거지를 끝내고 나면 아이를 들쳐 업고 오물이 묻은 옷과 아이의 기저귀를 대야에 담아 빨래터로 향한다. 마주 오는 이웃을 외면한 채 걷는다. 이웃사람들을 피하기가 제일 곤욕스러웠다.

이웃들은 명숙이가 남자가 생겨 자식이고 서방이고 부모 형제 다 팽개치고 남자 따라 집을 나간 것이라고 수군거렸다. 샘가에서, 빨래터에서, 밭두렁을 타고 앉아서, 아낙들은 둘 이상만 모였다하면 방앗간 집 사건을 영락없이 밥상에 숟가락처럼 올려놓았다.

"애초부터 그런 디로 여우는 것이 아녀. 멀쩡한 딸을 뭣 땜에 머슴헌티 주는 겨. 즈이끼리 서로 눈이 맞어 배가 불러오는 것도 아닌디."

"모르기는 혀도 명숙이가 좋아라허는 남자가 따로 있었다는 말도 있어. 그 남자가 장가도 안 가고 명숙이를 몰래 불러내고 장날에는 장에서도 만나고 했다든가 어쨌다던가 뭐. 그런 말도 들은 것 같은디?"

"언젠가 장에 가야 허는디 엄니가 없어서 그런다고 돈을 꿔달라고 해서 가져간 일이 있었구면. 우리 집만 아니고 이집 저집 여러 집이서 꿨다더먼 그려. 우리는 방아 찧을 나락이 읎으니께 돈으로 그냥 받았지만 다른 집이서는 방아 찧고 그 삯으로 제할라고 허니께 덕배 눈꼬리가 갑자기 험악해 지더라데. 그때부터 서방 모르는 돈을 쓰고 댕기는 마누라 의심을 허지 안 했것남?"

"그려. 뭔 사단이 있긴 있었든겨. 생때같은 자식을 둘씩이나 나 몰라라 하고 집을 나간다는 것이 어디 보통 일인감? 어디에 미쳐도 단단히 미치지 않고서야. 그나저나 즈이 엄니는 딸년 땜에 중풍으로 쓰러져 누웠고 철없는 두 애들 때문에 인숙이만 죽는 겨. 핵교 졸업도 못 허고 저렇게 생고상을 하니 원. 그 이쁘던 얼굴이 볼 수가 없이 되야부렀어. *쯧쯧쯧.*"

"언젠가 덕배가 도끼로 마룻장을 내려찍으면서 다 죽인다고 소리소리 지르고 금방 살인이라도 날 것 같더라. 아마 명숙이헌티 남자가 있다는 것을 어떻게 알았던 게벼. 그러니께 도끼자루를 휘두르면서 다 죽인다고 그 난리를 쳤지. 안 그려? 인제 저도 포기를 했는지 요새는 조용하더라데?'

"덕배가 심이 깊기는 헌가벼. 아무런 내색도 안 허고 여전히 방아를 찧잖여? 몰골이 좀 상하기는 했드만. 허기사 자식들을 어쩔 껴. 에미가 나가버렸으니 애비라도 거둬야지. 자식덜이 무슨 죄여. 쯧쯧쯧."

도끼를 휘두르며 요란했던 소리가 이웃담장을 넘어 갔었던가 보았다. 아낙들 머리에서 끊임없이 생성되는 추측들은 어느새 사실로 둔갑되어 입으로 쏟아졌고 명숙은 그렇게 죽일 년이 되어 버렸다.

거세된 들개

인숙은 어머니의 옷을 또 벗긴다. 오늘 벌써 세 번째였다. 배탈이 났던가 보다. 설사를 하는 데는 대책이 없었다. 아예 아랫도리를 모두 벗겨버리고 광목 귀저기만 채워서 얇은 홑이불을 덮어놓았다. 딸에게 몸을 맡긴어머니의 눈망울은 언제나 천정만 쳐다본다. 영혼이 떠나 버린 겨울하늘같은 눈동자.

큰 아이는 이미 철이 다 들어버린 것처럼 조용했다. 할머니 옷을 갈아입힐 때 밖에 나가 있으라면 나가있고 들어오라면 들어왔다. 내시처럼.

이모를 성가시게 하면 이모도 도망가 버릴 것만 같은 불안함을 아이가느끼는 것 같았다. 인숙은 아이를 가만히 안아준다. 가슴으로 찡한 서러움이 밀려오고 오랜만에 아이의 정수리에 눈물방울이 떨어진다. 유난히고단한 하루였다.

세 번씩이나 설사를 쏟아놓은 어머니. 오늘따라 민희가 감기기가 있었는지 유난스럽게 보챘다. 잠시를 떨어지려하지 않아 등에 업은 채로 그많은 일을 하고나니 온 삭신이 제자리를 벗어난 듯 후들거렸다. 민식은저녁순가락을 놓기가 무섭게 제 간에 고단했던지 곤한 잠을 자고. 민희도오줌귀저기를 갈아주자 보채지도 않고 순하게 발짓을 하며 놀다가 스르르 잠을 잔다.

인숙은 뒤란 문을 잠그려다가 말고 활짝 열어본다. 달빛은 이 밤도 밝다. 한때 모두 잠이 든 시각, 뒤란 문을 활짝 열면 구름 한 점 없는 하늘에 유리조각처럼 박혀 있는 별들, 그녀가 즐겨 바라보던 그 별들은 지금도 변함이 없다.

다시 문을 닫고 고리를 건다. 민식을 안방으로 넘어가는 문턱 가깝게 눕히고 그 옆에 민희를 눕힌다. 두 아이의 볼에다 인숙은 제 볼을 갖다 대고 비벼본다.

'내가 지켜 줄께. 끝까지.'

그녀의 가슴으로 진한 사랑이 퍼진다. 정이 많아서 고달픈 여자, 아이들 곁에 눕자 인숙은 무서운 잠속으로 빠져든다.

'무슨 소리가 들린다. 눈을 떠야지. 아! 눈을 떠야 하는데. 누가 들어온 것 같은데. 소리를 질러야지. 소리… 소리를. 가슴이 답답하다. 숨이 막혀. 아, 숨이 막… 아악!'

눈을 떴다. 우악스런 손이 속옷을 막 끌어내리려 하고, 아래에 무지막지한 이물이 닿는 느낌이 온다. 인숙은 순간적으로 요 밑을 더듬는다. 손에 금속이 잡히자 빠르게 손을 들어 올리는데,

"억!"

비명소리와 함께 답답하던 가슴이 시원해진다. 후딱 일어나 천장에 매달려있는 전깃불을 켜려고 팔을 올리자 그때 손에서 무엇인가 요 위로 툭 떨어졌다. 그녀는 방금 자기 손에서 뭐가 떨어진 줄도 모르고 전구소켓 스위치를 돌린다. 삼십 촉짜리 알전구가 눈알을 뽑을 듯이 강한 빛을 쏟는다.

부신 눈을 잠시 찡그리다가 고개를 돌린다. 시커먼 사내가 하체가 벗겨진 채 나동그라져서 두 손을 사타구니에 쑤셔 박고 새우처럼 웅크린 채 신음을 하고 있었다. 깔고 누웠던 하얀 요에는 붉은 피가 유화 물감을 풀어 놓은 듯 서서히 번지고 있었고 붉은 물감 위에 날카로운 칼날이 섬뜩

하다.

"어엄니이!"

본능적으로 나무토막같이 아무 쓸모도 없는 엄니를 부르며 장지문을 열고 안방으로 튄다. 이성을 잃은 그녀는 다시 안방에서 튀어나와 대문 밖으로 달린다. 싸한 밤공기가 한꺼번에 몰려와 콧속을 막는다. 달리는 발이 땅에 닿는 느낌이 없다.

한참을 달리던 인숙은 어느 집 담벼락에 기대어 쓰러지듯 스르르 주저 앉는다. 가슴이 뛰었다. 토할 것만 같았다. 잠시 진정을 하고 눈을 감아본 다. 요 위에 번지던 선혈이 떠오르자 그만 참았던 토사물이 울컥 쏟아져 나온다.

토하고 나니 속이 좀 편해졌다. 진정도 되고. 찌그러진 초승달이 은행 나무 가지에 청승맞게 걸려있는 것도 보인다. 토사물이 나오면서 흘린 눈 물로 밤공기에 얼굴이 시리다. 슬퍼서 나온 눈물이 아니다. 토를 하다 보 니 반사적으로 나온 생리적 액체였다.

인숙은 지금 사사로이 서러워할 상황이 아니었다. 어딘가 또는 누군가 에게 기댈 수 있는 여유가 있을 때 슬프다는 감정을 느끼는 것이고 그 감 정의 부산물이 눈을 통해 나오는 것이다. 배고파서 죽겠다고는 해도 배고 파서 슬프다고는 하지 않는다. 슬픔을 느낀다거나 울 수 있음은 어찌 보 면 배부른 사치의 한 자락일 수도 있다.

담벼락에 쪼그리고 앉아 아무리 생각해 봐도 알 수가 없었다. 이런 날 을 대비해서 언제나 요 밑에 칼을 깔고 잤었다. 단지 호신용으로 위협만 할 생각이었다. 실제로 살 속까지 찌른다는 생각은 해보질 않았었다. 아 니 못했다. 이를 갈기는 했어도, 죽이고 싶도록 증오스럽기는 했어도, 막 상 사람을 죽일 만큼 독하지는 못했다.

잠결이었지만 습격당하고 있음을 알았다. 어렴풋이 타인의 손에 속옷이 벗겨진다고 느꼈을 때 순간, 피가 거꾸로 몰려왔다. 갑자기 죽여야겠다는 생각을 하기는 했던 것 같다. 본능적으로 요 밑을 더듬었고 손에 잡히는 것을 그냥 빼 내었을 뿐이다. 순간, 비명소리가 나고 막혔던 가슴이 터지면서 자리를 털고 일어난 것뿐이다. 그런데 요 위에 번진 피는 무엇일까. 대체 내가 나도 모르는 무슨 짓을 했던 것일까? 아무리 생각해도 기억이 전혀 없다. 다행히도 이번에는 당하지는 않았다.

'일단 집으로 들어가자. 들어가서 다시 사생 결판을 내도 내자.'

그녀는 담대해졌다. 처음도 아니고 두 번째 당하는 일이다 보니 두려움의 강도도 훨씬 낮았다. 이성적으로 많이 냉정해져 있었고 결판을 낼만큼 당돌해져 있었다. 그럴 수밖에.

처음에는 어머니가 있었고 언니가 있었다. 지금은 두 아이를 맡겨 놓고 언니는 집을 나가 버렸고 어머니는 나무토막처럼 누워있을 뿐이다. 그녀 역시 어머니와 아이들을 맡길 수만 있다면 이 길로 당장 집을 떠나고 싶었다.

언니가 그만 돌아와 주었으면 싶었다. 이제 자신이 절실하게 집을 떠나고 싶었다. 그러나 생각뿐, 집이 진저리치게 싫었지만 그 안에는 절실한 생명들이 있기에 그녀는 집을 향해 는적는적 걷는다. 맨발인 것도 잊은 채.

머슴에게 딸을 주어버린 아버지가 원망스러웠다. 원망은 얼마 못가서 그리움이 되었다. 세상을 떠나버린 아버지를 생각하자 사치스런 눈물이 갑자기 봇물처럼 쏟아진다.

아버지 밑에서 어려움 없이 지내던 세상이 있었다. 그녀에게 너무도 아름다운 세상이었다. 꿈도 많이 가졌던 그녀였다. 제방에서 그 보석 같은 꿈은 날마다 다른 빛깔로 피어나곤 했었다. 그런데 같은 방에서 그녀의 꿈들은 산산조각이 나버리고 다른 빛깔로 날아가 버렸다.

그날 방앗간에서 나온 덕배는 목에 두른 수건으로 쌀겨를 대충 털어내면서 힐끗 안채를 쳐다본다. 안방에는 아직 불이 켜져 있었다. 사방은 시시각각 어둠이 짙어지고 늦은 저녁이라 배가 많이 고팠다. 부엌으로 들어가 까맣게 그을린 천장에 대롱거리는 전기소켓을 비틀어 불을 켰다. 순식간에 어둠이 밀려나고, 부엌바닥은 티끌 하나 없이 비질이 되어 있다. 가마솥 뚜껑은 기름칠을 한 듯 반들거렸다. 밥을 해먹은 흔적이 없을 만큼 모든 것이 제 자리에서 꼼짝도 하지 않은 것 같았다. 완벽하게 치위진 부엌에 들어설 때마다 밀어내는 것 같은 낯설음을 느낀다.

가마솥을 열면 언제나 누런 사기그릇에 보리가 섞인 밥 한 그릇이 새색시처럼 들앉아 있었다. 밥은 머슴밥답게 수북하게 담겨 있다. 가마솥 옆에 걸처있는 양은솥을 열면 국 한대접이 멀거니 쳐다본다. 부뚜막 한쪽에는 보시기에 담겨진 김치와 깍두기가 문지기처럼 앉아있었다.

찌그러진 쟁반에 밥과 국을 얹고 보시기에 담아있는 반찬도 챙겨서 쫓기듯 방앗간에 붙어있는 쪽방으로 들어간다. 우적우적, 게 눈 감추듯 먹는다. 혀로 핥아내듯 그릇들을 다 비우고 나서 사지를 펴고 누웠다.

가물가물 졸음이 쏟아 질만도 하건데 오늘따라 말똥말똥한 눈알이 감겨질 생각을 않는다. 엎치락뒤치락, 일어나 앉아 보기도 하고, 다시 누웠다가 일어난다. 방문을 열고 방앗간에 매달려 있는 전깃불을 켜 보았다가 도로 들어가 사지를 펴고 원래대로 누워 엎치락뒤치락 거리다 까만 천장을 멀뚱히 쳐다본다.

그때 삐딱한 문살이 보인다. 우악스런 사내의 손에 잡혀 부엌 거적때기를 밀고 나오다가 뒤 돌아보던 여자가, 사내에게 잡히지 않은 손으로 나가라고 휘휘 저을 때 몸뚱이가 빨래를 짜듯 비틀어지면서 문짝 안으로 사라진다.

다음에는 찌그러진 문짝만 천장에 박혀있다. 곧이어 널브러진 여자가 보이면서 말뚱거리던 눈알이 어둠에 숨어서 먹이를 노리는 살쾡이처럼 이글이글 타기 시작한다. 뜨거운 혈관이 온몸을 돌고 몸뚱이가 금세 화염에 싸인 듯 숨이 가빠온다. 발정난 들개는 벌떡 솟구쳐 일어나 방문을 박차고 튀어나갔던 것이다.

그리고 지금 그는 방앗간 쪽방에서 하체가 벗겨진 채 걸레 같은 수건들을 연신 끌어다 사타구니에 대고 새우처럼 모로 누워 신음을 하고 있다. 벌써 수건을 몇 개째 갈아 대고 있는데도 계속 젖는다. 더러운 수건은 금세 짙은 갈색으로 변해 버렸다.

왜 상처가 났는지. 왜 이렇게 많은 피가 나는지. 인숙이가 모르는 것처럼 덕배도 알지 못한다. 갑자기 날카로운 무언가가 스치는 것 같던, 날선 종이에 손가락이 베어질 때의 그 순간적인 소름이 끼치면서 나동그라졌었다. 그리고 본능적으로 두 손이 사타구니로 모아지고 손가락 사이로 끈끈한 이물이 흘러 내렸다. 순간, 불이 켜지고, 요 자락에 번지고 있는 붉은 피를 보자 겁에 질려 주섬주섬 옷을 주워들고 방앗간 쪽방으로 달아났던 것이다.

그리된 상황을 말할 것 같으면, 요 밑으로 들어간 여자의 손에 칼이 잡혔고 우연히 칼날이 위를 향하고 있었다. 다급한 여자는 서둘러 칼이 잡힌 손을 들어 올렸다. 마침 바람이 팽팽하게 들어있는 사내의 물건과 칼이 계획에도 없이 마주치게 되고 날이 선 칼날은 팽팽한 물건을 치는데 사정을 두지 않았다.

날이 밝자 인숙은 어머니가 내놓은 오물부터 치우는 일을 시작하여 어제 밤에 일어났던 뒤처리를 해야 했다. 피오줌을 싸 놓은 것 같은 요 껍데기를 뜯어낸다. 날이 시퍼런 칼은 그때까지 요 위에 오도카니 앉아있었다. 그녀는 칼을 보자 섬뜩했다. 순간적으로 죽여야겠다는 살기를 느끼면서 요 밑을 더듬던 손을 잠시 들여다본다. 짧게 진저리를 친다.

오늘은 하루 종일 방아가 돌지 않는다. 가마솥에 넣어놓은 밥그릇도 그대로 있었다. 국사발도, 부뚜막에 보시기도 움직이지 않은 채 제자리에 있다.

한편 덕배는 밤새도록 한 잠도 잘 수가 없었다. 사타구니 전체가 도려내듯 쑤시고 아프고 열이 펄펄 끓었다. 입술이 까맣게 타버렸지만 물 한모금 떠다주는 사람이 없었다. 아침이라고 조금도 나아지지 않았다. 여전히 열이 펄펄 끓었다. 온몸에서는 땀을 비 오듯이 쏟았다. 사타구니는 뚝배기를 엎어 놓은 것처럼 수북하게 부어올라 있었다. 간밤에 누운 채로 오줌을 누려다가 고함을 질러대기도 했다.

짐승처럼 본능만 존재하는 그는 사람이 병이 들어 아플 때면 병원이나 약방을 찾는다는 것을 숫제 알지 못하는 무지인이었다. 아플 때 그냥 아프면 되는 것이지 병원이나 약방에 가면 안 아프다는 것이 그로서는 참으로 이해하기 어려운 일이었다. 그러니 장인이 밥을 조금 못 먹는다 하여 한의원에 진맥을 하겠다는 아내의 말을 이해할 수가 있었겠는가. 저지경이 되어도 병원에 가 볼 생각조차 못하는 그의 고통을 누가 알랴.

가마솥에 밥그릇은 꼬박 사흘 동안 움직이지 않았다. 방아 소리도 사흘 동안 들리지 않았다. 방아 소리가 들리지 않는 대신 가끔 쪽방에서는 가느다란 신음소리가 들려왔다. 그리고 나흘째 되던 날 늦은 아침, 인숙은 설거지한 구정물을 버리고 들어가려다가 쪽방 문 열리는 소리가 들리자 무심코 쳐다보았다. 그녀는 그만 입에서 나오려는 소리를 잽싸게 손으로 막더니 부엌으로 들어가 버린다.

쪽방 문을 열고 기어나오는 형상은 병든 원숭이 한 마리가 기어나오는 것 같았다. 사람의 모습이 저렇게 변할 수도 있는가. 얼굴 색깔은 흡사 오래된 주검을 보는 듯 까맣고 마지막 삶을 잡아보려는 퀭한 눈에는 구름 낀 하늘처럼 아득했다.

인숙은 서둘러 방으로 들어가 밖의 동정을 살핀다. 조금 있으니 부엌에서 소리가 들리는 것 같았다. 그동안 움직이지 않던 밥사발과 국사발이 오랜만에 움직이려나 보았다.

덕배는 꼬박 사흘 밤낮을 거의 혼수상태에 머물러 있었다. 덕분에 통증은 많이 느끼지 않아도 되었다. 눈을 떠보니 천지가 그냥 캄캄했다. 아직 밤인가 하고 눈을 잠시 감았다가 다시 떠본다. 이번에는 환한 것을 보니 밤은 아닌 것 같은데 이제 천장이 빙빙 돌고 있었다. 제 몸이 천장에 누워 있기도 하고 바닥에 내려져있기도 했다. 눈을 껌벅거려 본다. 머리를 흔들어 보기도 하고. 그러다가 일어나려는데 온 몸이 물속에 담가져 있었다. 사흘 밤낮동안 싸버린 피오줌 위에 누워 있었던 것이다. 움직이려 하자 둔탁한 통증이 하반신 전체에 전해졌다. 간신히 더러운 이불을 내려 오줌을 닦고 몸도 대충 닦았다. 잡초 같은 생명력은 세포들을 다시 제 자리를 찾아 움직이게 하는지 무섭도록 시장기를 느꼈다. 무서운 생명력이었다.

가마솥에 밥그릇이 없어지기 시작했다. 한 이틀 동안 가마솥에 밥그릇이 없어지고 나자 덕배의 세포들은 어느 정도 안정을 찾아갔다. 병든 원숭이 형상이던 것이 금방 사람모습으로 되돌아 왔다. 그러나 아직 하체의 통증으로 소변이 나오는 것을 두려워해야 했다.

시간이 지나면서 다소 완화되기도 했다가 다시 더 심해지기도 하는 증상이 반복되었다. 심할 때는 다시 뚝배기를 엎어 놓은 것처럼 부어오르기도 했지만 무지(無知)한 그는 여전히 병원이나 약방문턱을 넘을 줄 몰랐다. '무지(無知)'가 죽음을 부를 뻔했다.

두 달이 지나고 석 달째 접어들고부터 부어오르는 증상이 없어지면서 통증도 사라졌다. 그의 물건은 거의 반 토막이 날 뻔한 것을 가까스로 면한 것을 증명이라도 하듯 중간쯤 깊숙이 베어진 상태로 볼품없이 꺾어 덜렁거렸다.

소변보는 데는 지장이 없었지만 그러나 이제 덕배의 눈에 어쩌다 삐딱한 문이, 널브러진 여자가 보이더라도 반 토막을 가까스로 면한 그것은 전혀 협조를 하지 않았다. 영원히.

대신 누구에게랄 것도 없이 대상도 없는 욕설만 시도 때도 없이 씨부리는 날이 많아졌다.

"에이 씨펄! 개 쌍녀러 새끼덜. …씨불씨불."

운명

　　명숙을 실은 새벽 첫차는 터널 같은 안개 속을 달려 논산역에 그녀를 내려놓고는 또 안개를 뒤집어쓰고 사라졌다. 명숙은 주눅이 잔뜩 들어 쫓겨났던 시집에 숨어들듯 역내로 들어간다. 허술한 역내에는 노숙하는 사람들로 역한 냄새가 훅 끼쳐왔다. 노숙자들은 아직도 깊은 잠에 빠져 있었다. 마치 제집 안방으로 아는지 벌건 뱃살을 온통 드러내 놓고 규칙적인 코를 골고 있었다.

　　시간이 너무 이른 탓인지 창구는 영원히 열리지 않을 듯이 굳게 닫혀 있었다. 명숙은 다시 밖으로 나온다. 힐끗힐끗 쳐다보는 눈들이 부담스럽다. 부지런한 장사꾼들 눈에는 이른 아침부터 고운 한복을 입은 젊은 여자가 번잡한 역 주위를 서성이는 것이 예사롭게 보이지 않는 모양이다. 비루먹은 떠돌이 개 한 마리가 역 주변에 있는 쓰레기를 헤집는다.

　　열차시간이 다가오자 꾸역꾸역 사람들이 모여든다. 보따리를 등에 지고 머리에 이기도 한 행렬들이 제각기 하루살이가 등불을 향해 움직이듯 삶을 향해 바삐 움직이고 있었다.

　　사람들 중에는 보따리 장사들이 많았고 객지에 사는 자손이나 친척집에라도 가는 사람들은 농사지은 곡식들을 꾸리꾸리 싸서 품안에 안고 있었다. 가난하지만 땅에서 얻은 소출을 서로 나누어 먹는 인심들이 아직은 세상을 따뜻하게 한다.

　　역내는 점점 혼잡스러워지고 있었다. 이 새벽에 누구도 자신처럼 사연을 품고 움직이는 사람은 없을 것이다. 삶에 찌든 저 얼굴들이 이렇게 부러울 줄 몰랐다.

드디어 열릴 것 같지 않던 창구가 열리고 아가씨가 방금 세수를 하고난 반들거리는 얼굴로 퉁명스럽게 앉아있다. 문을 열지 않아도 되는데 당신들 때문에 열게 되는 것이 억울해 죽겠다는 얼굴이다. 명숙은 서둘러 줄을 선다. 무조건 서울까지 가는 표를 사들고 돌아 나온다.

표를 받아들자 벌써부터 가슴이 두방망이질이다. 작정도 없이 떠나야 하는 길, 서울에 가서는 또 어쩔 것인가. 한쪽 구석에 서서 두근거리는 가슴을 진정시키려는데 시간이 되었는지 개찰이 시작된다. 기차 안은 사람들로 붐볐다. 구릿빛 얼굴을 하고 자기들 몸집보다도 큰 보따리에 치우쳐 서로 밀치고 부딪치면서 자리를 찾느라 좁은 통로를 우왕좌왕하면서 시끄러웠다. 벌써 자리를 찾아 앉은 사람은 새벽부터 서두느라 아침밥을 먹지 못했는지 삶은 계란을 우적우적 먹고 있다. 평소 때는 아까워서 감히 손도 대지 못했을 계란이다.

암탉이 알을 낳기 무섭게 온기가 채 가시지도 않은 것을 냉큼 집어내어 바가지에 담아 둔다. 장날을 기다렸다가 짚으로 열 개씩 꾸러미를 만들어 들고나가 필요한 물건을 살 때 요긴하게 쓰이는, 농촌에서의 생활수단 중 하나이다. 그 귀한 계란을, 껍질을 까고서도 이 귀한 것을 먹어도 되는 건지 어쩐 건지 한참을 요리조리 살펴보다가 입으로 가져간다.

명숙은 자리를 찾아 옷가방을 선반에 올려놓고 자리에 앉는다. 이 많은 사람들은 제각기 갈 곳을 향해 부단히 움직이는데 목적지도 없이 떠도는 부평초 같은 자신을 생각하니 세상에 태어나서 처음으로 꺼질듯이 외로웠다.

아까부터 답답하던 가슴이, 지금은 멍멍하게 명치끝이 아파왔다. 이러다 괜찮으려니 했는데 시간이 지날수록 명치는 점점 뻐개지듯 뒤틀린다. 숨이 막혀 숨을 쉴 수가 없었다.

결혼을 했지만 시댁에 갈 일도 없고 나갈 일도 별로 없는지라 몇 번 입어보지 않던 한복을 오랜만에 입어서 그런가보다 하고 한복의 치마말기를 느슨하게 풀어보았지만 소용이 없다. 이를 악문 채 아픈 가슴을 누르고 있는 명숙이 이마에 송골송골 진땀이 배어 나온다. 긴장된 신경이 위에 경련을 일으키고 있는 중이었다.

일반적으로 급체했다고도 하고 한방에서는 곽란(癨亂)이라고도 한다. 그런 명숙이의 모습을 맞은편에 앉아있던 초로의 영감이 힐끔힐끔 쳐다보더니 뭔가 심상치 않다 싶은지,

"새댁. 워디가 많이 아픈감?"

"예? 아 예. 얹혔는가, 가슴이…."

"가만, 어디 손목 좀."

명숙은 얼떨결에 영감 앞에 팔을 내밀고 영감은 명숙이의 팔목에서 맥을 찾아 짚어본다.

"이런! 곽란이 난 게로구먼. 가만."

영감은 손질이 잘 된 하얀 두루마기를 젖히고 조끼 주머니에서 침통이 든 주머니를 꺼낸다. 영감은 서둘지 않고 침통을 열더니 명숙이 곁에 앉은 사람에게 양해를 구하고 자리를 바꾸어 앉는다.

창백한 얼굴에 땀을 비 오듯 흘리는 환자의 혈을 찾아 사관을 놓기 시작한다. 마지막으로 느슨하게 풀어놓은 치마끈을 조금도 망설이지 않고 헤치더니 오목가슴에도 한방을 꽂는다.

희한한 구경들을 하느라 사람들은 일제히 고개들을 돌리고 쳐다보는가 하면 아예 일어나서 넘겨다보는 사람도 있었다. 너무 아프다보니 부끄러

운 줄도 모르고 치마끈을 풀어헤친 상태로 영감이 하는 대로 내버려 두었다. 역무원이 개찰 확인을 위해 다가왔지만 차마 표를 내 놓으라 하지 못하고 그냥 지나친다.

명치에 침이 들어가자 막힌 가슴이 시원하게 트이면서 통증이 가라앉는다. 명숙은 그만 사지가 엿가락처럼 늘어지는 노곤함을 느끼고 스르르 잠이 들었다. 얼마를 잤는가.

"이봐요, 새댁! 어디까지 가는지는 몰러도 여기가 서울인디. 인자 아픈 건 좀 괜찮은가?"

깨우는 소리에 명숙이 눈을 떴다. 씻은 듯이 통증이 가라앉아 있었다.

'세상에! 죽을 것만 같았는데. 이대로 객사를 하려나보다 했었는데.'

이제 살았다는 생각이 들자 그만 눈에 갇혀 있던 눈물이 봇물이 터진 듯 쉴 새 없이 흐른다. 그 와중에도 살아 있음이 그리도 좋았던가. 줄줄 흐르는 눈물을 닦을 생각도 않고 이제 아프지 않다고, 영감을 향하여 어리광을 피우듯 고개를 크게 주억거린다. 영감은 만족해하면서도 안쓰럽게 쳐다본다.

명숙은 영감에게서 갑자기 돌아가신 아버지 같은 친근감을 느낀다. 사람들은 흘끔흘끔 뒤를 돌아보면서 모두 하차하고 있었다. 영감이 일어나 명숙이의 가방을 내려주고 그녀가 옷을 추스를 때까지 기다려 주었다.

밖으로 나온 영감은 얼굴이 창백한 명숙을 돌아보더니 간단하게라도 요기를 해야 한다고 했다. 명숙이가 감사하다고 연신 고개를 숙이는 동안 영감은 서울역 근처에 있는 음식점으로 명숙을 데리고 간다. 음식점에는 방금 기차에서 내린 사람들인지는 몰라도 꽤 많은 사람들이 앉아 있었다. 두 사람은 한쪽 구석을 찾아 자리에 앉았다. 영감은 명숙이가 흰죽을 먹을 수 있도록 주선해 주고 자기도 이른 점심이지만 국밥을 시킨다.

"중간에 내려야 할 사람이 서울까지 오게 된 것은 아닌가?"

"그런 건 아니여요~."

"음. 서울에 무슨 볼일이 있는가 몰라도 당분간 좀 쉬어야 헐 것인디."

명숙이 고개가 다시 수그러들고, 한참 만에 가느다란 한숨이 새어 나온다. 영감은 직감적으로,

'무슨 깊은 사정이 있는 처자로구나.'

생각했지만 묻지는 않았다.

음식이 나왔다. 들깨를 조금 갈아 넣은 흰죽을 명숙이 앞에 밀어주고,

"되도록 천천히 먹어야 하네. 속이 비면 안 좋아."

"……"

명숙은 자상하게 챙겨주는 영감에게서 또 아버지를 느낀다. 사십대 초반은 좀 넘었을 것 같기도 한 영감은 깨끗하게 늙어가고 있었다. 적당히 오른 살집이 보기가 좋기도 하고 인자하게 생긴 얼굴처럼 말씨도 안존했다.

황량한 들판에 한 점 의지할 곳 없이 내팽개쳐진 처지, 지금 명숙은 이 영감에게 여태 있었던 일을 모두 일어 바치고 싶은 충동을 느낀다. 그다음에는 그녀도 모른다. 나도 저 영감을 모르고 저 영감도 나를 모르는 처지이니 저 영감이 내 이 억울한 소릴 듣는다해도 결과는 변하지 않겠지만 누군가에게 쏟아내지 않고서는 견딜 수가 없을 것만 같았다. 임금님 귀는 당나귀 귀라고 한 마디라도 해야 살 것 같았다. 그만큼 그녀는 지금 외로웠다. 앞일이 무서웠다. 어쩌면 영감에게 도움을 청하고 싶은 것인지도 모른다. 물에서 건져주니 보따리 내놓으라는 격이다.

죽을 다 먹을 수 있도록 편안하게 배려를 해 주고 영감도 국밥을 먹기 시작하는데 명숙이 눈에서는 또다시 시위하듯 눈물이 비집고 나온다. 처음에는 영감에게 들키지 않으려고 참았는데 콧물을 들이 마시는 소리에 영감이 고개를 든다.

얼떨결에 마주보는 명숙이 눈에 고드름같이 매달려있던 눈물이 숟가락 위로 툭 떨어지고, 그것이 신호처럼 그 다음에는 숟가락을 놓고 두 손으로 아예 얼굴을 가린다. 그러나 영감은 아무 말도 물어오지 않았다. 여자가 진정될 때까지 그냥 기다려 주었다. 한참을 어깨를 들먹거리며 속울음을 울던 명숙이 영감에게 고개를 숙이며,

"죄송해유. 진지 드시는 데."

"무슨 사연이 있는 것 같은디. 우선 밥부터 먹고 나서 천천히 생각해도 늦지는 않을 걸세. 어서 수저 들어."

숟가락을 집어 여자의 손에 쥐어주면서 손등을 다독여준다.

영감은 논산에서 시골 한약방을 하는 사람이었다. 시골사람들이 아프면 별 부담 없이 찾아가는 곳이다. 시골에서 한약방 차려 돈 벌었다는 소리는 들어보지 못했고 영감도 제법 많은 농토가 있으면서 약방은 그저 소일거리에 불과했다.

농사는 머슴이 알아서 지었고 식구는 두 살이 많은 아내뿐이다. 부족함이 없는 영감에게 한 가시 한이 있었으니 그들 부부한테는 한 점 혈육이 없었다. 부부는 백방으로 약을 써 보고 무당굿도 해보면서 늙어갔다.

부부의 정도 남달랐다. 아내는 자신이 애를 못 낳는다하여 남편 앞에서 죄인처럼 공손했고 남편은 팔자에 없는 아이를 어떻게 하겠느냐며 모든 것을 팔자소관으로 쓸어안았다.

비교적 재물이 넉넉한 부부는 동네에 덕을 많이 베풀면서 살아가고 있었다. 어려운 이웃한테는 절대로 약값을 받지 않았다. 자신의 침술로 아픈 사람이 나았다면 그것을 최고의 보람으로 여기는 영감을 시골에서는 의원님이라 불렀다. 존경받는 의원님이었다.

재물도 많고 만인들이 우러러보는 인격을 갖춘 영감에게 후손을 이을 씨받이로 들어오겠다는 여자들도 간혹 있었다. 그것도 중매라고 매파가 문턱이 닳게 드나들다가 지레 지쳐버리곤 했다.

아내는 어떻게 해서라도 씨받이를 들이려고 영감을 회유하려 해보지만 결국 영감에게 회유를 당하고 말았다. 그러자 매파의 입에서는 영감의 정기가 부실한 탓으로 자손이 없을지도 모른다는 풍문을 떠벌리고 다녔다. 그 소문에 가장 억울해했던 사람은 본인이 아닌 아내였다.

어느 날 그 동네에 용하다는 점쟁이가 왔다고 아낙들이 곡식 한 됫박씩 앞치마에 감춰가지고 드나들고 있었다. 아낙들은 본전을 뺄 양으로 젖먹이 코흘리개까지 온 식구들을 다 보고 나서도 민적거리고 일어나질 않는다.

"의원댁은 점 보러 안 가실라남?"

옆집 개똥이 할매가 담배를 꼬나물고 대문을 들어서며 하는 소리다.

"무슨 점을?"

"저기 타동네에서 점쟁이가 왔다는디 용 하더라데? 귀신같이 맞추더랴. 우리 아어매도 갔다 온 눈치던디 통 말을 안 허는 것이 시어매가 오래 산다는 소릴 들었능가 원."

"아이구 참. 개똥 할머니도, 별소릴. 젊은 사람들이나 보라지 뭐. 다 산 우리 같은 사람들이야 죽을 날이나 알라면 모르까."

"용허기는 용헌 게벼. 근식 어매가 보겠다고 들어갔더랴. 사주를 짚어

보더니 점쟁이가 대뜸 고개를 상에다 푹 처박고 울더라잖여?"

"점쟁이가 울어?"

"시상에 이렇게 불쌍한 팔자가 또 어디 있단 말이냐고 하면서 울더랴. 그러더니 안 봐 주더랴. 그래도 좀 봐 달라고 근식 어매가 다가 앉으니께 미안하다고 허면서 그냥 일어나 나가버리더라데."

근식 어매라는 여자는 남편이 있으나 그 남편은 첫날밤부터 남편 구실을 하지 못하는 남자였다. 그는 구조상으로나 외관상으로는 너무나 멀쩡했으나 성인이 된 지금까지 한 번도 여자 생각이 나지 않았다. 심지어 아내의 알몸을 보면서도 마음이 미동도 하지 않는다니 아마도 선천적으로 성에 대한 두뇌발달이 정지된 상태인 것 같았다.

새댁은 밤이 되면 들고양이처럼 밤길을 헤매고 돌아다녔다. 동네에서는 새댁이 간밤에 논둑길을 돌아다니더라는 소문이 나돌았고 어느 날 여자의 배가 불러왔다. 그러나 동네에서는 어느 누구도 여자에게 돌을 던지지 않았다.

남편은 배가 불러오는 아내를 보면서도 여전히 일을 나갔고 아내는 땀이 밴 남편의 잠방이를 빨았다. 아내는 여전히 남편의 밥상을 정갈하게 차렸고 남편은 아내가 차린 밥상을 맛있게 먹었다. 여자의 배는 네 번째 불러오고 있었다. 여자의 배를 불린 남자도 네 사람이었다. 여자는 어떤 가정도 파괴시키지 않았다. 여자가 낳은 아이를 남편은 군소리 없이 열심히 먹여 실렸다. 여자도 네 아이를 위해서 품팔이를 해야 했다.

동네 아낙들은 드러내 놓고 말은 하지 않지마는 은근히 남편 단속들을 했다. 그러나 남편 단속을 했던 아낙들은 네 아이들이 자라면서 설마 했지만 그중에 하나가 용케도 자신의 남편을 닮아가는 것을 보면서 모른 척하는 것을 제일 힘들어했다.

동네에는 일찍이 상처하고 아들며느리하고 사는 할아버지가 있었는데 어느 날 여자가 그 할아버지 사랑방에서 나오더라는 소문이 났다. 네 번째 배를 불린 임자가 그 할아버지라는 소문도 있었다. 그러나 여자는 말을 하지 않는다. 자기의 배를 불린 남자가 할아버지든 유부남이든 총각이든 그들과는 상관이 없는 것이다. 남편 생각도 역시 마찬가지였다. 아내의 배를 누가 불려 놓았건 상관이 없고 아내가 낳은 목숨을 살리는 데만 상관이 있었다.

"용허기는 헌가보네유."

"의원댁도 한번 가서 봐 보슈. 혹시 아남? 늦둥이라도 하나 보게 될란지. 의원댁이 부족헌 것이 뭐가 있어, 삼신 할매가 손 하나만 점지해 주신다면 말여. 밑져야 본전이니께 한 번 가서 물어나 봐유우."

"다 늙어서 무슨 수태를 할 수 있다고."

"아녀, 쉰둥이도 있능겨. 아직도 당당 멀었구먼."

두 사람은 누가 먼저랄 것도 없이 장난삼아 대문을 나선다. 누렁이가 안주인의 발꿈치를 물듯이 따라나선다. 점쟁이가 묵는다는 집 마루에는 아는 얼굴들 서너 명이 앉아서 점쟁이라는 아낙과 잡담들을 하고 있었다. 사립을 밀고 들어오는 의원댁을 보자 반색을 하며 일어난다.

점쟁이 아낙은 처음 보는 의원댁을 안보는 척하면서 이리저리 훑어본다. 자신의 얼굴을 유심히 훑어본다 싶었지만 안존한 의원댁은 모르는 척하느라 딴청을 부리는데 점쟁이 아낙 입가에 살며시 미소가 돈다. 중이 제 머리 못 깎는다고 그때 개똥 할매가 풀썩 나선다.

"아줌니! 여기 우리 의원님댁 좀 봐 주지."

"보나마나여. 내 복도 많고, 서방 복도 많고, 자식 복도 많고, 인복도 많어여. 그 동안 쌓은 덕이 하나도 땅에 안 떨어지고 내 앞에 다 쌓였네여."

여자들은 자식이 없는 사람한테 자식 복이 많다는 소리에 그만 입을 다물지 못하고 혹시 잘 못 들었는가하여 서로들 쳐다본다. 의원댁은 생뚱맞은 점쟁이 말에 눈빛이 잠깐 흔들림을 자신도 느낀다. 그러나 금세 가당찮다는 듯이,

"자식도 없는 사람한테 자식 복이 많다니 원."

"자식이 왜 없어, 알토란같은 자식이 둘씩이나 있는디."

"……"

서로를 쳐다보던 아낙들은 미덥지 않다는 표정들을 짓고, 앞치마에 숨겨왔던 곡식이 아까워지기 시작한다. 집으로 돌아오는 의원댁 역시 점쟁이 말이 미덥지 않으면서도 발걸음이 가볍기는 했다.

그날 밤 영감을 기다리는 마음이 설레고, 영감 이부자리 속으로 감히 들어오는 아내를 영감은 의아해하면서 뜨겁게 안아주었다. 남편 품을 나와 몸을 추스르던 아내는 색주가 계집처럼 굴었던 자신이 못내 부끄러워 등을 돌린 채 낮에 점쟁이 아낙이 했던 말을 변명처럼 얘기했고, 아내의 등을 돌려 안쓰러운 듯 안아주는 영감의 눈두덩이 어둠속에서 붉어진다.

오늘은 서울에 사는 육촌 형님 환갑이라 하여 논산에서 기차를 탔던 것인데 이런 일이 벌어진 것이다.

다방으로 자리를 옮겨 앉은 두 사람은 커피가 싸늘하게 식도록 손을 대지 못하고 죽은 피 같은 커피만 바라보고 있었다.

'이히! 침. 그런 순. 어허! 참. 그런 순.'

명숙이의 사연을 들은 영감은 아침에 밀어낸 퍼런 구레나룻만 연신 쓰다듬으며 할 말을 잊는다.

"그럼 지금 새댁은 당장 갈 곳도 없는 것이로구먼."

"아무려면 잘 곳 없어 한데서야 자겠어유?"

"아녀. 서울이 무서운 곳이여. 젊으나 젊은 여자가 섣불리 나다닐 디가 아녀. 무슨 봉변을 당할지도 모르고. 가만 있거라. 우선 어디 숙소부터 정해 놓고 일자리를 구해보던지 해야 헐 것이여."

"지가 아저씨헌티 다 털어놓고 나니까 속이 후련해유. 아버지 같은 맘으로 지를 이해해 주세유."

"젊은 나이에 그런 시련을 겪었으니. 처자 이름이 명숙이라고 했던가? 명숙이! 지금부터 내말 잘 듣게. 당장 숙소를 정해 줄 테니께 딴 생각 하지 말고 우선 들어가 쉬고 있게나. 취직 할 곳은 찾아보면 있을 게고. 내가 형님 잔치 보고 곧 올 테니, 나를 믿을 수 있겠는가?"

"이렇게 초면에 신세를 져도 되까유? 지가 몸 둘 바를 모르겠어유."

"나를 믿어주니 고맙구먼. 어려울 때 일수록 침착하게나. 섣불리 행동하다가 자칫 돌이킬 수 없는 후회를 할 수도 있다네."

"고맙습니다."

먼저 영감이 일어나 찻값을 치르는 사이에 명숙은 쫓기듯이 먼저 다방을 나와 버린다. 다방에 들어올 때부터 한쪽 벽 높이 매달려 있는 스피커에서 이미자 노래가 처량맞게 흘러나오더니 나갈 때까지도,

'엄마는 어디 갔나, 어디에 살고 있나, 아아아~'

울부짖는 소리에 두 귀를 막고 싶었기 때문이다.

서울역 가까운 곳에 비교적 깨끗한 여관을 찾아 들어가는데 젊은 여자가 백주대낮에 드나들기에 어색할 것임을 배려한 영감은 명숙을 골목에 잠깐 기다리게 하고 혼자서 들어간다. 잠시 후 조용한 방을 잡아 명숙이를 들여보내고 여관 주인에게 웃돈을 쥐어주며 단단히 부탁을 한 다음 형님 댁으로 갔다.

죽으라는 법은 없나보다. 호젓한 여관방에 들어오자 명숙은 이제 두려

운 마음은커녕 아주 편안했다. 아버지가 곁에 있는 것처럼 든든했다. 취직을 해서 돈을 벌면 아저씨의 은공부터 갚으면 된다. 기왕 신세 진 김에 일자리도 부탁해 보리라. 그녀는 처음으로 세상 밖으로 나와, 그것도 눈을 떴는데도 코 베어 간다는 서울에서 홀로서는 모험에 첫발을 딛는다.

이제 긴장이 풀렸다싶은지 다시 잠이 쏟아졌다. 그런데 심한 가슴의 통증으로 잠을 깼다. 기차간에서와 똑같은 통증이 엄습해오고 있었다. 덜컥 겁이 났다. 이대로 죽을 것만 같았다. 명숙은 자신도 모르게,

'아저씨! 아저씨! 나 죽어유. 나 좀 살려 주세유.'

온 방안을 데굴데굴 구르며 울부짖는다. 넓은 치마폭이 허리를 돌돌 감고 올라가는 바람에 속곳이 내세상이다 하고 얼굴을 내민다.

다행히도 영감은 어둡기 전에 돌아왔다. 방문을 열었는데 상황이 그 지경이고 보니 급히 여관 조바를 부르고 대야에 뜨거운 물과 수건을 가져오라 이른다. 명숙은 영감을 보자 땀과 눈물로 온통 범벅이 된 채 영감이 자신을 버리고 다시 나가버릴 것 같은지 울면서 목을 끌어안는다.

"아저씨 살려 주세유. 저 좀 살려 줘유. 죽을 것 같어유."

영감은 서둘러 침통을 꺼내 사관을 놓고 이번에는 손수 여자의 치마말기를 풀어 제친다. 풍성한 젖가슴이 여태 막혔던 숨을 쉴 사이도 없이 혈을 찾아 침을 꽂는다. 차츰 엷어지는 통증, 그리고 거짓말처럼 사지가 늘어지면서 잠이 쏟아진다. 영감은 뜨거운 수건을 여자의 오목가슴에 올려 놓고 가만가만 문질러 준다. 여자가 잠이 들었는데도 한참동안 뜨거운 수건을 갈아준다.

잠든 여자의 얼굴을 찬찬히 뜯어본다. 빼어나게 아름답지는 않아도 특별히 모나거나 눈에 거슬리지 않는 거부감 없는 편안한 얼굴이었다. 지금 이 여자에게 닥친 고통의 무게는 젊은 나이가 겪기에는 너무 잔인했다.

왜 남의 일 같지 않은지 모르겠다. 왜 내 마음이 이리도 아픈지 모르겠다. 그냥 모른 척할 수 없을 것 같았다. 만일 잘못되어 나쁜 길로 빠지기라도 한다면 절대로 그것은 자신의 책임일 것 같았다. 왜 그럴까? 글쎄, 그건 나도 모르겠다.

'모르기는 뭘 모르나, 여자로서 안아보고 싶은 게지, 오늘밤 여기에 머물러 있다 보면 오갈 곳도 없고 장소도 호젓한 장소겠다 마음만 먹으면 안아 볼 수 있을 게야, 혹시 오늘 밤에라도 또 아프게 되면 어떻게 하려고 그러나. 그냥 핑계 삼아 이 젊은 여자 곁에 주질러 앉아서 같이 밤을 새워봐. 틀림없이 오늘밤 안으로 이 젊은 여자를 안을 수 있을 게구먼.'

'이런 못된 영감 같으니. 상처투성이로 피를 철철 흘리고 있는 불쌍한 여자에게 또 상처를 입히라고? 더럽고 추잡한 늙은이 같으니라고. 만일 나에게 딸자식이 있었다면 아마도 저 나이쯤은 되어 있을 게야. 내 딸이 저런 고통을 당하고 있다면 어쩔 것 같나. 그냥 모른 척할 수 없을 것 아닌가. 내 마음도 아플 것 아닌가. 그렇지, 바로 그거야. 자식 같은 애처로운 마음에서 우러나온 순수한 마음인 게야. 그러면 그렇지. 자식 같은 마음이었어. 암.'

선과 악의 싸움에서 악이 패하자 영감은 가벼운 마음이 된다. 아무렇게나 널브러진 채 깊은 수면에 빠져있는 여자의 몸을 이부자리를 끌어 덮어주고 일어난다.

여관 주인을 불러 환자가 잠이 깨면 흰죽을 쑤어 줄 것을 부탁하고 내일 다시 올라오겠으니 환자를 잘 돌봐 달라는 당부를 하고 기차를 탔다. 여관 전화번호는 조끼 안주머니에 깊숙이 들어있다.

부랴부랴 집에 도착한 영감은 약재를 지어 가방에 싸 들고 새벽같이 또 서울행 기차를 타기 위해 집을 나선다. 명숙이의 사정을 다 알고 있는 의원 영감은 그녀가 지금 겪고 있는 병의 원인을 알 수 있었다. 젊은 여자의 화병은 침으로는 임시방편일 뿐으로 치료가 되지 않는다.

약재를 하나하나 저울에 달면서 그 애처롭고 불쌍한 여자에게 잠시, 정말 순간이었지만 허튼 생각을 했던 자신이 부끄러워 얼굴이 화끈거렸다. 젊은 나이에 그 험한 꼴을 보았으니 미치지 않으면 다행이다. 우선 몸부터 잘 추스른 다음 어디 정착할 곳을 알아봐 주리라 생각한다. 무슨 인연이기에.

여관에 도착한 영감은 주인에게 약재를 넘겨주며 달여 줄 것을 부탁하고 들어왔다. 명숙은 퀭한 눈을 들어 영감을 쳐다보는데 기다리고 기다렸던 눈빛이었다. 또 아프면 어쩌나 하는 두려움으로 얼마나 불안했던지 영감을 보자 눈을 반짝 빛내면서 반쯤 벌린 입에서는,

"아!"

반가운 탄성이 새어 나왔다.

"아프지는 않았는가? 잠은 잘 오고?"

"예. 아저씨 이 은혜 어찌 갚어야 할지….”

"그런 소리 말고 조금 있으면 여관 조바가 첩약을 다려 올 테니 먹도록 하게. 약 몇 첩 먹으면 다시는 안 아플 것이여. 그 동안 어디 일자리는 내가 한번 알아 볼 테니 아무 걱정하지 말고 정성껏 약을 먹어야 해.”

"아저씨! 고맙습니다. 정말로 고맙습니다. 아저씨.”

첩약을 달여 먹는 동안 명숙이는 정말로 더 이상 아프지 않았다. 그리고 영감이 올라오자 의외로 명숙이의 됨됨이를 잘 본 여관 주인이 영감에게 넌지시 제의를 해 왔다. 주방에 사람이 필요하다고.

그날부터 명숙은 그 여관 주방에서 손님들 밥을 짓는 일을 하게 되었다. 영감은 여관에서 혹시라도 명숙에게 손님을 받게 하거나 함부로 할

것을 염려하여 수시로 올라와 돌보아 주었다. 이제 영감은 명숙이의 정신적 지주이면서 든든한 보호자가 되어 있었다.

첫 월급을 타던 날 명숙은 제 방에 들어가 울었다. 그날따라 아저씨가 더 보고 싶었다. 첫 월급을 타면 아저씨한테 뭘 해 드릴까 생각해 보았지만 특별한 묘안이 떠오르지 않았다. 아저씨의 은혜를 생각하면 첫 월급을 몽땅 털어도 부족했다. 평생을 갚는다 해도 모자랄 것 같았다. 우선 약주라도 대접해 드리면서 천천히 생각해 보기로 했다.

아저씨를 기다렸다. 이제나 저제나 목 늘이고 기다리는데 아저씨는 오지 않았다. 올라올 때가 훨씬 지났다싶은데 소식이 없는 것이다. 혹시 어디 편찮으신 것은 아닌가 걱정이 된다.

사지에 두고 온 인숙과 엄니 걱정보다도 당장 아저씨 걱정을 더 하고 있었다. 혼자 있는 시간이면 온통 아저씨 생각뿐이었다. 어떤 때는 현관에서 들리는 아저씨의 음성을 듣고 뛰쳐나갔다가 숙박 손님과 맞닥뜨리기도 했다. 환청이었다.

자신이 아저씨를 기다리는 것은 아저씨의 은혜에 대한 보답이라고만 생각할 뿐, 한 여자의 가슴에 조용조용 사랑의 씨앗이 움트고 있다는 것을 그녀는 아직 모르는 모양이다.

아저씨는 열흘이 넘도록 소식이 없었다. 어쩌면 아저씨에게 나는 부담스러운 짐이었는지도 모른다는 생각이 들었다. 그 동안 이만큼 보살펴 주었으니 이제 그만 짐을 벗어버리고 싶어 발길을 끊기로 했나보다는 생각이 들었다.

생판 남남인데 그 분의 처사가 당연하다고 생각하면서도 명숙은 서러워지는 마음을 주체하기 힘들었다. 이리에게 맡겨진 고향의 어머니와 어린 인숙과 두 아이는 지금 그녀의 안중에도 없었다. 그럴 수도 있는 것일까, 참으로 어처구니없고 알 수 없는 일이었다.

서러움에 며칠 밤을 지새운 어느 날 저녁 무렵에 영감이 나타났다. 명숙은 반가움에 죽을 것 같았고 아저씨의 품으로 그만 풀떡 뛰어들고 싶었다. 어느새 자신도 모르게 코앞까지 다가가 있었다.

"아! 아저씨."

눈에 그렁그렁 눈물부터 고인다.

"별일 없었능가?"

"저보다 어디 편찮으신 것 아닌가 걱정이 돼서 죽을 것 같았어유. 정말 아무 일 없으셨어유? 지가 보기에는 기상이 많이 틀리신 것 같아유."

마누라처럼 요리조리 살피는 명숙이를 영감은 그저 빙긋이 웃기만 하고 쳐다본다. 이 젊은 여자가 불덩이가 들앉아있는 영감 속을 어찌 알거나. 영감 속은 지금 말이 아니었다.

자식이 없는 영감 내외는 근래에 와서 그 동안 느끼지 못했던 쓸쓸함이 늦가을 문풍지에 바람 들듯 스며들었다. 장성한 다른 집 자식들 혼인잔치에 다녀올 때마다 느끼는 허전함과 공허였다. 게다가 손자를 보았다고 벙글벙글 웃어쌓는 이웃들을 볼 때면 더욱 그랬다. 이제는 두 내외도 예전처럼 아무렇지 않지가 않았다. 언제부턴가 나이 먹은 아내 곁이 춥다고 느껴졌다.

그날 저녁 일을 마친 명숙은 주방에서 따로 안주를 정성껏 만들어 주안상을 들고 들어왔다. 그녀는 다소곳이 앉아 한잔을 정성스럽게 따라 올린다.

"아저씨! 고맙습니다. 아저씨한테 이것밖에 해 드릴 수 없어 죄송해유."

"그래 일은 고되지 않고?"

"하나도 고되지 않어유. 근디 아저씨 무슨 근심이 있으신 것 같어유. 혹시 자제분들이 부모님 속을 쎅히는가 어쩐가…"

그때 영감의 치뜬 눈이 명숙이를 쏘아본다. 찔끔한 명숙은,

'이런, 내가 말을 잘못 했구나'

하고 고개를 숙이려는데,

"속 썩힐 자식이라도 하나 있다면 소원이 없겠네."

하더니 화가 난다는 듯 술을 한입에 확 털어 넣는다.

"예? 그게 무슨 말씀이신지, 자식이 없다니유?"

연거푸 술을 몇 잔 들이킨 영감은 의아해하는 젊은 여자 앞에서 마치 오랜 친구처럼 지금의 자기 심중을 넋두리하듯 털어놓기 시작한다.

"우리 부부는 삼신할멈에게 뭔가 밉보인 것이 있는 모양이여. 전생에 자식을 낳았지만 키우지 못한 죄를 지었거나 자식에게 부모 노릇을 제대로 하질 못 했거나 죄를 져도 아주 못된 죄를 지었던 게여. 그만큼 빌었으면 그 흔한 자식하나 줄만도 하건데 말이네. 지금까지 살아오는 동안 안 사람이나 내나 그리 인심 사납게 살지는 않은 것 같은데 말여. 남의 눈에 눈물 나게 한 일도 없는 것 같고. 그래도 내 딴에는 이웃을 돕는다고 도우면서 살아 왔건마는. 팔자에 없는 자식이려니 하다가도 남들이 자식을 여우네 어쩌네 하면 한 번씩 숫증이 솟는 것이 영 좋지가 않어. 앞에 오는 호랑이는 피해도 뒤에 오는 팔자는 피할 수 없다는데 아무리 덕을 쌓은들 팔자에 없는 자식이라면 낸들 어쩌겠나. 허허허."

나잇살이나 먹은 사람이 어린 여자 앞에서 넋두리한 것이 민망한지 영감은 허탈한 웃음으로 눙치려 한다. 하지만 명숙이의 눈에는 그리도 좋아 보이던 모습은 온데간데없고 상처 입은 노새 한 마리가 쓸쓸하게 앉아있는 것이 보일 뿐이다. 상처 입은 노새는 아픈 상처를 감추기 위해 안간힘

을 쓰고 그 모습에서 젊은 여자의 가슴이 속절없이 무너지고 있었다.

여자는 자신도 모르게 무릎걸음으로 다가간다. 상처 입은 노새에게 다가간다. 여자는 한때 살려달라고 매달렸던 그 목을 끌어안는다. 영감은 당황하고, 여자의 팔은 노새의 목을 풀지 않고 있었고 그리고 노새는 황당한 소리를 듣는다.

"지가 아저씨를 위해 할 수 있는 일이 있다면 다 해 드리고 싶어유. 아저씨를 위해서라면 지는 뭐라도 할 수 있어유. 아저씨가 자식을 그리 원하신다면, 아니 지금도 늦지 않았다면, 아저씨의 자식을 낳아드리고 싶어유. 그렇게 해드릴 수만 있다면 해드릴 께유."

진심이었다. 그녀는 이제야 알 것 같았다. 어느덧 아저씨를 향한 연정의 새싹은 이미 무성하게 자라 있었다. 한 세대의 연륜을 뛰어넘어 사랑은 빠르게 달음박질로 다가왔다. 핏덩이만 낳아주고 사라져주기를 원한다면 그리 해줄 수도 있었다. 저 쓸쓸한 노새의 상처를 핥아주고 싶었다. 상처가 아문 노새가 다시 힘찬 뒷발을 차며 달리게 하고 싶었다. 제 몸 어딘가를 힘없는 이 노새에게 다 뜯어 먹혀주고 싶었다. 아저씨를 지금 당장 안아주고 싶었다. 영감은 갑자기 젊은 여자의 팔을 거칠게 풀어 밀어내다가 서둘러 다시 와락 끌어안는다.

영감은 그 동안 명숙에게 다니면서 그리도 자제했던 연분홍 꽃이 속절없이 피고 있었다. 어린 여자에게 연정을 품는 자신을 혐오스럽게 여기면서 모질게 닦달을 했지만 소용이 없었다. 선과 악의 대결에서 이번에는 악이 번번이 우세를 했다.

마지막 수단으로 주책없는 마음이 접어질 때까지 발길을 끊어보려고 서울걸음을 하지 않고 있었던 것이다. 해가 뜨면 자신도 모르게 출타할 채비를 하고 나섰다가 흠칫 놀라 되돌아오기를 수없이 했다.

동녘에 뜬 해가 서녘으로 넘어가기까지가 이렇게 길다는 것을 처음 알았다. 눈을 뜨고 있는 밤이 이렇게 길다는 것도 처음 알았다. 아내의 이불 속이 이렇게 썰렁 했던가 싶었다. 그런데 오늘 이웃집 아낙이 일없이 와서는 우리 며느리가 태기가 있는 것 같다고 입이 찢어지게 자랑을 하고 돌아갔다. 아내는 또 틀림없이 영감 눈치를 많이 볼 것이고, 솔직히 자신도 심상이 많이 사나워 집을 나섰는데 자신도 모르게 기차역으로 발길이 떨어진 것이다.

그런데 지금 명숙이가 내 아이를 낳아줘도 되느냐고 감히 말하고 있다. 심성으로 보아 늙은이를 희롱할 여자는 분명 아니다. 이 순간, 심중 깊은 곳에서는 아이보다는 여자를 품고 싶은 욕망을 숨길 수가 없었다. 그러나 혼신을 다해 자중한다. 영감은 여자를 그대로 안은 채 낭창낭창 감겨드는 여자의 등을 쓰다듬으며 여자를 달랜다. 용트림을 하며 뻗치는 자신을 달랜다.

"자네의 그 고마운 마음만 내가 받음세. 여태까지 없던 아이가 생길 리도 없겠지만 자네가 방금 했던 말 자네의 진심임을 내가 알겠네. 고맙네."

여자가 영감의 품을 빠져나온다. 술상을 밀어내고 이부자리를 펴고 있다. 영감은 여자의 몸짓 하나하나를 뚫어지게 쳐다본다. 여자가 꽃무늬가 잔잔한 윗도리를 벗는다. 치마말기를 풀어내자 찌그러졌던 젖가슴이 봉긋이 솟아오르며 막혔던 숨을 내쉰다. 영감이 다가가 나머지 껍질을 양파껍질 벗겨내듯 하나하나 서두르지 않고 벗겨낸다.

탱탱한 젊은 나신이 눈부시게 아름답다. 영감은 유리그릇을 다루듯 소중하게 여자를 안는다. 여자는 어둠속에서 순간순간 쏟아지는 별을 본다. 쏟아지는 것은 별이었다가, 하얀 눈 송이었다가, 다시 어둠이었다가, 오

색찬란한 불빛이 되기도 한다. 형형색색으로 변할 때마다 여자의 입에서
는 앓는 소리에 섞여 단내가 폴폴 날린다.

'아, 이런 것이었구나, 이런 것이었구나, 바로 이런 것이었구나.'

두 아이를 낳고서도 아직까지 성의 신비를 모르던 명숙이 처음으로 신
비한 경험을 한다. 완숙된 젊음은 낙지발 같은 흡입력으로 먹이를 붙들고
둥실둥실 구름을 타는 듯 무아지경에서 순간, 이대로 죽음을 맛보고 싶은
충동을 느낀다.

그 시간에 고향집에서는 무슨 일이 벌어지고 있었던가. 덕배는 칼에 베
인 성기를 부여잡고 새우처럼 등을 구부린 채 나뒹굴고 있었고, 동생 인
숙은 맨발인 채로 남의 집 담장 밑에 쭈그리고 앉아 토악질을 하고 있었
으니. 명숙이가 세상하고도 바꾸고 싶지 않은 행복한 사랑을 하고 있는
것도 모르고 이제 그만 언니가 돌아와 주기를 원하고 있지 않았던가.

농업의 변천

방앗간도 언제부턴가 사양길에 접어들고 있었다. 서양문화가 들어오고 수입 물건들이 범람하다보니 식생활도 서양문화를 본 따 빵을 먹는 국민들이 늘어났다. 당연히 쌀 소비가 줄게 되고 쌀이 남아돌아 쌀값은 급격히 떨어질 수밖에 없었다. 때에 맞춰 정부에서는 농민들에게 특용작물 재배를 적극 권장하면서 그에 따른 영농자금 예산을 늘려 후원을 해 주었다.

농민들은 하나 둘 쌀농사를 짓던 농토를 특용작물 재배지로 바꾸게 되었다. 농민들은 다투어 정부에서 주는 영농자금을 받아 논밭을 갈아엎고 비닐하우스를 쳤다. 이제 논에서는 쌀 대신 비닐하우스 속에서 수박이나 딸기나 토마토, 오이, 갖가지 과일과 채소들이 나오고 단무지 무가 나왔다. 그러나 특용작물 재배를 할 수 없는 땅이 있었다. 절대농지라 하여 어떠한 경우에도 농지 이외의 목적으로는 사용할 수 없도록 농림부 장관이 지정하여 고시한 땅과, 사시사철 물이 고여 있는 습지였다. 논 임자들은 특용작물로 해마다 풍요로워지는데 방앗간 기계는 거미들이 그네를 타고 돌아다녔다. 덕배의 손에도 이제는 기름통이 들려있지 않았다.

농촌에서는 기계화된 농사를 짓고 있었다. 밭을 갈거나 농사를 지을 때 소가 끄는 쟁기를 사용하지 않고 외국처럼 농기구가 보급되어 논밭을 갈고 모를 심고 추수를 했다. 농민들은 농협에서 융자를 받고 저축해 놓은 돈을 몽땅 털어 너도 나도 농기구들을 들여놓았지만 그러나 농기구를 제대로 사용할 줄 아는 농민은 드물었다. 고장이 나더라도 손볼 줄 아는 농민들은 거의 없었고 수리비가 너무 많이 든다하여 그대로 방치해 두는 집들이 많았다.

기계를 볼 줄 아는 덕배는 이제 방아를 돌리는 그 시간에 고장난 농기구를 손보기 위해 불려 다녔다. 밭을 갈아주기도 하고 논도 갈아주었다. 모판에 있는 벼 모도 농기구를 이용해서 심어 주었다. 농기구를 잘 못 사용하여 들이는 수리비보다 덕배의 품값이 훨씬 싸다는 것을 계산하였고 덕분에 덕배는 쉴 틈이 없었다. 그리고 어느 날 논을 갈아주고 잠시 주인과 새참을 먹는데 땅주인이 넋두리를 늘어지게 하는 소리를 듣는다.

"병충해가 심해서 죽도록 농사 지어봐야 농약 값 제하고 나면 뭐 남는 것이 있어야 말이지. 농약 값이 해마다 천정 높은 줄 모르고 오르니 원. 품삯은 또 어떻고? 이것 제하고 저것 제하고 나면 결국 빈손이여. 오죽 허면 경기도 워디라나 거기는 절대농지 가진 사람덜이 많은디 수지가 안 맞는다고 그냥 놀리고 있디야. 자네같이 품삯 안 들이고 농사를 지을 수 있다면 모르까."

덕배는 몇날 며칠을 두고 곰곰이 생각을 했다. 경기도 어디에 놀고 있는 땅을 몽땅 빌려서 농사를 짓고 싶었다. 놀고 있는 땅이니 빌리는 값이 그리 많을 것 같지도 않고, 무엇보다도 먼저 이곳을 뜨고 싶었다. 품일을 가는 집마다 새참을 먹고 나서 조금이라도 쉬려고 하면 사람들은 영락없이 물어왔다.

"애들 엄마는 아직도 어디에 있는지 소식 읎남? 소식도 없는 애들 엄마만 기다릴 것이 아니라 자네도 그만 새로 시작을 허지 그려? 인숙이도 지 인생이 있는 것인디 언제까지 처제를 붙잡아 두고 있을 껴?"

"……."

언제부터인지는 모르겠으나 아이들이 커가고 시간이 흐르다보니 인숙은 장에 나가 필요한 물건을 사야 할 때면 방앗간 쪽방 문을 두드렸다. 엉거주춤 문을 열고 내다보는 덕배에게 쪽지를 내 보였다. 거기에는 아이들 옷가지며 신발들, 아이들에게 필요한 물건들이 맨 먼저 적혀있고 그리고 생활필수품들이 적혀 있었다. 글을 제대로 모르는 덕배는 잔뜩 부어터진 얼굴이지만 한 번도 거절해 보지 못하고 내주었다. 왠지 아내 명숙이한테 하듯 거절을 했다가는 두말하지 않고 쫓아낼 것 같은 두려움을 느끼고 있었다. 그는 칼부림당한 이후로는 인숙이 처제라기보다 주인 같은 무게를 갖게 되었다.

작년에 중풍으로 누워있던 어머니가 돌아가셨을 때 인숙은 어린 나이임에도 아주 침착했다. 맨 먼저 민식이를 시켜 덕배에게 알렸다. 어떻든 명색이 사위니 그는 아들 없는 빈소를 지킬 사람이었다. 덕배는 의외로 아이의 전갈을 받자 마치 아들처럼 달려 나왔다.

큰일을 치르는 동안 덕배는 없어서는 안 될 큰 몫을 해 주었다. 그는 칼부림 이후 안주인의 지시를 받고 움직이는 성실한 머슴이었다. 인숙은 안주인답게 머슴을 부렸다. 이웃들도 아내가 없는 사위 보다는 인숙이를 주인이려니 했다. 필요한 것들을 인숙을 불러 알려주면 인숙은 덕배에게 지시했다. 처제의 지시를 받은 덕배는 상사의 명령을 받은 졸병이 여태 하던 짓을 팽개치고 달려오듯 신속하게 움직였다. 훈련된 사냥개처럼 움직이는 덕배를 보고 이웃들은 또다시 덕배의 칭송들을 하느라 침이 마른다.

초상집 마당에서조차 문상객들은 인숙이를 동정하는 만큼 명숙은 여지없이 화냥년이 되어버렸다. 그런 소리가 귀에 들릴 때마다 인숙이 가슴은 갈래갈래 찢어지고 어머니를 잃은 슬픔보다 덕배를 향한 중오심 때문에 힘이 들었다.

언니는 지금 어디서 무엇을 하고 사는지, 엄니가 돌아가셨어도 연락할 수가 없었다. 삼년이 넘도록 편지 한 장 오지 않는 것을 보면 어디서 고생을 얼마나 하고 있는지, 죽었는지 살았는지, 그런 불쌍한 언니가 천하에 못된 년이 되어 입에 오르내리는 것을 들을 때 인숙은 사지가 벌벌 떨렸다.

"시상에 저런 서방을 버리고 샛서방을 따라 갔으니 팔자는 다 맘이 가리키더라고 복을 차버렸지 뭐. 바람나서 내뺀 여편네 엄니 돌아가셨다고 상주노릇 하는 것 좀 봐. 덕배가 심지는 곧은 사람이여."

"근디말여 인숙은 즈이 형부헌티 뭐가 못마땅한 건지 막 함부로 허네? 덕배는 어린 처제 앞이서 꼼짝을 못 허는 것 같고?"

"그야 자기 애들을 키워주니께 어쩔 수 있남. 시방 인숙이가 엄니도 돌아가시고 했으니 나도 모르것다 허고 나가 불면 어쩔껴. 그러니께 비위를 맞추느라고 그러는 거겠지."

"허기사 인숙이도 성질이 날 테지. 즈이들 치다꺼리를 왜 내가 해야 하나 생각하면 속이 상하지 않겠어?"

어디가나 눈치 빠른 사람 한 둘은 있는 법이어서 인숙이가 덕배에게 함부로 하는 것을 긴히 눈 여겨 보는 사람들끼리 하는 소리다.

문상객들의 수군거리는 소리에 심상이 심히 사나워진 인숙은 덕배가 행한 그동안의 행실을 그들 앞에서 낱낱이 얘기해 버리고 싶어진다.

'당신네들이 뭘 안다고 그리들 찧고 까불러 쌌소. 저놈은 사람의 탈바가지를 쓴 짐승이오. 저 탈바가지를 벗겨보면 그 안에는 흉측한 이무기가 나올 것이오. 저 놈 때문에 내 아버지가 죽었고 저놈 때문에 내 엄니가 죽

었고 저놈 때문에 언니가 집을 나갔고 저놈 때문에 나는 영영 목이 꺾인 해바라기가 되었소.'

소리를 고래고래 지르고 싶은 충동을 가까스로 참는다.

진실은 항상 깊숙이 숨겨져 있기에 모습이 없고 거짓만 화려한 무대 위에서 관객들을 매혹시킨다. 관객들은 무대 뒤편에 알몸으로 들앉아 있는 진실까지 볼 수 있는 눈이 없다. 단지 무대 위에서 움직이는 거짓만 볼 뿐이다. 그러나 무대의 휘장을 걷어 버린다면 그들도 볼 수 있을 것이지만 단지 휘장을 걷을 용기가 없을 뿐이다.

어머니가 돌아가시고 나서 가마솥에 들앉아있던 밥은 소반에 올라와 있었다. 양은솥 속에서 쳐다보던 국그릇과 부뚜막에 문지기처럼 앉아있던 보시기들도 올라왔다. 놋숟가락과 젓가락까지도.

칠거지악으로 내쫓길 처지에 있는 조강지처도 부모상을 치렀으면 용서를 받았듯이 큰일을 치르고 나서 덕배를 향한 인숙이의 마음이 다소 너그러워진 것은 사실이다. 그래서 밥상을 차려 놓기까지만 해 주었다.

그녀는 큰일을 치르는 동안 자신이 그래도 덕배를 많이 의지하고 있음을 깨달았다. 아니 덕배가 나가버리면 어쩌나, 하는 두려운 생각까지 들 때도 있었다. 그러다가 그런 자신에게 화가 나기도 했다. 코만 들여놓자던 코끼리가 몸뚱이까지 다 들어와 주인이 도리어 나가야 될 판인데도 그 코끼리가 다시 나갈까봐 두려워하는 어리석음이 아니던가.

덕배는 부뚜막에 차려진 아침을 먹고 집을 나선다. 어제 논갈이를 했던 집을 향해 가는 것이다. 절대농지를 놀리고 있는 고장이 어디쯤 있는 것을 알아 한가한 틈을 이용해 직접 확인을 해 보려는 것이다. 그리고 다음 날 하루 동안 나갔다 들어와서는 조심스럽게 처제에게 말을 걸었다.

“아무래도 벼농사 짓는 사람들이 적어 노니께 방아 찧으러 오는 사람도 없고… 그래서, 이사를 가야 허겄는디.”

“……”

그 한마디 비쭉 비치고 들어가 버린다. 그리고 어느 날 집이 팔렸으니 이삿짐을 싸야 한다는 것이다. 인숙은 아이들하고 살기 위해서는 이제 죽으나 사나 덕배에게 의존할 수밖에 없음을 통감하고 퍼뜩,

‘언니가 데리러 오면 어쩌지?

하는 생각이 인숙이 머리에 잠깐 스친다.

새로운 정착

　덕배는 절대농지를 놀린다는 고장을 찾아 나섰다. 도착하고 보니 듣던 대로 광활한 들판에 논들이 방치된 채로 빈둥빈둥 놀고 있었다. 벌써부터 가슴이 술렁거린다. 저 땅이 모조리 제 것처럼 느껴졌다.

　동네에 들어서면서 담장 너머로 기웃거려 보았다. 역시 농기구들을 구박대기 취급하고 있는 농가들이 많았다. 농사에서 손을 떼고 도회지로 떠난 집들도 적잖다는 소문도 들었겠다, 집을 구하기는 어려울 것 같지 않았다.

　덕배는 먼저 구장을 찾아갔다. 동네 사정을 미리 알고 왔는데 생판 처음인 것처럼 물었다. 굼벵이도 구르는 재주는 있다더니, 구장은 젊은 사람들이 모두 떠나버리는 마당에 젊은이가 가솔을 데리고 들어오겠다고 하니 흉년에 떡을 시루째 받은 얼굴이다. 점심까지 대접을 받으면서 이것저것 여러 가지 알아보고 돌아오는 길이다.

　기계를 잘 아는 덕배는 그 동안 손질이 잘 된 방아기계를 아주 좋은 값으로 넘기고 집도 넘겼다. 목돈을 손에 쥐었으니 어디론가 혼자서 훌쩍 떠나버릴 수도 있겠는데 그러나 덕배는 그러지 않았다. 아무리 욕심이 많다고는 하지만 그가 혼자가 되는 악몽에서 벗어나지 못하는 한 그런 교활함은 죽을 때까지 없을 것이다.

　생각할 수도 없는 패륜을 저지르고도 어릴 적 악몽을 잊지 못하고 내쫓김 당할 것이 두려워 오히려 이성을 잃고 도끼자루를 휘두르던 덕배였다.

그런 그가 스스로 도망간다는 것은 아마도 고양이가 쥐에게 쫓기기보다 더 어려울 것이다. 어떻든 덕분에 가솔에 대한 책임은 완벽해 보였다.

이사 온 고장은 도회지에서 비교적 멀지 않은 농가였다. 도회지가 가까운 농가의 젊은이들은 도회지 바람이 들어 너도나도 시골 생활에 넌덜머리를 내고 떠나버렸기 때문에 빈집들이 많았다.

덕배는 이삿짐을 부려놓고 맨 먼저 또 구장 댁을 찾아갔다. 우선 소박데기 취급을 받는 농기계들을 필요한 종류별로 알아보기 위해서다. 물론 농기계들은 고철 값도 안 나갈 만큼 엉망으로 방치되어 있었다.

주인들은 제발 쓰레기 치우는 셈 치고 그냥 가져가라했다. 덕배는 입이 찢어지게 웃고 싶었지만 꾹 참았다. 다음에는 놀리는 땅을 짓겠다고 하면서 소작료는 얼마나 주어야 하는지 물었다.

"그려. 논이야 농기구 같지 않고 빈 땅들이 귀찮게 하는 것도 아니것다. 남의 땅에 발을 들여 놓는 것이니 놀릴망정 그냥이야 지어 먹으라고는 하지는 않을 것이고 그렇다고 땅을 놀려본들 쌀 한 톨 구경이나 헐 수 있나? 그러니 그저 식량이나 할 수 있으면 땅 주인들은 할아버지 허겄지 뭐."

구장이 중간에서 계약해 준 소작료는 땅 소출에 따라서 천 평에 쌀 한 두가마면 족했다. 덕배는 우선 논 삼만 평을 짓기로 하고 돌아왔다.

다음날부터 그는 농기계 손질을 하기 시작했다. 다시 그의 손에는 기름통이 들려져 있고 앞자락에는 페인트가 덕지덕지 달라붙어 있었다. 기계를 손질하고 있는 덕배의 얼굴은 진지했다. 대상도 없는 욕설을 씨 부리는 일도 없었다. 그리고 언제부턴가 덕배가 주인으로 행세를 하고 있었다. 그것은 아주 자연스럽게 이루어졌다.

이제 그는 머슴이 아니었다. 이유야 어찌되었건 집을 팔고 사고 모든 것이 덕배의 손에서 이루어졌고 가족의 생계를 떠맡고 있는 그가 하지는 대로 움직여야 하기 때문이다. 인숙이도 그런 덕배를 아주 자연스럽게 머슴 과에서 풀어주고 있었다. 즉 밥상을 차려서 아이들하고 먹을 수 있게 해 주었고 벗어놓은 옷도 빨아주었다. 필요한 물건을 사야할 때 쪽지에 적지 않았다. 아이를 시켜 필요한 액수를 달라고 했다.

봄이 되자 덕배는 겨우내 손질해 놓은 농기계를 끌고나가 논갈이를 했다. 볏모도 심었다. 부지런한 덕배는 오직 일밖에 몰랐다. 일에 미쳐 있었다. 인숙은 덕배의 아내처럼 집안에서 텃밭을 가꾸고 아이들을 돌보았다. 덕배가 아침에 농기계를 끌고 나가면 인숙은 아예 간단한 점심요기 할 것을 좌석에 올려놓았다. 남들처럼 따끈한 점심을 만들어 들에 내가는 그런 짓은 하지 않았다.

여태 무관심하게 방치되었던 땅들은 오랜만에 사랑을 받더니 배반을 하지 않았다. 대 풍년이 든 것이다. 첫 술에 배부르랴 하지마는 덕배의 첫 술은 배가 부르다 못해 넘쳤다. 첫해에 재미를 보더니 그 이듬해에는 더 많은 논을 짓기 위해 또 구장을 찾아갔다.

인숙은 요즘 잠을 이루지 못하고 뒤척인다. 이 일을 어떻게 수습해야 할지 고민에 빠져있었다. 민식이가 내년에는 학교에 들어갈 나이가 되었기 때문이다. 그런데 아이들은 아직까지 출생신고가 되어있지 않은 상태로 있었다.

고향에서 이사하기로 결정이 났을 때 인숙은 전출신고를 하기 위해 면사무소에 갔었다. 문맹인 덕배는 전출입이 무엇인지조차도 모르는 형편이니 인숙이가 나선 것이다. 그런데 어찌 된 건지 언니가 그냥 처녀로 남아 있었다. 아이들이 아예 출생신고조차 되어있지 않은 것은 당연했다. 이 세상에 없는 아이들이었다. 기가 막혔다.

당시 언니가 결혼하고 차일피일 하는 사이 집안에 우환이 생기고, 아버지가 돌아가시고 경황이 없어 어찌어찌하다가 그 사건이 일어나 언니가 집을 나가버리고는 그만이었던 것이다.

인숙은 먹먹한 가슴으로 돌아오는 길에 풀섶에 주저앉아 울었다. 아이들이 불쌍해서 울었다. 면사무소 직원은 인숙이 아이들 어머니로 알았는지 구장 확인을 받아오면 혼인신고와 함께 출생신고가 가능하다고 했고 인숙은 그나마 다소 위안을 받으며 돌아왔었다. 언니가 돌아오면 그때 구장 확인을 받아서 혼인 신고와 아이들 출생신고까지 끝내고 나서 다시 이혼 수속하면 되겠지 싶었기 때문이다. 그 당시 자신이 할 수 있는 일이 아무것도 없었다. 그랬는데 언니는 아이가 학교에 들어가야 할 지금까지도 소식이 없는 것이다. 벌써 이웃집 아이들은 취학통지서가 나오고 있는데 어찌 해야 하는지.

인숙은 다시 면사무소를 찾아갔다. 담당자를 찾아 면담을 했다. 여기서도 인숙이 본인으로 알고 있는 담당자는 자세하게 일러준다. 남편의 호적등본과 아내의 호적등본을 떼어 오라고. 아이들의 생년월일도 함께 적어 오라고 했다.

인숙은 다시 고민에 빠진다. 언니의 호적등본을 떼려면 본인의 신분증이 필요하기 때문이다. 언니는 지금 어디에 있는지 소식도 모르는데 그렇다고 아이들을 언제까지 세상에 없는 아이들로 버려둘 수는 없었다. 그녀는 집에 돌아와 며칠을 더 생각하고 또 생각하다가 죽음보다 더 어려운 결심을 하기에 이른다.

초등학교시절 같은 반에 엄마 없는 남자아이가 있었다. 아이의 엄마가 돌아가셨는지 집을 나갔는지는 잘 모르지만 그 아이는 있는 듯 없는 듯 그림자처럼 조용했다. 지은 죄도 없는데 언제나 죄인처럼 눈치를 보았다.

그 아이를 떠 올리면 습한 그늘 같은 느낌이 먼저 떠올랐다. 웃을 때도 소리를 내지 않았다. 웃다가 누구와라도 눈이 마주치면 물건을 훔치다 들킨 것 마냥 흠칫 웃음을 거두어들였다. 웃는 것조차도 허락이 되지 않은 아이처럼.

반 아이들은 엄마가 없는 것이 큰 죄인이거나 돌림병자처럼 그 아이를 비켜갔다. 또 이유도 없이 그 아이를 잘 때렸다. 아니 이유가 있기는 했다. 엄마가 없다는 이유였다. 그 아이는 누구에게도 져야했다. 그 아이가 누구와 싸워 이긴다는 것은 누워있어야 할 시체가 벌떡 일어나는 것만큼이나 기이한 일이었다. 그 아이 자리를 돌아보면 없는 듯이 있었고 있는 듯이 없었다. 마치 허깨비 같았다.

어느 날 한 아이가 돈을 잃어버렸다고 소란을 피웠다. 그런데 하나같이 모두 그 아이를 돌아보는 것이다. 심지어 인숙이 자신까지도 그랬다. 그 아이의 자리는 돈을 잃어버린 아이의 옆자리도 아니고 앞자리도 아니고 뒷자리도 아니었다. 돈을 잃어버린 아이와 아주 멀리 떨어진 자리었다.

모든 시선이 쏠리자 겁을 먹은 아이의 얼굴이 홍당무처럼 붉어지기 시작했다. 아이들은 얼굴까지 빨개진 확증을 붙들고 더욱 집요했다. 아무리 털어내도 달라붙는 진드기처럼 수십 개의 눈망울들이 파고들었다. 급기야 그 아이는 처음으로 소리를 내어 울면서 뛰쳐나갔다. 아이가 앉아있던 자리에는 방금 싸버렸는지 김이 모락모락 나는 오줌이 흥건하게 흘러있었다. 아마도 아이는 자기가 싼 오줌 때문에 울었던 것일지도 모른다.

그 다음부터 그 아이를 보지 못했다. 잃어버렸다는 돈은 옆에 있는 짝꿍 손에 들어가 있었다. 다음날 군것질하다가 들키는 바람에 교무실로 불려갔다. 짝꿍은 훔친 것이 아니고 책상 밑에서 주웠다고 했다. 그리고 즉시 짝꿍 엄마가 교무실에 들어와 큰 소리를 치고 돌아갔고 짝꿍은 씩씩하게 학교에 잘 나왔다.

　엄마가 있는 아이는 도둑질을 했어도 학교에 나올 수 있었고 엄마가 없
는 아이는 도둑질을 하지 않았어도 학교에 나오지 못했다. 반 아이들 중
에는 그걸 이상하게 여기는 아이들이 한 사람도 없었다. 인숙이 자신도
그랬으니까. 엄마가 없는 아이들은 으레 그러는 것이려니 했었다.

　우리 민식이 민희에게도 분명 어미가 없다. 그 아이들이 학교에 들어가
아이들로부터 '얼라리 꼴라리, 민식이는 엄마도 없대요. 민식이는 엄마가
도망갔대요' 놀림을 당하고, 언제나 죄인처럼 소리 내어 웃지도 못하는, 웃
다가 누구와 눈이 마주치면 웃음을 거둬들이는, 습한 그늘 같은 아이가 되
어 있는 민식이, 민희를 떠올려본다. 잃어버린 물건이 있을 때마다 민식이
를 향하여 집요하게 달라붙는 수많은 눈동자들을 떠올려 본다.

　인숙은 고개를 세차게 좌우로 흔들어버리고 벌떡 일어나 방문을 박차
고 나간다. 그리고 덕배의 방문을 두드렸다. 방금 논에서 돌아와 세수를
하였는지 목에 수건을 걸친 채 내다본다.

　인숙이의 얼굴이 아주 사나워져 있었다. 잠시 덕배가 눈치를 보는 듯
밖으로 나온다. 그녀는 덕배를 외면한 채 신분증과 도장을 내 놓으라 했
다. 잠시 의아해하는 덕배에게 빽 소리를 지른다.

　"민식이가 내년에 입학을 해야 하는데 취학통지서가 안 나오잖아요!"

　"왜 안 나오는디?"

　"민식이 민희는 아직도 출생신고가 안 되어 있으니까 안 나오지. 지금
이 세상에 없는 아이들로 되어 있는데 어떻게 취학통지서가 나와."

　"그거이 뭔 말이여?"

　"어이구 답답해라."

　가슴을 퍽퍽 친다.

"언니하고 혼인신고도 안 되어 있는데 아이들 출생을 어다다가 올려요."

"……."

밥 먹고 살면 되는 것이지 그런 것도 다 있는가싶은 얼굴을 한 덕배는 웅덩이에 빠진 황소같이 눈만 끔벅거린다.

"지금이라도 아이들 출생신고를 하려면 혼인신고를 해야 하는데 언니가 없잖어!"

"그럼 어차피 안 되는 거 아녀?"

"그렇다고 민식이 민희 학교도 보내지 마까? 세상에 없는 아이들로 그냥 놔 두까?"

무식한 화상이 한심하고 생각할수록 밉살스러워 자신도 모르게 악을 쓰다 보니 꼭 남편 같은 착각이 들으려 한다.

"……."

덕배는 슬그머니 방으로 들어가더니 주민등록증과 나무도장을 들고 나온다. 한 번도 꺼내보지 않았던, 사연이 많은 신분증이었다.

주민등록증은 1962년 5월 10일에 제정된 주민등록법에 의하여 최초로 발급되었다. 관할구역에 주민으로 등록이 된 자 가운데 17세 이상인자에게 그 주소지의 시장이나 군수, 구청장이 발급해주는 신분증이었다. 덕배는 그때 자전거포에서 일을 하고 있을 때였다.

떠돌이인 덕배가 그 관할지역에 주민으로 등록이 되어 있을 리가 만무한 것은 당연했다. 그때 그의 나이 18세였으므로 남들처럼 주민등록증을 발급받기 위해 군청으로 갔으나 서류를 아무리 들춰본들 그의 이름은 없었다.

담당자가 덕배의 본적지를 물어보았지만 그가 알고 있는 것은 삐뚤어진 초가집만 보일뿐, 그 삐뚤어진 초가가 있는 주소지를 알 수는 없었다.

담당직원은 덕배가 집을 잃고 떠돌아다닌 것과 어렸을 때는 어머니와 살았었다는 것을 참고하여 나이와 성씨도 모르는 덕배라는 이름 두자만 적어놓고 일단 돌아가라 했다.

직원은 가까운 관할지부터 전화를 걸어 알아보았으나 어디에도 그 나이또래의 덕배라는 이름과 그의 어머니가 일치되는 사람은 없었다. 어쩌다 이름이 같은 사람이 있었지만 모두 신분이 확인되는 사람들이었다. 그럴 수밖에 없는 것이, 그 또한 출생신고조차 되어있지 않아 이 세상에는 없는 존재였던 것이다.

덕배의 사정을 알고 난 면사무소에서는 뒤늦게 근처 고아원에 등록을 했다. 고아원 원장의 성씨인 장씨를 따서 장덕배로 출생신고를 하고 가까스로 주민등록증을 발급받을 수 있게 해 주었다. 그는 그렇게 해서 세상에 존재할 수 있었다.

인숙은 덕배가 내미는 신분증과 도장을 낚아채듯 받아들고 돌아선다. 다음날 일찍 자신의 주민등록증을 챙겨 집을 나섰다. 혼인신고를 하려면 본적지에 가야했기 때문에 아침부터 서둘렀다. 방앗간집이 본적지로 되어 있다. 덕배 본적도 같은 면 소재지로 되어 있었다.

몇 년 만에 와 보는 고향 땅이다. 학창시절 교복을 입고 친구들과 누비던 곳이다. 저기 빵집도 보인다. 돌아다니다 배가 고프면 돈이 없어도 들어가서 양껏 먹고 치부책에 긋고 나오던 빵집이었다. 사실은 같은 반 친구 엄마가 하는 빵집이었다.

그 친구는 학교가 파하면 곧바로 가게로 나가 앞치마를 두르고 어머니를 도왔다. 수다를 떨면서 들어가는 친구들에게 그녀는 천연덕스럽게 빵집 주인으로 돌변했다. 시침 뚝 뗀 얼굴로 다가와 주문을 받아 적고 덤으로 몇 개 더 얹어서 김이 펄펄 나는 찐빵을 앞에 갖다 놓으면 그렇게 행복할 수가 없었다. 탄성을 지르며 행복해하는 친구들에게 그녀는 그제야 슬쩍 윙크를 던지고 가 버린다.

빵을 먹는 동안 우리는 손님을 받는 친구의 씩씩한 소리를 계속 듣는다. 그러다가 친구가 너무 바쁘다싶으면 빵을 먹다말고 누가 먼저랄 것도 없이 죄다 일어나 빵접시를 들고 날랐다. 그런데 어느 날부터 그 빵집에 교복을 입은 남학생들이 펭귄 무리들처럼 들끓기 시작했다. 교복 입은 여학생들이 빵을 팔더라는 소문이 퍼진 것이다. 군더더기 없이 순수했던 학창시절이었다.

어느 날, 가을이 깊어갈 무렵이었던가, 토요일이었다. 학교 뒤 언덕으로 코스모스가 무더기로 피어나 살랑살랑 고갯짓을 하던 오후였다. 맑아서 높아 보이는 하늘에는 햇솜을 여기저기 흩어놓은 듯한 구름이 떠있고 고추잠자리 몇 마리가 한가롭게 날아다니기도 했던 것 같다. 그런데 집에 가서 빵을 팔고 있어야 할 친구가 코스모스 꽃밭 속에 파묻혀 꿈꾸듯이 하늘을 쳐다보고 있었다. 내가 오고 있음을 보았던가, 가까이 다가간 나에게 놀라지도 않았다. 벌겋게 된 눈을 감추려 하지도 않았다. 그 친구는 한바탕 울었던가 보았다. 무슨 말을 해야 할지 몰라 그냥 친구 옆에 조그맣게 앉아만 있었다. 한참 만에 그 친구가 말을 했다. 이 나이에 벌써 사는 것이 참혹하다고 했던가. 목소리는 울고 난 목소리 같지 않고 맑았던 기억이 난다.

나는 아무 말을 못하고 친구의 옆모습만 쳐다봤다. 그 나이에 실타래같이 꼬인 세상을 중간쯤 살아온 아낙네 같은 소릴 들어서였을까. 친구가 아주 성숙해 보였다. 한 세상을 충분히 살고 난 여인네 같다는 생각을 했다.

그리고 열흘쯤 지나서 방과 후에 빵집 앞을 지나는데 사람들이 빵집을 기웃기웃하고 있었다. 지금 이 시간쯤이면 밖에 있는 찜통에서는 빵 익는 냄새가 풀풀 나면서 지나가는 사람들 입가에 군침을 흘리게 할 시간인데 찜통은 싸늘하게 식어 있었다.

사람들 틈으로 잠깐 넘겨다본 가게 안은 폭풍이 한바탕 쓸고 간 뒤처럼 황량했다. 선반 한쪽이 내려앉아 빵접시들은 죄다 바닥에 나뒹굴고, 쏟아진 밀가루로 바닥은 온통 하얗게 회칠이 되어 있었다. 양은대야에 반죽된 밀가루가 엎어져 쇠똥처럼 흘러내리고 있었다.

한쪽 구석에 친구의 등짝이 보였다. 친구는 가슴에 산발이 된 어머니를 보듬고 있었다. 등 뒤에서 구경하던 사람들이 혀를 차면서 한 마디씩 동정하는 소리가 들린다.

"저런 사내를 뭐 하러 받아줘 가지고 고생을 사서 하는가? 애당초 무섭게 떼버리지 못하고 왜 발모가지를 문턱에 들여놓게 만드느냔 말이지."

"그 행패부린 사내가 그럼 남편이래요? 빵집 여자, 과부가 아녔던가요?"

"차라리 과부나 된다믄 팔자 폈게?"

"여태 남자가 없는 줄 알았는데 남자를 새로 얻었대요?"

"자세한 것은 잘 모르지만. 본 사내라지 아마. 놀음쟁이였다고 하데. 저 딸이 뱃속에 들었을 때 집이고 뭐고 몽땅 팔아가지고 집을 나가서는 소식이 없었다나? 배는 불러오는데 당장 한데에 나앉게 생겼으니 그 속인들 말해 뭐하겠어. 갓난아이 데리고 남의 집 문간방 전전하면서 여기까지 오느라고 저 여편네 고생한 얘기 늘어놓자면 기가 막히지. 그런데 어디서 소식을 들었는지 기름통에서 방금 빠져 나온 것처럼 말끔하게 차려입고 찾아와서는 대뜸, 그동안 고생시켜 미안하다고, 나도 염치가 있지 성공이라도 해서 찾으려고 여태 있었다고, 이제 나도 성공할 만큼 했으니까 당신 고생 다 끝났다고, 걱정 말라고, 몇날 며칠을 뭉그적대면서 구슬리대는데 나중에는 귀찮아서 어차피 딸한테 애비는 있어야지 하는 생각에 받아주고는 저 고생이여."

"계집질은 끝이 있어도 노름은 끝이 없다는데 저 아줌니도 참 딱하게 됐네요. 한번 속지 그래 또 속아?"

"누가 아니래나."

처음 얼마동안 큰돈은 아니고 생활비라면서 돈을 몇 번 갖다 주었다. 하루는 나가더니 큰 공사를 맡게 되었으니 이제는 두 다리 쭉 뻗고 살게 됐다고 좋아서 입이 헤벌쭉해서 들어왔다. 아내 등을 토닥거리며 그동안 고생시켜서 미안하다고 이제 빵집은 그만 치워버리라고 했다. 다음 날 다시 나가더니 죽을 날 받아놓은 상판을 하고 들어와서는 당장 가진 돈이 조금 모자라 다른 사람한테 넘어갈지 모른다며 잠을 못 자고 끙끙거렸다. 얼마나 필요해서 그러느냐고 묻는 아내에게 당신까지 걱정할 필요 없다고 했다. 밤낮으로 끙끙대는 남편을 보다 못한 아내가 정색을 하며 물었다.

"도대체 모자란 돈이 얼마나 되길래 그래요? 돈이 안 되면 할 수 없는 것 아니오. 포기할 것은 빨리 포기해야지."

"큰돈도 아니고 겨우 쌀 이십 가마 값 정도 없어서 큰 공사를 넘겨줘야하니 안 억울한가."

한숨을 쉬며 아내의 표정을 흘긋 살피고 아내는 깔아놓은 돈을 계산하느라 골똘한 표정이 된다. 거둬들이면 그만한 돈은 충분할 것 같았다. 아내에게서 돈을 받아 쥐고 나간 남편은 그날로 꿩 구워먹은 소식이고.

남의 집 불구경하고 부부싸움이 제일 볼만하더라고 여자들 서너 명이 모여서 주고받는 얘기를 대충 요약해 보면 친구의 아버지는 돈을 가져가고 소식이 없다가 근 한 달이나 달포 만에 나타나서는 또 돈이 필요했고, 아내는 시달리다 못해 돈을 마련할 수밖에 없었다. 그러다보니 새벽부터

다리가 퉁퉁 붓고 발바닥이 부르트게 서서 빵을 팔아도 빚만 늘어나게 되고, 참다못한 아내가 독한 마음먹고 거절을 하기 시작하자 저렇게 얻어맞고 가게는 난장판이 되는 것이었다. 한 달이 멀다하고 저런 행패를 부린다고 했다.

친구는 결석하는 날이 많아졌다. 며칠씩 무단으로 결석하다가 교무실에 불려가기도 했다. 그리고 어느 날 또 무단결석을 한다 했는데 학교로 연락이 왔다. 친구가 죽었다고. 인근 산에서 목을 매달고 죽어있는 것을 나무꾼이 발견하여 경찰에 신고를 한 것이다.

코스모스 꽃밭에서 한바탕 울었을 친구가, 그 나이에 사는 것이 참혹하다고 말하던 친구가, 참혹한 삶이 싫어서 그리도 참혹하게 가고 말았다.

사는 것이 참혹하다던 친구가 가고 그 이듬해 복사꽃 화창하던 봄날, 인숙이도 학교를 그만두지 않으면 안 될 참혹한 일을 당하고 만 것이다.

면사무소에는 이사 가기 전에 상담했던 담당자가 바뀌고 젊은 남자가 앉아 있었다. 우선 자신의 호적등본을 떼고 혼인신고에 필요한 서류를 작성했다. 서류를 작성하고 나서 빠진 것이 없나 다시 꼼꼼하게 살펴보는데 갑자기 이 서류가 자신의 발에 채워질 족쇄로 보였다. 한번 채워지면 영영 돌이킬 수 없는, 이 서류를 젊은 남자에게 밀어 넣는 순간 젊은 남자는 내 발에 족쇄를 채우기 위해 여유로운 동작으로 일어날 것이다. 한번 채워진 족쇄로 나는 영원히 묶여 있을 수밖에 없는 여자가 될 것이다.

서류를 내밀려다가 주춤 물러선다. 여기까지 왔는데도 불구하고 당장 되돌아가고 싶어진다. 누가 뭐래도 이것은 아닌 것 같았다. 말도 안 되는 무모한 짓이었다. 일시적인 감상에 빠져 저지르는. 철이 없다고 비웃을지도 모른다. 밤새도록 생각하고 결정한 일인데 좀 더 생각을 해야 할 것 같았다. 발목에 족쇄를 차고 살아갈 용기가 없었다.

그녀는 작성한 서류를 대충 가방에 쑤셔 넣고 밖으로 나와 버린다. 그러나 집으로 다시 되돌아가기 위해서는 더 큰 용기가 필요했다. 그녀는 막연하게 하늘을 본다. 오랜만에 보는 고향 하늘이 지금은 아무 느낌이 없다. 친구가 코스모스 꽃밭에서 울던 날처럼 하늘에는 목화솜 같은 하얀 구름 한 조각이 유유히 떠 움직이고 있었다.

'친구야! 나도 지금 사는 것이 참혹하단다. 그래도 죽지 못하는 이유가 뭘까.'

모든 서류절차를 마치고 돌아오는 길에 그녀는 들판에 서서 창자를 끌어내는 통곡으로 울었다. 오늘부터 박인숙은 치욕스런 한 사내의 아내가 되어버린 것이다. 그리고 두 아이의 어미가 되어버렸다.

어차피 자신은 처음부터 볼모였다. 희생양이었다. 두 아이들은 그녀에게 기왕 희생을 하려거든 자기들을 위해 완전한 희생양이 되어 줄 것을 강요하고 있었다.

두 아이의 어미가 된다는 것은 그녀로서도 기꺼운 일이었다. 어차피 자신은 어느 누구의 아내로 살아갈 수 없음을 이미 알고 있다. 만일 누구의 아내가 되지 않으면 안 될 상황이 된다면, 즉 특별한 생활수단이 없는 여자가 험한 세상을 살아가는 일이 힘들고 지칠 때 누군가의 아내로라도 이름 짓게 된다면 그때는 아마도 한참 어미 손이 필요한 어린 자식 한둘 정도 남겨놓고 상처한, 그 또한 팔자 사나운 홀아비 정도일 것이다. 그러나 이 두 아이들을 버리면서까지 누군가의 아내가 된다는 것은 차라리 산채로 관속에 들어가는 것이 더 쉬울 만큼 그녀로서는 어림없는 일이다.

젊음이 뻗치어 밤이 외롭다거나 하는 사치 따위는 아마도 환갑나이가 되어도 일어나지 않겠지만, 그러나 누군가의 아내가 되더라도 그 누군가가 세상이 몇 백번을 바뀐다 해도 덕배는 아닌 것이다.

　장날이 오면 한창 커가는 아이들을 위해 돈이 필요하거나 오늘같이 피치 못할 상황에서 어쩔 수 없이 그를 대면해야 할 때면 열린 문살을 보거나 장맛비가 스며든 벽의 얼룩을 보았을 뿐, 덕배의 그림자도 보지 않았다. 억겁의 세월이 흐른다 해도 그럴 것이다.

　두 아이를 위해 어쩔 수 없이 볼모가 되기는 했으되 어느 때이고 기회가 되면, 그 기회라면 대략 두 아이들이 자신을 지킬 수 있을 만큼의 세월이 되리라. 그때는 자유의지로 탈출할 수 있다는 것이 그녀에게 있어서 참혹하다할 이 현실을 견딜 수 있는 힘이었다. 그런데 이제는 족쇄가 채워짐으로 자유의지는 유감없이 박탈돼 버렸다. 이 족쇄를 풀어낼 열쇠는 어디에도 없었다.

　기침 소리도 싫고 발자국 소리도 싫고 그가 한 공간에 있다는 것이 마루 밑장 어딘가에 뱀이 든 것만큼이나 소름끼치는 존재임에도 영영 그로부터 헤어날 수 없게 되었다 생각하니 차오르는 물처럼 두려웠다. 그래서 인숙은 울었다. 억울해서 울었다. 어둠이 세상을 덮을 때까지 그 자리에 서서 그렇게 울었다.

　밀어 넣은 서류를 훑어보던 젊은 담당자가 뭔가 착오가 아닌가하여 고개를 반짝 들었을 때, 앞에 서있는 여자의 머리카락 한 올까지도 세듯이 샅샅이 뜯어보며 본인임을 재차 삼차 확인하는 물음이 계속 날아올 때, 차라리 폭삭 꺼져버리고 싶던 수치심, 왜 하늘은 야속하게 이리도 맑은가, 이 수치감을 감출 수 있는 어둠은 어디쯤 있나, 왜 하필 그 순간 소나무에 참혹한 모습으로 매달려 있는 친구가 보이는지.

그 여자의 첫사랑

인숙이가 이렇게 두 아이의 어미가 되었을 때 정작 아이의 어미인 명숙은 호적상 처녀의 몸으로 한 남자의 아이를 낳아 젖을 먹이고 있었다. 아저씨의 자식을 낳아주고 싶다던 그녀는 정말 아저씨에게 아들을 낳아 주었다.

명숙이가 상처 입은 노새에게 자식을 낳아주고 싶다 했을 때, 영감은 뻗치는 본능을 달래면서 그저 애잔한 마음으로 여자를 안아주기만 했다. 젊으나 젊은 여자를 습한 우리에 가둬둘 수는 없었다. 새 출발을 하더라도 걸맞는 상대를 만나게 해 주고 싶은 것이 진심이었다. 그런데 여자가 저고리를 벗고 치마말기를 풀고 있었다.

눈을 감아버리라고, 가까이 다가가지 말라고, 절대로 여자의 몸에는 손을 대면 안 된다고 이성은 계속 제동을 걸지만 행동은 이미 뭉그적뭉그적 움직이고 있었다.

나비를 불러들인 꽃잎 앞에서 나비는 서두르지 않았다. 꽃잎에 상처를 주지 않으려고 품었다가 들여다보고 품었다가 들여다보기만을 되풀이하고 있었다. 그러다가 결국 꽃술을 본 나비의 인내는 무너지고 서서히, 지루하지 않게, 욕정이 아닌 진정한 사랑이 젊은 여자의 정기와 만나 뜨겁게 연소되어 타올랐다.

첫 남편에게서 불한당한테 당하듯 능욕만 당하던 명숙은 처음으로 아버지 같은 남자로부터 성의 신비를 알았고 곁에 없으면 가슴 치게 보고 싶은 것이 사랑이라는 것도 알았다. 두 사람은 이제 영감이 서울에 올라 올 때면 남녀로서 동거를 했다. 비록 합법적일 수 없고 떳떳하지는 못해도 지금 두 사람의 세상은 그저 스쳐갈 바람이 아닌 신천지를 개척하는 삶이었다. 그리고 명숙은 원하던 대로 아저씨의 아이를 잉태했다.

몸에 이상이 감지되던 날, 그녀의 기쁨은 잠깐, 두려운 마음이 먼저 들었다. 아저씨가 어떤 반응을 보일까, 시골에 있는 본댁에게도 못할 짓이기에 마음이 무거웠다.

'그래, 아이만 두고 나가달라면 그리 해드릴 테다. 아저씨는 모든 사람들이 존경하는 분인데 젊은 여자 몸에서 자식을 낳았다면 주위사람들의 웃음거리가 될지도 모른다. 혹시 아이를 없애버리자고 하면 어떡하지? 설마 그러실 리는…'

엎치락뒤치락 오만가지 불길한 상상을 하면서 아저씨 오기를 기다렸다. 그리고 이틀 후에 영감이 올라왔다. 명숙은 여관의 일을 끝내고 들어와 눈치를 보듯 몸을 사리고 앉는다.

요즘 바람이 든 영감은 서산에 넘어가는 해를 묶어놓고 싶을 만큼 하루가 아까웠다. 눈에 넣어도 아프지 않을 명숙이가 늙은 자신의 곁에서 행복해하는 모습을 볼 때 진정 저 여자를 위해서 더 이상 늙어서는 안 될 것 같은 것이다. 물론 늙고 싶은 사람이 어디 있겠는가마는 그 이유가 자기를 배제하고는 있을 수 없는 것이다. 그런데 영감은 늙고 싶지 않은 이유가 오직 명숙이 때문이었다. 진정 그랬다.

편안한 옷으로 갈아입고 나서 명숙이의 손을 잡아 끌어오면서 안색이 달라진 것을 살핀다. 많이 수척해진 것 같았다.

"어디가 편치 않은 게여?"

명숙은 아저씨를 빤히 쳐다보면서 어리광부리듯 고개를 흔든다. 아저씨와 마주 앉게 되자 그 동안 걱정스럽던 일은 모두 접어두고 싶어진다.

눈두덩이 훈훈해지기 시작하고 벌써 얼굴에 열기가 오르려고 한다. 가슴이 술렁거리는 것이, 온 몸이 스멀거리는 것이, 성숙한 여체가 온통 반란을 일으키고 있었다. 젊은 욕망은 자신을 품고 있는 노쇠한 남자에게 스며들기 시작하고 남자는 피하지 않고 물기 오른 여자를 안는다.

사랑에는 국경도 연륜도 없다. 이 불륜 또한 이십년이 넘는 연륜의 차이를 초월하는 데 아무런 문제가 없었다. 이십대의 여체는 세포 곳곳에서 발산되는 정기를 오십을 바라보는 남성에 의해 연소시켰고 이십대의 젊은 여체를 품고 있는 동안 오십을 바라보는 영감에게 있어서 세상은 그야말로 살맛이 났으니 무엇을 더 바라랴.

명숙이 영감의 팔을 베고 방금 지나간 폭풍의 잔해가 식기도 전에 쌕쌕거리며 아저씨를 부른다.

"아저씨! 저… 드릴 말씀이 있어유."

영감이 대답 대신 모로 돌아눕더니 여자를 품어준다.

"여기서 일하는 것이 힘들지? 그럴 테지. 그만 두게 해 주겠네. 어디 안정된 자리 잡아서 옮겨줄 테니 조금만 기다리게. 지금 알아보고 있는 중이야. 우선 살 집부터 좀 알아보고."

"… 그런 말씀 드리려는 것이 아니어유."

영감은 등골이 서늘하게 식어옴을 느낀다.

'이쯤해서 그만 내 곁을 떠나겠다는 소릴 하려나 보다.'

늦바람에는 대책이 없다더니 영감은 명숙이가 떠나고 난 후의 자신을 상상할 수가 없었다. 지금 영감에게 있어서 명숙은 칠년 가뭄에 내린 빗발이요 사막에서의 신기루요 망망대해를 표류하는 선박에 비치는 등대였다. 자식을 낳아주겠다는 여자에게서 핏줄을 남길 수 있겠다는 희망에서

가 아닌 그냥 이 여자가 좋았다.

아침에 눈을 뜨면 아침햇살이 세상없이 반가웠고 사방을 둘러보면 몇십 년을 그 자리에 붙박이로 있는 모든 사물들이 처음인양 새로웠다. 밥상을 마주하고 앉은 아내에게 미안한 마음에서 외간여자 보듯 새삼스럽게 바라보는지라 민망하여 밥을 못 넘기는 늙은 아내조차 꽃같이 예뻐 보였다. 마음이 행복하면 개똥을 봐도 쇠똥을 봐도 행복한 법이다. 영감은 신천지에 막 내려선 기분으로 꿈꾸듯 하루하루를 살고 있었다.

이 여자, 이쯤해서 떠나버린다면 남은 삶은 그대로 무덤일 것 같았다. 그렇다 해도 어쩌면 이쯤해서 놓아주어야 할 것 같았다. 내 남은 삶이 무덤이 되지 않기 위해 젊은 여자의 길고 긴 남은 여정을 또한 무덤으로 만들어서는 안 될 것이다. 한세대를 뛰어넘은 연륜을 무시했던 지난 몇 달 동안 그야말로 살맛나는 세상을 살아본 것으로 마침표를 찍는 양심쯤은 가져야 한다. 더 이상 무엇을 바라랴. 고맙고 사랑스런 여자. 그래, 가겠다하면 기꺼이 보내리라. 출가하는 여식을 보내듯 구차스럽지 않게 해서 보내 주리라. 그런데,

"저기… 애기가… 들어선 것 같어…유."

명숙이 입에서 나오는 소리다.

'으응?

갑자기 영감은 여자에게 팔베개를 해 준 것도 잊어버리고 벌떡 일어난다. 그 바람에 여자의 머리가 번쩍 들렸다가 바닥에 사정없이 내동댕이쳐진다.

"뭐? 뭐라 했나! 다시, 다시 말해 보아. 어서!"

"애기가… 들어선 것이 아닌가 해서유. 몸에 이상이 있는 것 같어유."

영감은 서둘러 명숙의 팔목을 잡아 진맥을 짚어보는데 손을 덜덜 떨고 있었다.

"언제 알았능가? 언제부터, 언제부터, 그래 언제부터야?"

영감은 진맥을 하면서도 진맥보다는 생리반응에서 더 확진을 얻고 싶은 것이다.

"지난달부터 없어서…. 이번 달에는 비칠라나 했는데 열흘이 넘도록 안 보여서…. 며칠 전 부터는 입덧도 있는 것 같고 해서…."

영감은 진맥을 하다말고 명숙이 손을 두 손으로 움켜쥔다.

"명숙아! 고맙다. 명숙이가 분명 내 아이를 가졌구나. 나도 핏줄을 남길 수 있게 되었구나. 이것이 분명 꿈은 아니겠지? 명숙아! 그렇지? 응?"

영감은 누워있는 여자의 상체를 일으켜 숨막히게 끌어안는다. 그러다가 어미 소가 방금 땅에 떨어진 송아지를 핥듯 얼굴과 온몸에 입을 맞춘다. 그렇게 진중하던 사람이 호들갑스럽기가 팔랑개비 같았다.

자궁이 자리한 부분까지 내려온 입은 잠시 비켜나고 귀를 대어본다. 사랑의 열기가 채 식지 않은 여자의 말랑거리는 살에서 엷은 밤꽃 향내가 묻어나오고 영감의 눈이 젖는다.

아저씨가 이렇게까지 좋아하리라고는 생각하지 않았었다. 난감해 할지도 모른다는 생각은 했었는데, 아이를 지우자고 하면 어쩌나 했었는데, 저토록 좋아하는 아저씨가 고마워서 명숙이의 눈도 젖는다.

영감의 피가 흐르는 생명이 세상에 나오기 위해 혹독한 대가를 치른 사람이 어디 한 둘이었나. 명숙이가 이 자리까지 옮겨오게 된 동기를 생각해 본다면 어떻게 이보다 더 잔인할 수 있다던가. 참으로 잔인한 조물주였다.

이유가 어떻든 새 생명은 분명 축복이고 영감이 늙으면 안 되는 이유하나가 더 생겼다. 원하신다면 아이만 낳아주고 떠나겠다는 명숙이 말에 처음으로 영감이 노기가 등등하여 나무란다.

"어허! 무슨 소릴 하는가. 사람은 태어나면서부터 행복할 권리가 있어,

부모는 아이의 행복을 지켜줘야 할 의무가 있는 게야. 아이가 무슨 죄야. 세상에 나와 제 어미를 모르고 사는 것처럼 불행한 일이 또 어디 있겠나. 아이에게 그것은 지옥이나 마찬가지야. 나와 내자는 이미 늙어서 키울 능력도 없네. 그러니 아이는 자네가 키워야 해. 앞으로 내가 가진 것 모두가 아이 것이 될 것이고오…. 또… 미안하네.”

노기를 띠던 음성은 말을 하다가 차츰 웅얼웅얼 도마뱀처럼 꼬리 떼어버리고 달아나듯 슬그머니 얼버무린다. 두고 나왔다던 두 아이를 떠 올린 것이다. 명숙이의 마음이 얼마나 착잡할까를 뒤늦게 헤아렸던 것이다.

명숙은 두고 온 두 아이에 대해서는 그 아비가 연관되어 머리카락 하나도 보고 싶은 생각이 없었다. 다만 피어보지도 못하고 짓뭉개진 처절한 상처를 입은 꽃다운 인숙이와 엄니만 생각하면 시도 때도 없이 눈물이 났다. 어서 자리가 잡히는 대로 엄니와 인숙이를 데려올 생각이었다가도 아저씨와 함께 있으면 오만 근심걱정이 흔적도 없이 숨어버린다.

그녀는 지독한 열병을 앓고 난 후의 회복기에서 새로운 삶을 예찬하듯 아저씨를 끔찍이 사랑했다. 늙은 노새지만 누가 뭐라 해도 그녀에게는 첫사랑이고 황홀한 사람이었다.

“논산에 기시는 그분께서 어찌 생각하실지…. 지가 그분께 못할 짓을 헌것은 아니까 하는 생각을 하면 그만 죄송해서 그러지유. 지는 두 분을 힘들게 해 드리고 싶지 않어유.”

영감은 명숙이를 안고 등을 쓸어내리며 생각한다. 정말 착한 여자로구나.

귀한 몸이니 우선 여관 일을 그만두게 했다. 당분간만 머물 수 있도록 여관비를 충분히 지불하고 주인의 양해를 구했다. 논산행 기차 안에서 영감은 벌쭉벌쭉 웃는 것이 체면은 어디로 출장가고 영락없는 팔불출이다.

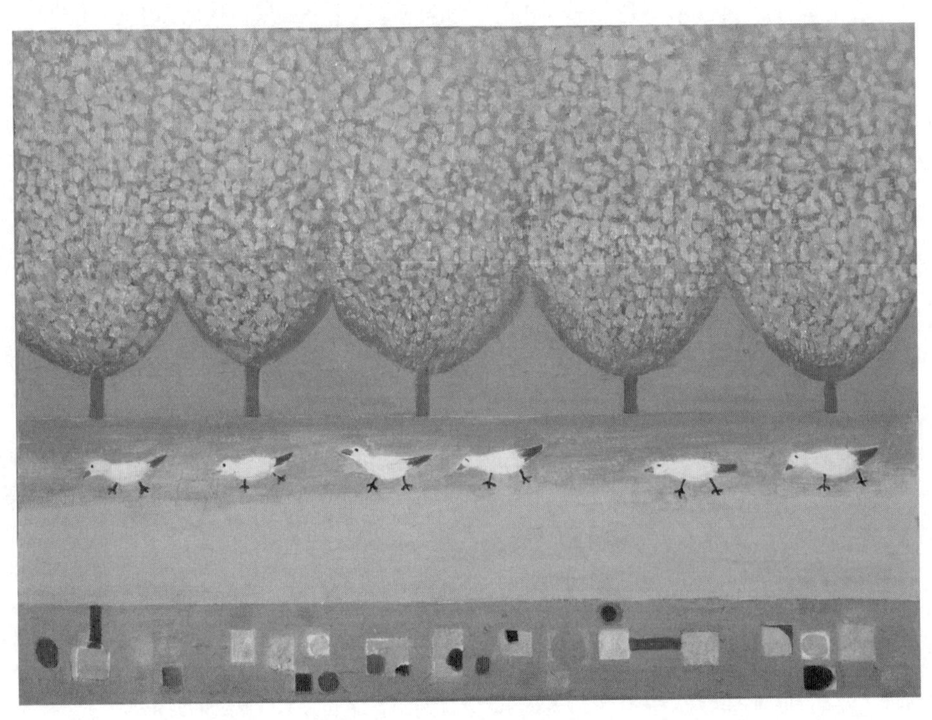

봄나들이 Ⅲ   45.5×33.4 cm 캔버스에 유채

태몽 꿈

영감은 명숙을 만나고부터 출타하게 되면 하루나 이틀쯤 집을 비우는 날이 많았다. 전에는 없는 일이었는데도 아내는 남편에게 눈꼬리 한번 치켜뜨지 않았다. 오히려 집 떠난 남편이 조석은 제대로 했을까하여 밥상에는 정성이 담긴 반찬이 한두 가지 더 올라와 있었다. 영감도 그런 날 밤은 미안한 마음에 아내의 이부자리를 들춘다.

오늘도 아내가 들여온 저녁상에는 평소 영감이 좋아하는 민물고기 졸임이 올라와 있다. 구수한 냄새가 식욕을 일으키고, 밥을 먹으려는데 아내가 자꾸만 피식 피식 웃는다.

"무슨 좋은 일 있는가? 왜 그렇게 웃어 싸."

"참. 인자 노망까지 들라나비유."

자식 없이 늙어가는 두 부부는 저녁상에 마주 앉거나 상을 물린 자리에서 언제나 오순도순 얘기를 많이 나누면서 늙어갔다. 남편은 침을 놔 주거나 약을 지어준 환자한테 일어났던 얘기, 밖에서 있었던 얘기를 주로 했고 아내는 안에서 있었던 얘기, 동네나 이웃에서 일어났던 얘기들을 했다.

"엊저녁에는 꿈을 꿨는디, 당신이 어디 침을 놔주고 들어오면서 침 값으로 받았다면서 커다란 자루를 들고 들어오더라구유. 그래서 그게 뭐냐고 했더니 당신도 모른다고 나보고 열어 보라데유. 그래서 자루를 열어 보니께 아, 두께가 홍두깨 굵기 만한 커다란 구렁이 한마리가 슬그머니

나오더니 당신하고 내 앞에 동아리를 틀고 앉아서 초롱초롱한 눈으로 빤히 쳐다 보능규. 태몽을 꾸려면 좀 젊어서나 꿀 것이지. 이것이 노망이 아니면 뭐여? 참 늘그막에 기가 찰 노릇이여."

"핫 하하하. 핫 하하하. 허허 흠 허허 참. 하하하, 허어 참, 허어 참, 괴이한 일이고."

아내의 꿈을 듣고 있던 남편이 무릎까지 치며 박장대소를 한다. 너무 웃어대니까 남편이 보기에 이 나이에 남편생각이 나서 주책없이 그런 소리 한다고 웃는 것 같아 아내는 머쓱해 진다.

"당신두 참. 내가 일부러 꾼 것도 아니고 꾸고 싶어서 꾼 것도 아닌디 그렇게 면전에다 대고 무안을 준대유? 얘기하고 보니 민망해서 몸 둘 바를 모르겠는 사람 앞에서."

"흠 흠 어허 참, 자네헌티 무안 준 것이 아녀."

"어이구, 관 둬유. 괜히 꿈은 꿔 가지고는. 내가 말을 허지 말어야 허는디."

영감은 뿌루퉁해지려는 아내가 늙었어도 귀엽다는 생각을 한다.

아담한 체구지만 마음씀씀이는 육척장신이 당할 자 없을 만큼 통 크고 정이 많은 아내다. 보릿고개 때 이웃에서 쌀말이라도 사러 오면 됫박이나 말을 사용하지 않고 한없이 퍼주는 아내였다. 집에 와서 담아보면 어떤 때는 말이 넘치고 한두 되가 더 있더라고 이웃들은 그런 아내에게 고마움을 전했다.

쌀값을 받는 손은 그저 이 돈을 받아야 옳은가 받지 말아야 옳은가, 당연히 받아야 하는데도 미안해했다. 안동네 윗동네 할 것 없이 사람들은 한마디씩 한다. 하늘도 무심하다고, 삼신 할매는 저런 부부한테 애를 점지해주지 않고 뭐하는지 모르겠다고.

영감은 후한 아내의 거친 손을 슬그머니 잡아본다. 아내의 늙은 얼굴이 무안을 타면서 잡힌 손을 뿌리친다. 아내에게 어떻게 말을 꺼내야 하나 하고 고심 중에 있는데 난데없이 아내가 태몽을 꾸었다니 자기도 모르게 웃었던 것이다.

"여보! 내가 얘기하나 해 줄 테니 들어 볼라나? 좀 긴 얘기지만 끝까지 잘 들어봐야 허네."

"얼랴. 이 양반. 당신 얘기는 항상 길었지 원제 짧은 적 있었남유? 당신 얘기 듣다가 잠들어버린 적이 어디 한 두 번이유? 아침에 일어나서 남 얘기하는디 코나 곤다고 지청구까지 허시고는?"

"이번에는 그런 시시한 얘기가 아닐세."

"그류. 어디 들어봅시다. 원제 적 얘기래유?"

"음. 왜 접때 서울 육촌 형님 환갑 잔칫날 기억나남?"

"얼매나 되았다구 기억이 안 나겄슈?"

"그때 나 혼자서 서울 가는 기차를 탔는디 말여, 앞자리에 새댁이 앉았는데 새댁이 가슴을 웅크리고 얼굴에 땀을 줄줄 흘리면서 여간 고통스러워해야지. 그래서 내가 어디가 아프냐 했더니 체한 것 같다나? 숨이 막힌다는거여. 가만히 보니께 그냥 체한 것 같질 안 혀. 내 눈에 꼭 곽란인 것 같더란 말여."

영감은 소설책 줄거리 얘기하듯이 사분사분 말을 하고 있었다. 아내는 새댁이 곽란 어쩌구 나오자,

'또 환자 얘기로구먼.'

심드렁했는데 명숙이가 집을 나오게 된 동기에서 방바닥을 쳐 가면서 분통을 터트렸다.

"저런, 저런, 그런 쳐 죽일 놈이 있나. 아이구 시상에 은혜를 모르는 놈.

그래, 그 꽃 같은 처제를 시상에."

　그러다가 이웃집 할매가 와서 자기 며느리가 애를 가졌다고 자랑을 하는 바람에 마음이 울적해서 서울 가는 기차를 탔었노라고 했을 때는 아내의 고개가 너무 수그러들어 가마꼭지가 보였다.

　명숙이가 첫 월급을 타서 약주를 대접하는데 그때 자식 없는 심중을 털어 놓게 되더라는 말을 할 때는 아내의 눈은 문창살을 멍하니 바라보고 있었다. 명숙이가 자식을 낳아 주겠다하더라는 말을 하고 영감은 잠깐 아내의 눈치를 살핀다. 아내는 문창살에 고정시켰던 눈을 잽싸게 돌리더니,

　'그래서 거절했느냐, 승낙 했느냐.'

　두 눈이 집요하게 묻고 있었다. 영감은 숨소리조차 멈춘 듯 찰나적인 순간을 외면하면서,

　"차마 그 불쌍한 여자를 늙은이 곁에 잡아 놓을 수가 없더라구."

　그때 영감은 분명하게 보았다. 다시 문창살로 옮겨지는 아내의 눈빛을. 좌절이 뚝뚝 떨어지는 처절한 눈빛이었다.

　"여보! 당신은 어떻게 생각하는가?"

　"후우! 지가 일찍 죽어버리기라도 혔으믄… 당신 맘고생 그리 허지 않아도 될 것인디. 무슨 염치루다 죽지도 않고 명줄이 길어 여적 살고 있는지 당신한테 못할 노릇인디."

　"어허이. 쓸데없는 그 소리 듣자고 헌 얘기가 아니여. 당신이 내 곁에 없다고 생각혀 봐. 혼자된 내가 불쌍치도 않은 겨? 그냥 해 본 소리라도 그런 소리는 앞으로 다시는 하지 말어, 알었남?"

　"그 처자의 마음이 참 고맙네유. 욕심 같아서는 염치없는 말이지만 지금이라도 그 처자 맘 그냥 받으면 어쩌까… 죄 받을까유?"

　"자네 그 맘 진심인가?"

“미안헙니다. 지가 많이 원망스러울 텐디.”

남편이 아내의 손을 다시 꼭 잡는다. 그리고 아내의 얼굴을 차마 볼 수 없어 아내의 손등만 쳐다보면서,

“내가 자네헌티 죄를 지었다네. 어제 서울에 갔더니 명숙이가 내 아이를 가졌다고 하데그려.”

“으이? 그 말… 그 말 정말이유? 지를 놀리는 말 아니지유?”

아내는 남편에게 잡혔던 손을 빼내어 남편의 두 팔을 와락 잡는다.

“자네헌티 면목이 없네.”

“아이고! 천지신명이시여. 그런 말씀 말어유, 영감 고맙소. 인자 나도 숨을 쉬고 살게 되았구만유. 아이고, 고마운 처자여. 하늘님이 보내주신 처자여. 부처님, 신령님, 하느님, 감사헙니다. 그저 고맙십니다. 그런디 그 처자를 그냥 여관에 처박어 두고 왔슈? 그런 디는 있을 디가 못 되아유. 당장 집을 하나 얻어서 데려와야 혀유. 날 당장 집을 얻으러 다닙시다. 시상에 꿈이 영물허기도 혀라. 태몽 꿈이 영락없었네유. 그렇지유?”

“그러게나 말일세. 그래서 내가 웃었든 겨.”

그날 밤 두 부부는 집을 어디다가 얻을까 의논을 하느라 한잠도 자지 못했다. 본댁이 가까우면 명숙이 마음이 불편할 것을 생각하고 대전쯤에 집을 얻어 편하게 살게 해주자고 합의를 했다.

다음날 집을 얻으러 두 부부가 나란히 집을 나서는데 아내에게 날개가 달린 것 같았다. 치맛자락에서 쌩쌩 바람소리가 났다. 마침 개똥 할매가 남새밭에 나와 푸성귀를 뜯다가 동부인해서 나란히 나가는 의원댁을 아는 체한다.

“워디를 가시는 길인디 이렇게 일찌거니 두 분이 나서신디야?”

“이, 볼일이 좀 있어서. 푸성귀가 언제 저렇게 자랐디아? 아주 싱싱한

것이 무쳐서 밥 비벼먹으면 입맛 나겠네.”

“엊그제 비를 좀 맞더니만 새파랗게 일어났구먼. 의원댁도 좀 뜯어
가.”

“그류. 이따 와서 나도 좀 뜯어가야 쓰겠네.”

“근디 좋은 일 보러 가시는 길인 게비네.”

“존 일이쥬. 호호, 그럼 댕겨 오께유.”

영감은 벌써 저만치 앞서 걸어가고 있었다. 구름 한 점 없는 높은 하늘
에 갑자기 솔개 한 마리가 나타나 비행한다. 지금쯤 마당에 돌아다니는
닭들이 겁에 질려 털을 수북하게 일으키고 오소소 떨고 있을 것이다.

평화롭게 돌아다니며 먹이를 쪼던 닭들이 갑자기 공포에 질려 웅크리
면 영락없이 솔개 한마리가 하늘에 원을 돌며 비행하고 있는 것을 볼 수
있었다.

땅만 쳐다보는 닭들이 어찌 높은 하늘을 비행하는 솔개를 인식하는지.
항해하는 배에 위험신호가 감지되면 쥐들이 먼저 기어 나온다. 비록 미
물일지라도 동물적 감각만큼은 만물의 영장인 인간의 감각을 훨씬 능가
한다.

대전으로 옮기던 날, 명숙은 어머니 같은 본댁과 생면을 했다. 본댁이
아무리 자애로운 성품이라도 조강지처요, 돌부처도 돌아앉는다는 첩살이
관계다. 본댁을 상면하기까지 명숙은 마음이 편칠 않았다. 당장 면목이
없어 아이를 낳을 때까지 만이라도 그냥 이대로 살겠다고 졸라도 보았다.
임시 먹기는 곶감이 달다고, 우선은 본댁을 안 보고 싶은 마음에서였다.

자그마한 체구에 옥색 한복을 정갈하게 입은 본댁은 전형적인 조선 여
인 표본으로 인자한 얼굴이었다. 명숙을 본 본댁은 시집살이하는 딸을 만

난 친정어머니 같았다. 손을 덥석 잡더니 말을 못하고 손등만 다독거린다. 두 아이를 두고 집을 나온 처지가 안쓰럽고 늙은 영감을 마다하지 않고 받아준 것이 고마워서다.

본댁은 시집보내는 딸 혼수 챙기듯 필요한 세간을 빈틈없이 넣어주고 내려갔다. 산달이 되자 본댁은 아예 대전으로 옮겨와 살림을 해주다시피 했다. 명숙은 어렵기도 하고 염치가 없어 일찍 부엌으로 나갔다가 정색을 하고 밀어내는 본댁에게 쫓겨나오기 일쑤였다. 첩살이가 아니고 영락없는 딸이 몸 풀러 온 친정살이였다.

명숙은 아들을 낳았다. 본댁은 삼칠일이 지나도록 손에 찬물을 대지 못하게 했고 삼칠일 동안 장독에 정화수 올려놓고 산모와 아이를 위해 빌었다. 명숙은 아이에게 유모처럼 젖만 물릴 뿐 즉시 본댁 품에 안겨 주었다. 되도록 아이를 본댁 손에서 돌보게 할 작정이었다. 또 아이가 자라면서 본댁을 엄마로 부르게 했다. 명숙은 대전엄마가 되었다. 비록 서자지만 원자로 키우고 싶었다.

조선시대에는 서자가 아무리 영재라도 과거시험 볼 자격을 아예 박탈해 버림으로 출세를 하지 못하게 했었다. 부모 제사에는 마루에도 오르지 못하고 마당에서 절을 올려야 하는 것이 서자들의 신세였다. 부모를 스스로 선택해서 태어난 생명도 아닌데 평생을 그런 서러움에 살아야 하는 것은 서자로 태어난 죄였다.

그런 연유가 조강지처는 남편이 품고 있는 소실에게 투기할 가치를 느껴서는 안 되는 이유 중 하나다. 만일 투기를 했다가는 조강지처로서의 품위가 손상되었다하여 칠거지악으로 다스렸다. 남자들은 소실을 품고도 떳떳한 만큼 조강지처에게 그만한 예우를 해주지 않는다면 어떤 가정인들 편했겠는가.

시대가 변했다고는 하나 그래도 서자라면 왠지 자라나는 아이에게도 득될 것이 없을 것 같아 명숙이 스스로 내린 처사였다. 자신은 아저씨의 호적에 오르지 못할 여자임을 잘 알고 있다. 그럼에도 불구하고 아저씨 곁을 떠나고 싶은 마음은 추호도 없었다. 세상에 태어나서 처음으로 사랑해 본 남자였다. 아버지 같은 남자를 그녀는 목숨처럼 사랑하고 있었다.

어려서 어머니를 따라 인근에 있는 절에 다닌 적이 있었다. 절밥은 유난하게도 맛이 있었다. 어머니는 식구들 생일날이면 절에 가서 부처님께 빌곤 했는데 절에 가서도 다른 사람들처럼 절만하고 오는 것이 아니었다. 부엌에 들어가 공양 짓는 일을 같이 도왔다.

그 무렵 공양 짓는 보살이 새로 들어온 모양이었다. 전에 보던 보살이 아니었다. 그 보살은 밥을 먹고 있는 우리 자매를 찬찬히 뜯어보았다.

"보살님! 우리 애들인디 뭘 그렇게 보슈?"

"친형제가 맞나?"

"그럼 친형제지. 저 둘 중에 하나만 고추를 달고 나왔으면 내가 뭔 걱정이겄어."

"고추 안 달고 나왔으면 워뗘. 잘만 타고 났다면야."

어느새 어머니는 우리 자매의 출생일을 읊어대고 보살은 엄지손가락으로 다른 네 손가락 마디를 짚어나가고 있었다.

시시각각으로 변하는 보살의 얼굴 표정을 어머니는 임종하듯 들여다본다. 한참을 갸우뚱갸우뚱하던 고갯짓을 멈추고 난 보살의 입에서 이미 타고 난, 다시 수정이 불가능한 자매의 팔자를 듣게 되었다.

보살의 입을 통해 나온 소리는, 큰 아이는 일부종사하기가 어렵겠고 초년이나 중년이나 큰 고생은 하지 않고 평탄하지만 내 것이 하나도 없다고, 그래서 노후에 외롭기가 장닭이 산꼭대기 바위에 올라있는 형상이라고 했다. 작은 아이는 초년에 차라리 죽는 것이 낫지 싶은 고비를 몇 번씩 넘기는 고생을 하겠다고 했다. 하지만 중년에는 네 것도 내 것, 내 것도 내 것이라 봉황새가 그 앞에서는 초라해 보일 거라고 했다. 두 자매의 팔자가 희한하게도 손바닥 앞뒤처럼 이렇게 다를 수가 있느냐고, 그러나 자매가 똑같이 재물은 궁색하지 않아 보인다고 했다.

'흥 개뿔이나 제까짓 것이 뭘 알아맞힌다고 함부로 주둥이를 나불거려?'

어머니는 차라리 안 들으니 만 못한 것이 기분이 영 찜찜했는지 절문을 나서서는 침을 퉤퉤 뱉으면서 보살이 있는 부엌 쪽을 향하여 눈을 하얗게 흘긴다. 산을 내려오면서 발을 쿵쿵 구르느라 애매한 발바닥이 수난이었다.

명숙은 영감님의 자식을 낳고 큰 부인 품에 안겨주던 날, 갑자기 그 보살의 말이 떠올랐다. 내 것이 하나도 없다고 했던 말. 보살이 그랬다. 내 것이 하나도 없다고.

'내 살을 찢고 나온 자식들이 모두 하나같이 내 것이 아니로구나. 점쟁이 남의 돈 그냥 안 먹는다더니.'

기억 속으로 Ⅳ 116.8×80.3 cm 캔버스에 유채

깨진 어항 속에 아직도 금붕어가 있었네

민식이 입학식 날, 인숙은 오랜만에 거울 앞에 앉는다. 화장기 없는 그녀의 얼굴은 유리알같이 맑다. 스킨 한 방울을 손에 덜어 얼굴에 바른다. 손에 묻어 있는 화장품이 없어질 때까지 한참 손을 문지르다가 하르르 한숨을 내쉰다.

한 번도 미장원에 가보지 않은 생머리를 돌돌 말아 올려 커다란 핀으로 고정을 시킨다. 빛바랜 청바지에 헐렁한 바바리코트를 아무렇게나 걸치고 굽이 없는 단화를 찾아 먼지를 닦는다.

이제 스물세 살이 된 여자, 학부형이 되기 위해 아이의 손을 잡고 집을 나선다. 목이 긴 탓에 꾸미지도 않은 여자의 뒷모습이 우아하다. 그래서 더 짙은 고독이 묻어난다. 노랑꽃술 몇 개 달고 붉게 핀 동백꽃처럼, 어느 날 뭉텅 땅에 떨어져 뒹굴어도 여전히 붉고 진해서 가슴이 얼얼한 동백꽃, 인숙이 모습이 그랬다. 화장기 없는 그녀의 얼굴은 진달래처럼 화사하지도 않았고 입술은 고추 빛처럼 붉지도 않았는데 삼월의 찬바람에 내맡긴 스물세 살의 인숙의 피부는 새색시같이 고왔다.

가방을 메고 새 옷과 새 신발을 신고 어색해하는 아이의 손을 잡아준다. 아이가 올려다보며 씽긋 웃는다.

"우리 민식이 학교에 들어가면 공부 잘 할 수 있을까? 지금처럼 맨날 맨날 놀기만 좋아하다가 꼴찌나 하면 어쩐다냐?"

"치이, 내가 왜 꼴찌를 할 거라고 생각해? 안 놀고 공부할 거라고 생각해야지."

　"참 그러네? 우리 민식이가 왜 공부를 안 할 거라고 생각했지?"

　"그러니까 머리가 나쁜 거지이."

　"요 녀석이."

　알밤을 한 대 쥐어박는다. 올려다보며 헤헤거리는 아이의 얼굴이 그늘 없이 밝다. 밝게 잘 자라 준 것이 고마웠다. 지금까지 큰 병치레 없이 건강하게 자라 준 것을 보이지 않는 신에게 감사드리고 싶었다. 텃밭에서 풀을 뽑거나 빨래를 하고 있을 때면 두 아이들은,

　'엄마아~!'

　동네가 떠나가라 소리쳐 부르며 다가와 조랑조랑 말꼬리 붙잡고 조잘대고 졸졸 쫓아다니며 장난을 칠 때는 모든 시름이 연기처럼 사라지곤 했다.

　그 아비와의 대화는 극히 일상적인 대화조차도 아이들은 하지 않았다. 기껏해야 밥상이 들어오면 밥을 먹으라거나 인숙이 덕배에게 해야 할 말이 있을 때 아이들에게 시켜 전달하는 것이 고작이다. 그러라고 시킨 것처럼 두 아이들이 똑같이 그랬다.

　그럴 것이, 그 아비 역시 두 아이들에게는 의붓자식 보듯 관심이 없고 오직 날씨가 좋은 날에는 머슴처럼 들일만 할 뿐이었다. 궂은 날에는 울안에서 기계 손질에 몰두했다. 그런 때는 다른 세상 사람 같았다. 사랑을 받아보지 못한 그의 황량한 세계가 사랑이라는 존재를 모르는데 그럼 어쩌랴.

　민희는 인숙을 시도 때도 없이 엄마라 부르지만 민식은 엄마라는 호칭은 쓰되 부르는 일은 별로 없었다. 이웃사람들이나 친구들이,

　'저기 니네 엄마 온다.' 하면 부정하지 않고 고개를 끄덕이고,

'느이 엄마 집에 있느냐?' 물으면 당연히,

'예. 울 엄마 집에 있어요.' 라든가,

'울 엄마 집에 없는데요.' 하고 대답했다.

이웃사람들은 그녀의 나이도 모르면서 젊은 여자가 얼굴값 하느라고 일찌감치 남자를 알아 애를 낳았나보다 하고 수군거렸고 남자에 비해 젊은 여자가 너무 아깝다고도 수군거렸다. 인숙이의 기막힌 사연을 아는 사람은 이 지구상에서 단 세 사람이었다가 지금은 두 사람이 더 늘어나 있었지만 인숙은 모르는 일이고, 이웃사람들이 인숙이 내막을 알 염려도 없었다.

시골 학교의 운동장은 아이들 수에 비해 너무 염치없이 넓었다. 몇 년 전까지만 해도 입학식 날이면 운동장이 꽉 찼었는데 이제는 시골 어디를 가나 학생 수가 눈에 띄게 줄어들고 있었다.

보건소에서 나온 여자들이 하얀 남방셔츠 위에 검정 스커트를 가슴까지 받쳐 입고 출산연령이 있는 집들을 가가호호 방문하여 일일이 콘돔을 나눠주며 홍보한 결과다. 앞으로는 산아제한의 후유증보다 스스로 알아서 하는 저출산이 더 문제였다. 하지만 더 큰 이유는 경제 주축이 농업에서 산업화가 되면서 젊은 층들이 너도나도 바람난 계집처럼 농촌을 버리고 도시로 이주하기 때문이다.

시골에는 이제 출산 능력이 없는 노인들만 시골지킴이가 되어 집 앞에 있는 텃밭이나 긁는 것이 지금의 농촌 형편이다. 할 일 없는 노인들은 간혹 낙엽을 긁어 태우다가 집 뒤에 인접해 있는 산에 불을 내기 일쑤고 읍 사무소에 불려가 벌금고지서를 받아든 노인은 산불에 놀라고 벌금에 놀라 결국 시름시름 앓다가 치매까지 걸리게 되는 일이 많았다.

사방 삼십 여리가 넘는 산골동네에서까지 왔지만 오늘 입학하는 학생

수는 이십 여명에 불과했다. 염치없이 넓은 운동장이 흡사 아이들이 없는 동네 겨울 놀이터같이 을씨년스럽다. 운동장 한쪽으로는 녹슨 철봉이 있고 가만있어도 삐걱거리는 소리가 날 것 같은 시소 틀이 몇 개 빼딱하게 방치되어 있는 것으로 그나마 운동장 티를 내고 있었다.

혹부리처럼 볼품없는 교단(校壇)에 올라선 선생님이 마이크에 대고 아이들 이름을 부르기 시작한다. 제 이름을 부르면 아이들은 어색해서 어미의 손을 놓지 못하는데 엄마들은 샛서방 따라 도망칠 여자처럼 아이의 손을 뿌리치며 등을 사정없이 밀어낸다.

마이크에서 민식이 이름이 나오자 인숙은 민식이 손을 꼭 잡았다가 놓아준다. 아이가 몇 발짝 떼다가 뒤를 한번 돌아본다. 그때 울컥 울음이 솟구치고 인숙은 아이를 쳐다보다가 고개를 숙여버린다.

불쌍한 우리 아이, 오늘따라 가슴 한 복판에 언니에 대한 야속한 마음이 아침에 집을 나올 때부터 지금까지 도사리고 있었다. 바람결에라도 소식 한번 없는 언니가 걱정이 되다가도 야속한 것은, 이제 빼도 박도 못하게 된 볼모신세가 되어버린 자신이 억울해서 죽을 것 같아서다.

면사무소에 치욕스런 남자의 아내로 기록이 되던 날 이후로 인숙은 우는 것도 사치가 되고 말았다. 학교에서 두 아이들이 엄마 없는 아이라고 죄인 아닌 죄인 취급받을 것을 생각해서 몇 날 몇 밤을 뒤척이며 생각하고 고민하다 내린 결정이었지만 자다가도 벌떡 일어나는 날이 많았다. 경솔했던 것을 후회했다. 제 손으로 찍은 발등인데 누구를 원망할까마는 자다가 그렇게 일어나는 밤이면 그 밤을 하얗게 밝혔다.

서리서리 맺힌 한이 동아리처럼 틀고 있는 가슴을 두 주먹으로 실컷 쳐보기도 하고 머리칼 속에 손을 넣어 갈퀴질을 하다가 새벽을 맞기도 했다. 눈물은 자연히 마르고 이제는 울어지지도 않았다. 언니가 당장 문을 열고 들어온다 해도 영원히 볼모 신세를 면하지는 못할 것이기에.

이제 아이들 이름은 부르지 않는다. 입학할 학생들의 담임선생님 소개를 하고 있었다. 김정남 선생님은 인천교육대학을 졸업하고 이년 전에 우리 학교로 첫 부임을 한 열정이 아주 많은 교사라고 교장선생님이 자랑스럽게 소개를 하고 있었다.

인숙은 무심코 고개를 들고 방금 교장선생님이 그토록 자랑스러워하는 젊은 선생님을 먼빛으로 쳐다본다. 입학식이 끝나고 돌아오는 길에 인숙은 선생님 이름이 그리 낯설지 않게 들렸던 기억을 잠깐 했다.

아직 덕배는 논에서 돌아오지 않은 것 같았다. 적어도 애비라면 오늘이 민식이 입학하는 날이라는 것쯤은 알 수 있어야 했다.

지난 장날에 민식이 가방도 사야하고 학용품과 입힐 옷을 사야한다고 돈을 달라 했었다. 민희 것도 같이 사야겠으니 넉넉한 돈을 내 놓으라했다. 그는 돈이 모자란다고 했고 찾아서 쓸 것이니 통장과 도장을 달라고 했다. 그는 잠시 망설이는 것 같았다. 인숙은 메모한 쪽지를 던져주고 돌아섰다. 직접 사오라고. 그는 서둘러 통장과 도장이 든 주머니를 인숙이에게 내밀더니 기름통을 집어들고 농기구 쪽으로 가버렸다.

원수도 매일 보다보면 원수였던 것을 종종 잊으며 사는가. 인숙이는 덕배를 마주할 때 그 치욕스런 기억을 종종 잊을 때가 많았다. 힘든 일을 하고 돌아온 덕배에게 저녁상을 차려주기 위해 부엌에서 새로운 음식을 만드느라 시간을 보내기도 했다. 덕배를 위해서라기보다는 선한 심성의 원천이었다.

선한 심성은 가끔 원수를 망각하는 망령을 부렸다. 코만 들여놓자던 코끼리가 어느덧 온 몸뚱이를 다 밀고 들어오게 되자 코끼리를 내보낼 수 없는 주인의 체념은 곧 좁아진 방에 익숙해지려 하는 반응 같은 것이었다.

주인의 체념을 호의로 받아들인 염치없는 코끼리는 이제 아예 주인처럼 행세를 하는데, 덕배는 혼자서 그 많은 농사를 짓기가 힘이 들자 인숙을 감히 부려먹을 생각을 하고 있었다.

어느 날 인숙이 무심코 농기계를 살펴보게 되었다. 방금까지 움직였던 기계는 열기가 아직 남아 있고 열쇠도 그대로 꽂혀 있었다. 인숙이 호기심에 농기구에 올라가 본다. 그때 언제부터 보고 있었는지 주춤 주춤 다가온 덕배가 시동 거는 법을 가르쳐 준다.

"열쇠를 오른쪽으로 돌리면 시동이 걸리는디."

인숙이 키를 오른쪽으로 돌리자. 시동이 걸린다. 거기까지만 하려는데 인숙은 내려오지 않는다.

"앞으로 갈라면 오른쪽 발판을 밟어야 ….".

인숙은 액셀러레이터를 살짝 밟으면서 핸들을 조정해 본다. 그녀는 순간 이 기술을 배우고 싶다는 강한 충동을 느낀다. 어쩌면 덕배 없이도 홀로 설 기회가 될지도 모른다는 희망이 보인 것이다. 코끼리를 내 보낼 수 없는 주인이 코끼리를 피해 좁은 방에서 나올 수 있는 기회가 보인 것이다.

다음 날 인숙은 책방에서 농기계에 관한 책을 샀다. 책을 보면서 기계를 살펴보니 금방 알 것 같았다. 고장이 났을 때 고치는 법도 등 너머로 넘겨다보고 혼자서 독학을 해도 모르겠는 것은 덕배에게 묻기까지 했다.

코스모스 같은 여자의 어디에 그런 당참이 있었던가, 여태 숨죽이고 있던 당돌함이 지금 껍질을 깨고 부화하고 있었다. 그러다보니 농기계 기술을 배우는 일에 한해서 두 사람은 자연스럽게 대화를 했다. 가까이 있는 날이 많게 되자 덕배는 종종 가슴속에서 꿈틀꿈틀 용트림 하는 소리를 듣는다. 그런 때면 쫓기 듯 제 방으로 들어와 벌렁 누워보지만 삐딱한 문살도 보이지 않고 널브러진 여자도 보이지 않는데 가슴속만 대책 없이 심란했다.

설령 삐딱한 문살이 보이고 널브러진 여자가 보인다 한들, 그래서 훨훨 불길이 타 오른다 한들, 그 망종된 불길을 끌 물길이 막혀 버렸으니, 그는 자다가 뛰쳐나가 찬물을 뒤집어쓰는 날이 많아지고 날이 밝으면 대상도 없이 씨불거리는 욕설이 밤새 시달렸던 흔적으로 나타났다.

인숙은 이제 농기계를 몰고 논으로 들어갈 수 있을 만큼 배웠다. 논을 갈고 벼를 추수할 수도 있었다. 그녀가 농기계 다루는 기술을 익히기 위해 유난히 열성을 보이는 이유를 알지 못하는 덕배는 그의 방식대로 머리를 굴린다. 내년에는 더 많은 땅을 얻어야 되겠다고.

토요일 방과 후 몇 명 안 되는 아이들이 가방을 메고 운동장을 달려가고 있다. 그 중에 민식이도 끼어 있었다. 일학년 담임인 김정남은 교무실 창밖으로 달려가는 아이들을 무심히 쳐다보면서도 민식이를 눈으로 쫓는다.

정남은 담임을 맡고나서 학생들의 생활기록부를 뒤적이고 있었다. 아이들 부모의 직업은 거의가 농업이었다. 간혹 월급을 받는 일에 종사하는 부모도 있었지만 아주 드물었다. 마지막 장을 넘기자 장민식의 생활기록부가 나왔다. 민식이 어머니의 이름이 낯익었다.

'박인숙'

흔한 이름이었지만 정남에게는 지금까지 꿈속에서라도 한번 불러보고 싶은 이름이었다. 여드름 덕지덕지 솟아오른 사춘기 소년의 가슴을 온통 지배하던 이름이었다. 등교하는 발길이 그녀를 볼 수 있을까 하여 가벼웠고 하교하는 발길이 그녀를 볼 수 없음에 무거웠던 그였다.

어쩌다 용기를 내어 마음을 고백하려면 그 아까운 핑크빛 편지지를 수도 없이 구겨버린 후에나 겨우 어색한 몇 자를 전할 수 있었던 순박함, 전하고 나서의 설레던 마음을 추스르기 힘들었던 그 여자의 이름도 박인숙이었다.

공부하다 지치거나 무료해지면 그녀와의 거리를 좁혀보고 싶어 새벽길을 달리게 만들던 이름이었다. 혼자 한 사랑이었다.

시집도 안갈 나이에 벌써 학부형일 리가 없다싶어 동명이인임을 의심치 않으면서 나이를 보았다. 그런데 어찌된 일일까. 나이도 비슷한 나이였다. 스물세 살, 그녀의 나이가 자신보다 한두 살쯤 어리다는 것을 그는 알고 있었다. 민식이 아버지의 나이를 보았다. 서른일곱 살.

정남은 그날 이후로 잠을 설치는 날이 많았다. 학교에 나오면 자신도 모르게 민식이를 유심히 관찰하고 있었다. 여자나이 열다섯 살에 아이를 낳았다는 것인데 가능한 일이겠는가. 박인숙을 마지막 본 것은 적어도 그녀가 열여덟 살이었으니 아이를 낳았다는 것을 배제 한다면 아이가있는 홀아비에게 시집을 갔다는 계산이 된다. 흔히 있을 수 있는 일이다. 동명일인이든 동명이인이든 박인숙이 민식이의 친모가 아닌 것만은 확실한 것 같았다.

'설마 내가 찾고 있던 인숙은 아니겠지. 아닐 거야. 절대로 그럴 리 없어.'

그는 수없이 자위를 하는데도 찌꺼기가 달라붙어 있는 것처럼 개운치가 않았다.

아이는 비교적 조용한 편이고 옷차림은 언제나 단정했다. 아이에게 물어볼 수도 없는 일이라 더욱 답답했다. 궁금증에서 벗어나지 못한 정남은 토요일 방과 후에 가정방문을 다녀보기로 했다. 오늘부터 실천하기로 하고 아이들에게 방문할 동네를 얘기해 주었다. 그 동네에 사는 아이들은 집에 가서 부모님께 말씀드릴 것이다. 민식이네 동네는 아마도 다음 주에나 방문하게 될 것 같다.

세 집을 방문하고 돌아오는 길에 정남은 다음 주가 몇 년은 될 것 같이 아득하게 느껴졌다. 차라리 오늘 민식이네 동네를 먼저 가 볼 것을 그랬나. 후회를 해 본다. 부디 동명이인이기를.

교육대학 일학년을 마치고 입영통지가 나왔을 때 입대하기 며칠 전부터 그녀를 한번 볼 수 있을까 하여 길목에서 서성거려 보았다. 끝내 보지 못했다.

입대하고 나서 인숙에게 편지를 쓰기 시작했다. 사춘기 때는 감히 표현할 수 없던 감정들을 전했다. 그녀에게 편지를 쓰는 그 순간은 그녀와 함께 있는 착각을 했다. 삼년이 결코 지루하지 않았다. 물론 답장은 한 번도 받아보지 못했다. 그러나 그녀에게 지면을 통해 마음을 전하는 그 시간은 천지간에 무엇과도 바꾸고 싶지 않았다.

메아리 없는 편지는 가끔 수취인 불명으로 되돌아오기도 했다. 그 주소에 박인숙 이라는 사람이 살고 있지 않다는 것이다. 그는 그럴 리 없다고 혼자서 단호하게 판단해 버린다. 시골에서 자리 잡고 뿌리를 내리다 보면 그곳이 곧 고향이 되는 것이고 고향을 떠나는 일은 그리 흔치 않기 때문이다.

어쩌면 과년한 딸을 염려한 어른들이 일부러 돌려보낸 것이라 생각했다. 편지는 부메랑처럼 되돌아왔지만 행동이 제한되고 세상과 단절된 시간을 견기기 위해서 그는 쓰기를 멈출 수가 없었다.

제대하던 날 그는 집으로 가지 않고 그녀의 집을 찾아가 보았다. 문패를 보니 정말 박 씨 문패가 아니었다. 주인을 찾아서 물어보았다. 이사를 갔다고 했고 어디로 갔는지는 모른다고 했다. 시기적으로 보아 편지는 처음부터 전달되지 않았던 것 같았다. 그때부터 수소문을 하고 돌아다녔다.

인숙이 또래의 여동생이 있는 선후배를 우연을 가장하여 찾아 나섰다. 인숙을 아는 친구들을 만날 수 있었다. 그러나 하나같이 그녀가 졸업도 하지 않고 잠적해 버려 소식을 모른다고 했다. 그는 방황하기 시작했다. 술도 많이 마셨다. 술을 마시고나면 두 발은 어김없이 인숙이 살던 동네를 어슬렁거렸다. 그런데 그 이름을 첫 부임한 학교의 담임을 맡은 학생 학적부에서 보게 된 것이다.

아득하던 토요일이다. 종례시간에 맞춰 정남은 오늘 가정방문할 동네와 집을 아이들에게 알려 주었다. 그리고 민식이를 따로 불러 데리고 나온다.

"오늘 선생님이 느이 집에 가정방문 한다는 거 엄마가 알고 계시니?"

"모르겠는데요. 엄마한테 선생님 가정방문 오신다는 말 안했는데요."

"그래? 그러면 빨리 가서 어머니께 말씀 드려라. 어서."

등을 밀어 보낸다. 아이는 다람쥐처럼 쪼르르 달려 나간다. 그 동네도 방문할 집이 몇 집 되는 것 같았지만 관심이 없다. 오직 박인숙이 동명이인일까 아닐까 하는 생각으로 머리가 터질 것만 같았다.

인숙은 텃밭에 심어놓은 감자밭에 풀을 메고 있었다. 민식이가 책가방을 등에 맨 채로 그 옆에 날름 쪼그리고 앉는다.

"어? 학교에서 지금 오는거?"

"응."

"가방이나 내려놓고 나와."

"저기, 오늘 우리 선생님이 우리 집에 오신댔어."

"으응? 왜? 혹시 학교에서 무슨 일 있었냐? 말썽부렸어? 선생님헌티 혼날 짓 했구나?"

"아니? 우리 선생님은 토요일만 되면 맨날 맨날 가정방문 댕기신다고 했어. 그래서 오늘은 우리 집에 가정 방문 하신다고 엄마한테 말씀드리랬어."

"그래? 그럼 내가 이러고 있을 때가 아니네?"

인숙은 서둘러 일어나 울안으로 들어가면서 난감해진다. 민식이의 친어미가 아닌 것을 선생님은 이미 알고 있을 것이었다. 선생님이 민식이를 어떤 눈으로 보았을까. 또 나를 어떤 눈으로 볼 것인가. 내 자신이 타인 앞에서 늘 주눅이 들고 떳떳치 못한 이유가 치욕스런 기억 때문이라고 여겨왔었다. 그러나 이제 보니 꼭 그 이유 때문만은 아닌 것을 느낀다.

아이들을 내 속으로 낳지 않았다는, 낳지도 않고서 감히 어미행세를 하려는 소위 뻔뻔함이랄까. 주인이 아닌 것을 다 알고 있는 사람 앞에서 주인인 척하려니 어색할 수밖에 없는 기분 같은 것이었다. 선생님 앞에서 아이의 학습에 대해 또는 아이의 장래를 위해 한마디라도 언급 할 수 있으려나 모르겠다.

'그렇구나. 스스로 볼모가 되면서까지 내가 아무리 우리 민식이 민희를 사랑한다고 해도 획처럼 그어지는 한계가 있었구나.'

사랑만 가지고는 어미라는 자리가 채워지지 않는 이유가 있었다. 열 달 동안 몸속에 담고 함께 숨을 쉬면서 거미처럼 살을 파먹히다가 마지막에 사지를 찢기는 고통을 동반한 죽음 직전까지의 생성과정을 거치지 않은 이유다.

죽음 같은 생성과정이 없는 어미의 사랑은 타인들의 눈에 그저 가증스러울 뿐이고 어설프고 진실이 없고 위선으로 보일 것이다. 낳은 어미의 회초리에는 사랑이 있다고 보면서도 낳지 않은 어미의 떡에는 독이 있다고 보는 타인들의 그 선입관은 아마도 지구가 없어져도 결코 변하지 않을 뿌리 깊은 타성일 것이다.

생성과정을 거친 어미는 비록 어떤 사정에 의해 아이에게 사후 관리를 하지 못했다 해도 세월이 지나고 나면 그 어떤 사정과는 관계치 않고 내 자궁에서 키운 아이임을 결코 잊지 못하고 아이를 찾는다. 찾지 못하면 세상을 그만 살 것처럼 찾아 나선다.

어미에게 버림받고 치유될 수 없는 상처를 안고도, 아이는 가슴으로 키워준 어미보다 배로 낳아준 어미에게 마음이 열리는 것을 무엇으로 설명할까. 설명될 수 없음에 하늘이 맺은 인연이라 하여 천륜이라 했나보다. 그러나 비록 천륜이라 해도 가슴이 열리는 한계는 있는 법이다.

인숙이, 그녀는 두 아이들을 몸에 담지도 않았다. 살을 파먹히지도 않았다. 사지를 찢기는 고통도 없었다. 그러나 그녀는 두 아이들을 위해 젊음을, 삶의 전부를, 무지갯빛 꿈을, 앞으로 남은 세월까지도 몽땅 볼모로 족쇄에 가두지 않았던가. 어떻게 그보다 더 큰 희생이 필요한가. 그럼에도 타인들의 냉정한 시선이 의식되는 것은 자괴감이었다. 언젠가는 자신이 이 자리에 설 수밖에 없는 변명을 타인들이 집요하게 듣기를 원할지도 모른다는 불안감이었다. 그것이 그녀에게는 고통 중의 고통이었다.

인숙은 갖가지 상념에서 벗어나 집안을 치우기 시작한다. 시골집이 다 그렇듯이 치우고 또 치우고 해도 별반 치운 것 같지 않았지만 마음이 심란하여 걸레질을 하고 또 한다.

학부형으로서 선생님을 대면할 준비가 전혀 돼있지 않았던 인숙은 이렇게 심란할 줄 몰랐다. 이런 날이 있으리라는 생각은 아예 해보지도 못했다. 할 수만 있다면 지금 어디론가 숨어버리고 싶었다. 앞으로 학교에서는 여러 가지 학부형 모임들도 많을 것이다. 그때마다 타인들에게 주눅 들 것을 생각하는 그녀는 지금 많이 우울했다.

벽에 걸린 시계가 세시를 알리고 있다. 인숙은 흙이 묻은 옷을 대충 털고 방으로 들어간다. 늘상 입는 빛바랜 청바지에 엷은 보랏빛 체크무늬 남방으로 갈아입는다. 생머리를 고정시켰던 머리핀을 풀자 윤기가 흐르는 검은 머리가 좁은 어깨 위로 왕창 쏟아진다. 거울 앞에서 쏟아진 머리를 빗으로 쓸어 넘겨 다시 고정시키고 나오는데 민식이가 선생님과 함께 마당에 나란히 서 있었다. 인숙은 오기로 약속이 되어 있었음에도 선생님이 왔음에 그저 놀라면서 신발을 신느라 정남을 미처 보지 못한다.

방문을 열고 나오는 여자가 동명이인이기를 그토록 빌었건만, 정남은 꿈속에서라도 한번 부르고 싶던 이름을 가진 여자가 지금 신발을 신고 있는 것을 본다. 순간, 억장이 무너지고 세상이 무너진다.

잠시 후 고개를 든 여자는 정남이를 보고도 까까머리 여드름이 깔린 남학생을 알아보지 못한다. 그녀는 여학생 모습이 남아있는 수줍은 미소로 단지 아이의 담임선생님을 맞을 뿐이다.

"선생님. 안녕하세요. 이렇게 오셨는데 좀 올라오세요. 사는 것이 좀."

"아. 예에~"

정남은 몰라보는 것을 오히려 다행스럽다 생각하면서 한편으로는 몹시 서운했다. 그러다가 슬그머니 화가 치민다. 왜 이렇게 사느냐고 소리를 지르고 싶었다. 때려주고도 싶었다. 아니, 지금 울분이 터지려고 하는 것을 어금니를 깨물고 참으려니 이가 시렸다.

엉거주춤 마루에 걸터앉고 인숙이 부엌으로 들어가더니 유리잔에 미숫가루를 타서 나무쟁반에 받쳐 내온다. 그때까지 인숙은 선생님을 정면으로 보지 못하고 살짝 비켜선 채 시골 흙먼지가 부옇게 덮인 정남의 구두

코를 쳐다본다.

속이 타는 정남은 유리잔에 담긴 미숫가루를 벌컥벌컥 단숨에 들이킨다. 인숙은 선생님이 걸어오시느라고 목이 많이 말랐었나보다고, 미숫가루를 타서 내 온 것을 참 잘한 것 같다고, 내심 흐뭇해하고 있는데 갑자기,

"고향은 언제 떠나왔습니까? 고향 집에는 다른 사람이 살더군요."

화들짝 놀란 여자가 갑자기 고개를 번쩍 들고 정남이를 쏘아본다. 정남이도 무서운 눈으로 여자의 눈을 맞받는다. 인숙은 비로소 여드름이 깔린 까까머리 남학생을 본다. 눈꺼풀 안에 갇혀있는 사슴 같은 선량한 동공이 크게 열리고, '아!' 가느다란 비명이 입술사이로 새나온다.

얼굴이 하얗게 질리면서 잠깐 허둥거리는 여자. 그러다가 쏜살같이 부엌으로 달아나 버린다. 정남은 달아나는 여자의 뒷모습을 눈을 떼지 않고 노려본다. 그때 구릿빛 얼굴을 한 덕배가 논일을 마치고 마당으로 들어서고 있었다. 목에 두른 땀수건으로 얼굴을 문지르며 들어오느라 미처 정남이를 보지 못하고 헛간 쪽으로 가려다가 장승처럼 서 있는 남자를 보고 멈칫한다.

"안녕하십니까? 민식이 아버님 되시지요? 저는 민식이 담임입니다. 들에 다녀오시는군요."

"……."

뜬금없는 불청객을 본 그는 담임이 뭐 개뼈다귀더냐라는 눈으로 정남이의 아래위를 훑어 내린다. 평생 몽당연필 한 번도 잡아보질 않았으니 학교가 무엇인지, 일이나 열심히 하면 먹고 살 수 있는 세상인데 그깟 학교는 왜 다니려고 하는지 도무지 알 수 없는 사람 앞에서 담임선생님은 무안쩍게 서있다. 그때 갑자기 부엌으로 달아났던 인숙이 멀쩡한 얼굴을 하고 나오면서,

"저기, 민식이 담임선생님이여…요."

미처 말이 끝나기도 전에 정남에게 못 흘겼던 시뻘건 눈을 인숙에게 흘기더니 헛간 쪽으로 발길을 옮긴다.

'저런!'

정남은 덕배의 무지몽매함을 그대로 보고 말았다. 자신보다 더 무안쩍어하는 인숙의 곁을 피해주는 것이 지금으로서는 최선일 것 같아 목례를 하고 그 자리를 뜬다. 돌아오는 발걸음이 쇳덩어리를 매달고 걷는 것 같았다.

인숙이 지금 불행하다는 것을 정남은 한눈에 보고 말았다. 그것도 불행을 넘어서 절망적인 삶을 살고 있음을. 무슨 사연이 있어 저 사슴새끼같이 여린 여자가 불한당 같은 남자 밑에서 옴쭉 달싹 못하고 견뎌야 하는가. 필경 무슨 곡절이, 말 못할 사연이 있는 것이 분명했다.

한때는 가슴 한쪽을 온통 차지하고 있던 여자가, 내 젊음과 꿈을 송두리째 쏟아 붓고 싶었던 여자가, 지금도 잊지 못해 가슴앓이를 하게 만드는 여자가, 내 여자가 되어 줄 것을 미치게 갈망했던 여자가, 그리고 숨어버린 여자가, 지금 내 눈 앞에서 신음을 하고 있었다.

정남은 하숙집으로 들어가지 않고 다시 학교로 돌아간다. 텅 빈 교무실 창문을 열고 토요일 오후의 한낮이 기울고 있는 운동장을 멀거니 바라보는 두 눈에는 짙은 고통이 일렁인다. 어느 집 삽살개 한 마리가 넓은 운동장이 낯설어 우왕좌왕 뛰어 다닌다.

'박인숙, 우리는 이렇게 밖에 만날 수 없었니? 그 자리에 왜 니가 있어야 하니? 니가 원했니?

덕배는 요즘 들어 들에서도 자주 가슴이 두근두근, 꿈틀꿈틀 용트림을 하는 날이 잦았다. 후끈 달아오르는 열기를 어쩌지 못하고 논물이 고인 웅덩이를 찾아가서 얼굴에 물을 끼얹기도 했다.

그는 하초에 칼침을 맞고부터는 허리를 경계로 하여 아래 위가 따로 놀았다. 가슴속에서 아무리 용트림을 해도 아랫동네는 갓 시집온 새색시처럼 고개를 외로 늘어뜨리고 조용했다. 전 같으면 벌써 삐딱한 문살이 보이고 널브러진 여자가 보이련마는, 그랬다면 덕배 역시 들에서 일을 하다 말고 소장사처럼 집으로 달려가는 날이 많았을 지도 모른다.

그래도 인숙은 아이들을 품고 살았을까. 아마도 그 여자는 살았을 것이다. 미련하게 정이 많아 칼부림을 하면서도, 때로는 칼에 찔려 피투성이가 되면서도 살았을 것이다. 제 목숨이 붙어있는 한 두 아이를 버리지 않을 여자이기에 말이다.

밖에 나갔다 들어와서 그녀를 보면 다람쥐처럼 달려와 폭 안기는 아이들이다. 밖에서 들어왔을 때 그녀가 보이지 않으면 헛간으로 텃밭으로 샘가로 찾아 헤매는 아이들, 그녀는 죽을지언정 두 아이를 버리지 못하고 살았을 것이다.

지금 사내의 아래 위가 의기투합이 안 되는 것은 아마도 하늘이 그녀의 편에 선 것이리라. 그런 사실을 전혀 알지 못하는 인숙은 덕배가 뒤늦게나마 인간의 근본인 본의를 깨닫고 과거의 실수를 깊이 참회하는 것쯤으로 생각되어 지나는 세월만큼 조금씩 그를 용서하고 있었다.

오늘도 덕배는 논 웅덩이 물을 한바탕 뒤집어쓰고 들어오는 길이었다. 그런데 허여멀건 한 젊은 사내가 있었다. 그것도 내 집 울안에 있었다. 처음에는 의아했는데 말쑥한 인숙이 부엌에서 나오는 것을 본 순간 알 수 없는 심술 같은 것이, 나에게는 없는 장난감을 가지고 노는 아이에게서 느끼는, 동경을 넘어 할 수만 있다면 당장 장난감을 빼앗아 부숴버리고 싶은 난폭함이 치밀어 올랐다. 그리고 바로 따라붙는 생각은 지금까지 둘이서 무슨 짓을 하고 있었을까. 둘이서. 둘이서….

헛간으로 발길을 돌리면서도 그는 말도 안 되는 상상을 한다. 갑자기 젊은 남자가 소장사로 보였다. 소장사에게 질질 끌려 방으로 들어가면서 빨래를 짜듯 비틀어지며 손을 휘휘 젓던 여자가 인숙이로 보였다. 오랜만에 널브러진 여자가 보였다. 허벅지를 허옇게 드러내 놓고 앞가슴이 풀어헤쳐진 여자, 그 여자는 인숙이었다.

젊은 남자가 여자를 안고, 여자는 웃고 있었다. 여자가 웃고 있다. 남자의 품에서 웃는다. 깔깔깔 웃는다. 웃는 여자가 보랏빛 체크 남방을 벗어 던진다. 빛바랜 청바지의 지퍼를 내린다. 속옷을 벗어 던진다. 나체가 된 여자가 춤을 춘다. 젊은 사내 앞에서, 순간 갑자기 천지가 깜깜하여 보이지 않는다.

'꺄악!'

날카로운 비명을 지르면서 헛간을 뛰쳐나온 덕배는 마당을 질러 밖으로 뛰쳐나간다. 비명소리에 놀란 인숙은 좀 전의 무안쩍었던 것도 잊고 고개를 번쩍 드는데 멀리 내리막길을 내려가는 정남이의 뒤통수가 반달만큼 보이다가 숨어버린다.

밖으로 뛰쳐나온 덕배는 뒷산 구릉을 향하여 달리고 있었다. 달리고 또 달린다. 숨이 턱에 닿아도 계속 달린다. 오랜만에 허연 허벅지를 드러내 놓고 앞가슴이 풀어헤쳐진 널브러진 여자를 보았건만 내부의 열기를 밖으로 발산할 수 없는 사내는 내장이 타들어가는 고통을 이렇게라도 하지 않으면 죽을 것만 같았다.

숨이 멎을 만큼 달리다가 멈춘 사내는 네 활개를 펴고 벌렁 누워버린다. 땅의 축축한 습기가 등을 타고 서서히 온몸으로 퍼지고 내부의 열기가 차츰 식어간다. 눈꺼풀이 무겁게 내려앉고 스르르 잠이 쏟아진다.

땅거미가 질 무렵 덕배는 대상이 누군지도 모르는 욕을 씨부리면서 마당에 들어서고 있었다.

그날 밤부터 인숙이의 고뇌는 시작되었다. 김정남이라는 남학생을 뚜렷하게 기억했다. 문학적이고 여성스럽던 단정한 글씨체로 보내온 그의 편지는 언제나 연한 핑크색이었던 것. 키는 좀 작은 듯했고 여드름이 많았던 기억이 난다. 공부는 잘 한다는 소문이 있던 학생이었다. 여자같이 좀 수줍었던 기억도 난다.

특별히 두 사람이 약속을 하고 만난 적은 없었지만 그 학생만큼은 먼발치로라도 볼 수 있을까하여 기다리기도 했었다. 어쩌다 우연히 마주치기라도 하면 여드름이 깔린 얼굴이 눈에 띄게 붉어지던 그 모습이 하도 우스워서 뒷문을 열어놓고 얼음조각 같은 별을 보며 웃기도 했었다. 그리고 며칠 후에는 어김없이 핑크빛 편지가 그녀를 기다렸다.

눈 감으면 망막에 보이는 얼굴,
눈 뜨면 가고 없다.
내 눈이 멀었는가,
사랑의 늪에 빠진 나,
허우적거리다 잠이 든다.
물안개 같은 그대 꿈속에서 볼까.

한때 꽃구름처럼 펼쳐지던 추억이 되살아나고 그녀도 하얗게 밤을 밝히는 날이 많았다. 덕배처럼 찬물을 끼얹는 일은 없었지만 대신 방문을

열고 밤하늘을 쳐다보는 날이 많았다. 그리고 어느 날 민식이가 학교에서
돌아와 가방에서 편지를 꺼내어 준다.

"이거, 우리 선생님이 엄마 갖다 주래."

"……."

아이에게서 편지를 받아드는데 어쭙잖게도 가슴이 먼저 콩닥콩닥 뛴
다. 아이의 눈치를 본다. 아이는 강아지만큼이나 천진스럽게 아무렇지도
않은데 혼자서 괜히 사방을 둘러본다. 토종닭 몇 마리만 한가롭게 먹이를
찾아 끄떡거리며 돌아다니고 이웃집 개 한 마리가 혀를 빼물고 문밖에서
어슬렁거릴 뿐 엿보는 사람도 없다. 모든 것이 상관이 없는데도 민식이가
내미는 편지를 잽싸게 감춘다. 그리고 시치미를 떼느라 냉정한 표정이 된
다. 아이는 벌써 벌에 쐰 놈처럼 달려 나가고. 그래도 냉정한 표정은 돌아
오지 않는다.

방에 들어온 그녀는 편지를 뜯는다. 손이 떨려 자꾸만 헛손질이다. 드
디어 알맹이가 나오고 낯익은 글씨, 읽기도 전에 그녀의 가슴이 무너진
다. 그리 멀지 않은 추억이 꽁꽁 숨었다가 튀어나온다. 행복했던 추억 속
으로 들어가 그녀가 잠시 서성거린다. 깨진 어항 속에서도 아직 금붕어는
죽지 않고 살아 있었다.

'이대로 견디기가 어렵소. 꼭 한 번은 만나야 할 것 같소. 피하지 마시
오. 이번 토요일 세시에 교무실에서 뵈었으면 합니다. 거북하다면 학부형
자격으로라도 좋소. 오실 때까지 기다리겠소. 김정남.'

그녀는 망연자실, 털썩 주저앉는다. 그는 지금의 상황을 집요하게 듣기
를 원할 것이다. 자신이 이 자리에 설 수밖에 없는 이유를 그예 타인에게

해야 할 날이 사형수의 집행 날처럼 다가오고 있었다. 다른 사람도 아닌 하필이면 그 사람에게 말이다. 잠재해 있던 그녀의 불안감이 드디어 현실 밖으로 튀어나오려 하고 있다.

토요일은 사흘 후였다. 하루하루가 지옥처럼 두렵다가도 그러나 그 날이 기다려지는 이유는 또 무엇일까. 사흘이다. 하루가 얼마나 긴지, 하루가 이렇게 길었던가 싶었다.

토요일, 드디어 그날이다. 막상 그날이 닥치니 오히려 차분해진다. 민식이를 학교에 보내고 인숙은 집안을 치우기 시작한다. 더 많은 시간을 들여 마당도 쓸고 빨래도 했다. 어느새 점심나절이 되었다. 민식이는 학교에서 아직 돌아오지 않았고 민희를 불러 점심을 먹인 그녀는, 집안을 분통같이 치워놓고 학교에 갈 차비를 해야 할 그녀는, 그런데 텃밭으로 나간다.

이른 봄에 뽑아먹다 남은 열무에서 피어난 노란 장다리꽃 사이로 하얀 나비 노랑나비들이 숨바꼭질 하며 날아다닌다. 늦봄의 나른한 햇볕이 사정없이 내리쬐는 장다리 꽃 사이 길을 그녀도 나비처럼 걸어간다.

'학교에 가야해, 기다린다고 했어,'

그녀도 한번쯤 정남이 보고 싶어 가슴이 설렌다. 그다지 오랜 세월도 아니건마는, 실로 억겁세월이 지난 것 같이 까마득하다. 그 사람을 만나고 싶다. 영글지 않은 풋사랑이었던 사람, 타임머신을 타고 돌아갈 수만 있다면 유감없이 그렇게 하고 싶었다.

갇혀있는 캄캄한 동굴 안으로 어느 날 한 줄기 빛이 새어 들어왔을 때의 환희, 어쩌면 동굴 밖으로 나갈 수 있다는 희망, 인숙이 마음이 지금 그랬다. 이런 기분이 느껴지다니, 얼마만인가. 이 순간 덕배와의 그 치욕스럽던 기억도 나지 않는 것이 이상했다.

세상이 너무 아름다워 한 달이 사흘처럼 후딱후딱 지나갈 나이에 반생
을 넘게 살아온 아낙네몰골을 하고 있는 그녀 가슴에 화사한 복사꽃이 피
려 한다.

'참 하늘도 맑구나. 햇볕도 좋고. 하늘이 저렇게 높았었나? 저 들꽃이
언제부터 있었지? 저런, 진달래도 있었네. 아름다워라,'

이 순간 거침없이 행복해지려는 그녀의 망상은 그러나 다시 목사리를
끌어 현실로 되돌려 놓는다.

'그가 무슨 말을 물어올까. 무슨 말로 지금의 내 처지를 이해시킬 수 있
을까. 가야하나 말아야하나,'

그녀는 다시 갈등한다.

'에이, 그런 것은 나중에 생각하자. 만나고 나서 생각해도 늦지 않아.
그를 만나자. 그 사람을 만나야 해. 그가 보고 싶어. 무슨 옷을 입고 나가
지? 청바지밖에는 없는데. 좀 예쁘게 입고 싶은데 옷이 없네. 그냥 청바
지에다 남방셔츠입고 나갈까? 초라해 보이지 않으까? 진작 알았다면 지
난 장날에 옷을 한 벌 사 놓을걸. 화장도 좀 하고 나가자. 근데 내 얼굴이
너무 거칠어서 화장이 잘 받을까 모르겠네. 이 손 좀 보게, 갈퀴 같네. 어
쩌지?

세시가 지나고 네 시가 넘어 다섯 시가 다 되었는데도 그녀는 채마밭
장다리꽃 사이만 오락가락 하고 있었다. 그때 민식이가 책가방을 메고 들
어오다가 텃밭에 있는 그녀를 보고 오른팔을 휘돌리며 채마밭 사이 길을
달려온다.

뒤에서 그녀의 허리를 덥석 껴안자 그제야 소스라치게 놀란다. 지금껏
꿈을 꾸다가 깬 것 같았다.

"아유. 깜짝이야. 학교에서 지금 오는거? 어디서 놀다 지금 와? 점심은.

점심도 안 먹고 여태 어디서 놀다 온 거냐?"

"응. 학교에서 놀다가 구형이네 집에 갔는데 구형이 엄마가 점심 먹으라고 해서 먹었어."

그러고 보니 아이가 학교에서 여태 안 온 것도 모르고 있었던 것이다. 평상시 같으면 아이가 돌아오는 시간에 맞춰 점심을 차려놓고 기다리던 그녀였다. 그녀의 가슴에 바람이 들어도 빵빵하게 들어있었다.

벌써 저녁밥을 지을 시간이 되어오고 있었다. 지금껏 기와집만 지었다 헐었다 수십 번을 하더니 그녀는 결국 부엌으로 들어간다.

두 아이들을 씻겨서 재우고 인숙은 마루에 나와 쪼그리고 앉는다. 들에서 돌아온 덕배도 아이들과 저녁을 먹고는 피곤했던지 아이들보다 먼저 제방으로 들어가고 조용했다. 그러나 인숙은,

'오실 때까지 기다리겠습니다.'

라는 글귀가 눈앞에 어른거리는 이상 잠자리에 들 수가 없었다.

사방이 꺼질듯이 고요했다. 벽에 걸린 시계가 아홉시를 알리고 있었다. 인숙은 슬그머니 일어나 마당으로 내려선다. 한발 한발 내어딛는 그녀의 발걸음은 흡사 몽유병을 앓고 있는 듯 허깨비 같아보였다.

낮이나 밤이나 항상 그만큼 열려있는 대문을 바람처럼 빠져나간다. 어디선가 그녀처럼 잠 못 이루는 산비둘기가 청승맞게 울고, 풀벌레들 소리가 적막한 어둠을 가른다. 초여름의 밤바람이 목덜미를 간질이고 여름밤 별이 시원해 보인다.

인숙은 정남이의 뒤통수가 반달만큼 보이다 숨어버리던 언덕아래까지 허정허정 걸어간다. 딱히 어디를 정해놓지도 않고 그냥 적막 속을 걷는다. 희뿌연 길을 따라 팔짱을 끼고 한가롭게 걸어본다. 장다리 밭에서 못다한 상념에 젖은 채 이 밤이 꼴딱 새도록 자유롭고 싶어서. 그런데 난데

없이 남자 하나가 불쑥 나타났다.

한편 정남은 토요일 아침부터 세시를 기다리는 시간이 천년 같았다. 긴 시간이 지난 것 같아 시계를 보면 겨우 5분, 또 서류를 뒤적이고 자리에서 일어나 걸어보고 다시 앉아 신문도 훑어보고 이제 한 시간은 훨씬 지났겠다싶어 시계를 보면 겨우 20분, 쉬지 않고 돌아가고 있는 시계바늘이 오히려 신기해 보였다.

지옥처럼 기다리던 세시가 되자 그는 자리에 그대로 앉아있지 못하고 아예 교문 밖으로 나와 있었다. 세시가 네시 되고 다섯시가 되어도 그는 교문 밖에서 신작로 길을 하염없이 바라보고 서 있었다.

그 시간, 여자는 장다리꽃 사이 길을 서성이며 그를 만나러 가야하는데 무슨 옷을 입고 갈까만 수없이 생각 하던 시간이다. 그는 지칠 만도 한데,

'조금 있으면 저녁밥 지을 시간이니 아예 저녁을 지어놓고 오려나 보다. 올 때까지 퇴근하지 않는다고 했으니 아마도 저녁을 먹고 올지도 몰라.'

미련하게 지칠 줄 모르고 자위를 하면서 기다렸다. 어둠이 짙어지자 교무실로 들어와 관리인이 방금 끄고나간 전기를 다시 켠다. 불이 꺼져있으면 그녀가 왔다가 되돌아갈 것 같아서다.

재떨이에 담배꽁초가 산처럼 쌓였다. 시계가 여덟시를 알린다. 정남은 전깃불을 끄고 교무실을 나왔다. 그는 숙소로 가지 않고 인숙이 집을 향해 걷는다. 십리는 조금 못되고 오리는 훨씬 넘는 길이다. 낮에는 두 시간마다 털털거리는 버스가 있지만 이 시간에는 버스가 끊길 시간이다.

그 여자가 살고 있는 집이 보인다. 왠지 살고 있다는 느낌이 안 들고 갇혀있다는 느낌이 들었다. 대문이 비긋이 열려있었다. 그러나 그 안으로

발을 들여놓을 용기는 차마 나지 않는다. 그는 언덕배기에 주질러 앉아 줄담배를 피우고 있는 중이었다. 그런데 드문드문 서있는 나무 사이로 어렴풋이 걸어오는 사람이 보였다. 처음에는 그 사람 눈에 띄지 않으려고 일어서는데 멀리 신작로 가로등 불빛에 어릿어릿 비치는 여자의 모습이 낯이 익었다. 그는 자리를 옮기려던 것을 포기하고 가만히 있었다. 거리가 좁혀지고 여자가 인숙이라는 것이 확인되자 총알처럼 내려가 앞을 막는다.

여자는 기절할 듯이 놀라고 여자의 팔목을 잡은 그는 언덕을 향해 달린다. 잠시 후 상대를 파악한 여자도 운동회 때 발목을 묶은 한 팀이 되어 달리듯이 열심히 달린다. 공모하다 들킨 동지처럼 사생결단으로 달린다. 잡은 손을 놓치게 되면 상대가 공기처럼 와해되거나 영영 없어질 것 같은지 서로가 단단히 움켜쥐고 있었다.

두 사람은 인적이 없는 곳까지 와서 걸음을 멈추었다. 가쁜 숨을 몰아쉰다. 비로소 남자의 손에 잡혀있던 손목이 얼얼하게 아픈 것이 느껴지고 여자는 반대편 손으로 아픈 손을 주물러 본다.

잠시 후 남자가 여자의 어깨를 눌러 앉히고 그도 여자 옆에 앉아 담배를 꺼내어 불을 붙인다. 깊게 한 모금을 빨아들인 담배 연기를 한숨처럼 내 뱉고 나서 아주 담담하게 여자를 돌아본다.

"미안합니다. 무례했다면 용서하시오."

"……."

"지금 생활에 만족하시오? 남편 되시는 분이 어떤 사람인지는 모르오만 내가 보기에는…"

"남편 아니어요."

남편이라는 말에 등골이 오싹하는 소름이 돋고 그녀는 자신도 모르게 땅벌처럼 쏘아 붙인다.

"예? 그게 무슨 말이지요? 분명히 민식이 어머니로 되어 있던데."

"…그게. 피치 못할 사정이 있어서 서류상으로만 그리… 된 거업니다… ."

갑자기 입에 물고 있던 담배를 발로 비벼 꺼버린 남자가 여자를 향하여 몸을 획 돌리고,

"무슨 소리요. 내가 납득이 갈 수 있도록 얘기해 보시오. 어서요."

마치 장래를 약속했다가 남자가 입대한 사이 고무신 거꾸로 신은 여자를 찾아내어 다그치는 것 같았다. 그런데 그만 여자가 더 버티지 못하고 고개를 무릎에 묻어 버린다.

"민식이 어머니는 돌아가신 겁니까? 이혼 했어요? 무슨 빌어먹을 피치 못할 사정이 있어서 결혼도 안할 나이에 학부형이 되어있단 말이오. 그렇다면 앞으로 인숙씨는 이렇게 계속 살아야 하는 거요? 당신이 선택한 일이요?"

눈물도 사치가 되어버린 줄 알았는데 인숙은 까만 어둠에 울컥 설움을 뱉는다. 두 손으로 양쪽 볼에 흐르는 눈물을 훔친 여자는 코맹맹이 소리지만 차분하게, 차근차근, 한숨을 쉬듯 털어놓기 시작한다.

"제게는 언니가 하나 있었어요. 방앗간에서 일하던 남자와 결혼을 하고 아이를 낳았어요. 아이가 없던 우리 집에 그 아이들은 특별했어요. 어려서부터 내 손으로 키우다시피 했어요. 그런데 아버지가 돌아가시고 그해 언니가 집을 나가지 않으면 안 될 일이 벌어지고 말았어요. 어머니는 그 일로 쓰러져서 중풍으로 나무토막처럼 되어버렸어요. 작은아이는 겨우 돌이 지났을 뿐이고 큰 아이는 다섯 살 이었어요. 나까지 집을 나가버렸다면 아마도 엄마와 두 아이들은 천상 거리에서 구걸이나 하는 거지가 되었겠지요. 어머니만 쓰러지지 않았어도… 나는 그때부터 두 아이

를 키우고 환자를 돌보아야 했어요. 어머니는 거의 식물인간처럼 누군가의 손이 절실히 필요했고 돌 지난 아이에게도 필요한 사람은 나 밖에 없었으니까요. 어머니는 하루에도 몇 차례씩 오물을 쏟아 놓았고 젖배가 고픈 아이는 언제나 내 등에서만 잠이 들었어요. 밤새 젖을 달라고 보채며 우는 아이를 업고 울기도 지쳐버렸어요. 나는 봄에 꽃이 피는 것을 보지 못했어요. 불덩이 같은 햇볕이 튀는 여름에도 햇볕이 뜨겁다는 것을 느끼지 못했어요. 가을에 단풍이 어떤 빛깔로 물들었던가, 겨울이 추웠던가, 하얀 눈이 내렸던가, 기억에 없답니다. 읍내에서 빵집을 하던 학교 친구가 어느 날 교내 뒷산 언덕에 흐드러지게 핀 코스모스 꽃밭에서 나에게 말했어요. 이 나이에 사는 것이 벌써 참혹하다고. 그 친구는 한바탕 울었는지 눈알이 빨갰어요. 그리고 어느 날 그 친구는 소나무에 목을 맨 채 주검이 되어 있었어요. 나는 그 친구의 말을 실감할 수 있었어요. 참혹하다는 말. 나는 그 친구처럼 죽고 싶어도 죽을 수조차 없는 것이 더 참혹하다고 생각하며 건디었어요. 이 두 손을 절실히 필요로 하는 목숨들을 팽개치고 주검이 될 수 없는 나는 눈물이 사치라는 것만 알았을 뿐이예요. 나는 울 힘도 없었거든요. 이년 후에 어머니가 돌아가셨어요. 이곳으로 이사 오기 전에 전출 신고를 하기 위해 면사무소에 갔다가 두 아이 모두 출생신고조차 되어있지 않은 것을 알게 되었어요. 언니는 그 때까지 처녀로 되어있고. 그런데 아이가 학교에 들어갈 나이가 되어도 행방불명인 언니한테서는 소식 한 장 없었어요. 아이들 출생신고를 하려면 누군가가 아이의 어미가 되어주어야 하는데….아이들을 세상에 없는 아이들로 그대로 둘 수가 없었어요. 학교를 보내야 하는데, 취학 통지서가 나오지 않아서…."

그녀는 간간히 막힌 숨을 토하느라 긴 숨을 뱉어내곤 했다. 그러나 형

부라는 사람에게 겁탈을 당했다는 말은 차마 하지 못한다. 정남이 입장에
서는 말이 안 되어도 한참 안 되는 말을 여자가 주절거리고 있는 것이다.

"아버지라는 사람은 그렇게 능력이 없는 사람이요? 자기 자식들이면서
출생신고조차 하지 않을 만큼 무지한 거요, 아니면 관심이 없는 거요? 그
리고 처제가 서류상으로도 아내가 되어 한 집에 동거를 한다면 부부나 마
찬가지 아니던가? 어떻게 성인남녀가 아무 일 없이 서류상으로만 부부로
지낼 수가 있겠소?"

"그래도 그렇게 지내고 있다구요."

여자가 또 다시 발끈한다.

"그래 자식을 둘씩이나 팽개치고 집을 나갈 만큼 무슨 일이 있었다고
했는데 그 일이란 것이 도대체 뭡니까? 보통 상식으로는 도저히 납득이
가지 않는데 좀 더 구체적으로 얘기해 줄 순 없소?"

"사생활이니 그만."

"사생활?"

"그래요. 어디까지나 사생활이니 더 깊이 알려고 하지 말아 주세요. 부
탁입니다."

"…그렇군요. 남의 사생활 정도로밖에는 우리는 서로 아무 상관이 없
지요. 나는 그런 것도 모르고…. 당신을 볼 수 없었던 그 시간들을 어떻
게 보냈는지 아시오? 당신을 찾아 수소문하느라 얼마나 많은 시간들을
허비했는지, 얼마나 숱한 밤을 지새웠는지, 박인숙이라는 흔하디흔한 이
름 석 자만 들어도 몇날며칠 가슴앓이를 했고 술이라도 먹게 되면 어김
없이 당신이 살았던 마을 어귀에서 당신 이름을 부르며 새벽녘까지 헤매
던 날들을 당신은 아시오? 당신의 행방을 알 수 없었던 그 시간들이 나
에게 얼마나 잔인했는지는 아시오? 한 순간도 내 자신으로 살게 내버려

두지 않았소. 그런데 당신은 사생활이니 더 이상 관심 갖지 마라, 그런 말이군."

잠시 말을 중단하고 담뱃불을 붙이는 남자를 여자가 무심코 돌아보는데 순간, 이번에는 불빛에 비치는 남자의 눈에서 반짝, 눈물 한 방울이 구른다. 타인의 눈물을 보는 것도 벅찬 일이지만 눈물의 원인이 자신 때문이라는 이유가 그녀의 마음을 혼란스럽게 했다.

사랑을 비롯해서 여자라는 이름이 갖은 모든 실체를 가두고 일생을 살아야 하는 여자에게 아직도 가슴이 열려있다니. 그 남자의 눈물을 보는 순간, 그녀도 명숙이처럼 열린 가슴에 기대어 임금님 귀는 당나귀 귀를 말해주고 싶은 충동이 꿈틀꿈틀 일고 있었다. 서서히, 그러다가 아주 강하게.

"…사실은…"

여자는 입을 열기 시작한다. 나 아닌 남이 당한 일이었다 해도 입에 담기 민망한 치욕을 고해하려 한다. 한 자락 남아있는 인격이라는 기본마저도 이 남자 앞에서 훌훌 벗어버리려 한다. 그리하여 백주대로에 치마 벗고 나앉은, 더 이상 망가질 것이 없는 굴욕감을 가진 여자에게 이 남자도 이 밤이 다 새기 전에 더 이상 미련은 갖지 않게 되리라. 내가 할 마지막 숙제였다.

"사실은 언니가 집을 나갈 일이 아니었어요. 내가 나가는 것이 옳았어요. 그러나 나는 그때 정신이 온전하지 못했을 뿐더러 나이어린 나를 집 밖으로 내 놓기가 불안하다고 언니가 대신 나가 돈을 벌어오겠다고…"

"집을 나가지 않으면 안 되는 무슨 다급한 일이라도 생겼단 말입니까?"

"그것이 그러니까…. 내가 죽었어야 할…."

"무슨 소릴 하고 있는 거요. 말하기가 곤란한 일이라면 하지 말아요, 미안해요. 내 안 들을 테니 하지 말아요."

'생각했던 대로 사연이 있었구나.'

무슨 사연인지는 모르지만, 사연을 듣는다고 지금 상황이 변할 리도 없겠고 힘들어하는 여자가 너무 안쓰러웠다. 그러나 인숙은 담담하게 입을 연다.

치욕스런 그 날을 떠 올리려니 다시 분노가 도가니처럼 지글지글 끓는다. 숨이 멎을 것처럼 격정이 치솟는다. 그럴 때마다 손으로 가슴을 누르고 숨을 고른다.

여자가 토해내는 기막힌 곡절을 듣고 있던 남자는 그만 벌떡 일어나 옆에 있는 나무에다 머리를 박는다. 박고 또 박는다. 윽, 윽 뱃속에서 나오는 고통스런 신음소리 만큼씩 여자가 소리죽여 오열한다. 나무에 머리를 박은 채 분노로 숨을 몰아쉬던 남자가 갑자기 돌아서서 오열하는 여자를 안아 일으켜 불같은 포옹을 한다.

여자는 연체동물처럼 남자에게 온몸을 부리고 다가오는 입술을 저항 없이 받는다. 그녀로서는 처음으로 받아보는 첫 입맞춤이다. 얼어붙었던 가슴에서 '두둥둥' 북소리가 들린다.

혼자서는 울 수도 없었던 막막함에서 벗어난 그녀는 쉴 새 없이 눈물을 쏟는다. 어둠이라서 울 수 있었는가. 치욕을 드러내기까지 힘든 작업을 끝낼 수 있었던 것도, 이 후련함도, 까만 어둠이라서.

눈물로 질편한 여자의 얼굴을 두 손으로 감싸더니 양 엄지손가락을 펴 눈물을 닦아주면서 남자가 독백처럼 중얼거린다.

"얼마나 힘들었소. 혼자서 얼마나 무서웠소. 어떻게 견디었소."

여자의 사슴같이 순한 두 눈이 그렁그렁 눈물을 담고 올려다보고 남자의 입술이 여자의 눈에 매달린 눈물을 핥는다. 따뜻한 입술은 양 볼을 타고 내려온 눈물도 닦아준다. 그리고 아직까지 가느다란 흐느낌이 새어나오는 입술을 덮어 흐느낌을 마신다. 그때,

'국그르 국그르.'

산비둘기 울음소리 들리고 인숙이 흐느낌을 멎는다.

"이제부터는 내가 지켜 줄게. 당신 혼자가 아니야. 무서워하지 마. 항상 당신 곁에 내가 있다고 생각해요. 둘이서 앞일을 차근차근 생각해 봅시다. 아! 당신이 이런 고통 속에 있는 줄도 모르고…."

남자는 다시 낚아채듯 숨 막히게 여자를 안았다.

'이 여자, 어디론가 데려가 숨기고 싶었다. 저 불구덩이 지옥 속으로 다시 돌려보내고 싶지 않다. 어떻게 해야 하나. 어떻게 하면 좋을까. 사랑하는 사람. 불쌍한 사람!'

남자는 여자가 이대로 숨이 끊어져도 풀어줄 것 같지 않았고. 여자는 숨이 막히는데도 이 순간, 형부라는 사내한테 겁간을 당한 수치심조차도 느끼지 않고 아주 편안했다.

이 남자, 이 밤이 다 새기 전에 여자에게 미련을 갖지 않으리라는 상상은 여지없이 무너지고 오히려 여자를 품고 이 밤이 멈추기를 소원한다.

그때 그곳 I   72.7×53.0 cm 캔버스에 유채

밀회

정남이 하숙으로 돌아온 시간은 새벽 세시였다. 방으로 들어와 자리를 펴지도 않고 벽에 기댄 채 담배를 빼어 문다. 무슨 대책이 없을까. 곰곰이 생각해 보지만 어떤 묘안도 떠오르질 않는다.

담배연기 사이로 구릿빛 사내의 얼굴이 희미하게 비친다. 담배를 문 입술이 경련하듯 부르르 떨린다. 어느새 주먹이 단단히 쥐어져 있었다. 갑자기 죽여 버리고 싶은 살기를 느낀다. 칼부림 사건 이후로는 그런 일이 없었다고는 했지만,

'만약 다시 그녀가 그런 일을 당한다면 그때는 이 두 손으로 구릿빛 사내를 죽이리라. 반드시 죽일 것이야.'

정남은 구릿빛 사내를 몇 번씩 죽이다가 늦잠을 자는 바람에 아침도 먹지 못하고 학교를 향해 빠르게 걷는다. 어제 점심도 먹는 둥 마는 둥, 저녁은 아예 접해보지도 못했고, 아침을 어쩔 수 없이 포기한 그는 지금 바쁘게 걸어간다.

교문에 들어서자 아이들 한패가 재잘거리며 오다가 선생님을 발견하고는,

"선생님! 안녕하세요?"

구령처럼 외치더니 꾸벅꾸벅 인사를 했다. 그 중에 민식이가 눈에 띄었다. 순간, 민식이를 쳐다보는 정남이의 눈은 제자를 쳐다보는 스승의 눈이 결코 아니었다. 정남이의 눈에 보이는 민식은 인숙이 발에 채워진 족쇄였

다. 노예 발목에 채워진 쇠사슬이었다. 갑자기 달려가 족쇄를 깨부수고 싶은 충동을 느낀다. 민식이 얼굴에 구릿빛 사내가 겹쳐져 보인다. 단단한 주먹이 쥐어지고 숨까지 가빠져 온다. 험악한 선생님의 표정에 질린 아이들이 슬금슬금 피해 가버린 뒤에도 가쁜 숨은 진정이 되질 않고 있었다.

그들은 그 여름이 끝날 때까지 밤마다 함께 있었다. 산허리에 걸린 달이 주춤주춤 물러날 시각이 되면 달빛 그림자 길게 드리며 헤어졌다. 학부형과 총각선생님의 밀회는 결코 그림이 좋을 리 없지만 잘못된 그림을 되돌려 놓을 방법이 없는 그들은 날마다 지옥이었다. 신선한 젊은이들은 뜨거운 가슴을 절제하느라 고통을 동반해야했다. 정남은 그녀를 포옹하고 간혹 가볍게 입을 맞추고 그녀의 머리칼에 얼굴을 묻는 그 이상의 접근을 죽을힘을 다해 자제했다.

집단 강간이나 혹독한 강간을 당한 여자의 심리는 상처받은 기억에서 좀처럼 벗어나지 못하고 있었다. 그런 상태에 있는 여자에게 다소 강제성 애정표현 접근을 시도하게 된다면 여자는 자신을 폭행했던 사건이 되살아나 거의 발작상태가 되어버린다. 자칫, 남성기피증으로 평생을 남성을 거부하는 불행한 삶을 살게 될 수도 있다는 것이다.

정남은 여자 스스로 몸을 열어주기 전에는 아주 작은 강제성 접근도 해서는 안 되는 것을 잘 알고 있었다. 사랑하는 여자와 가깝게 있다는 것만으로는 부족할 때 가벼운 포옹과 함께 입맞춤을 했다. 젊은 욕망이 용암처럼 끓어오를 때면 폭발할 직전에 소변을 볼 것처럼 슬그머니 일어나 어둠속에서 해결하고 돌아왔다. 그리고 여자의 머리칼에 얼굴을 묻고 남은 열기를 식히곤 했다.

인숙은 정남을 만나고 세상이 아름다웠다. 그가 곁에 있으면 고향처럼 편안했다. 만남을 거듭할 때마다 남자의 섬세한 애무에 차츰 살갗이 열리는 육체의 반응과 더불어 행복을 알았다. 그럼에도 그 이상의 접근을 해 오지 않는 남자에게 그녀도 스스로 몸을 열어줄 생각은 아직 못하고 있었다. 치욕스런 기억과 함께 불가항력으로 당한 일이였음에도 처녀가 몸을 지키지 못한 죄책감이 그녀를 그렇게 옴츠리게 만들었다.

그 나이에 형벌 같은 사랑을 하면서 정남은 그녀 스스로 나쁜 기억에서 벗어날 수 있도록 사랑한다는 말을 많이 해 주었다. 찜통 같은 여름날이 어떻게 더웠던가를 잊은 채로 그들의 여름 사랑은 가슴 아프게 영글어만 갔다.

여름이 다간 어느 날, 덕배는 또 찬물을 뒤집어 쓸 일이 벌어지고 열기를 식혀야 될 것 같아 방문을 열고 나왔다. 그런데 안방에서 민희가 엄마를 찾으며 우는소리가 들렸다.

"엄마! 엄마! 어디 있어. 엄마!"

아이가 계속해서 엄마를 찾는데도 아이를 달래는 기척이 없었다. 덕배는 이상한 생각이 들어 방문을 살짝 열어본다. 민희는 울고 있고 민식이는 세상모르고 자고 있는데 인숙이 자리가 텅 비어 있었다.

"시끄러! 왜 울어."

아이는 이 밤중에 그래도 아빠라는 사람이 있어서 마음이 놓이는지 울음을 그친다. 덕배는 자기 방으로 들어가지 않고 마루에 걸터앉는다. 한참을 기다려도 인숙이 들어오지 않자 변소 문을 열어본다. 없었다.

덕배는 지금 인숙이 잠자리가 비어있는 것을 본 순간부터 불안해지기 시작한 것이다. 혼자가 되는 악몽이 꿈틀꿈틀 일어나고 두려움이 가슴을 옥죄어 왔다. 어느새 열기는 찬물의 도움을 받지 않고도 이미 흔적도 없이 물러가 버린 상태다.

그는 기다리지 못하고 늘 그만큼 열려있는 대문으로 나가 본다. 그런데

마침 텃밭을 가로 질러 이쪽으로 오는 사람이 보이고 또 한 사람은 방향
을 틀어 반대쪽으로 걸어가는 모습이 별빛이 총총한 밤하늘에 반사되어
서 보였다.

덕배의 눈에는 다시 젊디젊은 싱싱한 사내가 보이면서 사내 앞에서 나
체가된 인숙이 나풀나풀 춤을 추고, 인숙이 또 웃는다. 깔 깔 깔 깔 깔 깔
깔 깔, 한 없이 웃는 소리. 그만 웃음소리를 그쳐 주었으면 좋겠다. 제발.
제발.

이미 눈에 살기가 돋은 덕배는 가깝게 다가오는 인숙이의 머리채를 휙
잡아챈다. 여태 대상이 없던 욕설이 이번에는 인숙을 향해 소나기처럼 쏟
아진다. 인숙은 꼼짝없이, 자다가 샛서방 만나고 오다가 들킨 화냥년 꼴
이 되어 머리를 잡힌 채 마당으로 질질 끌려 들어온다.

"이 쌍, 씨파! 어떤 놈이여. 그 놈하고 여태 무슨 지랄하다 지금 들어오냐."

마당에 들어서자 주먹으로 여자의 얼굴을 사정없이 난타했다. 방문을
열고 아이들이 뛰어나와 엄마를 부르며 감싸자 덕배는 어린 아이들을 하
나씩 번쩍 번쩍 들어 강아지새끼 팽개치듯 마당 구석에 사정없이 내동댕
이쳐 버렸다. 인숙은 아이들이 나가떨어지자 고함을 지르면서 아이들에
게 기어가 몸으로 감싼다.

덕배는 헛간으로 가더니 곡괭이를 들고 나와 방앗간에서처럼 반미치광
이가 되어 마룻장을 찍어 내리면서 으르렁 거린다. 그녀가 어떤 놈을 붙
어먹던 잡아먹던 무슨 상관이건데 말이다.

"나가기만 혀. 다 죽일 텨! 새끼도 죽이고 다 죽여! 이 집을 나가기만 혀
봐라. 싸그리 불 질러 버리고 다 죽일 테니께."

방앗간에서는 쫓겨날 것이 두려웠는데 지금은 인숙이가 방금 본 남자
를 따라 집을 나가버릴 것이 두려웠던 것이다. 빈 잠자리를 보는 순간부

터 엄습했던 불안이 현실이 되고 있는 것을 목격한 덕배의 폭력은 그대로 살인이라도 낼 것 같았다.

아이들을 감싸 안고 있던 인숙은 두 눈을 꼭 감은 채 누구한테랄 것도 없이 악을 쓰며 소리를 지른다.

"안 나가아~. 내가 이 아이들을 두고 어떻게 나갈 수 있어~. 어 어~엉."

그만 악을 쓰던 끝이 울음이 되어 통곡으로 변해버린다. 아이들도 엄마에게 매달려 같이 울고. 어느새 마룻장을 내리찍는 소리는 잠잠하다. 나가지 않는다는 인숙이의 악쓰는 소리에 다소 평정을 찾은 덕배가 슬그머니 곡괭이를 내려놓고 방으로 들어가 버린 것이다.

인숙이 아이들을 데리고 들어와 얼굴을 살펴보는데 민식이의 한쪽 볼이 벌겋게 부어올라와 있고 이마에서 피가 나고 있었다. 민희는 다행히 얼굴은 말짱했지만 양쪽 무릎이 깨져 있고 팔꿈치가 벗겨져 있었다.

아이들을 품에 안은 인숙은 자책이 되어 아이들의 머리 위에 뜨거운 눈물을 뚝뚝 떨어뜨린다. 자신의 신세를 한탄하고 울어본 적은 거의 없었다. 눈물이 사치라는 것을 진작 알아버렸기 때문이다. 그러나 아이들을 생각하면 가슴이 미어졌다. 애비라는 사람이 어미도 없는 측은한 제 자식들을 강아지새끼 집어던지듯 풀풀 던져버리다니, 뻐꾸기 새끼가 따로 없었다.

'내가 지금 무슨 짓을 하고 다닌 거냐. 어차피 맺을 수도 없는 사람인데. 이 아이들을 어쩌고. 내가 미쳤었구나. 내가 여태 미쳐 있었네. 미안하다. 너희들을 지켜줘야 하는데 내가 잠시 미쳤었단다. 다시는 안 그럴게. 불쌍한 내 아이들.'

아침에 보니 민식이의 얼굴이 사정없이 찌그러져 있었다. 인숙이도 눈 주위가 퍼런 멍으로 뒤덮여 있고 퉁퉁 부어있었다. 입을 벌릴 수도 없이 아귀 뼈가 아팠다. 온몸에 푸릇푸릇 멍이 들어 몸을 움직일 때마다 고통스러웠다. 그래도 민식이 학교를 보내야 하므로 일어나야 했다.

아이의 얼굴에 약을 발라주고 책가방을 등에 메어주면서 가볍게 안아준다. 아이는 인숙이의 퉁퉁 부은 얼굴을 안쓰럽게 쳐다보다가 눈물을 글썽하더니 돌아서서 걸어간다. 민식이 가방 속에는 정남에게 보내는 짧은 메모가 들어있었다. 민식이는 틀림없이 선생님께 전해줄 것이다.

정남은 민식이의 사정없이 부어오른 볼과 이마를 보고 놀라 아이를 양호실로 데려갔다. 약을 바르고 치료를 하려는데 아이가 가방을 열더니 눈치 없이 편지를 불쑥 내민다. 얼떨결에 아이의 손에서 편지를 받아들고 양호선생 눈치를 본다. 다행히 양호 선생님은 아이가 다친 사연을 학부형이 선생님께 적어 보낸 것이라 생각하는지 별로 신경 쓰지 않는 것 같았다. 치료를 마치고 나오면서 선생님은 아이에게 물었다.

"어디서 그렇게 다쳤니? 넘어진 거냐? 누구랑 싸운 거야?"

아이가 힘없이 고개를 좌우로 젓는다. 아이가 많이 우울해 보였다. 직감적으로 무슨 일이 있음을 알 수 있었다. 그는 아이의 손을 잡은 채 무릎을 낮춰 아이와 키를 맞추고 눈을 들여다본다.

"선생님한테 숨기지 말고 얘기해 봐. 왜 이렇게 많이 다쳤지?"

"아빠가…."

"뭐야? 아빠가 그랬단 말야? 아빠가 널 이렇게 했어?"

"……."

"아빠가 왜 그랬는데 어? 니가 아빠한테 맞을 짓 했니?"

"아빠가 엄마를 때려서 엄마 못 때리게 하다가…."

"뭐야? 그럼 엄마도 이렇게 맞았단 말이니?"

아이가 고개를 끄덕이면서 눈물을 훔친다.

"세상에!"

정남이의 가슴이 쫙쫙 낡은 옥양목 천처럼 갈래갈래 찢어졌다. 이가 시리도록 어금니를 악문다. 정남은 아이를 교실로 보내고 교사 화장실로 들어가 인숙이의 편지를 뜯는다. 손이 떨리어 몇 번을 헛손질을 하다가 뜯겨진 봉투 안에서 편지를 꺼낸다.

당신을 만나고부터 나에게 세상은 아름다웠습니다.
내 허물도 보이지 않았습니다.
너무 행복해서 은빛 날개를 달아 보았지요.
그러나 날수 없다는 것을 알았으니 은빛날개 그만 접으려 합니다.
달팽이가 좁은 제 집으로 들어가는 것은 살기 위해서랍니다.
그동안 고마웠습니다.

짧은 내용이지만 다시는 볼 수 없다는 것을 암시한 글이었다. 정남은 편지를 구겨 쥐고는 허공을 향해 주먹을 힘껏 내뻗는다. 마치 구릿빛 사내의 면상을 갈기듯이. 두어 번 더 그러다가 제 풀에 힘없이 팔을 떨어뜨린다. 잠시 후 화장실을 나오면서 그는 절망한다. 바로 앞에 실물이 있었다면 살인은 분명 일어나고야 말았을 것이다.

'너를 볼 수 없다니, 지척에 두고서. 나보고 어쩌란 말이냐.'

눈에 고인 이물로 세상이 잠깐 부옇게 보였다. 이런 때 전화라도 있었다면 좋으련만. 민식이네 집에만 전화가 없다는 것을 처음부터 알았었다.

박인숙이라는 이름을 발견하고 동명이인 여부를 확인하기 위해 학적부에서 전화번호를 찾았지만 없었다. 혹시 기재누락인가 하여 민식에게 물어 보았었다.

"쟤네 집에는 전화 없어요."

마치 외계인이라도 가르쳐 주는 것처럼 아이들이 먼저 소리를 질렀고 머쓱해하던 아이가 지금도 눈에 선했다. 밀회를 하면서 전화가설을 하라고 했지만 구릿빛 남자가 쓸데없는 짓을 왜 하느냐고 말을 듣질 않는다고 했다.

스스로 문명을 외면하고도 불편을 모르는 것이야 누가 뭐라 할 일은 아니로되 한 사람의 무지로 동반인들조차 문명을 누리지 못한다면 그건 얼마나 불합리한 이치이던가.

이제 인숙에 대한 그리움은 사치였다. 정남은 그녀에 대한 걱정과 근심으로 고통 중에 고뇌하고 있었다. 늦은 밤 인적이 뜸해지면 사춘기 소년도 아닌 그는 습관처럼 여자의 집 근처를 맴돌았다. 우연이란 기대를 가져보지만 번번이 허탕을 치고 돌아왔다.

돌아오는 길에 그는 구멍가게에 들렀고 하숙집 대문을 들어서는 그의 손에는 소주가 들려있었다. 술이라도 털어 넣지 않으면 잠을 잘 수가 없었다. 술이 내장을 타고 한 바퀴 돌아 취기가 오르면 엎디어 잔인하게 침몰한 그 여름밤을 생각한다. 그녀의 냄새가, 화장기 없는 얼굴에서 쟈스민 냄새가 났었다. 비누향이 좋아서 샀다고 했던가. 풍성한 머리에서는 허브 향이 은은했다. 향기 속으로 손가락을 묻고 얼굴을 묻고 그리고 입술을 찾으면서 타는 젊음을 달래지만 빅뱅이 되어가는 욕망을 어쩌지 못해 내 젊음은 어둠속을 달렸었다.

'인숙아! 바보 같은 계집애. 멍청한 계집애, 병신 같은 계집애, 바보 천치. 계속 그렇게 살려면 진작 죽어 버려라. 너 같은 바보를 사랑하다니, 내가 바본가?

그는 엎어진 바닥에서 그대로 잠이 들었다. 아침에 술이 깨면 아득한

외로움이 한량없이 파고들고 오늘 하루가 또 아득하기만 했다.

어느 날 아침 민식이가 등교하면서 선생님을 보자 주인을 본 강아지처럼 달려왔다.

"선생님, 우리 집에도 전화 있어요,"

의기양양 자랑스럽다.

"그래? 아이구, 좋겠구나. 그래 전화번호가 어떻게 되는데?"

아이는 두 눈을 반짝반짝 빛내면서 지역번호까지 또르르 왼다. 정남이의 가슴에서 두근거리는 소리가 마치 천둥소리 같았다. 아침에 눈을 뜨면 아득하던 하루, 그 날은 정남이 얼굴이 장마철 비갠 하늘 같았다.

들에서 일을 하는 덕배를 구장이 찾아와 부른다.

"이봐! 자네를 보려면 들에나 나와야지 볼 수 있으니 원. 접때 조합에서 농민들에게 농자금을 빌려 준다는 공문이 날라 왔었는디 전화루다 죄 연락을 해 주고 자네한테만 못해서 이렇게 왔잖어. 거 전화 좀 가설해, 이 사람아. 전화는 나만 좋으라고 놓는 것이 아녀. 여러 사람이 서로 편하자고 놓는 것이지. 동네에서 알릴 사항이 있을 때마다 일일이 자네를 찾어 댕겨야 쓰겄어? 요즘 세상에 전화 없는 집이 자네 말고 누가 또 있는 줄 아남? 내가 그래도 자네를 잊지 않고 챙기니 그렇지, 나 몰라라 하고 팽개쳐 버리면 손해 보는 사람이 누구여. 남들은 농자금을 다 받어서 이용하는디 자네만 못 받는다면 억울하지 않겄어? 당장 내일 전화국에 가서 신청해 이 사람아."

"……."

집에 들어와 저녁을 먹고 난 덕배가 인숙에게 퉁명스럽게 한마디 던졌다.

"우리도 전화가 있어야 겄는디."

관공서 일은 언제나 인숙이의 전담인지라 다음날 그녀는 전화국에 가서 전화가설 신청을 하고 돌아왔다. 이것이 민식이네 집 전화가 가설된 사연이었다.

모두 퇴근하고 텅 빈 교무실에서 정남은 서성대고 있었다. 인숙에게 전화를 걸어볼 심산인 것이다. 그녀를 도둑놈 소굴에 남겨놓고 나 몰라라 하는 것 같아 죄책감이 들고 힘이 들었었다.

'무슨 말을 먼저 할까. 내가 전화를 해서 인숙이가 더 곤란하면 어쩌지? 그 불한당 같은 사내가 곁에 없어야 할 텐데.'

전화를 걸 수 있다는 것만으로도 종일 흥분의 도가니였다. 사춘기처럼 마음이 달떴다. 아이가 또르르 외던 번호가 신통하게도 머리에 고스란히 입력이 되어 있었고 전화기를 드는 손바닥이 긴장으로 눅눅했다.

"여보세요?"

다행히 인숙이가 받았다.

"나요."

"……."

"전화 받기가 곤란하면 끊겠소."

"… 아니, 그런 건 아니지만….'

"민식이 편에 보낸 편지 읽었소. 소식도 들었고. 바보 같은 당신 때문에 화가 나서 죽겠소. 왜 그렇게 살아야만 해? 당신 때문에 내가 지금 얼마나 힘이 드는지 아오? 내가 어떻게 해야 하니, 응?'

그 동안 애타했던 그녀에 대한 애증이 원망으로 튀어 나왔다. 전혀 마음에 없었던 원망이었다. 전화선을 타고 들려오는 가느다란 한숨소리.

"이 바보 같은 여자야, 왜 네 인생을 그렇게 가둬놓느냐 말야. 그만큼 했으면 이제 됐어. 정말 널 생각하면 울화통이 터져 죽어버릴 것 같다. 이 바보 같은 여자야, 오늘 당장 내가 찾아가서…”

홍분하고 있는 도중에 조용히 수화기를 올려놓는 소리가 들린다. 그는 ‘뚜 뚜 뚜’ 이미 끊어진 빈 수화기를 들고 있다가 수화기를 거칠게 올려놓는다. 죄 없는 전화기를 노려보다가 대책 없음에 한숨을 쉰다. 다음 날 그 시간에 전화를 걸었고 인숙이 기다렸다는 듯이 받는다.

“전화 받기 곤란하지 않아?”

오늘은 많이 누그러진 상태로 전화를 했다.

“그렇지는 않아요.”

“몸은 괜찮아? 아프지는 않고?”

“…괜찮아요.”

“그래. 괜찮다니 다행이다. 괜찮아야지. 당신이 아프면 내가 힘들어. 전화라도 할 수 있어서 지금은 숨통이 트인 것 같아. 매일 밤마다 당신 집 근처를 맴돌았어.”

“어머…. 세상에!”

조그맣게 놀라는 소리가 들린다.

“인숙아! 너를 위해 내가 할 수 있는 일이 뭐 없을까? 우리를 위해 어떤 방법이 없을까?”

“그냥, 서로 몰랐던 것처럼 해 줘요. 나 하나 이 세상에 안 태어났다 생각하면 돼요. 그래야 여러 사람들이 편해요.”

“시끄러! 당신은 어차피 태어났어. 누릴 수 있는 권리가 있어. 인숙이 니가 이렇게 살아야 할 이유 없어. 누구 때문에 이렇게 되었는데. 왜 당신이 제물이 되어야 하는 거냐구. 나 보고 지금 와서 몰랐던 것처럼 하라니 말이 돼? 나는 너를 꼭 찾을 거야. 찾고 말 거야. 이제부터 당신 혼자가 아니라고 했잖아.”

다음 날 그 시간에 다시 전화벨이 울리고 여자는 벨이 두 번 울리기 전에 받았다. 또다시 해결책이 없는 언쟁 아닌 언쟁을 하다가 끊는다.

그렇게라도 여자의 목소리를 들을 수 있는 요즘에는 정남이의 얼굴이 많이 밝아져 있었다. 맺을 기약도 없는 막막한 사랑을 두 사람은 그렇게 뜨겁게 했다. 남자는 여자를 소굴에서 빼내올 궁리를 했고 여자는 소굴에서 벗어날 궁리를 하지 않았다. 그런 여자에게 화를 내보고 얼러 보고 본때를 보여 준답시고 며칠 동안 전화를 뚝 끊어 버릴 때도 있었다. 그러나 참지 못하고 다시 전화를 걸어오는 남자였다. 너무 기다렸던 여자는 고작 미안하다는 말밖에 할 수 없음을 또 미안해하면서 그녀의 얼굴도 많이 밝아졌다.

그들의 사랑은 언제나 평행선만 달릴 뿐이지만 그러나 그들은 존재 자체로 행복했다. 시간은 예정대로 지나가고 산천은 불붙듯 화려한 가을 속에 있더니 순식간에 겨울 문턱을 밟고 있었다. 그렇게 한 해가 저물고 그 다음 해도 그렇게 저물어 갔다.

새 학기가 되자 정남은 다른 학교로 발령이 났다. 누구나 숨막히는 이 조그마한 시골 분교를 벗어나고 싶어 안달을 했지만 정남은 예외였다. 그는 인숙이로부터 멀리 떠난다는 것은 곧 그녀와의 결별을 의미하는 것이었다. 비록 만날 수는 없어도 아니, 마음만 먹으면 아무 때라도 만날 수 있는 거리에 그녀가 있다는 것이 그에게는 크나큰 위안이었다.

길을 걸으면서도 어딘가에서 그녀가 보고 있을 것 같아 긴장을 했다. 우연이라도 덜컥 마주치게 될 것 같은 희망을 버리지 않았다. 두 시간 간격으로 시내에 나가는 버스를 기다릴 때면 행여나 그녀가 그 버스에 타고 있을 것 같은 기대감에 기다리는 시간이 지루한줄 몰랐다.

그가 비교적 평화라는 것을 느낀다면 그것은 그녀가 숨 쉬고 있는 거리가 가깝다는 이유가 큰 몫을 한다는 것을 그는 이미 알고 있었다. 즉각 발령을 취소해 버리고 싶었다.

사랑이라는 것이 물질이라면 질량 불변의 법칙에 따라 분량은 변하지 않을지 모른다. 그러나 물질의 성분까지 변하지 않는다는 법칙은 없다. 사랑이란 물질 성분이, '그럼에도 불구하고'라는 순수함이 결여된 '그렇기 때문에'라는 조건의 성분이라면, 그 사랑은 시간이 흐를수록 사랑이란 물질을 이루고 있는 성분의 유형이 얼마든지 변할 수 있다는 것이다. 즉, 사회에서 잘 나가기 때문에, 돈을 많이 벌기 때문에, 학벌이 좋기 때문에, 물려받을 재산이 많기 때문에, 어디에 내 놓아도 지적당할 아무런 흠이 없기 때문에, 누구누구처럼 인물이 잘났기 때문에 등의 조건의 성분이라면 말이다.

조건이란 충분히 유동성이기 때문이다. 조건이 있음으로 반응을 보이는 조건 반사에 의한 사랑이라는 물질의 형태는 조건의 유형에 따라 반응도 사정없이 바뀔 수 있기 때문이다. 깨져버릴 수도 있겠고, 찌그러져 버릴 수도 있겠고, 형편없이 가벼워질 수도 있다. 그러다가 진저리치게 보기 싫은 모습으로 변질된 물질은 가치를 상실하게 되고 이미 가치가 상실된 물질은 사라지는 것이 아니고 그냥 잊혀질 뿐이다.

인숙이 처해있는 상황은 현재 최악의 상황이다. 가까운 인척에게 겁간을 당한 치욕스런 경험이 있는 여자, 자신을 겁간했던 남자의 아이들 어미로 묶여있는 여자, 그렇다하나 무엇보다도 스스로 그 굴레를 벗어나려 하지 않는 여자, 정이 많아 고달픔이 끝도 없는 여자, 그럼에도 불구하고 정남은 그런 여자를 사랑한다는 것이다.

아이가 하늘로 날아가는 풍선에 더 애착을 느끼듯 이루어지지 못할 사랑임에 더욱 집착하는 것은 아닐는지.

　학부형 모임 때면 인숙을 학부형 자격으로 한 번씩 볼 수 있었다. 운동회 때나 소풍가는 날이면 특별히 민식이 손에는 선생님의 도시락이 들려져 있었다. 다른 아이들 손에도 들려 있었지만 정남은 언제나 민식이 손에 들려진 도시락을 먹었다.

　그는 도시락을 먹는 것이 아니고 그녀의 사랑을 먹었다. 이 도시락을 싸고 있었을 사랑하는 여자를, 그녀의 손끝을, 표정을, 그녀의 마음을, 그리고 그는 목이 메었다. 빈 도시락 속에는 목이 메인 사연이 들어있었다.

'그녀 손끝을 스친 사랑을 먹는다.

그런데 갈증이 난다.

물을 마셔 본다. 소용이 없다.

더 많은 물을 마셔 본다. 그래도 소용이 없다.

샘물을 다 마셔도 갈증은 해소되지 않을 것 같아

나는 목이 멘다.

타는 갈증이 그대 입술이기 때문이다.'

　학부형 면담이 있던 날 교실에 마주앉은 그녀의 머리는 돌돌 말아 커다란 핀으로 고정을 시킨 상태였다. 아마도 다른 학부형들 눈에 민식이 엄마처럼 보이기 위해서였겠지만 옷도 아줌마처럼 수수하게 입고 있었다.

　언제나 빛바랜 청바지다. 해지 남방을 아무렇게나 걸치고 신발은 텃밭의 붉은 흙이 군데군데 묻어있는 단화를 신고 있었다. 그러나 정남이 눈에는 그냥 인숙이었다.

　화장기 없는 얼굴이 유리알처럼 투명했다. 아무렇게나 깃을 세워 걸친

해지 남방이 긴 목을 감춰주고 빛바랜 청바지 속의 탱탱한 다리에서 젊음을 느낀다.

윤기 흐르는 머리 몇 가닥이 고정시킨 핀에서 흘러내려 하얀 목덜미를 애무하고 있었다. 윤기가 흐르는 풍성한 머리가 어깨 위로 쏟아지면 그 머릿속에 묻혀 허브 향을 맡으며 마른침을 삼키던 그 여름밤이 떠오른다. 갑자기 머리에서 핀을 빼 버리고 싶은 충동을 느낀다.

정작 아이의 문제에 대해서는 한 마디도 할 수 없고 여자의 깊은 눈만 바라본다. 그리고 가느다란 한숨, 창백한 입술이 연분홍빛을 띠고 있었다. 청초한 꽃잎 같은 입술을 맞추고 싶어진다. 잔인했던 그 여름밤처럼 고통스런 욕망이 주책없이 일어난다. 그 불량한 생각은 신성한 교육을 가르치는 장소라는 것조차 망각하고 집요했다. 교육자로서의 자질을 의심해볼 일이기도 했다. 그러나 복도에서 나는 요란한 발소리에 교육자의 자질이 제자리로 돌아오고 뒤이어 유리창을 넘겨다보며,

'엄마!'

소리죽여 부르는 소리, 민식이가 엄마를 기다리다 찾아 온 것이다.

그때 정남은 보았다. 민식이를 보는 인숙이 눈에서 생기가 솟는 광채를. 그것은 분명 자식을 향한 어미의 눈빛이었다. 사랑이 절절 넘치는 눈빛이었다. 그 눈빛은 어미의 자리에서 한 치도 벗어나지 못하리라는 신호처럼 보였다. 순간, 정남은 방금 전 입을 맞추고 싶던 욕정이 서늘하게 식어지고 욕망도 고개를 숙인다.

Bride 7　　130.3×130.3 cm 캔버스에 유채

당신은 내 처음사랑

정남은 허술한 삼류 다방 문을 열고 들어간다. 어두컴컴한 실내에 적응을 못한 눈이 깜박거린다. 조금 있으니 실내가 보였다. 워낙 외진데다 허술해서 그런지 사람이 별로 없었다. 그는 문 가까이 자리를 잡고 앉아 담배를 꺼내어 불을 붙였다. 레지가 새빨간 입으로 껌을 짜그닥 짜그닥 씹으면서 쟁반에 물 컵을 들고 다가온다. 기둥만한 퉁퉁한 허벅지를 민망할 정도로 드러내놓고 있었다.

컵을 내려놓는 손가락 끝이 새빨갛고 퉁퉁한 허벅지 밑에 매달린 발가락 끝도 새빨갛다. 빨간 장미꽃잎이 날아 다니다가 레지의 입에 붙고 손가락에 붙고 발가락에 붙어버린 것 같았다.

인조 눈썹을 이고 있는 눈두덩이 눈을 치뜰 때마다 무거운 짐을 들어 올리듯 힘겨워 보였다. 귀에는 세발자전거 바퀴가 양쪽에 걸려있고 여자가 움직일 때마다 정신없이 요동을 친다. 입고 있는 원피스는 숫제 몸에 들어붙어버린 듯 내 몸통이 총 요것이요, 하고 있었고 면도날만 살짝 갖다 대면 알아서 쫘아악 찢어질 것만 같았다.

"손님 기다리세요?"

"아니. 여기 커피 한잔!"

정남은 초조해하고 있었다.

어제 저녁 그 시간에 인숙에게 전화를 걸었었다. 그녀가 받았다. 다음 월요일부터 다른 학교로 발령이 나서 떠난다고 했다. 전화선 저편에서 잠시 말이 끊기고 침묵이 무겁게 전해진다.

"떠나기 전에 한 번 만나야겠소. 내일 한 시까지 삼거리에 있는 화신다방으로 나와 주시오. 나올 때까지 기다리겠소."

"……."

인숙은 대답을 하지 않았다. 약속까지는 아니라도 긍정적인 반응도 듣지 못했다. 그러나 정남은 그 밤을 설렘으로 뒤채면서 잠 못 이루었고 삼십분 먼저 나와 앉아있는 것이다.

그는 커피를 시켰지만 정작 한 모금도 마시지 않은 채 커피는 죽은피처럼 식어 가고 있었다. 삼류다방다운 유행가가 지지직거리며 다방 안을 휘젓고 다니고 벽에 걸린 시계바늘이 이제 막 정각 한 시를 향해 움직인다.

그때 인숙이 문을 열고 들어온다. 정남은 튕기듯이 일어나 커피 값을 던지듯이 계산하고 여자의 손목을 잡더니 밖으로 나간다. 마침 빈 택시 한 대가 그들 앞으로 오고 정남은 뒷문을 열고는 여자를 안쪽으로 구기듯이 밀어 넣고 그도 그 옆에 앉는다. 의외로 인숙은 불안해하지 않았다. 어디를 가는지 묻지도 않는다.

그녀는 어제 밤에 정남이의 전화를 받고 생각했다.

'그는 기다릴 것이다. 그날처럼 내가 나가지 않으면 올 때까지 기다릴 것이다.'

마침 내일은 장날이기도 하니 어차피 장에도 나가야 했다.

하루가 다르게 커 나가는 아이들 옷가지도 사야겠고 미움조차도 아까운, 집안을 기웃대는 도둑고양이만큼도 거들떠보지 않는 덕배지만 그래도 들에서 입는 옷이 너무 낡아 그것도 몇 개 사야했다. 그런데 지금 어딘지 알 수 없는 곳으로 납치되다시피 가고 있는데도 불안하기는커녕 마치 남편을 따라 외식을 하기 위해 사람들이 몰려든다는 음식점을 찾아가고 있는 것같이 편안했다.

　무릎에 단정하게 포갠 손등을 남자의 손이 덮는다. 여자는 말이 없고 남자도 말이 없다. 라디오만 혼자 지지직거리는 소리가 끊겼다 이어지곤 한다. 각자의 생각에 몰두해 있는 그들은 지지직거리는 그 소리가 전혀 신경에 거슬리지 않았다.

　창밖으로 가로수들이 빠르게 다가왔다가 더 빠르게 가 버리고, 시야 멀리 울긋불긋한 새마을 지붕들이 산자락을 끼고 게딱지처럼 납작하게 엎어져 있다. 얼마 전까지는 이엉을 이고 있었겠지만 지금은 정부 정책인 새마을운동으로 이엉을 걷어내고 새참하게 단장한 슬레이트 지붕 위를 이른 봄 햇살이 튀고 있었다. 평화롭기가 꿈꾸는 마을 같았다. 인숙도 꿈을 꾸는 것 같았다. 그녀는 손등 위에 올려 진 남자의 손을 오랜만에 마주 잡아본다.

　택시는 그들을 한적한 강가에 내려놓고 도둑 물건 챙겨 달아나듯 쏜살같이 달아난다. 이른 봄 강가의 날씨는 아직 싸늘해서 맨살에 소름이 돋는다. 강가에 늘어진 버드나무가 겨울을 견뎌내느라 뼈가 드러난 채 앙상하게 서 있었다. 그러나 자세히 보면 앙상한 뼈마디마다 좁쌀만 한 움을 틔우고 있는 것이 보인다. 겨우내 눈보라와 추위에 옴츠렸던 생명들이 일제히 환호하며 일어나기 위해, '준비! 하고 외치는 소리 같았다. 질긴 생명들이여.

　강물이 찰랑찰랑 바람에 밀려다닌다. 햇살이 부서지는 강물 위를 이름 모를 물새가 낮게 비행하다 숏구쳐 사라진다. 바람은 아직 차고 등이 시리다. 얼굴도 시리고.

　정남은 담배에 불을 붙이려고 라이터를 꺼내려다가 얇은 재킷만 걸친 인숙이의 얼굴에 오소소 솜털이 돋는 것을 본다. 그는 불을 붙이려던 것을 그만 두고 겉옷을 벗어 여자의 어깨에 걸쳐준다.

남자는 담배에 불을 붙여 한 모금 길게 빨더니 갑자기 강가에 던져버리고는 획 몸을 돌려 여자의 어깨를 안는다. 여자의 눈을 바라보는 남자의 눈이 잠시 흔들린다. 갈망이었다. 입술을 찾는다. 흐느끼듯 키스하다 말고 여자의 등을 밀어 숲을 향해 걸어간다. 인숙은 포주에게 팔려온 여자처럼 곱게 따라가고 잠시 후 그림 같은 모텔 앞에 서 있다. 강가에서 보면 숲에 가려져 뾰족한 지붕만 탑처럼 보이는 곳이다. 세상이 없어진 것 같은 정적이 감도는 한적한 이런 곳에 이처럼 아름다운 건물이 있다는 것이 믿어지지 않았다. 가까이서 뻐꾸기 울음소리가 정적을 가른다.

모텔에 들어서자 실내는 바닥에 깔린 붉은 카펫이 칙칙해 보일만큼 어두웠다. 문턱을 넘어서자 요란스러운 구두 말굽 소리를 푹신한 카펫이 감쪽같이 삼켜버린다. 어두운 실내는 벌써 도둑걸음과 한패가 되어 악의 축들이 고개를 들도록 부추기는 것 같았다.

정남은 인숙이 불결한 분위기를 견디지 못하고 새처럼 어디론가 날아가 버릴 것만 같은지 카운터에서 방 키를 받아들 때까지도 그녀의 어깨를 안고 있었다. 여태 졸고 있던 아가씨가 부석부석한 얼굴로 심상치 않게 쳐다본다. 한적한 이런 곳을 찾는 부류들 쯤으로 여기기에는 여자의 치장이 너무 수수했고 부정한 냄새가 전혀 없는 얼굴을 하고 있었기 때문이다.

사방이 벽으로 막힌 곳에 어정쩡하게 서 있는 두 사람. 대낮인데도 두꺼운 커튼이 내려져 있는 방안은 음침했다. 커튼 사이로 보이는 강물이 을씨년스러웠다. 남자가 침대에 무너지듯 주저앉는다. 어깨에 걸쳐준 남자의 재킷을 벗어 옷걸이에 걸으려고 여자가 움직이려는데 여태 말이 없던 남자가 고개를 숙인 채 여자의 팔을 낚아채듯 잡아 앉힌다.

남자가 망설이지 않고 팔을 올려 여자의 머리에서 핀을 빼 버리자 검은 머리가 출렁, 어깨 위로 쏟아진다. 남자는 머리 숲에 얼굴을 깊이 묻고 잠시 죽은 듯이 조용하다.

여자의 가는 목을 손아귀에 쥐어본다. 말간 여자의 얼굴을 들여다보고 그리고 입술을 찾아 서로의 한숨을 마신다. 더는 참지 못하고 여자의 얇은 재킷을 벗기려 하자 여자가 남자의 손을 잡는다.

"내 손으로… 벗을래요. …그렇게 할래요."

그 소리는 너무 절실해서 차라리 애원처럼 들렸다. 남자의 손이 미끄러지듯 거둬들여지고 여자가 돌아앉아 한 겹 한 겹 허물을 벗는다. 허물은 바닥에서 소리 없이 주저앉고 드디어 여자가 스스로 몸을 열고 있다. 여자가 말한다.

"내 마음의 순결은 어느 누구도 빼앗지 못해요. 내 의지로 내 첫 남자에게 바칠 거예요. 당신은 내 마음을 열어준 내 처음사랑입니다."

남자는 조용히 여자 위에 무너지고 두 사람은 지금 원초적인 본능으로 사랑을 한다. 기쁨으로 사랑을 한다. 사랑하는 여자의 첫 남자가 된다는 것, 사랑하는 남자를 첫 남자로 받아들인다는 것, 그것은 환희였다.

한편, 맺을 수 없는 사랑을 태운다. 이 시간이 지나면 더는 볼 수 없는, 두 영혼이 각기 가슴을 닫고 살아가야 할 세상이다. 그들은 알고 있다. 주검처럼 허망하리란 것을. 그것은 절망이었다.

욕망이 빅뱅처럼 분출하고, 인숙은 놀랍게도 비로소 꽁꽁 묶여있던 사슬에서 벗어나고 있었다. 그 동안 강탈당한 억울함에 죽을 것 같던 마음이 자유로워지고 있었다. 사랑하는 남자에게 마음을 열고 사랑을 해 본 것이 너무 기뻤다. 인숙은 북받치는 울음을 참으려 하지 않았다.

자궁 안에 고여 있던 더러운 오물이 수정처럼 맑은 물에 말끔히 씻겨

내리는 듯한 상쾌함이랄까. 허물을 벗고 온전한 새살로 다시 태어난 기분
이었다. 이제부터는 실절했다는 기억에서 벗어나 여자가 될 수 있을 것
같았다. 이제는 다시 여자이고 싶었다.

　여자가 다시 말하기를 나를 받아줘서 고맙다고. 당신이 내 첫 남자라서
행복하다고. 고해를 한 것같이 내가 깨끗해 진 것 같다고. 뒤집어 쓴 오물
이 말끔히 씻겨 내린 것 같다고. 그리고 당신으로 인하여 내가 비로소 여
자가 된 것 같다고 한다. 이제 당신 추억만으로도 살아갈 수 있다고, 부디
좋은 사람 만나서 행복하라고 한다. 울음을 가득 담고 하는 말이다.

　엎드려 담배를 피우던 남자가 일어나 사슬에서 풀려난 해방감에 숨죽
여 우는 여자의 얼굴로 입술을 가져간다. 남자의 입술은 여자의 얼굴에서
쉴 새 없이 흐르는 눈물을 마시고 입술에서 환희를 마시고 방금 사랑했던
흔적을 눈물처럼 마신다. 할 수만 있다면, 정말 할 수만 있다면 이 여자를
온통 다 마셔 버리고 싶었다.

꿈꾸는 행복 Ⅱ　　116.8×80.3 cm 캔버스에 유채

환희

정남은 떠나고 새 학기가 되었다. 민희에게도 취학통지서가 나왔다. 민희의 취학통지서를 받아들고 인숙은 정말로 가슴이 미어져서 울었다. 세상을 본지 겨우 일 년, 발바닥이 핑크색이던 아이, 배가고파 우는 어린것을 안고 울기도 많이 했던 기억이 새삼 그녀를 다시 울게 했다.

아이의 발바닥에 흙도 묻혀 보기 전에 아이의 곁을 떠난 제 어미는 아이가 학교에 들어갈 만큼 세월이 흘렀어도 소식 한 장 없다. 어미로서의 소행이 원망스럽다가도 원망은 다시 걱정이 되어 그녀를 더 힘들게 했다.

'무슨 사고가 있지 않고서야.'

아이는 그늘 없이 아주 예쁘게 잘 자라주었다. 물색모르는 동네사람들은 민희를 보며 한 마디씩 했다.

"엄마 인물이 좋으니 애덜이 모두 이쁜가벼. 쟈이는 영락없는 즈이 엄니여. 똑 판에 박었다니까. 크면 인물값 좀 하겄어."

민희 입학을 하기 위해 아이의 옷을 사고 가방도 샀다. 신발주머니, 학용품 등 준비물을 일일이 챙기는 인숙은 이제 능숙한 어미였다. 두 번째 학부형이 되는 것은 첫 번째 보다 다소 수월했다. 민식이가 한 학년씩 올라갈 때마다 담임이 바뀌게 되고 바뀌는 담임들마다 인숙이의 어린 나이를 의식했겠지만 이제 그런 것쯤 초월했다.

민희로서는 처음 맞는 가을 운동회 때 아이들 도시락을 싸는 인숙이의 몸은 이미 두루뭉술한 임산부가 되어 있었다.

그녀가 처음 몸에 이상을 느낀 것은 민희 입학을 시키고 나서 며칠이 지났을 때였다. 까닭 없이 졸음이 쏟아지면서 피곤했다. 아이 입학시키느라 신경을 쓴 탓이려니 했다. 배가 고픈 듯해서 먹고 돌아서면 또 허기가 졌다. 먹는 양은 한량없이 많은데 얼굴은 날로 까칠해지고 병든 병아리새끼마냥 자꾸만 졸음이 왔다. 심지어 밥상을 치우다 말고 상 밑에 엎어져 잠이 들기도 했다.

어느 날 밥을 푸려는데 그만 밥 냄새가 역겨웠다. 속에서 치미는 역겨움으로 헛구역질을 한참 하던 그녀는 얼른 손가락을 꼽아본다.

'가만… 하나 둘'

그녀는 손가락을 꼽다말고 얕은 탄성을 지른다. 가슴은 두방망이질을 해대고 그리고 그 밤, 한 숨도 못자야 옳은데도 여전히 잠이 쏟아졌다.

산부인과 대합실에 앉아 기다리는 동안 앳된 아가씨들이 연신 들어왔다. 진찰실에서 나온 아가씨들은 곧바로 수술실로 들어가기도 하고 무슨 수술인지는 모르겠으나 낭패한 얼굴로 수술 날짜를 예약 받고 돌아가기도 한다.

핏기가 없이 하얀 납빛 얼굴을 한 아가씨가 회복실에서 나와 간호사로부터 약을 받아들고 도망치듯 나간다. 만삭인 산모가 뒤로 넘어지려는 허리를 한손으로 받치고 오리걸음으로 나오면서 이번에도 또 딸이면 나는 어째야 하느냐고 간호사를 붙들고 울상을 짓는다.

"그런 딸 내한테나 태어나지."

곁에 앉아 진찰 순서를 기다리던 늙지도 젊지도 않은 수수한 부인이 숨죽인 한숨을 하르르 뱉어내면서 동경하듯 쳐다보고 있었다.

간호사가 호명을 하자 인숙은 지레 가슴부터 두근거렸다. 처음으로 들어와 보는 진찰실이다. 비릿한 냄새가 훅 끼쳐오고 순간 여태 잠잠하던 헛구역질이 꿈틀 거린다. 잠시 눈을 감고 진정을 하는데 살집이 풍성한 여의사가 차트를 훑어보느라 정작 환자는 쳐다보지도 않고 건성으로 묻는다.

"어떻게 오셨지요?"

"…저 생리가 없어서…요."

"마지막 생리를 언제 했지요? 생리할 날짜는 얼마나 지났나요?"

생리일을 체크한 의사가 처음으로 환자를 본다. 얼굴을 한번 훑어보더니 진찰을 해 보자고 한다.

간호사의 도움을 받아 진찰대에 올라갔다가 너무나 황당한 자세를 취하게 되는 것에 질려 그만 진찰을 포기하고 싶었다. 두 다리가 공중을 향하여 만세 부르듯 무방비상태로 활짝 벌려지고 인숙이 수치심에 일어나려는데 간호사가 배꼽을 경계로 수건만한 커튼을 냉큼 내려 가려준다.

갑자기 하반신을 발가벗겨 대로에 내놓은 기분이다. 얼굴이 없으니 누구의 것인지 상관이 있느냐는 듯이 수건만한 커튼이 누워있는 얼굴을 조롱하듯 쳐다본다. 커튼을 보는 것조차 부끄러워 눈을 감아 버린다.

조금 있으니 덜그럭거리는 기계소리가 들리고 타인의 손이 은밀한 곳을 헤치면서 차가운 금속이 깊숙이 들어왔다. 소름끼치는 치욕스럽던 기억이 잠깐 스치면서 본능적으로 다리가 오므려 진다.

"힘주면 안돼요, 아랫배에 힘을 빼세요. 기계가 안 들어가잖아요. 자. 숨을 크게 내 쉬고 하체에 힘을 빼세요. 마음 편하게 가지세요. 힘을 빼시라니까요."

의사의 짜증스런 소리에도 경직되어 있는 하체가 풀어지질 않았다. 의

사는 투덜거리면서 기계를 빼 버리더니 이번에는 질속으로 손가락을 사정없이 집어넣고는 다른 손으로 아랫배를 여기저기 꾹꾹 눌러본다.

의사는 고무장갑을 벗으면서 제 자리로 돌아가고 여전히 챠트에 뭔가를 끼적이느라 진찰대에서 내려와 맞은편에 죄인마냥 앉아 있는 환자를 쳐다보지도 않는다.

"어쩌죠? 임신이네요. 이를 어쩌. 쯧쯧쯧."

끼적이던 일을 마친 의사는 아주 낭패라는 듯. 비로소 동정하는 눈으로 인숙을 쳐다보았다. 어쩌면 속으로 쾌재를 불렀는지도 모른다. 의료보험도 안 되는 낙태수술 한 건이 더 불어난 것에 대해서. 그때 인숙의 눈이 반짝 빛을 내면서 두 손으로 입을 가리며 얕은 탄성을 지른다.

"아! 정말요? 정말 제가 임신한 것 맞아요?"

당황한 의사는 얼른 말투를 바꾼다는 것이 얼떨결에,

"아, 아. 네 네. 임신 맞습니다. 낳으실 건가요?"

"네? 낳으실 거라뇨? 무슨 말씀이신지….'"

"아~ 저런, 오해하지 마세요. 요즘에는 아가씨들이 하도 많이 유산들을 하기 위해 병원을 찾아서. 부인이 너무 앳돼 보여 아가씬 줄 알았어요. 미안해요. 처음이시죠? 삼 개월째 접어드는 지금이 가장 몸조심 할 때입니다. 빈혈기가 좀 있는 것 같은데 어지럽죠? 나가시다가 빈혈 약을 사서 좀 드시도록 하세요. 몸조심 하시고 다음 달에 다시 나오세요."

풍성한 여의사는 자기의 말실수를 만회하려고 문밖까지 따라 나오며 친절하게 주의를 준다. 간호사가 기재한 차트에 분명히 미혼이라고 되어 있었던 것을 떠 올리며 의사는 떫은 미소를 짓고, 병원을 나오는 인숙은 잔잔한 미소를 짓는다. 실로 오랜만에 떠어보는 미소다.

밖으로 나오니 세상이 참 아름다웠다. 이토록 아름다운 세상을 여태 느끼지 못했던 게 이상했다. 하늘은 높았고 녹음이 우거진 산천은 녹색 물이 뚝뚝 흐르고 있었다.

여기저기 피어있는 개나리 진달래의 뜬금없는 화려함에 가슴이 놀래고 부서지는 햇살 위로 흰 구름 한 조각이 조각배처럼 떠다닌다. 그 부서지는 햇살을 희롱하며 새들은 창공을 날고, 그리고 그녀는 처음으로 소중한 자신을 본다.

거리에 나서자 오가며 부딪히는 어깨가 아무렇지 않았고 소음들조차도 음악처럼 들렸다. 건널목 신호등이 바뀌자 마주 오는 얼굴들이 다정하고 그녀의 발걸음도 경쾌했다. 집으로 돌아오는 길에 의사가 일러준 대로 빈혈약도 샀다. 그날부터 소중한 자신을 돌보기 위해서 들에는 절대로 나가지 않았다. 농기구에 감히 오르려하지도 않았다. 덕배의 눈초리가 험악해져도 겁을 내지 않았다. 몸이 아프다는 핑계를 대고 덕배의 눈에서 멀어졌다.

덕배의 입에서는 이제 드러내 놓고 인숙을 향해 씨불거렸다. 인숙이의 노동력을 믿고 땅을 만 평이나 더 얻었는데 협조를 하지 않으니 덕배로서는 환장할 노릇이었다. 그러나 인숙은 개의치 않았다. 그리고 어느 날 들에서 돌아온 덕배가 또 씨불거리면서 들어오더니 인숙이를 향해 내일부터 들에 안 나가면 가만있지 않을 거라고 엄포를 놓았다.

인숙은 덕배를 정면으로 쏘아본다. 그의 얼굴을 이만큼 가까운 거리에서 마주보기는 처음이다. 민망한지 씨부리며 돌아서는 덕배에게 그녀가 한 마디 던진다.

"나. 홀몸 아냐. 아이를 가졌어. 내 아이를 가졌다구. 만약 내가 논에 나가 남자들이나 하는 일을 해야 한다면 이 집에서 나갈 거야."

"에이이! 썅."

나간다는 말에 이성을 잃으려는 덕배에게 인숙은 다시,

"허지만 나는 민식이 민희를 키워야 하니까 어디에도 안가. 그러니 나한테 논일을 하라하지 마. 내 아이도 낳아서 내가 키워야 하니까."

"애비가 누구여."

"그건 알 것 없고 이 세상에 없다고 생각하면 돼."

그녀가 나가지 않는다는 말에 덕배는 사정을 해 버린 거시기처럼 금세 누그러진다. 아이 애비가 누구든 간에 인숙이 나가지 않는다니 상관있으랴, 안심을 했는지 돌아서며 여전히 씨불거렸지만 들리지는 않았다.

인숙의 배가 불러오자 마주치는 사람들은,

'언제여?

벙긋벙긋 웃어주고, 의아해 하는 사람은 아무도 없었다. 처녀나 청상과부가 배 불러오는 것도 아니고 남편이 있는 젊은 여자가 어느 날 배가 불러오기로 이상할 것이 하나도 없는 일이었다. 사람들은 과부의 배가 불러오면 애 아비가 궁금하지만 새댁의 배가 불러오면 몸 풀 달이 궁금한 것이다.

사랑하는 남자를 받아들이고 시슬에서 벗어난 자유를 느꼈던 여자, 추억만으로도 살아갈 수 있을 것 같았는데 그 결실을 잉태하였으니 그녀는 이제 그냥 살아가는 존재의 의미가 아니었다. 그녀의 삶은 그대로 희망이었다. 환희였다.

희망은 삶의 원천이다. 살아갈 수 있는 원동력이다. 살아야 하는 이유가 충분한 그녀는 차츰 이웃과도 어울렸고 이웃들도 웃는 그녀를 자주 본다.

그녀는 덕배에게도 마음을 너그럽게 써 주었다. 농기계에 올려주던 도시락 대신 가끔 따뜻한 점심을 지어 아이들을 앞세워 들에 내가기도 하고 입성도 사납지 않게 해 주었다. 그러나 단둘이 가까운 거리에 있지는 않았다. 그것은 인숙에게는 어떤 이유로도 아직은 용서되지 않는 사람이었고 덕배는 자다가 찬물을 뒤집어쓰느라 잠만 밑지는 밤이 되겠기에 서로가 불편했다.

인숙이의 몸이 눈에 띄게 변해오자 아무리 성불구자라지만 덕배도 사내인지라 가끔은 질투가 함유된 궁금증을 가졌다.

'애비가 밤에 산에서 내려오던 그 눔이여? 담임인지 지랄인지 그 멀끔한 눔 아녀?'

애비가 누군들 상관할 입장이나 되건대? 혼례를 치른 제 아내도 아니고, 저에게 매인 몸도 아니고, 자신이 저지른 행위를 생각한다면 감히 지금의 인숙에게 질투를 느낄 처지이던가. 그녀를 위해 죽을 때까지 머슴의 신분으로 머물러 보상을 해도 모자랄 판인 것을.

그러나 아주 가끔, 덕배의 눈앞에는 벌거벗은 인숙이의 나신이 춤을 추며 깔깔거렸다. 그때마다 방문을 열고 뛰쳐나갔다가 결국 찬물만 뒤집어쓰고 들어온다. 나갈 때도 들어올 때도 상관없이 아랫동네는 조용했다. 덕분에 그 밤도 조용했다.

오해, 그리고 분노

한편 명숙은 두 아들을 낳았다. 명숙이가 첫 아들을 낳자 논산 본댁은 아예 대전으로 올라와서 명숙이가 낳은 아이를 며느리가 낳은 손자 보듯 아이에게 매달렸다.

부인 자리를 숫제 포기한 것 같은 본댁의 배려로 세 사람은 서로 불편해하지 않아도 되었다. 영감도 처음에는 본댁을 곁에 두고 젊은 소실 방으로 들어가는 것을 영 어색해했었는데 그러나 아들이 며느리 방에 드는 것처럼 자연스럽게 봐주는 본댁으로 인해 영감의 어색함도 자연스럽게 뻔뻔해져갔다.

처음 얼마동안은 아내가 아무리 바다 같은 마음이라도 한 지붕 밑에서 두 여자를 본다는 것이 여간 불편하지가 않았다. 어스름밤이 다가오면 발길을 어디로 향해야 옳은가 홀로 외로울 때가 많았다. 풍요가 부족함만 못할 때가 바로 이런 것이리라. 젊은 여자를 품고 나면 아직은 여자로서의 본능이 남아 있을 아내가 밟혔다.

마음은 이미 명숙에게 있으면서 차마 아내의 방문을 나서지 못하고 뭉그적거리는 날이면 아내는 영감의 속내를 꿰뚫고 있는 듯 냉큼 쫓아내 버렸다. 가끔 본댁이 은밀하게 영감을 찾을 때가 있었다. 젊은 여자 체취를 풍기며 어색한 표정을 짓고 건너오는 영감에게 아내는 젊은 여자를 감당할 나이가 훨씬 지난 영감의 체력을 걱정하며 보약을 지으라고 했다. 아내는 아들을 챙기는 어머니가 되어 있었다.

가뜩이나 아내한테 민망한데 자신의 보약까지 지어 먹으면서 젊은 소실 방을 드나든다는 것이 그리 쉬운 처사가 못되는지라 못 들은 척하면 아내는 명숙이를 불러들여 성화를 바치고 성화에 못 이겨 약을 지으면 마치 아들에게 먹일 약을 달이듯이 손수 달여 올렸다.

영감은 마당 한구석에 쪼그리고 앉아 은은한 불에 부채를 부치고 있는 아내를 보고 염치없고 미안한 마음에 그 날은 작정하고 아내의 방으로 들어간다. 그러나 아내는 외간남정네 대하듯 오히려 남우세스럽다는 듯이 남편을 내보내고 방문을 소리 나게 닫아버렸다.

명숙이가 두 번째 아들을 낳고 그 아이가 서너 살이 되었을 때 영감은 아내와 의논하기를 명숙이 앞으로 집을 한 채 사주면 어떻겠느냐고 했다. 물론 이 모든 재산이 제 속으로 낳은 자식들 재산이 되겠지만 그래도 영감으로서는 자식을 둘씩이나 낳고서도 이름조차 올려있지 않은 명숙에게 무엇이라도 하나 남겨주고 싶은 것이다.

두 아이들은 엄연히 본댁 자식으로 되어 있었고 명숙이 이름은 그 어디에도 없었다. 첫 아들 출생신고를 하던 날 본댁은 글썽글썽 눈물을 눈에 가득 담고 명숙이의 두 손을 꼭 잡았다.

"동상! 자네는 우리가문의 은인이여. 내 염치없네만 내 자식이 생겼으니 나는 인자 소원 다 풀었어. 죽어도 여한이 읎어."

"별 말씀을유. 박복한 지 신세를 거둬주신 두 분께 마땅히 해 드려야 할 것을 해 드린 것 뿐이여유."

본처와 시앗 사이는 하품도 옮지 않는다는데 본처와 시앗이라는 껄끄러운 관계임에도 흰머리가 성성한 본댁과 한집에 살다보니 의지하고 싶은 큰언니 같았고 스스럼없는 친정어머니 같은 마음이 들었다. 그러다도 영감님의 사랑을 독차지 하고 있는 이 마당에 가끔은 죄스런 마음도 들었다.

영감은 대전 변두리에 텃밭이 딸린 제법 큰 단독주택을 매입하기로 계약을 했다. 명숙의 이름으로 등기를 하기 위해서는 명숙이 주민등록등본이 필요했다. 명숙이 주민등록증 주소지는 옛날 방앗간으로 되어 있었다. 이사를 하였으나 명숙의 주민증에는 전입된 주소지가 기재되어있지 않았기 때문이다.

영감은 명숙에게서 도장과 주민등록증을 받아들고 명숙이 친정 주소를 찾아 면사무소에 들렀다. 그러나 이미 전출된 상태였다. 다시 전입된 주소지를 찾아 나섰다. 전입지에서 주소 열람을 하던 영감은 그만 기절할 듯이 놀란다.

돋보기를 벗어 눈을 씻고 다시 본다. 그럴 것이, 명숙이가 여태 처녀로 있다고는 감히 상상도 못 했을 뿐더러 동생 인숙이가 엄연히 덕배의 아내가 되어 있었고 세 아이의 어미가 되어 있었기 때문이었다. 두 사람은 부부가 되어 이미 자식까지 낳아 살고 있었다.

명숙이가 아직도 혼인신고를 하지 않은 상태임을 안 영감은 만감이 교차하면서 기분이 묘했다. 내 것이 아닌 귀한 물건을 이제나저제나 주인이 나타나면 내어줄 요량으로 보관하고 있었는데 뜻밖에도 주인이 죽거나 없어졌을 때의 기분이 이런 것일까. 동거인으로 되어있는 명숙이만 즉각 전출 신고를 하고 돌아왔다. 그날 밤 영감은 이제 명숙이가 온전한 자기 사람이라는 생각에 명숙을 안고 끝없는 희열을 느꼈다.

명숙이 이름으로 된 집 등기부등본을 손에 쥐어주던 날 놀람과 기쁨으로 입을 다물지 못하고 있는 명숙에게 영감은 모든 사실을 일러줘야 할 것 같았다.

"지금부터 내가 자네한테 할 말이 있는데 놀라지는 말고 ⋯."

“……”

“그러니까 집 등기를 내려면 주민등록등본이 필요해서 자네 주민등록증을 가지고 주소지를 찾아가지 않았겠나? 찾아가 보니….”

찾아가 보니 식구들이 이사를 해서 전출이 되어있더라고, 해서 전출된 주소지를 찾아가 열람을 해 보니 덕배의 아내는 인숙이로 되어있고 아이까지 낳아 살고 있더라고, 어머니가 돌아가신 것도 일러주었다.

명숙은 얼굴이 점점 하애지더니 갑자기 울에 갇힌 성난 짐승 소리를 내며 발작을 일으키기 시작했다. 벌러덩 누워 사지를 버르적거리면서 마치 벌떼 습격을 받은 것처럼 몸부림을 친다.

영감은 명숙의 어깨를 보듬어 안고 진정을 시키려다가 너무 완강한 힘에 밀려 그만 온 방안을 엎치락뒤치락 같이 뒹굴고 있었다.

그때 안방에서 두 아들을 재우고 있던 본댁은 짐승이 포효하는 소리를 못들을 리가 없었다. 울부짖는 사이사이로,

“어허 이봐! 진정하고 내 말을 좀 들어어!”

영감의 고함치는 소리도 들리는지라 소리의 근원지가 건넌방이라는 것을 금세 알 수 있었다.

사단이 일어나도 단단히 일어난 게로구나 하고 방문을 열고 후닥닥 뛰어 나온다. 건넌방 문 앞까지 와서 무슨 일이냐고 소리를 몇 번 지르다가 급기야 방문을 벌컥 열어본다. 방안에 벌어진 광경을 보자니 세상에, 흡사 레슬링 선수 둘이 링 위에서 한창 경기를 벌이고 있는 광경이었다.

여자 선수의 머리는 산발이고 치마는 허리를 지나 턱밑까지 올라와 있었다. 손수건만 한 천조각으로 겨우 가려진 아랫동네가 여봐란듯이 활개를 치고 있는 여자선수를 영감인 남자선수가 납작하게 깔고 엎드려 있었다. 원, 투, 쓰리, 방바닥을 치는 심판이 없는 것이 유감이었다. 밑에 깔린

여자 선수는 샅타구니가 거의 드러나다시피 한 사지를 아직도 버둥거리고 있었고 짐승의 포효하는 소리만 없었다면 두 남녀가 한창 현란한 정사를 하고 있는 것쯤으로 오해할 수도 있을 것 같았다.

그 와중에도 문이 열리는 소리를 들었는지 영감이 엎어진 채로 고개를 돌려 쳐다보고 아내의 민망하고 놀라는 흡뜬 눈과 마주친다. 아내는 서둘러 문을 닫아버리고는 문 밖에서 대관절 무슨 일이냐고 발을 구르며 소리를 지른다.

어린 동생을 사지에 볼모로 잡혀 놓고 혼자만 탈출했던 여자가, 돈을 벌어 돌아와서 함께 이 집을 나가자하고는 아버지 같은 영감과 사랑에 빠져 신선놀음에 도끼자루 썩는 줄 모르고 있던 여자가, 이제는 영감의 두 아이를 낳고 아예 돌아갈 생각조차 하지 않던 여자가, 친정 소식을 듣고 새삼스럽게 지금 세상을 그만 살 것처럼 울부짖는다.

충분히 지칠 때까지 경기는 계속되고 영감 선수의 얼굴도 지친 땀으로 번들거렸다. 원흉인 가옥등기부가 방 한쪽 구석으로 밀려나 죄인처럼 눈치를 보고 있었다.

수탉에게 붙잡힌 암탉처럼 밑에 깔려 요동을 치던 여자 선수가 급기야 다운 판정을 받고 진정을 하자 영감 선수 또한 수탉처럼 부스스 내려온다.

그녀는 며칠을 앓아누웠다. 식욕을 잃고 열이 펄펄 끓었다. 멀쩡하게 눈을 감고 있다가 갑자기 문상객을 맞는 상주 곡하듯이 울기를 그치지 않았다. 영감은 약재를 짓고 본댁은 풍로 앞에 쪼그리고 앉아 약을 달여 올렸다. 중전마마가 따로 없었다.

한바탕 중병을 앓듯 하고 일어난 명숙은 동생 인숙의 입장에서 아무리 이해를 해 보려 했으나 이해가 되지 않았고 날마다 이만 뿌드득 뿌드득 갈렸다. 아침 이슬같이 청초하기만 하던 인숙이, 몸에 손만 대도 상처가 될 것같이 여리던 아이가 어떻게 그 불한당하고 자식을 낳으며 살 수 있더란 말인가.

'강제라는 것도 어쩌다 한 두 번이지, 처음이야 어쩔 수 없었다 해도 죽기를 무릅쓰고 반항을 할 것이지, 왜 그 원수 놈 자식까지 낳았더란 말이냐. 병신 같은 년. 그런 놈하고 사느니 차라리 뒈져버리는 편이 더 낫지 왜 살어. 내가 오죽하면 그 놈을 피해 집을 나왔겠냐. 그 짐승 하고 살 섞기 싫어서 나왔건만 그 짐승의 새끼까지 낳다니, 어이구 분해라.'

친정 쪽 소식은 지독한 배반이고 벼랑 끝이었다. 천치고, 숙맥이고, 병신 같은 인숙이를 몇날 며칠을 두고 죽이고 저주해도 분이 안 풀렸다. 사지를 혼자서만 빠져나온 여자가, 이제는 사랑에 빠져 세월 가는 줄 모르고 친정 쪽은 고개조차도 돌리지 않던 여자가 배반이라니 말이다.

정작 배반을 한 언니로 인하여 하루아침에 족쇄를 찬 인숙의 고통을 안다면, 중풍으로 쓰러져 통나무처럼 되어버린 어머니를 돌보고 네 살과 겨우 핏덩이를 면한 두 아이를 키우면서 인숙의 눈에서 나온 것은 날마다 밤마다 뼈를 깎는 피눈물이었음을 안다면, 불한당 머슴으로부터 자신을 지키기 위해 칼부림을 하면서도 떠나지 못한 이유가 오직 언니의 분신인 두 아이들 때문임을 안다면, 그녀는 아마도 인숙 앞에서 가슴에 장도를 박거나 대들보에 목이라도 매고 죽어야 마땅할 것이다.

씨받이라는 오욕조차도 사랑이라는 너울로 뒤집어쓰고 그저 자신의 존재 자체로 행복하기만 한 그녀는 이제 염치도 없이 안정된 제 삶으로 되돌아가기 위해 동생으로부터 자유로워지고 싶어진다. 벼랑 끝 공포로부터 벗어나고 싶어진다.

'어차피 인숙이 네 운명이 그렇다면 어쩌겠냐. 그렇게 사는 길 밖에 별 도리가 없는 것 아니겠냐?'

외로운 섬 유배지

　여름밤의 바닷바람은 쾌적하지는 못해도 시원했다. 바람이 불때마다 찝찌름한 소금기가 피부에 와 닿는다. 찰파닥찰파닥 방파제에 부딪는 파도소리가 밤바다의 침묵을 방해했다.

　희고 싱그럽던 한낮의 파도가 지금은 주검처럼 검게 엎디어 있다. 하늘 끝이 닿아있는 먼 바다는 저승길처럼 아득하다. 검은 바다 멀리 불빛들이 유랑민처럼 떠돌고 있었다. 아직 귀가하지 못하고 밤바다를 헤매고 있는 배들이다. 정남은 방파제에 앉아 불빛을 세고 있다. 벌써 다섯 번째의 담배에 불을 붙이면서.

　정남이가 오지(奧地)인 섬의 분교를 자원하여 근무한지도 벌써 다섯 해가 되어온다. 연로하신 홀어머니는 오직 둘째아들 장가드는 것 보고 죽는 것이 소원이라며 정남을 볼 때마다 달달 볶았다. 아침 밥상 앞에서부터 볶기 시작한 노모의 소원은 퇴근하여 저녁밥상을 마주하면 다시 연속극처럼 이어졌다.

　아들의 속옷이나 양말을 챙겨주면서 연속극은 계속되었다. 방송의 사정으로 어쩌다 건너 뛸 수도 있는 연속극이 노모에게는 어떠한 사정에도 건너뛰는 법이 없었다.

　형과 어머니의 성화에 못 이겨 선도 몇 번 보았다. 특히 형수가 더 발벗고 나섰다. 친정동네에서 같이 자란 처자라고 했다. 그 처자로 말할 것 같으면 중신애비 말은 반에 반만 믿으랬다고, 집안내력에서부터 당사자에 이르기까지 부족함이 하나도 없었다. 시골에 땅이 많이 있는 부잣집이고, 여자가 예쁘고, 건강하고 마음씨가 비단 같다고 했다. 그렇게 완벽할 수가 있다니. 반려자를 고르는데 있어서 그 이상 필요한 것이 또 무엇이 있겠는가. 형수의 말을 듣고 어머니는 그 처자를 며느리로 보지 못한다면 집을 나가 버리겠다고 숫제 협박이었다.

그 무렵 섬으로 발령이 났다. 어머니와 가족들 성화에 견디다 못한 정남은 사상범이 어느 날 월북해버리듯 아무도 모르게 오지(奧地) 분교를 희망하는 서류를 교육청에 제출해 버렸다. 가족들 눈에서 일단 멀어지고 싶었다. 오지로 가려는 교육자가 극히 드물기도 해서였겠지만 발령은 쉽게 났다.

어머니나 가족들이 그의 결혼을 서두르는 것도 무리는 아니었다. 인숙과 헤어진 후 그의 생활은 방탕했고, 날마다 술독에 빠져 취한 상태가 아니고서는 견딜 수가 없었다.

곁에 있는 술집여자를 술김에 인숙이라 부르면서 데리고 나가기도 했다. 눈을 떴을 때 화장이 지저분한 얼굴이 곁에서 널브러져 자고 있을 때 간밤에 인숙이라 부르던 생각이 나고 그런 날이면 더 많은 술로 자책을 했다. 그런 날의 연속으로 몸은 점점 망가지고 교육자로서의 명예도 실추되어가고 있었다.

"이놈아! 또 술이냐? 이 늙은 에미 죽어 나자빠지는 꼴 니가 기어 볼라고 그려? 아이고 술이 웬수여, 니놈이 어쩌다가 이 지경이 된겨? 객지생활 한다고 집을 떠난 것이 화근이었네비다. 어쩌자구 허구헌 날 술 바가지다냐. 내가 니놈 때문에 지레 죽겠다."

노모는 날마다 새벽같이 일어나 다듬이 위에 딱딱한 북어를 올려놓고 방망이질을 했다. 어머니의 사랑을 먹고 나갔다가 저녁이면 또 고주망

태가 되어 들어오는 아들을 부축하면서 노모의 넋두리도 날마다 계속되
었다.

  섬사람들은 순수했다. 젊은 사람들이 거의 다 빠져나간 섬에는 전체 학
생 수가 이십 명도 못 되었다. 입학생은 해마다 줄어들더니 올해는 입학
생이 한 명도 없었다. 교사는 정남을 포함하여 세 사람이 있었는데 그나
마 올 신학기에 한사람이 육지로 발령이 나고 희망하는 사람이 없는지 지
금까지 채워지지 않고 있다. 정남과 나머지 교사 둘이서 수업을 하고 있
었다.

  섬이지만 정남이가 필요로 하는 것은 술김에 인숙이라 부르며 안아볼
수 있는 술집여자만 빼고 다 있었다. 여기서도 술을 입에 대었지만 육지
에서처럼 그리 심하게 마시지는 않았다.

  기후를 핑계로 어머니가 계신 집에는 되도록 가지 않았다. 이곳에서도
올해가 마지막일 것이다. 그는 벌써 또 다른 오지(奧地)를 신청해 놓은
상태였다. 어느 섬에 있는 분교가 될는지는 모르지만 육 개월 후에는 아
마도 다른 섬의 밤바다를 보고 있을 것이다.

  정남은 생각한다.

  '인숙, 너는 내게 영원한 그림 속 여자겠지? 그걸 알면서도 나는 그림을
덮지 못하고 있다. 이유는, 네가 평범한 한 남자의 아내로 살지 못하고 있
기 때문이지. 사지에 갇혀있는 네 모습이 내 머리를 떠나지 않기 때문이
지. 네 자신을 지키려는 칼부림이 내 눈에 보이기 때문이지. 그럴 때마다
나는 지옥을 살고 있다. 그렇다고 사지에 뛰어 들어가 너를 구할 용기가
내겐 없다. 겨우 섬 구석으로나 피신해 올 수 밖에 없는 나, 밤에는 술이
아니면 잠도 못자는 나, 지옥을 살면서도 그림을 덮지 못하는 나, 너도 언

젠가는 너 자신을 지키는 일에 지칠 것이다. 칼을 깔고 잠을 자든, 입에 물고 악을 쓰든, 지치려면 차라리 어서 지쳐버려라. 호적에 올라있는 대로 그냥 살아버려라. 두 아이의 어미로 말이다. 구릿빛 사내의 아내로 말이다. 그 길이 인숙이 네 운명이라면 말이다. 그러면 나는 지옥을 살지 않아도 되겠지. 그림을 덮어도 되겠지. 나 이제 그래도 괜찮지?

어미의 사랑, 눈물, 그리고 용서를 배웠다

정인이의 취학 통지서가 나왔다. 강변 숲속 모텔에서 함께 보낸 처음 사람의 선물인 내 딸 정인이. 이번에는 행복해서 울었다.

'벌써 내 딸이 학교엘 들어가다니. 황폐한 나에게 삶의 희망을 갖게 해준 내 아이.'

저 아이로 인해 어미의 사랑을 알았다. 어미의 가슴을 알았다. 어미의 눈에는 자식을 위해 마를 새가 없다는 것도 알았다. 비로소 언니를 용서할 수 있었다. 얼마나 자식이 보고 싶을까. 어떤 피치 못할 사정이 있어 목숨 같은 두 자식들에게 오지 못하는가. 사랑하는 자식을 떠난 어미가 어찌 피를 토하는 고통인들 없었겠는가.

정인이가 태어나던 날은 겨울답지 않게 포근했다. 밤새 도둑눈이 내려 세상은 눈이 부시게 깨끗했다. 아침에 방문을 열고 나오려던 인숙은 이 신선한 충격에 벅찬 가슴을 달랜다.

방학이라 늦잠들을 자는 두 아이들을 불러 깨웠다. 이 아름다운 세상을 혼자서 보기가 너무 아깝다는 생각에서다. 눈곱이 덕지덕지 붙어있는 눈을 부비면서 입이 찢어지게 하품을 하며 일어난 민식이는 인숙에게 심통을 부리면서 '에이 참' 하더니 도로 들어가 버리고 민희는 들뜬 강아지처럼 벌써 마당으로 내려간다.

오늘은 병원에 가는 날이었다. 서둘러 아침을 해서 먹고 집을 나서는데 포근한 날씨에 지붕에 있는 눈은 벌써 처마 밑으로 녹아내린다. 감춰졌던 세상 허물이 조금씩 모습을 드러낸다. 자동차가 다니는 신작로에는 자동차의 열기로 아스팔트길이 세수를 한 말간 얼굴을 내밀고 있었다.

인숙은 헐렁한 파카로 만삭인 배를 가리고 버스를 기다린다. 오늘따라 유난이 아이의 발장난이 심했다. 아래가 많이 무겁다는 느낌도 들었다. 간밤에 내린 눈으로 지덕이 사나운데도 버스는 제 시간에 맞춰 왔다. 버스가 덜컹거리자 배가 살살 아프기 시작했다. 버스에서 내리는 40분 동안 주기적인 통증이 반복되었다. 버스에서 내려 병원까지 가는데는 다행히도 멀쩡하더니 산부인과 문턱을 넘어서자 갑자기 뜨끈한 이물이 뭉텅 쏟아지는 것을 느꼈다.

환자를 호명하던 간호사가 엉거주춤 다리를 오므리고 문턱에 주저앉는 산모를 보고 달려온다. 때에 맞춰 갑자기 숨이 막히듯 배가 찢어지는 통증으로 인숙은 그만 바닥에 벌렁 누워버린다.

간호사는 지금까지 하던 일을 다 제쳐두고 인숙을 부축하여 산실로 옮겨놓고는 급히 의사를 부르러 나가고, 잠시 가라앉았던 통증이 다시 몰려오자 인숙은 산실이 떠나가라 소리를 지른다. 의사가 들어와 여유 있는 몸짓으로 아래를 들여다본다.

"진통이 언제부터 시작했죠?"

"40분 전쯤 조금씩 아팠어요."

"자궁이 많이 열려 있습니다. 너무 겁먹지 않아도 돼요. 자, 심호흡을 크게 들이마셨다가 뱉으세요. 옳지, 네 아주 잘 하고 있어요. 여기 산모복으로 갈아 입혀줘요."

"네 선생님."

잠시 통증이 가라앉은 틈을 타서 간호사가 옷을 벗기고 비누냄새가 신선한 편안한 환자복으로 갈아 입혀준다. 다시 무서운 진통이 몰려오고 눈이 뒤집힌다는 것이 이런 것인가 싶었다. 골반 뼈마디가 몽땅 빠져 버리는 것 같았다. 곧 죽을 것 같았다. 애고 지랄이고 내가 살고 봐야겠다는 야비한 마음밖에는 들지 않는다. 그러다가 살며시 언제 배가 아팠던가, 스르르 잠이 쏟아졌다.

다시 사지를 잡아 빼는 통증에 소리를 지른다. 천장이 노래야 아이가 나온다고 했던가. 인숙은 천장이 노랗게 보일 때까지 아파야 할 것임에 어쩌면 죽을지도 모른다는 두려움이 왈칵 덤빈다.

누군가 곁에 있었으면 하는 생각이 들고 그 한사람이 사무치게 그리웠다. 어느 순간, 정말 천장이 노랗다고 느끼면서 정신이 가물가물 하려는데 누군가 뺨을 세차게 후려친다.

"정신 차리고 힘을 더 줘요. 어서. 옳지, 옳지, 한 번 더, 더, 더, 정신 차리라니까!"

또 한 번 뺨을 세게 얼어맞고서야 자신도 모르는 어떤 본능적인 힘이, 내 스스로 내는 힘을 훨씬 넘어서 산이라도 움직일 수 있을 것 같은 거대한 힘이 아래를 향해 몰려들었다. 그때 뱃속에서 거슬러 올라 터져 나오는 고함소리, 그것은 어떤 보이지 않는 신이 조종하지 않으면 절대로 나올 수 없는 인간이 낼 수 있는 마지막 부르짖음이었다. 순간 막혔던 봇물이 터져나가듯 이물이 시원하게 빠져나가는 것을 확연히 느낄 수 있었다. 그리고는 다시 속절없이 쏟아지는 잠.

멀리, 아주멀리 아득하게 들리는 소리, 쇠붙이가 덜거덕 거리고 간간히 들리는 사람 소리에 살며시 눈을 떠 본다.

"예쁜 딸 이예요. 이제 안심하고 더 푹 주무세요."

어느새 뒤처리를 다 하고 링거 병을 달아주며 간호사가 웃는다. 딸이 엄마를 닮아 아주 예쁘더라고 한 마디 더 하고 나간다.

주위를 둘러본다. 좀 전에 난동을 부렸던 분만실에서 입원실로 옮겨온 것 같았다. 정리가 잘 되어 있었다. 가슴 위로 단정하게 덮여진 하얀 홑이불에서 잿물 냄새가 신선하게 풍겼다. 얼마나 잠을 잔 것인가. 링거 병에서 노란 액체가 일정한 간격으로 떨어지는 것을 보다가 스르르 또 눈이 감긴다.

인숙은 방금 간호사가 안겨주고 간 핏덩이를 신기한 듯 바라본다. 빙긋빙긋 잠짓을 하고 있는 아이의 손가락을 만져보고 발바닥을 들여다보는데 뜬금없이 민희의 분홍 발바닥이 떠올랐다. 새삼스럽게 다 커버린 민희 갓난아이 적 모습이.

분홍 발바닥이 땅을 밟기도 전에 어미와 이별을 해야 했던 민희를 생각하자 그만 울컥 눈물이 솟는다. 이 아이가 만일 그리된다면, 방정맞은 생각이 들면서 아이를 가슴에 부둥켜안는다.

'절대로, 절대로 내 아이는 그리 되지 않아.'

결코 감상적인 눈물이 아니었다. 가슴이 찢어지는 아픔이었다. 언니의 가슴도 이렇게 아프리라. 그래서 인숙은 언니를 용서할 수 있었다.

'언니. 훗날 민식이 민희 아주 잘 큰 모습 보게 해 줄게. 민식이가 벌써 고등학교 삼학년이야. 민희가 중학교 삼학년이고. 얼마나 이쁜지 알어? 근데 언니한테 무슨 일이 생긴 건 아니지? 언니한테만 아무 일 없었으면 좋겠어. 나는 괜찮아. 나 사랑하는 사람한테서 내 아이까지 낳았어. 날 닮았어. 민희도 많이 닮았다? 둘이 참 사이좋게 잘 지내. 제 친동생인줄 알어. 이름은 정인이야. 그 사람 이름과 내 이름 앞에 한자씩 따서 지은 이름이야. 이름 이쁘지? 벌써 취학통지서가 나왔어.'

혼자서 지껄이다보니 어느새 눈물은 말라버리고 그녀는 뱅글뱅글 웃고 있었다.

어쩔 수 없이 정인을 덕배의 딸로 올릴 수밖에 없었을 때 그녀는 또 한 번 가슴이 갈기갈기 찢어졌고 사랑하는 그 사람한테 속죄하듯 미안해하면서 출생신고를 했었다.

민식이는 이제 내년이면 대학생이 된다. 덕배는 아이들이 쑥쑥 커나가자 함부로 행동하는 것을 많이 조심하고 있었다. 어느 날 인숙이를 향해 버릇처럼 하던 욕지거리를 방에 있던 민식이가 듣고서 방문을 부서져라 열고 나오더니 아버지에게 두 눈을 잡아먹을 듯이 부라리며 대들었던 것이다.

"엄마한테 욕 하지 마! 나도 이제부터 가만 안 있을 거여. 엄마가 뭘 잘못했다고. 맨날 엄마한테 욕을 해!"

갑작스런 역습에 당황하던 덕배는 그래도 명색이 애비라고 아들을 향해 그 역시 두 눈을 부라리며 맞대거리를 하려다가 그만둔다. 슬그머니 돌아서면서 처음으로 민식이가 자신의 아들임을 새삼 실감하는데, 두 눈을 부라리는 모습이 영락없이 자신을 보는 듯 했던 것이다.

자식이 어렸을 때는 모르다가 어느 날 걷는 모습까지 그 아비를 닮아가는 것을 볼 때 그래서 씨도둑은 못한다고 했다. 덕배는 오랜만에 혼자서 실실 웃어본다.

두 아이들이 자라면서 그의 곁에는 좀체로 잘 가지 않았다. 애비로서 단 한 번도 아이들에게 살가워본 적이 없었는데 그로서는 그 자체가 전혀 잘못된 것이 아닌 것이다. 그의 황량했던 성장기의 감성은 타인과의 관계 성립을 할 수 없음은 물론 부모와 자식 간의 교류가 가슴에 와 닿기 전에 먼저 밀어낼 준비부터 하고 있었던 것이다.

언젠가 아비인 그에게 심한 폭행을 당한 이후로는 아이들은 아비와 거의 눈도 마주치려하지 않았다. 데리고 온 자식처럼 인숙이 치마폭만 붙잡고 뱅뱅 돌았다. 그러던 아이가 어느새 자라 이제 애비에게 훈계를 하고 있었다. 인숙이도 부엌에서 실실 웃는다.

그 후로 덕배는 말이나 행동에 조심을 많이 하는 듯 했지만 그러다가도 제 버릇 개 못 주듯이 욕지거리는 장마철에 햇빛처럼 한 번씩 터져 나왔다.

인숙은 정인을 낳고나서 비로소 물질에 애착을 갖기 시작한다. 세 아이를 키우고 가르치려면 많은 돈이 필요했다. 그녀의 눈에 삶의 현실이 보인 것이다.

전에는 두 아이를 보호하는 보모 차원에서 단순히 수동적이었다면 지금은 정인을 비롯하여 세 아이들 틀 속에 함께 있어야 할 부모 차원에서 다분히 능동적이었다. 부모와 보모의 생각차이는 잴 수 없는 거리였다.

그녀는 더 많은 땅을 얻으라고 덕배에게 안주인처럼 명령했고 덕배의 두 눈도 잠시 반짝했다. 더 많은 땅을 얻어서 짓는 동안 그의 입에서는 씨부리는 소리가 당분간 나오지 않았다.

덕배는 이 세상에 농사를 짓기 위해 태어난 사람 같았다. 새벽부터 해질 녘까지 오직 농사일에만 매달렸다. 농기계를 다룰 줄 아는 인숙이도 큰 일꾼 한 사람 몫을 단단히 했다. 넓은 챙 모자를 눌러쓰고 농기계 위에 앉아 들에서 햇빛을 받고 있는 인숙은 농부가 아닌 그림 같았다. 모자 밑으로 몇 올이 빠져나온 긴 머리칼이 바람결에 뺨으로 엉겨들고 땀과 함께 깃을 세운 남방 속으로 깃털처럼 하얀 목에 감기는 그 모습이 마치도 햇과일처럼 싱그러워 보였다.

해마다 농사는 대 풍년이 들고 인숙이가 관리하는 통장에도 해마다 목

돈이 늘어나 있었다. 아이들이 중고등학교에 들어가고 수업료니, 학원비니, 참고서니, 뭐니 뭐니 하는 비용이 시도 때도 없이 나가게 되자 아예 통장 관리를 인숙이가 하게 되었다. 이제야 주인과 머슴으로서 제 위치로 돌아온 것이다.

덕배는 안주인에게 씨부리는 욕만 빼고는 머슴 중에 일등 머슴이었다. 새경도 없고 술도 안 먹고 담배도 피우지 않고, 그가 누리는 문화라면 해 뜨면 사냥 나갔다가 해지면 들어오는 아프리카 오지문화였다.

돈만 벌어 들일뿐 그의 손에서 나가는 지출은 단 한 푼도 없었고 대신 자다가 찬물을 뒤집어쓰는 다음 날이면 입으로 튀어나오는 욕설만 들판을 튀어 다녔다.

인숙은 통장에 모아지는 돈으로 여기저기 땅을 조금씩 사들였다. 남의 땅을 빌려 농사를 짓는다는 것도 나이가 들면 언젠가는 한계가 있을 것이기 때문이었다. 아이들에게 물려주기 위해서는 내 땅이 있어야 한다는 판단을 한 것이다.

어느 날 동네 이장이 와서 알려 주었다. 확실하지는 않지마는 사 놓은 그 땅들이 모두 개발된다는 말이 있다고.

머슴처럼 주인의 땅이 개발이 되는지 새발이 되는지 관심 없는 덕배는 날이 밝으면 여전히 들판으로 나가고. 인숙은 여기저기 다니면서 땅값을 알아보다가 들에 나가는 시간이 오늘처럼 지체되다보면 평화스런 들판에 그렇게 욕설이 튀어 다녔던 것이다.

죽음, 그리고 용서

그해 농사도 대 풍년이었다. 덕배는 가을 추수를 하다말고 들어와 자리에 누워 있기를 자주했다. 겨울에도 농기구를 손질하거나 부속을 갈아 끼우며 잠시도 손에서 일을 놓지 않던 그였다. 들판에 일거리를 두고 게으름을 피운다는 것은 세상이 없어지지 않는 한 있을 수 없는 일이고 덕배답지 않았다.

어느 날부터 구릿빛이던 얼굴이 말갛다 싶더니 차츰 노랑 물을 들인 듯 노래져 있었다. 인숙은 섬뜩했지만 너무 오래 잠을 자서 그런지도 모른다고 생각하며 밥상을 차려 주었다. 그런데 밥을 몇 숟가락 뜨지도 않고 도로 들어가 누워 버린다.

다음 날에도 밥을 차려주니 배가 부르다고 숟가락조차 들지 않았다. 평생 밥그릇 깊이보다 더 높이 올라온 밥을 한 알도 남겨보지 않던 식욕인데 숟가락조차 들지 않는다는 것이 납득이 안 되어 언뜻 쳐다보는데 눈알까지 노란 것이 혼탁해 보였다. 인숙은 마침 주말이라 집에 있는 민식을 불러 아버지를 살펴보라 이른다.

"느이 아버지 좀 살펴봐라."

"… 왜?"

"얼굴이 며칠 전부터 좀 노랗다 싶었는데 오늘은 눈알까지 노랑 물을 들인 것 마냥 그렇더라. 밥도 배가 부르다고 아예 숟가락도 안 들고, 몸이 많이 안 좋은 것 같은데 아무래도 병원에 가 봐야 할 것 같다."

민식이 일어나 그 아비를 살펴보기 위해 나가고 금방 아랫방 문 여는 소리가 들린다.

민식은 제대를 하고 대전 충남대에 복학하여 내년에는 졸업반이다. 민희도 지방대학 삼학년으로 한창 모양을 내면서도 내년에는 졸업반이니 취직하려면 준비를 해야 한다며 도서관에 들어가 취업 준비에 몰두하고 있었다.

인숙은 두 아이들이 공부 하는데 있어서 어느 부모 못지않은 열성으로 뒷바라지를 해 주었다. 새벽밥을 해주고, 시험 볼 때는 같이 밤을 새우고, 필요한 과목을 보충하기 위한 학원비도 아끼지 않았다. 못잔 잠을 자느라 끼니를 거르기라도 하면 도시락을 싸들고 학교로 학원으로 달려 다녔다.

아이들 어미인 명숙이가 사랑의 도가니에서 안주하는 동안 인숙은 어린 두 영혼이 세상을 딛고 살아갈 수 있도록 거대한 버팀목이 되고 있었다. 그 아이들 어미가 차라리 뒤져버리는 것이 낫다며 원망하던 인숙이가 말이다.

"아버지가 언제부터 저렇게 되었어요?"

"느이 아버지 얼굴이 이상한 것 맞지?"

병세를 확인하고 들어오는 민식의 얼굴이 어둡다. 아버지의 병세가 심각함을 한 눈에 알아볼 수 있었다.

아버지라는 호칭이 생소 할 만큼 부자간의 거리가 멀었던 그들이다. 어린 기억에 남아있는, 도끼를 휘두르던 아비의 모습은 사춘기를 지나 성인이 된 지금까지도 지워지지 않았고 특히 초등학교 일학년 때 동생과 자신을 강아지새끼 집어던지듯 풀풀 마당에 내팽개치던 기억은 슬프도록 저주스러운 기억으로만 남아 있었다. 어려서는 그런 아버지를 의식적으로 피했고 사춘기에 접어들고서는 공부에 쫓기느라 무의식적으로 피하게 되었다. 참으로 오랜만에 아버지의 얼굴을 본다는 생각을 했다. 아니 그 동안 보지 못한 것이 아니고 무심했던 것 같았다.

뜬금없이 방문을 열고 들어온 아들이 애비의 얼굴을 유심히 쳐다보는 것이 강아지가 반갑다고 혓바닥을 내밀어 얼굴을 핥는 것만큼이나 어색한 덕배는 슬그머니 모로 누워 아들의 눈을 피한다.

"어디 불편하세요?"

"……"

"어디가 아프시냐구요."

"아프긴 누가 아프다고 그려? 별 씰대없는 소리는….."

"내일 병원에 가서 진찰 받아봐야겠어요."

거시기가 짤려 사경을 헤맸을 때도 병원이나 약방문턱을 넘지 않았던 그가 아프기는커녕 가려운 데도 없는데, 배가 불러서 밥 좀 안 먹었기로 병원을 간다는 것은 덕배의 기준으로는 '미친놈, 배지들이 부르니께' 별 시답잖은 소리를 지껄이고 있는 것이다.

병원에 누워있는 덕배의 얼굴에는 죽음의 그림자가 짙게 드리워져 있었다. 간호사가 인숙에게 와서 담당의사가 장덕배 환자 보호자를 보자고 하니 의사실에 가보라고 이른다. 인숙이 의사실 문을 노크하고 들어서자 이렇게 젊은 여자가 장덕배의 보호자라고는 미처 생각을 못한 의사가 오히려 어떻게 오셨느냐고 되묻는다.

"선생님께서 장덕배 환자의 보호자를 보자고 하셔서…."

사십대 중후한 의사의 표정이 잠깐 흔들린다. 환자의 아내가 신선하도록 젊었기 때문이다. 의자를 권하고 보호자가 앉기를 기다렸다가 간암 말기라고 전해준다. 얼마 남지 않은 것 같다고, 젊은 보호자에게 이런 말을 하게 된 것이 자기 잘못인양 면목없어하면서 전해준다. 그러더니 의사가 묻는다.

"자녀가 둘이라고 되어 있던데 환자의 생식기가 언제부터 저렇게 되었죠?"

간호사가 소변 줄을 끼우려고 하다가 의사에게 알려준 것이다. 환자에게 물었지만 환자가 대답을 하지 않더라고 했다. 오히려 의아스럽게 쳐다보는 인숙이에게 의사가 다시 묻는다. 환자가 남편 되시지 않느냐고, 인숙은 단호하게 고개를 좌우로 흔들었다.

"아, 그렇군요. 그럼 관계가 어떻게 되시죠?"

"…처제예요."

"그럼 부인은 없나요?"

"네. 오래전에…."

"돌아가셨나요?"

그녀는 차마 언니가 집을 나갔다고는 못하고 고개를 조그맣게 끄떡였다. 의사도 고개를 끄덕인다.

"아! 그럼 처제께서는 잘 모르시겠군요?"

"무엇을 말인가요?"

"환자의 성기가 잘려진 상태라서. 저런 상태로는 생식능력뿐 아니라 성기능자체가 불능인데 자녀분이 둘이 있다고 기록이 되어 있어서 말입니다."

환자의 가족사항을 기록하는 과정에서 인숙은 정인을 우정 제외했었다.

의사실을 나온 인숙은 삼십 촉 전구 아래 비치던 붉은 핏물을 떠 올린다. 붉은 물감 위에 이방인처럼 버려져있던 칼날이 보였다. 병든 원숭이 형상으로 방앗간 쪽방 문을 열고 나오던 덕배가 보였다. 그 이후로는 무모한 접근을 하지 않고 죽기 살기로 일만 하던 덕배를 생각한다. 언제부턴가 그런 덕배를 세월만큼 용서하고 있었던 것이다.

그런데 그 무모한 접근을 스스로 절제하고 있었던 것이 아니었음을 지금 알았다. 그럼에도 불구하고 더 알 수 없는 일은 그가 병들지 않았을 때 더 많이 용서해주지 못한 것이 안타까웠다. 더 이상은 그를 미워할 것 같지 않은 마음이 들었다.

'그랬었구나.'

저 사람도 나만큼 억울해하면서 살았을 것을 생각하며 그가 죽지 않았으면 싶었다. 산다면 남은 시간을 그를 위해 최선을 다 해줄 것 같았다. 그를 온전히 용서해서 보내고 싶었다. 이승에서 그와의 얽혔던 분노와 한을 마지막으로 화해해서 보내고 싶었다.

내 딸 정인을 향한 그의 눈빛이 민식이나 민희를 향한 눈빛보다 다정했던 것에 새삼 고마운 마음이 들었다. 제 아비인줄 알고 있는 정인이가 어떤 날은 동구 밖에까지 나갔다가 다정하게 손을 잡고 들어오던 기억도 마음에 전해온다.

그녀는 마지막으로 아버지에 대한 예우를 갖춰주기 위해 민식이와 민희를 불렀다. 간병인을 두지 않고 인숙은 덕배 곁을 지켜 주었다. 공부하는 민희에게는 늦은 시간에라도 하루에 한 번씩 들르도록 하고 민식이는 주말이면 병원에서 계속 아버지 곁에 있게 했다. 그토록 혼자 남는 것을 두려워하던 덕배의 병상에는 언제나 인숙이와 아이들이 있었다.

의사의 말대로 이개월을 넘기지 못하고 덕배는 눈을 감았다. 마지막 날 새벽에 인숙이 눈을 뜨자 그는 이미 죽어 있었다. 세상에서의 고뇌 오욕까지도 영혼과 같이 떠나간 듯 납빛이 된 얼굴에는 미워할만한 구석이 티끌만큼도 남아 있지 않았다. 저런 얼굴을 보지 않으려고 눈도 맞추기 싫어했던 자신이 오히려 이상했다는 생각이 들 정도였다.

인숙은 울었다. 온전히 그를 위해 울어 주었다. 사람으로 태어났으나 한 순간도 사람으로 살지 못하고 간 한 인간에 대한 애증으로 울었다. 온전한 용서는 죽음밖에 없는 것인가.

덕배의 시신을 화장하여 강에다 뿌려주었다. 어차피 혼자 가야할 영혼, 살아생전 혼자가 되는 것을 그토록 두려워하던 육신을 강물에 훌훌 날리면서 인숙은 자신에게 남은 상처도 훌훌 날려 보냈다. 그와의 모든 악연이 강바람에 실려 멀리멀리 날아갔다.

덕배의 사십구재 탈상을 하던 날, 민식이와 민희를 데리고 그 아비의 시신을 뿌렸던 강가에 갔다. 아비와의 마지막 고별을 하게 해 주려는 것이다. 그리고 정인의 출생도, 정인은 마침 시험기간이기도 해서 학원에 보내고 일부러 데려오지 않았다.

차가운 강바람이 목을 움츠리게 하더니 을씨년스럽게 서있는 앙상한 버들가지를 희롱하려다 말고 비켜간다. 바람도 파란 버들잎이 요염하게 나부끼는 시절이 그리운가 보다. 버들가지를 조금 꺾어 강물에 띄워 보내고 인숙은 이제 성인이 된 두 아이들 앞에 섰다. 이만큼 성인이 되었으니 알 권리가 있고 알아야 하겠기에.

두 아이들을 뚫어지게 쳐다보는 인숙은 가슴이 먹먹했다. 탈 없이 잘 자라준 것을 신께 감사드린다. 지금부터 받아들이는 것은 온전히 이 아이들 몫이다. 아이들에게 상처가 전혀 없을 수는 없을 것이다. 여태 엄마로 알고 살았던 사람이 지금에 와서 이모였다고 한다면 강아지새끼 낳아 분양 해주는 것도 아니고 어찌 상처가 없겠기를 바랄까. 무엇보다 제 어미의 행적을 캐물을 것이고 과연 그에 합당한 답변을, 이 아이들이 수긍할

만한 답변을 내가 해줄 수 있을까. 두려웠다.

"지금부터 내가 하는 말을 너희들이 어떻게 받아들일지 모르겠구나. 감정을 진정시키고 들어주면 좋겠는데."

"엄마는 갑자기 왜 딴 사람처럼 그래. 무슨 말을 하려구?"

"그게 말이다…"

장난스럽게 받아내는 민희 손을 꼭 잡아주면서 인숙은 살얼음을 밟는 기분으로 조심스럽게 말을 하기 시작한다. 너의 엄마가 피치 못할 사정으로 집을 나가게 되었고 이모인 내가 그 자리에서 너희들을 지켜야 했던 것을, 정인이의 출생도 밝혔다. 민식이 담임선생님이었다는 것까지 유감없이 일러주었다.

민희는 엄마가 이모로 바뀌는 황당함에 펄펄 뛰며 울었고 민식은 그런 민희를 물끄러미 쳐다만 본다. 너무 어렸던 민희는 모르겠지만 민식은 어렴풋이 기억을 했다. 엄마라는 사람이 있었음을, 엄마가 죽었는지 나갔는지 어느 날 부터 보이지 않았는데 그냥 엄마보다 더 좋은 사람이 있어서 엄마 생각이 나지 않았을 뿐이었다.

민희는 대학에 들어가고 나서 가족관계에 대하여 뭔가 석연찮음을 느낀 적이 있었다. 엄마와 아버지의 관계가 기름처럼 겉돌기도 했지만 두 사람이 서로 다정했던 모습을 한 번도 보지 못하면서 성장한 민희는 원래 부부라는 것이 남들도 다 그렇게 사는 것인 줄만 알았다. 그렇기 때문에 그 관계에 대해서는 별다른 느낌이 없었다. 어느 날 의료보험증을 보게 되었는데 엄마의 생년월일과 오빠의 생년월일을 무심코 보게 되었다. 두 사람의 나이가 영 석연찮았다. 그렇다면 혹시 오빠가 친 오빠가 아닐지도 모른다는 생각이 들었고 살고 싶지 않을 만큼 충격이 컸다.

엄마 못지않게 오빠가 없으면 못살 것같이 오빠를 사랑하고 있었다. 그렇게 좋은 오빠가 친오빠가 아니라는 상상은 캄캄한 밤에 홀로 무인도에 버려지는 것만큼이나 참담한 일이었다.

그녀는 차마 사실을 확인해 볼 용기가 나지 않았다. 그러고 보니 사람들이 자기는 엄마를 쏙 빼 닮았다고들 하는데 오빠는 엄마를 닮았다는 소리들을 하지 않았다. 그것도 걸림돌이었다.

한 동안 나름대로 엄마와 오빠의 사이를 유심히 관찰해 보기 시작했다. 관찰한 결과 엄마는 오빠를 아들인지라 무엇이든지 우선이고 자기와 동생 정인이는 딸이라 하여 차선의 대우를 받는다는 결론과 오빠를 바라보는 엄마의 눈에는 자애와 사랑이, 대견함과 믿음이 가득 담긴 눈이었다는 결론을 얻었을 뿐이다.

'엄마가 너무 예쁘니까 다 크기도 전에 아버지가 억지로 데리고 살았는지도 모르지 뭐.'

그랬는데 지금 엄마가 하는 소리가 뭐야. 나조차도 엄마 딸이 아니라하지 않는가. 정인이만 엄마 딸이란다. 이런 날 벼락이. 엄마가 내 엄마가 아니고 내가 엄마 딸이 아니면 나는 앞으로 어떻게 해야지?

"민희야! 울지 마. 그렇다고 변한 것은 아무것도 없어. 나는 여전히 니 엄마야 이모가 아니야. 서류상뿐만 아니라 정말로 너희 들은 내 피를 받은 혈육이잖아. 너희들도 알다시피 느이 아빠와 나는 서류상만 부부였지 그냥 형부와 처제였단다. 너희들 출생신고를 하기 위해서 어쩔 수 없었거든. 너희들을 위해서라면 나는 내 존재 따윈 상관없었어. 오직 너희들만이 내 희망이었고 너희들이 있어서 나는 살 수 있었단다. 지금도 너희들 없으면 내가 살 이유가 없어. 정인이나 너희들이 내 희망이고 꿈이었다. 앞으로도 그럴 거구. 애들아! 언젠가는 느이 엄마를 만날 수 있겠지만 너희들이 느이 엄마를 이해해 주기 바란다. 그때는 느이 엄마가 집을 나갈 수밖에 없는 불가피한 일이 있었단다."

"시집도 안간 이모한테 자식을 둘씩이나 팽개치고 나가서 여태 소식도 없는 여자가 무슨 엄마야. 그 여자 바람나서 나간 거지? 그딴 여자를 볼 것 같애? 어림도 없어. 더러워. 다시는 그 여자 입에 올리지도 마. 퉤, 퉤, 퉤 더러워."

"그렇게 말하지 마 민희야. 나도 한때는 소식 없는 느이 엄마를 많이 원망했었어, 그런데 내가 정인을 낳고 보니까 느이 엄마가 너무나 불쌍했어. 자식을 못 보는 심정이 오죽할까, 목숨보다 더 귀하고 소중한 것이 자식이더라. 지나가는 아이 울음소리만 들려도 내 아이가 우는 것 같아 가슴이 철렁 내려앉고, 고만한 아이만 보면 내 아이처럼 예뻐서 입가에 잔잔한 웃음이 번지고, 무엇보다 내 아이를 낳고 보니 세상이 아름다웠단다. 그런 자식을 두고 나갈 수밖에 없었던 어미의 심정, 필경 피치 못할 사연이 있어서 연락을 못하고 있을 거야. 그래서 나는 언젠가 느이 엄마를 만나게 되면 우리 민식이 민희 참 잘 컸다고 말해 주려고 정말 열심히 살았다. 느이 아버지는 무뚝뚝하기는 했어도 너희 둘을 위해서 평생 일만 한 덕분에 이제 농사는 지을 수 없지만 우리가 평생 먹고 살 것은 충분하단다. 느이들 결혼도 시켜야 하고 아직도 할 일이 많다마는 잘 커줘서 정말 고맙다."

돌아오는 길에 민희는 여전히 뿌루퉁하고 민식이는 인숙이 손을 찾아 깍지를 낀다. 인숙도 민식을 올려다보며 오랜만에 활짝 웃어본다. 물새 한 마리 수직으로 낙하하여 먹이를 건져 올리고 인숙은 어깨에서 방금 내려진 무게만큼 알 수 없는 허전함을 느낀다.

덕배의 사망신고를 하기 위해 면사무소에 갔다가 인숙은 명숙이가 전

출된 것을 알았다. 그녀는 전출된 주소를 적어 왔지만 아이들에게는 말
하지 않았다. 언니의 생활이 어떤 상태인지 확실하게 알기 전에는 섣불리
아이들에게 말 하면 안 될 것 같았기 때문이었다.

내 아이가 있었다니

　민식은 다음날부터 교육청에 전화를 걸어 무언가 부산하게 알아보고 다녔다. 여기저기 수소문을 하기도 하고 직접 나갔다 들어오기도 하더니 어느 날 한 이삼일 동안 다녀 올 데가 있다며 인숙에게 돈 좀 달라고 했다.

　그는 정남을 찾아 나선 것이다. 이제 이모의 인생을 찾아 줄때가 왔다고 생각한 그는 하루가 아까웠다. 아직도 섬에서 나오지 않고 있는 정남을 확인하기 위해 민식은 배를 탔다.

　먼저 김정남 선생님의 근황을 알아보려고 선생님 본적지까지 찾아가 보았던 것이다. 그리고 그가 오지로만 돌아다니느라 아직까지 결혼을 하지 못했다는 것을 알았을 때 민식은 가슴이 찡했다.

　두 분의 깊은 사랑이, 숭고한 사랑이 아름답기 전에 가슴이 아팠다. 그러나 맺지 못한 사랑에 마음이 아팠다. 이모는 우리 남매를 위해 자신의 인생을 흥정도 하지 않고 송두리째 내 놓았던 분이다. 그런 이모를 사랑하게 된 선생님이 왠지 혈육 같은 느낌이 들었다.

　민식은 이 세상을 버리는 한이 있어도 이모의 은혜를 저버리는 일은 결코 없을 것임을 스스로에게 다짐한다. 한 가지, 부디 선생님의 사랑이 바래버리지 않았기를 염원하면서.

　저녁 무렵에 섬에 닿았다. 비릿한 냄새가 섞인 바닷바람이 차가웠다. 선착장 근처에는 다닥다닥 붙어있는 각종 간판들이 우중충한 불빛에 모습을 드러낸 채 마지막 손님을 부르는 기지촌 창녀같이 무료해 보인다.

섬이지만 숙박업소도 있고 선술집과 다방도 있었다. 있을 것은 다 있었다. 민식은 저녁을 먹기 위해 그 중 한곳으로 들어갔다. 음식을 가져온 아주머니에게 섬마을 선생님 숙소를 물어 보자 좁은 바닥이라 이웃 집 일러주듯 '조오기 보이는 마을'이라고 대뜸 알려준다.

음식 값을 지불하고 선생님 숙소를 향해 걸음을 옮기려는데 저만치서 한 남자가 걸어오고 있었다. 주위가 어둡기도 했지만 구태여 쳐다볼 일도 없으므로 그냥 지나치려는데 마침 음식점 아주머니가 뒤에서 큰 소리를 지른다.

"손님! 저기 선상님이 오시고 있구만."

민식은 아주머니를 돌아보고 정남은 민식을 쳐다본다.

"선상님! 이 손님이 시방 선상님 숙소로 갈 판인 게비여."

"……."

"……."

두 사람은 가까이에서 얼굴을 쳐다보지만 그 동안 많은 세월이 덮어버린 그들의 모습은 서로 알아볼 길이 없었다.

"혹시. 김정남 선생님이 아니신지…."

"내가 김정남 맞소마는…."

"아이구 선생님. 그 동안 안녕하셨습니까?"

"누구신지…."

"선생님 저 기억하실런지 모르겠습니다. 장민식입니다. 제가 초등학교 일학년 때 선생님이 제 담임 선생님이셨습니다."

"아!"

왜 모르겠는가. 내 여자의 발에 묶인 족쇄를, 한때 죽이고 싶었던 그 아비의 자식을. 정남은 그만 휘청거리려는 현기증을 느낀다.

"그래. 내가 왜 자네를 기억 못하겠나. 그런데 여긴 어쩐 일인가?"

"선생님을 찾기 위해 여기저기 수소문을 많이 했었습니다."

"나를? 가만 우리 여기서 이럴 것이 아니네. 저기 술집에라도 들어가지."

앞장서는 정남은 만감이 교차한다. 시간이 지나고, 세월이 지나고, 그림 속 여자도 조금씩, 인색하게 아주 조금씩 희미해 지려하는데, 나도 이제 그림을 덮고 지옥을 그만 살고 싶었는데, 이건 또 뭐냐. 인숙에게 무슨 변고라도? 아니면 그녀가 이제 새삼스럽게 나를 찾고 있나? 민식이 편에 보내온 그녀의 편지, 아직도 기억한다.

'달팽이가 좁은 제 집으로 들어가는 것은 살기 위해서랍니다.

그동안 고맙고 행복했습니다.'

편지를 읽고 나서 망연자실했던 나. 교사 화장실에서 조금 울었던가.

선술집 유리 미닫이문을 열자 길게 잘려져 있는 비닐커튼이 가슴까지 내려온다. 손님들은 한쪽 손을 들어 거추장스런 비닐을 젖히며 고개를 수그리는 고역을 치르지만 눈앞에서 거치적거리는 비닐커튼으로 시비 거는 사람은 아무도 없다.

그 천박한 비닐커튼이 여염집과의 구분이 되어 오히려 마음을 풀어놓을 수 있는 장소로서 느긋해지는 기분까지 들기 때문이리라. 신고를 하듯 누구나 한쪽 팔을 올려 비닐커튼을 젖히면서 겸연쩍은 얼굴이 들어오기도 하고 세상 고통을 다 짊어진 얼굴이 들어오기도 한다. 호기부릴 건덕지도 없으면서 위세 등등한 얼굴이 들어오기도 하고 하루가 지루한 얼굴이 들어오기도 한다.

아직 이른 저녁이라 술집에는 손님들이 별로 없었다. 차림새로 보아 뱃사람들인 듯한 손님들 몇이 앉아 있었다. 정남은 가벼운 운동복 차림에 파카를 걸치고 마침 방파제에 바람이라도 쏘이러 나가던 참이었다. 저쪽에 앉아 술을 마시던 손님들이 선생님을 알아보고 꾸벅 인사를 한다.

술과 안주가 나오는 동안 정남은 한때 원망스럽던 어린 제자를 상기하며 민식을 본다. 말끔하게 잘 자랐다는 생각이 든다.

"그래 군대는 갔다 왔겠지? 지금 학생인가?"

"네 복학하여 올 삼월에 사학년 올라갑니다."

"어떤 학교지? 전공은?"

"네. 대전에 있는 충대 약대입니다."

"오. 그래. 잘 했군. 어머니께서 뒷바라지 해 주시느라 고생이 많으셨겠구나."

어머니라는 호칭을 입에 올리는 정남이의 마음은 결코 유쾌하지 못했다. 마치 인숙을 사이에 두고 쟁탈전에서 자신이 여지없이 패한 것 같은 기분이다.

만족한 미소를 띠고 자신을 보고 있는 젊은이가 제자이기 전에 한 여자를 쟁탈하기 위한 경쟁자였던 것 같은 기분이 들려고 한다.

"여기 왜 이렇게 늦어요. 빨리 좀 주쇼!"

앞에 앉아있는 경쟁자가 미워지려는 감정을 수습하기 위해 애매한 술집 아주머니에게 소리를 꽥 지른다.

"예. 여기 나갑니다. 아이구 선상님 성미도 급하서."

보글거리는 두부찌개가 받침대 위에서 아직도 끓고 있다. 섬이라서 어딜 가나 싱싱한 생선회가 약방 감초처럼 상에 올라왔다.

민식은 선생님께 정중한 자세를 취하며 잔에 술을 따른다. 민식이도 스승이 따라주는 술을 황송한 자세로 받는다.

"자. 들지."

민식은 선생님이 마시는 것을 기다렸다가 몸을 약간 비틀어 마심으로 제자로서의 예의를 갖추었다.

'반듯하게 잘 자랐구나.'

정남은 그 모습을 쳐다보면서 세월이 거침없이 흘러갔음을 새삼 실감한다. 몇 순배가 돌아가고 서로 '안주를 먹어라. 여기 회도 먹어라' '선생님도 드세요' 무의미한 겉치레말만 주고받다가 민식이가 자세를 바로 잡더니 선생님을 똑 바로 쳐다본다. 순간, 죄 지은 것도 없는데 정남이 긴장한다.

"선생님!"

"……"

"제 아버지가 돌아가셨습니다. 며칠 전에 사십구재 탈상도 했습니다."

순간 정남은 정수리에서 찬 물이 주르르 흐르는 섬뜩함을 느낀다.

"제게는 여동생이 또 하나 생겼답니다. 이름은 정인이예요. 지금 열다섯 살입니다. 중학교 2학년이예요. 엄마를 닮아서 얼마나 예쁜지 몰라요."

정남은 자작 술을 따라 연거푸 입에 털어 붓는다. 가슴에 침잠해 있던 분노가 일렁이고 눈에는 물기가 젖는다.

유배지 같은 섬으로 피신해 생활하는 동안 사방이 바다에 갇혀 그리움에 탈진하고 외로움에 찌들긴 했어도 분노는 없었다. 그런데 지금 눈물이 나올 만큼 분노하고 있는 자신을 본다.

'그래, 칼부림으로 지킬 수 있는 것도 한계가 있었겠지. 아직 젊은 나이겠다, 아이를 낳았다고 너에게 돌 던질 사람은 아무도 없어. 칼부림을 하면서까지 몸을 지켰다고 나라에서 상 줄 것도 아닌데. 그래 잘 했다. 잘

한 거야. 그런데 저 녀석은 그게 나와 무슨 상관이 있다고 일부러 나를 찾은 거야? 내가 아직도 혼자 산다는 소문을 듣고 인숙이가 보낸 것은 아닐까? 자기는 아이까지 낳고 잘 살고 있으니 딴 생각 하지 말고 다른 여자 만나 결혼하라고.'

"정남과 인숙의 이름 앞 자를 따서 정인이라고 지었대요."

'응? 지금 얘가 무슨 소릴 하고 있는 거지? 내 이름을 땄다구? 왜 내 이름을 들먹이는 거지?'

정남이가 멀뚱하니 쳐다보는데 순간, 민식은 선생님의 사랑이 이미 세월만큼 바래버린 것은 아닐까하는 불안을 느낀다.

"선생님께서 지금까지 혼자 사신다는 것을 알고 있습니다. 선생님! 정인이 아빠가 선생님이라는 것을 엄마가 말해 주셨어요. 십 오년이 넘는 세월 동안 엄마의 가슴에는 한 남자가 살고 있다고 했어요. 김정남이라는 남자라고 했어요. 엄마의 첫 남자라고 했어요. 그분을 받아들이지 못하고 떠나보내야 했던 사연도 들었습니다. 오직 저와 제 동생을 지키기 위해서였답니다. 저도 정인이가 제 친 동생으로만 알았었는데 제 아버지는 엄마에게 언제까지 형부일 뿐이었다고 했어요. 저는 그 말을 듣는 순간 제게 남아 있는 삶을 몽땅 엄마와 선생님 두 분을 위해 살겠다고 저 자신과 약속했습니다. 그렇게 살 것입니다. 그래서 저는 엄마 모르게 지금 선생님을 찾아 나선 겁니다. 선생님의 근황을 먼저 알아야 하겠기에 말입니다."

"……"

'내 눈이 왜 이렇게 흐리지? 왜 술잔이 두개로 보이지? 코가 왜 이렇게 맹맹하지? 제자 앞에서 체통 없이 내가 왜 이러나 그래.'

정남은 벌떡 일어나면서,

"밖에 나가 바람 좀 쏘일래?"

하더니 서둘러 나가고 민식은 술값을 치르고 뒤따라 나간다. 방금 밀쳐 낸 비닐 커튼이 잘 가라고 나풀나풀 흔들린다.

밖으로 뛰쳐나온 정남은 방향도 없이 무작정 걸어간다. 술집에서 참았던 울음이 끅끅 밖으로 튀어 나오고 있었다.

'이 세상에 내 딸이 있었다니, 열다섯 살이라네. 인숙이가 낳았다네. 그렇게 예쁘다네. 이름이 정인이라고 하네. 내 이름과 인숙이 이름을 따서 지었다네.'

민식이가 몇 발짝 뒤까지 선생님을 따라 잡았을 때 민식이는 선생님이 우는 소리를 듣는다.

'ㅇㅇㅇ, ㅇㅇㅇ 흐 윽'

멀리 아직도 밤바다를 헤매고 있는 불빛이 보이고 머리도 꼬리도 없는 검은 파도가 거대한 몸짓으로 따라 운다.

이십년만의 재회

　민식이가 정남을 찾아 이틀 동안 집을 비운 사이 인숙은 언니의 주소를 들고 대전으로 가는 버스를 탔다. 인숙이 또한 만감이 교차한다.

　'언니를 만나면 무슨 말부터 할까. 아마도 우리 민식이 민희가 어떻게 컸나 제일 궁금하겠지? 아이들이 벌써 대학생이라고 하면 얼마나 놀랠까. 우리 민식이는 공부도 잘 해서 약대에 들어갔다고. 그것도 바로 언니가 살고 있는 도시라고 하면 아마도 기가 막히겠지? 자식을 코앞에 두고도 보지 못한 것을 생각하면 얼마나 억울해? 그런데 왜 언니는 여태껏 연락을 하지 않았지? 애들 애비가 징그럽고 보기 싫어서? 그렇지만 어머니와 나를 생각한다면 그럴 수는 없을 텐데. 혹시, 남자를 만나 속이고 사는 것은 아닐까? 남자에게 알려지는 것이 두려우니까 아예 발을 끊어 버린 거라면? 언니가 호적상 처녀로 되어 있으니 불가능한 일은 아닐 수도 있겠는데 만약 그렇다면 내가 찾아가서 언니를 곤란하게 만들면 어떡하지?'

　이런저런 생각으로 머리가 아팠지만 실로 이십년만의 재회다. 꿈에서조차 잊을 수 없던 언니를 만나는 것이다. 기쁨, 그 만큼의 무게로 두려움이 그림자처럼 따라붙는다.

　그래도 달뜬 마음을 숨길 수가 없었다. 터미널에서 택시에 올라 주소를 보여주자 기사는 두말도 하지 않고 달리기 시작한다. 차창 밖으로 추위에 떠는 앙상한 가로수가 빠르게 달아난다. 하늘은 겨울하늘답지 않게 맑았다.

"손님. 다 온 것 같은데 번지수는 직접 찾으셔야 할 것 같습니다."

"아! 네."

요금을 받아 챙긴 택시는 도둑 물건 챙겨 달아나듯이 달아나고 겨울 햇살에 눈이 부신 인숙은 잠시 눈을 감았다가 뜬다. 바람 한 점 없는 겨울 햇빛은 이른 봄날 같았다.

주위를 둘레둘레 둘러본다. 어디서부터 찾아볼까. 여기 어디에 언니가 살고 있다. 목이 타게 그리운 내 언니가 두 시간도 안 되는 이 거리에서 이십년의 세월을 서로 모른 채 늙어가고 있었다니, 새삼 억울했다.

몇 집을 확인해 보았지만 그녀가 찾는 번지수와는 거리가 멀었다. 좀 떨어지기는 했지만 아직 시골 풍경이 남아있는 맞은편 동네로 발길을 옮겨본다. 인숙은 그곳에서 한집한집 번지를 확인하다가 박명숙 이란 문패를 본다. 찾고 있던 번지였다. 두 다리가 후들후들 떨리고, 한참동안 진정을 한 그녀는 언니 이름이 붙어있는 철 대문을 살짝 밀어 본다. 문이 열렸다. 제법 넓은 마당에 기역자로 반듯하게 잘 지어진 한옥이었다.

계단을 몇 개 올라가게 되어있는 본채는 높아보였고 마당은 깊어 보였다. 마루기둥이 웬만한 집 대들보 굵기로 기품이 있었다. 깊은 마당 한 쪽으로 한때 화려한 열매를 달고 있었을 감나무가 지금은 앙상하게 서 있었다. 그때, 뒤에서 발소리가 들리고 한 학생이 묻는다.

"누구세요?"

"아, 여기 이분을…"

얼떨결에 문패를 가리켰다. 마침 단아하게 생긴 노파가 방문을 열고 나오고 학생이 마당으로 들어서면서,

"엄마! 어떤 손님이 대전엄마 찾어."

하면서 들어가 버린다.

"이이? 누가?"

인숙은 어떻게 돌아가는 사정을 몰라 엉거주춤 서 있고, 선하게 생긴 안존한 노파가 신발을 끌고나와 대문 밖을 내다본다.

"누굴 찾어 오셨슈?"

"예. 혹시 이 댁에 박명숙 이라는 분이 살고 계시는지요."

"그럼 살구말구유. 근디 누구신가 생전 못 보던 새댁이네유. 추운디 들어오슈."

"아니 잠깐 좀 드릴 말씀만 전하고 가려구요. 죄송하지만 좀 나와 주시라고 해 주시면 안 될까요?"

"안 될 것은 읎지유. 근디 시방 시장에 간다구 나가서 아직 안 들어왔어. 들어와서 좀 기둘리면 곧 올 텐디."

"아 그래요? 그럼 지가 저기서 기다릴게요. 할머니 감사합니다. 들어가세요."

인사를 하는 둥 마는 둥 쫓기듯이 대문 앞을 떠난다. 분명히 이 집에 언니가 살고 있으렸다. 두근거리는 가슴이 한참동안 진정되지 않는다.

'그런데 엄마는 뭐고 대전 엄마는 무엇이란 말여. 그렇담 혹시 첩살이 하는 것 아니까? 에이 설마. 첩살이 할라고 생때같은 자식들을 이십년 동안 몰라라 할 수 있었겠어?

담 모퉁이를 돌아 양지바른 곳을 찾아 차분히 앉아 기다리려다 조바심에 참지 못하고 다시 발딱 일어나 서성거린다. 변두리지만 동네는 비교적 깨끗했다.

이곳도 신흥 주택들이 들어서고 있는 것을 보면 개발이 한창인 것 같았다. 공사를 하다가 겨울이라 잠시 중단을 했는지 여기저기 파 헤쳐진 땅들이 뻘건 속살들을 드러내 놓고 신음하고 있었다. 그런데 저렇게 커다란

집과 대지가 언니의 이름으로 되어 있는 것이 좀 심상치 않다는 생각이
들었다.

'그 동안 돈을 벌었을지도 모르지. 이십년이란 세월이 지났는데.'

좋은 쪽으로만 생각하고 싶었다. 문패만 아니라면 여태 이집 저집 돌아
다니며 더부살이하느라 경황이 없어 소식을 전하지 못했을 것이라 생각
했을 것이고 지금까지도 저 큰집에서 더부살이하는 것쯤으로나 생각했을
것이다. 그런데 번듯한 기와집 대문에 걸린 문패가 바로 박명숙이라니.
그렇다면 어쩌면 결혼을 했는지도 모르는 일이었다.

겨우내 살얼음을 품고 떨고 있는 들녘 너머로 멀리 큰길 건널목 신호등
이 바뀌면서 사람들이 길을 건너오고 있었다. 한 중년 부인이 시장바구니
를 들고 이쪽을 향해 걸어온다.

쪼그리고 앉아있던 인숙은 슬그머니 일어섰다. 그 여자가 가까이 오기
를 기다리지 못하고 몇 발짝 마주 걸어 나간다. 거리가 가까워오자 언니
가 틀림없는 것 같았다.

"혹시 박명숙씨 되세요?"

"누구?… 아니 너, 너, 인숙이 아니냐? 인숙이… 맞니?"

"언니야?"

두 자매는 대로변에서 서로를 확인 하면서 놀라는 것은 잠시뿐, 갑자기
명숙이의 얼굴에서 얼음장 같은 찬바람이 쌩 하고 분다.

"니가 여기 웬 일이냐?"

"언니, 왜… 왜 그래? 언니, 나야 인숙이."

"그래, 너 인숙이지. 그 짐승 같은 놈하고 딸까지 낳고 살고 있는 내 동
생 인숙이지, 내가 왜 몰라?"

"어, 언니이~!"

갑자기 얼굴이 하얘지는 인숙은 고함을 지르면서 살쾡이처럼 달려들어 명숙의 멱살을 움켜잡는다. 헐렁한 코트 한쪽이 비틀어지면서 벗겨지려 하고 인숙은 명숙의 옷자락을 움켜쥔 손을 마구 흔들어댄다. 마치 본부인 이 길에서 만난 첩살이를 닦달하는 모양새였다.

동네라는 것을 의식한 명숙이 얼른 인숙이의 팔을 잡더니 사람들이 없 는 공터로 끌고 간다. 인숙이 억장이 막혀 공터에 주저앉아 마냥 소리를 지르며 우는데 명숙의 경멸스런 눈이 인숙을 쏘아본다.

"시끄러! 운다고 뭐가 달라지는데? 달라지는 것은 아무것도 없다. 그래 그 더러운 짐승하고 살아지디?"

"누가, 누가 살아~아~."

"그럼 혼인신고도 하고 딸까지 낳은 것은 뭐고."

인숙은 튕기듯 발딱 일어나더니 명숙을 잡아먹을 듯이 노려본다.

"그럼 어떻게 하니. 에미라는 사람이 혼인신고도 하지 않고 없어졌는 데, 민식이 민희 출생신고를 못해서 취학통지서가 안 나오는데. 그 두 애 들이 이 세상에 없는 애들로 되어있는데 그럼 어떻게 해야 하니. 설마 민 식이 학교 들어갈 때까지는 무슨 소식이라도 있을 줄 알았어. 아이들 출 생신고 해 놓고 다시 이혼수속 해도 되잖아. 그런데 왜 소식 한 장 없었던 거야. 내가 얼마나 피가 마르게 기다렸는데 에미라는 사람은 끝내 나타나 지 않았잖아. 학교도 보내지 말고 에미가 나타날 때까지 그냥 놔 둘 걸 그 랬나? 나는 민식이 학교를 보내기 위해 할 수 없이 언니 대행으로 혼인신 고를 할 수밖에 없었어. 아이들 출생신고를 해야 하잖어. 아이들이 세상 에 발을 딛고 살게 하려면 가르쳐야 하잖어. 그것뿐이었어. 덕배라는 사 람하고는 부부커녕 눈조차 마주치지 않고 살았어. 그리고 지금 그 사람은 죽고 이 세상에 없어. 도대체 언니는 이십년이 넘도록 소식 한 장 없이 그

동안 뭐하고 살았는데 어? 엄니가 살았는지 죽었는지, 시집도 안간 내가 그 사지에서 어떻게 견디는지. 젖도 떨어지지 않은 갓난아이는 어떡하고 있는지 그런 생각은 전혀 없었어?"

"그럼 그 인간은 부부로 되어 있는 너를 가만 두디?"

"그것밖에 궁금한 것이 없어? 그게 그렇게 궁금해?"

"사정이야 어찌됐건 그런 놈하고 엮인 널 생각하면 너무 어이없고 분해서 그런다."

"그렇게 궁금하면 몰래라도 와볼 것이지 여기가 미국이야? 무인도 섬나라야? 왜 이십년 동안 장승처럼 움직이지도 않고 여태 있었어?"

"묻는 말에나 대답해! 그 짐승 같은 놈이 널 그냥 둘리가 없잖어."

"엄마는 충격으로 언니 나가고 바로 중풍에 걸렸어. 나무토막같이 누워만 있었어. 민희는 배가 고파서 날마다 울고 엄마는 대소변을 하루에도 수도 없이 싸서 내놓았어. 나는 기진맥진되어 나도 다 팽개치고 도망가고 싶었어. 그런데 그때마다 민식이 민희가 거지가 되어있는 모습이 눈에 밟혀서 도저히 나마저 나갈 수가 없었어. 덕배라는 그 인간 보는 것도 소름끼치고. 그래서 밤마다 요 밑에다 시퍼렇게 날이 선 칼을 숨겨 놓고 잤어. 하루는 또 덕배가 덮치는 것을 요 밑에 숨겨 놓았던 과도를 꺼내다가 덕배를 친 모양이야. 거의 죽다가 살아나더니 그 다음 부터는 절대로 내 옆에 얼씬도 안했어. 그런데 그가 병이 들어 병원에 입원을 시켰는데 의사가 내가 부인인줄 알고 물었어. 남편 되시는 분이 언제부터 성 불구자가 되었냐구."

"죽일 놈. 천벌을 받았다. 천벌도 단단히 받았어. 에이 씨언해라. 그럼 딸애는 어떻게 된 거니?"

"그 애는 내가 사랑하던 사람 딸이야. 그 사람이 민식이 초등학교 일 학년 담임선생님이었어. 나는 그 사람의 딸을 나 혼자 낳았어. 그 사람은 몰

라. 나까지 민식이 민희를 버리고 그 사람을 따라 갈 수가 없었어. 그래서
그 사람한테 알리지 않았어, 지금도 그 사람 사랑해. 이 세상 다 주고도
그 사람 못 바꿀 만큼 사랑 한다구. 그런 사랑까지 보내면서 나는 언니의
자식들을 지켰어!"

언니의 자식들을 지켰다는 마지막 말을 할 때는 그야말로 절규였다.

명숙은 인숙이 말을 하는 동안 얼굴이 시시각각 변하더니 다 듣고 나서
는 괴로움으로 가슴을 쥐어뜯는다.

"그것도 모르고…. 나는… 그런 것도 모르고… 니가 얼마나 저주스럽고
밉던지 미칠 것만 같더라. 너를 그렇게 만든 책임이 나한테 있다는 생각
은 들지 않고 그 구석에서 병신처럼 견디는 니가 바보스럽고 아깝고 분해
서 이가 갈리더라. 솔직히 나는 지금도 그 인간의 피가 흐르는 민식이 민
희에게는 그리 애틋한 마음이 없다. 그런데 그렇게 징그럽고 더러운 놈하
고 니가 자식을 낳고 산다는데 용서가 되겠니? 미안하다. 인숙아. 이십년
을 그 고통 속에서 견디었구나."

어느 정도 진정이 된 인숙은 그런 언니를 물끄러미 쳐다만 본다. 그리
고 아직도 겨울 풍경이 질펀한 들판으로 눈길을 돌린 그녀는 회한의 쓴
한숨을 내 쉰다. 어미라는 사람 생각이 저렇게 모진 것을 몰랐다니. 자식
을 잃고 지독한 고통 중에 있는 세상의 어미들처럼 언니도 그들 중 한사
람인줄만 알았다. 언니의 고통 한 자락을 붙들고 그녀 또한 얼마나 숱한
밤을 잠 못 들고 힘들어했던가.

언니의 까마득한 모성에 인숙은 잠시 진저리를 친다. 그러나 내색은 하
지 않았다.

"아까 언니를 찾는데 학생이 한 노파보고 엄마라고 하면서 언니를 대전
엄마라고 부르던데 어떻게 된 거야?"

"…내 아들이야."

"뭐? 아들? 그럼 언니 시집갔었어? 그 노파는 시어머니겠네? 그런데 왜 그 노파보고 엄마라고 불러?"

"…자식이 없는 집이었어. 내가 자식을 ….

"뭐야? 그럼 씨받이란 말이네?"

"……."

"그런 거였어? 정말 그래? 핏덩이까지 팽개치고 나를 볼모로 잡혀 놓고 나가더니 남의 씨받이 첩살이로 들앉은 거였어? 그랬구나, 그래 씨받이자식이 그렇게 귀해서 핏덩이 제 자식들이 궁금하지도 안 했든겨? 아이들 학교도 못 들어가게 해 놓고도 소식 한 장 안 했든겨? 그랬어? 나는 또 뭐야. 제일 힘들고 수렁에 빠진 사람은 나였어. 언니가 아니고 바로 나였다구. 그런 나한테 다 맡기고 나가더니 씨받이 첩살이 하느라 이십년 동안 내가 어떻게 사는지 궁금하지도 않고 맘 편하게 살고 있었어? 그랬어? 언니 저능아 바보야? 아니 바보라도 그렇게는 안 해. 아무리 사내한테 정신이 회까닥 돌았다 해도 지 자식한테 언니처럼은 안 해!"

"…인숙아 너한테는 죽을죄를 지었다만 그렇게 말 하지 마. 나 그 사람 사랑해. 처음으로 사랑해 본 남자야."

"흥, 그래. 안 노파를 보니 그 영감 저승길이 바로 눈앞에 와 있겠더라. 그래 사랑할 사내가 없어서 고작 아버지뻘 되는 늙은 영감을 사랑해서 그 영감 씨받이냐? 씨받이로 낳은 아이 젖 먹일 때 아무 생각 없었어? 핏덩이를 겨우 면한 민희 생각은 없었어? 늙은 영감사랑에 빠져서 어린 새끼들이 지금쯤 어떻게 크고 있을지 궁금하지도 않았어? 기억상실증이라도 걸렸던 것은 아니고? 아무리 그 애비가 징그럽고 더럽다고 해도 그건 아니잖어. 언니가 집 나갈 때 아이들 버리겠다고 하고 나간 거였어? 그랬던 거였어? 나는 언니가 그렇게 모진 것도 모르고 그리운 자식을 못 보는 언니 생각에 얼마나 힘들었는지 알어?"

"어쩔 수 없었어. 그 분 아니었으면 아마 지금 내가 이렇게 살아 있지도 못 했을 거다. 나는 이미 죽은 목숨이라 생각하고 그 분에게 보답하는 마음으로 그리 된 것이니까."

"차라리 죽지 그랬어! 죽어버리지 그랬어. 죽었다면 두 아이들한테 동정이나 받지 이게 뭐야. 나는 언니가 낳은 두 아이들 때문에 사랑하는 사람도 포기했어. 우리 민식이 민희가 얼마나 반듯하게 잘 컸는지 알어? 민식이는 앞으로 약사가 될 꺼야. 민희는 공무원이 되겠다고 열심히 도서관에 틀어박혀서 공부하고 있어. 둘 다 대학교 3학년이야. 그래. 그 애비의 피가 흘러서 싫다는 그 아이들이 그렇게 밝게 잘 자랐다구. 자기들을 버리고 집 나가서 겨우 늙은 영감 씨받이로 들앉아 있는 제 어미를 본다면 그 아이들이 뭐라고 할까? 나도 용서 못하겠는데 아이들은 어떨까? 덕배 그 사람은 내가 마지막에 용서했지만 언니는 용서 못 하겠다. 아니 용서 안 하고 싶어. 덕배 그 사람 성 불구자로 살면서도 가족들 버리지 않았어. 하루도 쉬지 않고 일만 했어. 우리 식구 평생 먹을 수 있게 만들어 놓고 갔어. 그런데 언니는 그 아이들을 위해서 뭘 해 줬다고. 짐승 같은 놈 피가 흘러서 싫다고? 그 아이들이 무슨 죄가 있는데. 자기가 낳았으면 책임을 져야지. 그때 나 열아홉 학생이었어. 학교도 졸업 못했어. 지금까지 두 아이들을 키운 내 앞에서 할 소리야? 아이들한테 정이 안 간다는 말이 이 자리에서 나와? 그런 말 할 자격은 있어? 언니를 찾아온 이 두 다리를 잘라버리고 싶네. 다시는 언니 얼굴 안 볼래. 아이들에게도 느이 엄마는 죽었다고 하겠어. 그리 알어!"

언니를 공터에다 내팽개치듯 몰아붙이고 돌아서는 인숙은 피를 토하는 고통을 씹는다.

이십년 만에 만난 자매였다. 마음 같아서는 다시 달려가 언니의 품에서 그 동안의 서러움을 모두 쏟아내고 싶었다. 언니의 삶도 알고 보면 어쩔 수 없었으리라는 너그러운 이해도 할 수 있을 것 같았다. 그러나 그녀는 끝까지 뒤를 돌아보지 않은 채 그 장소를 떠났다.

택시에서 내린 그녀는 대합실 의자에 몸을 부리듯이 주저앉는다. 몸이 물먹은 솜같이 무거웠다. 마음도 무거웠다. 표를 예매할 생각도 하지 않고 우두커니 앉아 오가는 사람들을 바라본다. 구름 낀 하늘 같은 눈으로.

언니를 만날 수 있다는 생각으로 온 몸이 희열에 들떠 있었을 때가 불과 두어 시간 전 이 자리였었다. 그 짧은 시간에 인숙은 천당과 지옥을 온전히 경험했다. 그런데 천당은 기억이 없고 지금 이 순간 지옥만이 있을 뿐이다.

인숙은 생각한다. 이 지옥은 언니의 배신행위 때문이 아니었다. 뒤도 돌아보지 않고 가 버리는 동생의 모습을 공터에 서서 바라보는 언니의 처절함 때문이었다. 그 심정이 어땠을까 하는 아픔 때문이었다.

이유야 어찌되었던 이십 년 만에 만난 꿈에도 잊지 못하던 자매다. 이십년이라면 죽지 않고 살아 있는 것만으로도 모든 용서를 할 수 있는 세월이다. 사랑은 할 수 있을 때 해야 한다. 같은 사랑을 할 수 있는 기회는 다시 오지 않는다. 만날 수 있을 때 만나지 않으면 기회는 기다려 주지 않는다. 죽음이란 이별은 실체도 없이 언제든 어디든 존재하는 것이니.

지금 이대로 가 버린다면 앞으로 남은 이십년이 또 다른 고통의 색깔로 머물 것이다. 고통은 이것으로 충분하다. 구태여 스스로 고통의 굴레를 만들지는 말자는 생각이 머릿속을 휘젓고 돌아다닌다.

그녀는 벌떡 일어난다. 터미널 앞에 일렬종대로 서있는 택시에 올라탔다. 기사에게 목적지를 말하고 창밖을 본다. 공터에서 비쳤던 햇살이 야속하게 숨어버리고 지금은 구름 낀 하늘이 낮다.

'언니에게도 피치 못할 사정은 있었겠지. 좁은 새장에 갇혀있던 새가 창공을 날자니 거스르는 세찬 바람이 오죽했으면. 모든 것을 받아들이자. 꿈에도 잊지 못하던 언니가 아니냐. 언니도 아이들을 본다면 자식인데 어찌 정이 안가겠어, 상처가 너무 깊다보니 억하심정에 한 말을 내가 너무 몰아친 것 같다. 언니도 가슴이 있는 어미인데 어찌 그 동안 아픈 마음이 없었겠나. 내가 너무 심했구나.'

택시 안에서 내내 언니의 입장을 헤아려 보는데 지옥이 서서히 물러나고 있었다. 천당과 지옥은 결국 내 마음에 공존하는 것이며 내 생각이 천국이고 내 생각이 지옥이었다.

택시에서 내리니 햇살 한 줄기가 구름 사이를 비집고 내려와 들판을 서성이고 인숙의 눈에는 아직도 공터에 주저앉아 있는 언니가 보였다. 가슴이 아팠다. 이대로 버스를 타 버렸다면 언니는 언제까지 저렇게 있었을까. 되돌아 올 생각을 했으니 얼마나 다행인가. 그래, 잘한 거야. 인숙은 천천히 공터를 향해 걸어간다.

여태 울고 있었는지 벌겋게 충혈된 눈을 든 언니가 쳐다보고, 두 자매는 좀 전의 언쟁은 까맣게 잊은 채 달려와 서로를 부둥켜안는다.

자매는 겨울 들판에 울컥 설움을 쏟으며 꺽꺽 울었다. 실로 이십년 만이다. 죽지 않고 살아 있는 것만이 고마운 세월이다. 몹쓸 병 들지 않고 건강한 모습으로 만나게 된 것에 감사할 세월이다. 살아온 과정이 무슨 문제가 된다고.

자매는 서로의 손을 꼭 잡은 채 이번에는 명숙이가 집을 나오면서부터 지금의 생활을 하게 되기까지의 사연을 말하고 있다. 영감님이 명숙이 앞으로 집 등기를 하기 위해 주민등록을 들춰보다가 인숙에게 그런 오해를 했었다는 것과 그 후로 아예 친정 쪽을 잊고 살았다고 했다.

"너를 보는 순간 죽을 것 같이 반가웠지만 그 놈하고 엮였다는 생각이 들자 그만 내 마음이 돌같이 경직되더구나. 그런 나 자신도 놀랐다. 내가 그 놈한테 정이 떨어져도 만정이 떨어진 겨."

"나는 언니가 덕배 그 사람을 저주하는 것은 동감 해. 그런데 민식이 민희에게 정이 가느니 안 가느니 할 때는 정말 싫었어. 우리 아이들이 너무 불쌍해서 가슴이 아팠어. 언니! 민식이가 대전에서 하숙을 하고 있거든? 아까는 솔직히 언니한테 말해주고 싶지 않았어. 민희는 여자니까 엄마에 대한 마음을 여는데 시간이 좀 걸릴지 모르지만 민식이는 그렇지 않을 거야. 이해심이 많은 아이야. 내가 엄마에 대해서 잘 말해 볼 거니까 민식이 만나고 싶으면 만나봐, 그 애비도 죽고 없는데 천륜인 부모 자식 간에 언제까지 안 볼 수는 없잖어?"

"고맙다 인숙아. 내가 너한테 못 할 짓 많이 했다. 얼마나 힘들게 살았으면 그 나이에 너무 어른스럽게 변해버렸구나, 그래도 우리 인숙이 여전히 이쁘다. 집에 잠깐 들어가서 밥이라도 먹자. 널 그냥 이대로 보낼 수는 없을 것 같다."

"아냐. 인제 언니를 찾았으니, 언니도 오고 나도 언니한테 가고 그럴께. 나는 그런 줄도 모르고 소식이 너무 없는 언니한테 나쁜 일이라도 생긴 것은 아닌가 해서 얼마나 마음 졸였는지 몰라."

"그랬구나. 내가 너무 무심했어. 너한테 나는 영원히 용서받지 못할 죄인이다. 그래도 용서해줘. 그래야 앞으로 남은 세월은 너에게 보답하면서 살 것 아니니?"

명숙은 자꾸 인숙이의 얼굴을 쓸어내리며 그 예쁘던 얼굴이 많이 망가진 것을 자책한다.

바다의 추억　　　33.4×21.2 cm 캔버스에 유채

죽음의 강 같은 세월

"정인아! 우리 이 겨울이 가기 전에 엄마랑 다 같이 섬으로 겨울 여행 한번 안 갈래? 바다구경도 하고 회도 먹고 섬사람들 고기 잡는 것도 구경하고. 어떠냐? 이 오빠 생각이."

민식은 저녁밥상 앞에서 낚싯밥 던지듯이 심드렁하게 한 마디 툭 내 뱉고는 청국장을 숟가락에 듬뿍 떠 올린다. 인숙은 실없는 소리한다고 피식 웃어넘기고, 민희는 청승맞다고 무안을 주는데 정인은 숫제 숟가락까지 팽개치더니 두 눈을 반짝반짝 빛을 낸다. 어디든 튀고 싶어 안달이 나 있는 한창 사춘기다.

"어어? 오빠 정말이지? 조오치. 좋아, 좋아. 근대 갑자기 왜 겨울 여행을 생각했어?

"그냥 '겨울 여행' 하면 낭만적이라는 느낌 안 드냐? 너는 그 나이에 그런 감정도 없냐?'

힐끗 오빠를 쳐다보는 민희가,

"혹시 오빠 바람났어? 좋아하는 여자 생겼어? 엄마! 오빠가 좀 이상하지 않어? 멋대가리 드럽게 없는 오빠가 웬 겨울 여행이래?"

왜 하필이면 겨울에 바닷가를 가느냐며 오빠를 이상한 쪽으로만 몰아간다. 겨울여행이라니, 가당찮아 하던 인숙도 한마디 거든다.

"그러게나 말이다. 쓸데없는 잡담들 말고 청국장 식기 전에 얼른 밥들이나 먹어."

"에이 농담 아녀. 나도 앞으로 학점 따랴, 약사 자격증 따랴, 도서관에 죽치고 있어야 할 판인데 마지막으로 머리나 시원하게 식혀 보려구. 그리고 여태 엄마랑 같이 여행해 본 적도 없잖어요. 나랑 갈 수 있는 기회가 이번이 아니면 어려울지 몰라. 여자라도 생기면 내 여자랑 가지 엄마까지 못 챙겨. 겨울이라 할 일도 없는데 나 비싼 몸 되기 전에 같이 갑시다. 예?"

"근데 참 너는 왜 여자 친구가 없냐? 나 안 챙겨도 좋으니께 여자라도 생겼으면 소원이 없겠는데?"

"엄마, 엄마. 우리 그렇게 하자. 오빠랑 같이 가면 편하고 좋지이. 근데 언제 갈 건데 오빠?"

정인이 아예 밥숟가락까지 팽개치고 나선다.

"방학기간도 얼마 안 남았으니까 빨리 갔다 오지 머. 바닷가 가면 말야 싱싱한 회가 얼마나 맛있는 줄 알어? 값도 되게 싸. 엄마가 이번에 출혈 좀 하지 응? 엄마랑 같이 가서 좋은 게 그런 것 아니겠수? 내가 취직하면 곱절로 갚을께요."

민식은 큰 덩치에 개기름이 번들거리는 얼굴로 고개를 숙여 인숙이 눈까지 들여다보면서 어울리지 않게 아양을 떤다. 인숙은 그런 민식이 사랑스러워 죽겠다는 표정이다. 이 아이들이 있으니 이제 세상이 두렵지 않았다.

다음 날 민식이는 인숙에게 용돈을 두둑이 타 내어 정인을 데리고 의상 쇼핑에 나섰다. 인숙에게 입힐 겨울 바다에 잘 어울리는 파카와 옷들을 샀다. 정인이 것도 엄마와 같은 디자인에 색상만 다르게 골랐다. 두 모녀가 얼굴도 닮았고 체격도 비슷한데다가 파카까지 같다보니 누가 엄마고 누가 딸인지 분간이 안 되었다.

아이들이 사온 파카를 보고 인숙이의 놀란 얼굴에는 오랜만에 평화와 행복의 미소가 맑은 개울 밑에 자갈처럼 투명하게 깔려있다.

'그래. 오랜만에 우리 민식이 앞세워 여행이라는 것 좀 해 보자. 그 동안 일에 빠져있느라 정인이하고도 시간을 가져보지 못했었지. 이런 기회가 어디 자주 있을라고.'

삼일 후 토요일에 출발했다. 민희는 여전히 겨울 여행에 매력을 느끼지 못하고 청승맞다는 핑계를 대며 빠지고 세 사람만 떠났다.

민희는 요즘 들어 부쩍 성숙해져 있었다. 자신과 오빠의 출생비밀을 알고 나서 한참동안 애를 먹였다. 침울해 있을 때가 많고 귀가시간도 뒤죽박죽이었다. 밥만 먹고 나면 읍내 도서관으로 달리던 애가 가끔 제방에 들어박혀서 며칠씩 두문불출하기도 하고 뜬금없이 차 시간에 맞춰 서둘러 나갔다가 맥없이 들어오기도 했다. 술을 먹고 들어오는 날도 많았다.

어느 날은 들어오다가 텃밭에 토하는 모양이었다. 그러나 인숙은 모르는 척 해 주었다. 제 딴에는 내색하지 않으려는 노력이 눈에 보이는데 섣불리 다가가 아이에게 상처가 될 것 같았기 때문이다.

그런 날은 인숙의 마음도 뜬숯덩이가 되었다. 엄마가 하루아침에 이모로 변해버렸으니 그 마음인들 오죽할 것이며 어찌 감정변화가 없을까.

민희의 눈치를 보면서 인숙이 말을 걸면 너무나 태연한 것이 전혀 별다른 기색을 찾아볼 수가 없었다. 그런 속 깊은 민희를 보는 마음이 인숙은 더 아팠다. 그리고 어느 날 막차에서 내리는 민희를 기다리고 있다가 같이 걸어오면서 인숙이 태연하게 말을 한다.

"나는 말이다 뭐가 제일 억울했는지 아니? 느이 아버지가 세상에 있을 때는 민식이랑 너를 내 자식이라고 떳떳하게 자부(自負)하지 못했던 거 그게 제일 억울했단다. 엄연히 형부의 자식들인데 내 자식이라고 할 수가 없잖니? 그런데 말이다 너희들에게는 몹쓸 짓이다마는 형부가 세상을 뜨고 나니까 이제 너랑 민식이는 온전히 내 자식이라는 생각에 잠을 이루지 못하겠더라. 너무 좋아서 잠이 오질 않았어. 지금도 내가 얼마나 행복한지 아마 너희들은 모를 거다.”

그림자처럼 소리 없이 따라오던 민희가 신작로가 다 끝난 지점에서 인숙의 등 뒤로 돌아가 허리를 안고 등에 얼굴을 묻는다.

‘엄마! 미안.’

어떻든 집을 비워 놓기가 뭣했는데 지킴이가 있어 오히려 떠나는 마음들이 편했다. 인숙은 젊은 아이들이 제 눈에 맞춰 고른 옷들을 입혀놓으니 세월이 십년쯤 되돌아와 그녀를 덮어 버린다.

느슨하게 고정시킨 머리핀에서 생머리 몇 가닥이 빠져나와 바닷바람에 깃발처럼 나부낀다. 끼룩끼룩 창공을 선회하던 갈매기가 자맥질하여 일용할 양식을 건저 올린다. 잔잔한 파도가 고기비늘처럼 반짝이고 바다를 배회하는 고깃배들이 장난감처럼 작아 보인다. 멀리 겨울바다에 엎디어 있는 섬들이 외롭고, 음침한 바다는 비밀스럽다.

난생처음 배를 타고 여행이라는 것을 해 보는 그녀에게 겨울 여행이라는 것이 실감 났다. 앞으로는 세상이 참 아름다울 것 같은 생각이 든다. 민식이가 곁에 있어 마음도 든든했고. 이십년이라는 고통들이, 어느덧 청년이 되어있는 민식이를 통해 뒷걸음으로 물러나고 있었다.

아이들이 세상을 딛고 일어 설수 있을 즈음이면 그녀는 그때 떠나려 했었다. 족쇄를 찬 채라도 상관없이 말이다. 아이들이 떠나가고 없는 집에 덕배와 단둘이 늙어갈 일은 천지개벽으로 세상이 열두 번을 뒤바뀐다 해도 있을 수 없는 일이기 때문이다. 그랬는데 덕배는 홀로 남겨질 것을 예감이라도 한 것일까, 홀연히 가버렸다. 그의 죽음은 그가 처제에게 저지른 죄를 용서 받을 수 있는 크나큰 계기가 되기도 했다.

섬에 도착한 그들은 먼저 숙소를 잡아놓고 회를 먹기 위해 선착장을 돌아다녔다. 모녀의 옷차림이 같다 보니 장사꾼들은 인숙에게 아가씨라고 불렀다가 '아주머닌가?' 혼잣말로 되묻기도 했다. 그때마다 엄마의 팔을 끼며 '언니!' 하고 장난을 치는 딸에게 눈 흘김을 하는 이 순간, 인숙이의 평화를 감히 무엇과 비교할 수 있을까, 그녀는 지금 두 아이들에게 싸여 처음으로 세상 안으로 들어와 시간을 보내고 있는 것이다.

그 동안 늘 쫓겨난 며느리처럼 세상 사람들과 눈조차 마주치기를 꺼려하며 주눅 들어 살아온 세월들이었다. 이웃들의 눈이 자신에게 머물러 있는 시간이 조금만 길어도 불안부터 느껴지던 자괴감. 덕배와 아이들에게 맞추기 위해 열 살을 더 위장하며 살아야했던 숨겨진 젊음. 덕배의 욕설이 들판을 튈 때마다 치욕과 분노를 참아 내야 했던 인내. 그러나 어느 날 민식이가 입대하던 날,

'엄마! 사랑해. 고마워.'

그녀를 연인처럼 폭 안아주고 돌아서는 당당한 한 젊은이의 등을 보았을 때 그녀는 연인처럼 가슴이 뛰었다. 순간, 자신의 선택에 대해 결코 후회하지 않을 것을 믿었다.

민식이는 대학에 합격했을 때도 그녀를 그렇게 안아주었다. 사랑한다고 하면서, 고맙다고 하면서, 돈 많이 벌어 엄마 호강시켜주겠다고 하면서.

한 사람의 횡포가 여러 사람들을 고통 속으로 몰아넣었고 다른 또 한 사람의 희생이 여러 사람을 구한 것이다. 처녀의 몸으로 잉태한 성모마리아의 희생이고 십자가에서 죽기까지 인류를 사랑한 예수님의 사랑이 여

기 이 여인에게 있었다.

민식이는 섬에 도착하면서 어디론가 전화를 건다. 숙소를 잡기 위해 여관에 가서도 그랬고 음식점에 들어가서도 전화통부터 찾았다.

"오빠는 여기까지 와서도 친구한테 전화하고 그래? 김새게 시리."

정인은 민식이가 전화하는 등짝을 보며 눈을 흘긴다. 오빠가 자리로 돌아와 앉기가 무섭게 또 한마디 쥐어박듯이 불만을 터뜨린다.

"오빠! 그렇게 친구가 좋으면 친구들이랑 오지 왜 엄마랑 왔어? 여기까지 와서도 친구 못 잊어서 맨 날 전화나 할려면서 말야. 친구가 그렇게 좋아? 아님 오빠 연애해?"

"어이구 요 잔소리. 여기까지 와서도 너는 잔소리냐?"

정인이의 코를 잡고 흔드는 민식이 눈은 사랑이 가득 담겨 있다. 인숙은 두 아이들이 하는 짓을 보고 웃기만 하더니,

"너 혹시 급한 일 생긴 것 아녀? 다음에 시간 내서 와도 될 것을 시간도 없는데 괜히 왔나보다."

"어유 내 걱정 마시고 엄마나 '집 걱정이 돼서 회 맛도 모르고 먹었다야' 그런 소리나 하지 마슈."

민식이가 인숙이 표정과 말 흉내를 그대로 내면서 이기죽거리는 바람에 한바탕 웃는다.

그들은 여러 가지 생선회를 시켰다. 식도락가처럼 각각의 맛을 평가하기도 하면서 겨울바다를 즐겼다. 회를 뜨고 난 생선으로 끓인 매운탕은 역시 육지에서 끓인 맛과는 비교할 수가 없었다. 연신 감탄을 하면서 맛있게 먹는 이모를 쳐다보는 민식이의 눈시울이 잠시 붉어진다.

'불쌍한 이모, 꽃 같은 나이에 조카들을 지키려고 사랑하는 남자의 아이를 낳고서도 그 사람을 찾지 않는 아픔을 감내(堪耐)해야 했던 이모, 정

작 자식을 낳은 생모는 핏덩이를 맡겨놓고 소식 한 장 없는데 두 아이의 어미로 자리매김하기 위해 감히 언니 대신 호적에까지 올라와 있는 이모는 과연 천사인가 천치인가. 우리 이모, 나는 당신이 남은 세월을 살아가는 동안 결코 초라한 삶을 살게 하지 않을 겁니다. 당신의 첫사랑을 찾아 지난 세월을 보상해 드리리다.'

"얘, 너도 먹어봐. 왜 그러고 있어. 육지하고는 맛이 영 달러. 너 술 생각 나냐? 한잔 할래냐?"

"술은 됐고, 그렇게 맛있어? 육지하고 맛이 다른 것은 엄마 솜씨 탓이지. 솜씨 없다는 소리는 죽어도 하기 싫우?"

"솜씨보다도 확실히 생선이 싱싱해야 제 맛이 나는 거여. 먹어봐 맛있지?"

매운탕까지도 맛을 평가하면서 맛있게 먹고 난 그들은 포만감을 안고 식당을 나왔다.

밖에 나오니 겨울바람이 차갑다. 민식은 인숙이의 파카 모자를 씌워주며 연인처럼 한쪽 어깨를 안고 걷는다. 정인은 반대쪽에서 엄마의 팔짱을 낀다. 섬 저편에서는 부연 갈대들이 겨울바람에 시달리고 있고 검은 바다 가운데 고깃배의 불빛들이 길을 잃고 방황한다.

"겨울 섬은 혼자서는 절대 올 곳이 못되는 것 같구나. 서로 기댈 수 있는 연인이나 가족이 없다면 너무 쓸쓸해서 이 황량한 겨울바람을 어떻게 견디겠니?"

지금 인숙은 양 옆으로 포진하고 있는 민식과 정인이가 흐뭇해서 하는 소리다. 민식은 인숙이 어깨에서 팔을 내려 연신 시계를 자주 들여다본다. 그때마다 인숙이 고개를 돌리다가,

"무슨 약속을 한 것도 아닐 텐데 왜 아까부터 자꾸 시계는 보고 그래쌌

나?"

"아무래도 오빠 이상해. 이 섬에 아는 사람이 있나봐. 꼭 어떤 사람을 기다리는 것 같아. 혹시 섬 처녀 하나 찍어 놓고 엄마한테 선뵐라고 여행 오자고 한 건지도 몰라. 그치? 내 말이 맞지?"

"저것은 꼭 말끝마다 하는 소리가. 그게 아니고 방파제라도 한번 가 보려고 했는데 바람이 많이 부네? 방파제는 내일 날씨 봐서 가보기로 하고 그만 추운데 숙소로 들어가려니까 너무 훤한 것 같아서 몇 시나 됐나 하고 시계를 본거지. 엄마, 안 추워? 그만 들어가까?"

"그러자."

"아이 참. 겨울바다가 춥지 그럼 더울 줄 알았나? 나온 김에 방파제에도 가보고 그래."

고삐 풀린 망아지처럼 한 없이 돌아다니고 싶은 정인은 불만이다.

"엄마 감기 들면 안 돼. 정 가고 싶으면 몸 좀 녹이고 다시 나오든지 하자."

입이 뿌루퉁하게 튀어나와 있는 정인을 달래 숙소에 들어오니 따뜻했다. 민식은 또 시계를 보다가 정인에게 들키고 정인이의 예외 없는 잔소리를 듣는다.

인숙이 편한 옷으로 갈아입으려고 하자 민식은 아이가 만져서는 안 될 물건을 만진 듯 서둘러 제지하고, 인숙이 의아스럽게 쳐다본다.

"다시 나갈지도 모르니까 아직 갈아입지 마슈."

생뚱맞게 옷매무새까지 고쳐준다. 머리도 다시 빗으라고 채근하고 유난스러웠다. 평소에 안 하던 잔소리를 하는 민식이가 우습기도하고 이상해서 인숙은 한마디 한다.

"너 밖에 나오니까 이상해 진 것 알어? 생전 집에서는 안 하던 잔소리가 많네.”

“오랜만에 큰맘 먹고 여행이라고 나왔는데 엄마가 집에서처럼 후줄근하게 세상 다 산 늙은이같이 하고 있으면 여행 온 보람이 없잖우.”

그러면서 이번에는 가방을 뒤지더니 화장품 케이스를 꺼내들고 화장을 고치라고까지 한다. 인숙은 기가 막혔지만 평소에 내 모습이 참 보기가 흉했었나보구나 하는 생각을 하면서 시키는 대로 엷은 화장을 고친다. 언제나 생얼굴이 익숙한 인숙은 여행을 한다기에 오랜만에 화장을 해본 것인데 내내 얼굴이 무겁고 군시러워서 불편했었다. 숙소에 들어오자 먼저 세수부터 하려고 맘을 먹고 있었는데 세수는커녕 군시러운 화장품을 덧칠하려니 영 개운치가 않았다. 그러나 인숙은 아이들이 시키는 대로 한다.

화사한 엄마를 요리조리 보던 두 아이들은 엄지손가락을 세우며 치켜세워주는데 수줍은 인숙이, 열아홉 살처럼 부끄럽다. 다시 시계를 보는 민식이,

“정인아 우리 잠깐 나가서 과일이나 뭐 좀 먹을 거라도 사 오까?”

“들어올 때 살 걸 그랬구나.”

인숙이 혼자 남는 것이 싫어서 하는 소리다.

“생각을 못했지 뭐. 나가자. 엄마 혼자 텔레비전 보면서 좀 쉬고 계슈. 우리 오기 전에 세수해 버리지 말고.”

“얘가 오늘 정말 이상하네. 쪼잔하게 웬 잔소리가 그렇게 많어?”

“내가 그랬나? 그동안 내가 엄마 많이 봐 준 겨. 앞으로는 잔소리 좀 해야지. 다녀오께요.”

“과일만 사가지고 바로 오너라이? 정인이가 방파제 가잔다고 가지 말고.”

아이들이 못미더워 인숙은 중년 아낙같이 다시 한 번 더 챙긴다. 철없

는 정인은 유독 오빠를 잘 따랐다. 오빠가 가자면 지옥이라도 팔딱 팔딱 쫓아갈 아이다.

정인이의 재잘거리는 소리가 복도 끝에서 사라지고 갑자기 부닥친 정적에 무인도에 버려진 것같이 아득하다.

창문을 조금 열어 본다. 바다는 검은 빛을 띠고 저쪽에 있었다.

'쏴아'

밀리는 파도소리가 꿈결처럼 낭만적이다.

그때 노크소리가 들리고, 애들이 방파제에 가지 않고 들어온 것만 반가운 그녀는 너무 빨리 들어온다는 계산조차 할 여유도 없이 문을 벌컥 열어준다. 그런데 문 밖에 서 있는 남자, 문 안에 서 있는 여자, 서로 놀라고, 방호수를 잘못 찾았나 생각한 남자가 돌아서려다가 잠깐, 다시 본다.

"어? 당신, 혹시 인숙이, 아니오?"

여자의 커다란 눈이 더 크게 열리면서 두 손으로 입에서 나오려는 비명을 막는다.

"세상에! 어떻게 여길."

"나야말로 묻고 싶소. 당신이 어떻게 여길…. 아! 그러고 보니 민식이가, 민식이…. 이런, 나는 민식이가 꾸민 일인 줄을 까맣게 모르고 있었으니."

주인의 허락도 없이 성큼 방으로 들어온 정남은 두툼한 파카를 벗을 생각도 못하고 인숙이의 얼굴에서 눈을 거두지 않는다.

십 오년이란 세월, 두 사람 사이에 가로 놓여 있던 죽음의 강 같은 세월, 감히 뛰어넘을 용기가 없어 차라리 섬 구석으로 숨어버린 그 긴 시간들을 이제 와서 어떻게, 무엇으로 돌려받을 수 있을까.

여자의 얼굴에서 눈을 떼지 않던 남자가 창백한 얼굴로 잠시 휘청거리려는 여자의 어깨를 잡는다. 한 손을 들어 여자의 턱을 올려 그 얼굴에서

십 오년이란 세월의 흔적을 찾는다. 그 세월의 중간도 훨씬 못 미친 어느 쯤에서 머문 듯한, 아직은 고운 여자의 얼굴로 남자가 자신의 입술을 옮긴다. 숨 막히는 입맞춤, 죽음의 강 같던 세월이 녹는다.

한때 정남이의 눈에 인숙이 발에 채워진 족쇄로만 보이던 민식이었다. 그 족쇄를 때려 부수고 싶다는 충동으로 두 주먹을 불끈 쥐어보기도 여러 번 했었다. 그의 눈에 결코 곱지 않았던 어린 제자 민식이가 스스로 족쇄에서 물러나 두 사람의 지팡이가 되어 이렇게 인도할 줄이야.

민식이는 인숙이의 소식을 전해주고 섬을 떠나면서 다시 찾아뵙겠다는 인사만 했을 뿐 별다른 약속이 없었다. 그가 다시 찾아뵙겠다는 인사는 선생님이 심사숙고하여 후회하지 않을 결정을 할 수 있는 충분한 시간을 주려는 의도라 생각했다.

민식이가 섬을 떠나고 정남이의 마음은 하루에도 천국과 지옥을 오르락내리락하던 참이었다. 내 딸이 이 세상에 존재한다는 생각으로 천국에 있었다가 내 딸이 구릿빛 사내의 딸이 되어있다는 생각으로 그는 다시 지옥바닥으로 떨어지곤 했다.

감히 내 딸을, 어찌하여 제 멋대로 그런 무식하고 불한당 같은 사내를 내 딸의 아버지로 만든단 말인가. 철천지원수 같은 사내를 말이다. 숫제 인숙이가 미웠다. 곁에 있다면 때려주고 싶을 만큼. 내 딸 정인을 그 사내의 딸이 되게 만든 것은 도저히 용서가 안 되었다.

그녀가 아이들의 어미가 된 것이야 그를 만나기 전에 이루어진 일인지라 그로서도 어쩔 수가 없었지만 그러나 그를 만나고도 어미라는 족쇄의 틀에서 벗어나려하지 않는 그녀를 많이 원망했었다. 하지만 그도 스승으로서 간접적인 부모랄 수도 있는 입장에서 차마 어린 두 아이들의 불행을 딛고 자신의 행복만을 고집할 수만은 없었다. 그는 마지막으로 그녀를 만나 사랑을 나누고 그녀를 보내야 했다.

그녀 곁을 떠나온 그는 오랫동안 그녀의 환상을 쫓아 방황의 늪 속을 헤매며 자신을 학대하는 세월을 보냈다. 그리고 지금, 유배지 같은 섬을 찾아 스스로 유배생활을 하면서 서서히 그림 속의 여자를 잊기 위해 노력하는 중이었다. 그런데 갑자기 민식이가 그를 찾아오고 또 그의 분신하나가 이 지구상에서 숨을 쉬고 있다는 폭탄 같은 소식을 듣게 된 것이다.

그는 기쁨의 무게만큼 분노가 일고 있는 참인데 뜻밖에 전화가 걸려왔다. 긴히 의논드릴 말씀이 있으니 여섯시까지 숙소로 와 달라는 것이었다. 삼일밖에 안 된 그 사이에 또 무슨 일이 일어났단 말인지.

시간에 맞춰 하숙집을 나서는 정남이의 발걸음은 결코 유쾌하지만은 않았다. 그런데 지금, 두 사람은 죽음의 강 같던 세월을 뜨거운 입맞춤으로 녹이고 있다. 감히 내 딸을 함부로 한 여자와 말이다.

생부

그 시간에 정인을 데리고 나간 민식은 과일가게를 지나쳐서 조그맣고 허술하기 짝이 없는 다방으로 들어간다. 다방 안은 어두웠다. 들어오는 사람들은 흐린 불빛에 너나없이 눈부터 껌벅거려야 했다. 말이 다방이지 다리가 잘 맞지 않아 기우뚱거리는 낡은 탁자 몇 개가 놓여있을 뿐이고 앉으면 '삐그덕' 귀에 거슬리는 소리가 손님이 온 것을 알려 주었다.

들어온 손님들은 차마 되돌아 나가지 못하고 앉을만한 자리를 찾는다. 손바닥만 한 창을 통해 요염하게 출렁이는 검은 바다도 보였으니까.

"오빠! 나 학생인거 몰라? 웬 다방? 그것도 분위기 있는 커피숍도 아니고 이런 삼류 다방이라니."

"섬에 왔으니 이런데도 구경 해 보고 두루두루 다녀 봐야지. 출렁거리는 바다만 보고 간다면야 어디 여행이라고 기억에 남겠냐?"

"오호. 그건 그러네. 근데 너무 어둡다 그치? 답답해."

"정인아! 너는 우유 마셔. 여기 우유하고 커피주세요."

손님이 없기도 했지만 공간이 좁다보니 옆 사람에게 얘기하듯 주문을 해도 냉큼 알아듣는다.

주문한 커피와 우유를 탁자에 내려놓고 가려던 레지가 힐끗 한번 쳐다본다. 두 사람 사이를 가늠하려는 잣대를 재보려는 것이다. 민식이는 그 따위 사사로운 시선에는 관심이 없고 지금 고민 중에 있는 것이, 정인이가 제 출생을 잘 받아들일 것인가 어쩔 것인가, 어디서부터 얘기를 해 줘

야 하나, 어떤 방법으로 얘길 해 볼까, 아직은 어린데 상처를 받지는 않을
까, 민희는 성인인데도 안타까울 만큼 우울해 하는 것이 엿보이는데, 아
직 사춘기를 벗어나지 못한 정인이가 어떤 반응을 보일런지. 민식이는 누
구에게 의논도 할 수 없고 며칠 전부터, 아니 선생님을 찾아 나서면서부
터 고민이 되었다.

"정인아! 오빠가 얘기 하나 해 주까?"

우유를 마시면서 눈을 치뜨고 빤히 쳐다보는 정인을 외면하면서 민식
이가 입을 열기 시작한다.

'어떤 방앗간 집에 자매가 있었는데 방앗간에서 일하는 사람이 너무 성
실하고 무던해서 그 아버지가 데릴사위를 삼아 한 집에서 살게 되었대.
결혼한 언니가 아들을 낳고 또 딸을 낳고 그리고…'

언니가 무슨 이유로 집을 나가게 되었고, 알고 보니 그때까지 혼인신고
를 하지 않았고, 아이들은 출생신고조차 안 되어있었고, 아이가 학교에
들어가려 해도 취학통지서가 나오지 않더라고….

때문에 이모가 언니 대신 형부의 아내로 호적에 올릴 수밖에 없었으며
어린 처녀가 스물세 살에 학부형이 되어 아이 입학을 시켰다는 대목에서
정인이는 언니라는 여자가 참 못돼먹었다고 비난했다. 얘기를 하는 민식
이 역시 제 어미이지만 죽어도 보지 않으리라 하던 여자다.

그 이모한테 사랑하는 남자가 있었는데 그 남자가 이모가 키우는 아이
의 담임선생님이라는 대목에서 정인은 꼭 소설 같다느니. 드라마 같다느
니 철없는 소리를 하면서 사춘기다운 야릇한 감정을 보였다.

사랑하는 사람이 떠나고 이모는 그 사람의 딸을 낳았지만 출생신고 때
문에 이번에는 할 수 없이 형부의 호적에 올렸다는 대목에서는 정인이도
사춘기로서 궁금한 점이 있었다. 한 집에 살고 있고 호적에도 부부로 되

어 있으며 이웃들도 부부로 알고 있는 형부와 이모사이가 어디까지 간 사이인지. 민식이는 그런 점까지 계산해서 마지막으로,

'그 두 사람은 형부가 병으로 돌아가실 때까지 처제와 형부사이였단다.'

고 말해주었다. 조카가 대학생이 되자 이모는 조카에게 모든 것을 털어놓았는데 조카도 막내 여동생이 담임선생님의 딸인 것을 그때 비로소 알았다고 했다.

이모로부터 모든 사실을 들은 조카가 수소문을 하여 이모의 첫 사랑을 찾았다고 했을 때 정인은 손뼉을 치면서 감탄했다.

"아마도 지금쯤 두 사람이 만나고 계실 거야."

정인은 샐샐 웃으면서 장난스럽게 묻는다.

"어디서 만나고 있는데? 오빠 소설 써? 아니면 앞으로 쓸 소설 소재야?"

"정인아! 그 이모가 지금 우리 엄마야. 니가 우리 담임선생님 딸이고."

"……."

"정인아!"

"오빠 지금 장난 해?"

"믿기지 않겠지만 정인아! 사실이야. 엄마는 천사야. 볼모로 잡힌 천사. 사람으로서는 그렇게 못 해. 나와 민희는 그 볼모가 도망가지 못하게 여태껏 천사의 발목을 채운 족쇄였고. 이제 그 족쇄를 풀어주고 자유를 찾아 떠나게 해 줘야 해. 그래서 여길 온 거야. 그 선생님은 첫사랑인 엄마를 아직도 잊지 못하고 계셨어. 지금까지 결혼도 하지 않았어, 유배지 같은 여기 섬에서 외롭게 지내고 있다는 것을 수소문 끝에 알아냈지. 내가 며칠 어디 다녀온다고 했을 때 사실은 선생님 근황 알아보러 다녔었지. 선생님도 결혼을 하셨을 것이고 가정이 있을 것이라 생각했거든. 그런데 여태 혼자 사실 줄 누가 알았겠냐. 섬에 계시다기에 여길 와서 둘이 술을

마시면서 엄마 얘길 해드렸다. 니가 지금 열다섯 살이라고도 했지. 선생
님은 차마 제자 앞에서 울기가 뭣 했던가 바람 좀 쐬고 싶다고 먼저 나가
시더니 끅끅 우시더라.”

“그럼 나는 뭐야. 장정인이 아니고 김정인이 되나? 그리고 오빠하고 언
니가 내 오빠가 아니고 내 언니가 아니라고? 그런 거야? 그런 거냐구우~”

정인이가 갑자기 소리를 빽 지르는 바람에 카운터에서 심심해 죽겠는
레지가 살판나는 얼굴로 후딱 쳐다본다. 레지에게 눈요기라도 하려고 카
운터 앞에 있는 탁자에 지루한 얼굴로 앉아 있던 늙다리 영감도 고개를
휙 돌리고 쳐다본다.

“오빠언니가 아니기는. 우리사이가 뭐가 달라지는데. 엄마는 그대로 우
리 엄마고 너는 그냥 내 동생이야. 이 오빠가 어디 가냐?”

“그걸 말이라고 해? 몰라. 몰라”

발딱 튕겨져 일어나 뛰쳐나가는 정인을 따라 민식이 서둘러 찻값을 내
고 뒤따라간다. 달려가는 정인을 가까스로 붙잡은 민식은 그냥 정인의 어
깨에 손을 얹은 채 묵묵히 걷는다. 밤바다의 우울한 침묵을 견디지 못하
고 정인이 소리 없이 짙은 흐느낌을 섬에 묻는다.

“정인아! 우리는 변함없는 오누이이고 엄마도 여전히 우리 엄마야. 다
만 한 사람이 더 늘어난다는 것뿐이야. 엄마의 목숨 같은 사람. 너를 이
세상에 존재하게 한 사람. 그 분을 우리는 맞아들일 준비를 하자는 것이
지. 알겠니?”

정인이의 눈에 매달린 눈물이 불빛에 반짝 굴러 내리고 이제 흐느낌은
밤바다 침묵처럼 조용했다.

어린 동생의 상처를 보고 있는 민식이 가슴도 아프다. 검은 하늘을 쳐
다보면서 민식은 기억에도 없는 어미라는 사람을 저주했다. 제 어미가 집

을 뛰쳐나가지 않으면 안 되었던 그 기막힌 사연을 안다면, 그러나 이 아이들에게만은 무덤까지도 몰라야 될 사연이 아니던가.

"나는 앞으로 두 분에게 자식으로서 최선을 다하겠어. 스승이 아닌 아버지로 모실 생각이다. 너는 영원히 사랑하는 내 동생이고 우리는 친남매라는 것을 잊지 마. 오빠는 말이다 니가 선생님 딸이라는 말을 처음 들었을 때 너에게 참 많이 미안했다. 우리만 아니었다면 정인이는 아빠 사랑을 받으며 아주 행복하게 살 수 있었을 것이 아닌가 하고 말이다. 지금도 미안해하고 있어. 그렇지만 정인아! 엄마를 위해서 우리들이 좀 불편한 점은 참아보자. 예를 들면 선생님께서 너를 우리 호적에서 파 가실거야. 그렇게 되면 당장 불편한 것은 하루아침에 장정인이 김정인이 된다는 것이고 그 날부터 네 주위의 친구들은 너를 보는 눈이 좀 어색해 하거나 경멸스러워 하거나 그럴 수도 있을 거야. 적응하려면 니가 많이 힘들 거다. 그 모든 것을 극복할 수만 있다면 너는 아버지를 찾게 되고 엄마는 사랑하는 남편을 만나 십 오년 전의 제자리로 돌아오게 되는 것이지. 그 동안 사랑하는 사람을 보내고 혼자 아이를 낳아야했던 엄마를 생각해봐. 그리고 한 여자를 못 잊고 십 오년이라는 세월을 혼자 사시는 선생님, 아니 느이 아빠를 생각해봐. 조금 있으면 아빠를 만나게 될 텐데 니가 그분을 어떻게 대할지 불안하다. 의연하게 행동해 주었으면 하는데. 그럴 수 있지?"

"엄마 첫사랑 만나게 해 주려고 엄마한테 화장도 시키고 옷도 못 갈아 입게 하고 생전 안하던 짓을 했구나?"

다소 진정을 한 정인이 코맹맹이 소리로 오빠를 올려다보며 예전으로 돌아와 장난스럽게 묻는다.

"응."

민식이 웃으며 정인의 어깨를 감싸준다. 정인도 따라 배시시 웃기는 웃는데 어쩐지 철이 후딱 들어버린 것 같은 웃음이다. 민식은 그것이 또 마음이 아프다.

"우리는 지금까지 사람하고 산 것이 아니야. 천사하고 살았던 거다. 엄마는 천사거든."

민식은 정인이의 어깨에 올려놓았던 팔에 한번 힘을 주고 팔을 내린다.

숙소의 문을 열고 들어가 주인에게 이층 3호실로 전화를 걸어달라고 부탁했다. 인숙이가 받는다. 올라가겠다고 알리고 전화를 내려놓으면서 정인을 쳐다본다. 긴장하고 있는 모습이 역력했다. 민식이는 다시 팔을 올려 정인이 어깨를 감싼다.

'똑똑'

노크소리, 방안에서도 긴장한다. 인숙이가 문을 열어주고 옆으로 비켜섰다. 정남이 눈에 이십년 전 여학생 인숙이가 서 있는 것이 보인다. 감히 눈을 들어 아버지를 쳐다보지 못하고 오빠의 뒤로 숨으려는 갈래머리 정인을 보고 있는 정남은 경이로움에 차마 말을 할 수가 없었다.

"세상에! 저 아이가 내 딸 정인이라니 정녕 내 딸이 맞소?"

정인에게서 눈을 떼지 않은 채 인숙에게 묻는다.

"네에. 당신 딸이에요."

"이럴 수가. 당신 학생 때 모습과 분간을 못하겠어."

민식이가 정인이의 등을 밀며 안으로 들어오고 정남은 이미 자기의 키만큼 자라버린 딸 앞으로 한 발짝 다가선다. 주춤거리는 딸의 손을 잡아본다. 비로소 정인이 눈을 들어 아버지를 보는데 검은 눈에 벌써 맑은 물이 가득 고여 있다. 아버지가 말없이 훌쩍 커버린 딸을 가슴에 안는다.

'지구상에 내 딸이 있었다니, 이렇게 예쁘게 자란 이 아이가 내 딸이

라니'

　정남이의 눈에서도 눈물이 흐른다. 인숙이의 눈에서도 민식이의 눈에서도 감회에 젖은 눈물이 고인다. 정남은 정인을 안았던 한 팔을 풀어 곁에 있는 인숙이를 안는다. 그러자 정인이가 오빠를 찾아 네 사람이 동아리가 되어 있다. 깊게 아프게 사랑한 결정체였다.

그녀에게는 이제 오랏줄이 감겨있었다

정남은 이제 그토록 사랑했던 인숙과 그토록 서원(誓願)하던 결혼을 할 수 있었다. 정인이의 호적을 옮기고 아이의 아버지로, 한 여자의 남편으로 가족이 형성된 삶에서 지나간 삶을 보상받고 싶었다. 사랑을 찾았으니 이제부터는 행복해지고 싶었다. 그래도 된다고, 그렇게 살 수 있다고 믿었다.

그런데 인숙에게는 족쇄 대신 아이가 셋이나 딸린 과부라는 오랏줄이 그녀의 몸을 칭칭 동여매고 있었으니, 그녀와 결혼을 하고 싶은데, 내 딸을 찾아 가정을 이루고 싶은데, 그리하여 남은 세월에서 지난 세월을 몽땅 보상받고 싶은데, 죽음의 강 같은 세월을 넘고 보니 다시 벽이었다. 높고 높은 벽이었다. 너무 높아 끝이 보이지 않는 벽이었다.

정남은 배를 타기 위해 선착장에 서 있다. 양 명절이나 조상 제사상에 술을 올리기 위해 마지못해 배를 타던 그가 명절도 아닌 평일에 주말을 끼고 고향에 가기 위해 육지로 가는 배를 타려는 것이다.

고향에는 칠순을 바라보는 어머니가 아직도 눈만 뜨면 며느리 타령이요, 형이나 형수도 혼자 섬에 틀어박혀 있는 동생을 이해할 수 없다고 야단이었다. 형수는 시동생이 아무래도 남자구실이 부실한 모양이라고 아예 드러내놓고 비아냥거렸다가 남편에게 된통 야단을 맞기도 했다. 그만 못한 총각들도 삼십 이전에 벌써 아이 두셋쯤은 딸려 있는데 직장도 확실하겠다 멀쩡한 청년이 사십이 가깝도록 장가는커녕 오지 섬에 처박혀 꼼짝을 하지 않고 있으니 누구라도 한번쯤은 그런 의혹을 가져볼 만도 했다. 아마도 결혼할 여자가 생겼다고 한다면 동네잔치라도 할 판이다.

그런 늙다리 노총각이 칠순 노모에게 열다섯 살 난 딸이 있음을 알리러 가려는 것이다. 사랑하는 여자가 있어 결혼도 하려고 한다는 말씀도 드릴 것이다. 이제 어머니나 형님이 그렇게 원하시던 대로 유배지 같은 섬에서 나오겠다고 도 할 것이다. 내 딸이 얼마나 예쁜지도 말할 것이다. 이름도 알려줄 것이다. 정인이라고. 그런데 정남은 지금 무거운 쇳덩이를 발목에 매단 것처럼 다리가 무거웠다. 마음도 맷돌처럼 무겁다.

소풍가서 보물 찾는 시간이 되면 달뜨던 마음이, 온 사방을 샅샅이 뒤질 때의 기대가 시간이 지날수록 어딘가에 있을 것 같으면서 보이지 않는 초조감에서 결국 빈손으로 되돌아 올 때의 허망함, 지금 정남이의 마음이 돌아올 때는 결국 빈손일 것 같은 기분이다.

처녀가 착하겠다, 키도 크고 예쁘겠다, 나이가 좀 많기로서니 아들이 노총각 늙다린데 그리 문제 될 것이 있을까마는 그러나 아들이 데리고 온 여자는, 자식 없는 청상과부라 해도 까무러칠 노릇이건데 아이가 하나도 아니고 셋씩이나 딸린, 그것도 남편 사별한 지 반년도 안 된 과부로 되어 있다.

길길이 뛰는 어머니에게 다른 것은 몰라도 어찌어찌해서 정인이만은 내 딸이라고 우겨보기는 하겠지마는 아들의 말을 듣는 순간 어머니 입에서는 아마도 더 민망한 소리가 터져 나올 것이 뻔했다.

'서방 있는 년이 샛서방까지 봤었구먼. 그래, 씨 다른 자식까지 낳아서 본서방 자식이라고 여태 쇡이고 살다가 본서방 죽으니께 인제 샛서방 찾어 와? 이게 니가 뿌린 씨니께 날 책임져라 하더란 말여? 그런 순 화냥년 같으니라구. 그런 지집을 내 집 며느리로 들이란 말이냐? 이 썩어빠질 놈아. 그래 서방이 없다면 몰라도 밤낮 서방 끼고 사는 년이 니 자식이라고 한다고 그걸 믿는 놈이 등신이지, 그런 년 말을 곧이듣고 니 새끼라고 믿는단 말여? 어이구 어쩌다 저런 등신을 내 속으로 낳으까. 내가 얼른 죽어야지 이 꼴 저 꼴 안 볼라면 내가 어서 죽어야지. 애비야 어디 농약 남은 거 없냐? 마시고 눈 딱 감고 갈란다.'

고향집이 보이고 멀리서도 작은 아들임을 알아본 어머니가 구르듯이 달려 나온다. 두 손을 들어 바닷바람에 거칠어진 아들의 얼굴을 쓰다듬는데 투박한 손바닥에 쓸려 살갗이 아리다.

"웬 일이냐, 니가? 맹일도 아닌디 집이를 다 오고?"

"엄니! 이 아들이 그렇게 반가워?"

"그람, 그람. 짐승도 제 새끼 떨어지면 보고 싶어서 우는디 이놈아, 에미가 자석 안 반가우면 뭐가 반갑겄냐."

"엄닌 그 동안 별일 없으셨수? 울 엄니 더 젊어졌네."

"이놈아, 니놈이 여직 몽달구신처럼 섬에나 처백혀서 그라고 있는디 날마둥 피를 말리고 있는 이 에미가 워치케 더 젊어지겄냐?"

"둘째며느리가 그렇게 보고 싶우?"

"그람, 내가 눈을 감을래도 니놈 땜에 못 감잖여? 니놈 장개 가는 거 보구 죽어야지 그 안에는 나 눈 못 감는다."

"그럼 나 장가가면 바로 엄니 눈 감을라고? 어이구, 차라리 나 보고 장가가지 말라는 소리 아녀? 너 장가가면 나 죽을란다 하는데 엄니 죽으라고 내가 장가를 어떻게 가."

"이눔 자석이 또 이 늙은 에미를 놀리고 그랴."

아들의 등짝을 '철퍽' 한 대 때리면서도 너무 아프게 때린 것 같은지 때린 자리를 문지르면서 두 모자는 마당으로 들어선다. 형수가 반기고 들에서 돌아온 형은 아우를 보자 놀라기부터 한다.

"형! 저 왔수."

"어? 니가 어쩐 일이여? 육지로 발령난 거?"

"아직은. 허지만 이제 섬 생활 그만 할라고."

"아이구우, 오랜만에 듣던 중 반가운 소리여. 웬 바람이 불었냐?"

그때 부엌에 있던 형수가 빠질 사람이 아니다. 냉큼 고개를 내밀더니,

"데련님! 그럼 결혼도 할 거쥬?"

"예, 그런저런 의논 좀 드리려고 왔어요."

"으이? 뭐여? 그람 이번에는 장개도 들겠다 이 말이냐?"

"아이구, 울 엄니 돌아가셨다가도 벌떡 일어 나시겠네."

그때 수돗가에서 얼굴을 씻고 일어난 형이,

"너 생각 잘 했다. 엄니는 자나 깨나 니 걱정뿐이서. 그 때 수돗가에서 얼굴을 씻고 일어난 형이, 동생헌티 도통 관심이 읎다구 애먼 느이 형수하고 나만 들볶으시잖냐. 어이 배고파. 저녁 아직 멀었남?"

"다 됐슈. 밥만 푸면 돼유."

밥 푸다말고 턱 쳐들고 있던 형수가 서둘러 부엌으로 들어가고 여태 마당을 끼웃거리며 먹을거리를 밝히던 달구새끼들도 하나 둘 제 집으로 올라간다.

밥상 앞에 앉으니 구수한 청국장 냄새가 고향집임을 실감케 했다. 오랜만에 보는 작은 아들 곁에서 아들이 먹으려는 반찬을 냉큼냉큼 앞으로 밀어주는 어머니를 몇 번 제지해 보지만 노모는 막무가내다. 임금님 수라상도 아닌데 아들 팔이 안 닿을까 싶은지 아들이 숟가락을 놓을 때까지 계속했다.

밥상을 물리고 삼촌이 장가를 가든지 오든지 관심이 없는 조카들은 제 방으로 들어가고 어른들만 동그마니 모여 앉아 본격적으로 본론에 들어

간다.

"에미야! 왜 접때 그 참한 처자가 아직도 시집을 안 갔다고 했쟈?"

"예, 근디 나이가 인제 너무 많지 않으까유? 아마 삼십 중반은 넘었을 거여유. 데련님이 삼십이 거의 됐을 때 혼인 말이 오고 갔었으니 께유. 지금에사 말이지만 처녀는 정말로 아까워유. 그 집도 너무 고르다가 망친 겨. 그 부모는 우리 집으로 보내고 싶어서 얼매나 안달을 했는데유. 접때는 친정에 갔다가 우리 데련님도 아직 결혼을 못했다고 했더니 은근히 좋아허는 눈치가 아주 훤하게 보이더라구유."

"에미야! 그럼 느이 친정에 기별 좀 넣어 보거라. 아무래도 그 처자허고 연분인갑다."

"그려, 정남이 나이는 청춘인감? 쟤도 사십이 넘은 중년 나인디 뭘."

세 사람이 생선 한 마리를 도마에 올려놓고 찜을 할 것이냐, 탕을 할 것이냐, 회를 칠 것이냐, 결론만 나오면 즉각 도마 위에 두 눈을 껌벅거리고 누워있는 생선을 시퍼런 칼날이 내려칠 기세였다. 정남은 어떻게 말을 꺼내야 할 것인지 난감할 뿐이다.

'에이, 그냥 밀고 나가? 나 여자가 있수, 딸도 하나 있고, 열다섯 살이우, 여자는 서른아홉이고, 그런데 사연이 좀 복잡하게 얽혔는데, 식구들이 이해해 주었으면 하우. 사연이란…'

마루를 내려선 정남은 칠순 노모의 처절한 울음소리를 뒤로하고 대문을 나선다. 삼촌이 장가를 가든지 오든지 관심이 없던 조카들이 할머니의 고함소리와 울음소리에 여기저기서 방문이 부서져라 열면서 튀어나오고 방금 형이 투박한 손바닥으로 후려친 뺨이 얼얼하다.

인숙이 몸을 묶고 있는 오랏줄을 이해하려는 가족들은 아무도 없었다.

인숙이가 어머니의 입에서 여지없이 화냥년으로 둔갑하여 튀어나오자 정남은 사랑하는 내 여자를 화냥년으로 둔갑시키는 어머니를 향하여 악을 써대다가 곁에 있던 형에게 냅다 귀싸대기를 얻어맞은 것이다.

고향에서는 명숙이가 남편, 자식, 홀어머니까지 모두 팽개치고 샛서방 따라 도망쳐버린 화냥년이 사정없이 돼버리더니 인숙은 남편 있는 집에 샛서방을 끌어들여 자식까지 낳아 본남편 호적에 입적하여 키우는, 어쩌면 샛서방 따라 도망간 여자보다 더 간 큰 화냥년이 되어 어머니 입을 통해 튀어나왔다. 공교롭게도 두 자매는 똑같이 듣기에도 민망한 화냥년이 되어버렸다.

정남은 그 길로 집을 나와 택시를 탔다. 그는 기사에게 장거리를 갈 수 있느냐 묻고는 인숙이가 사는 고장을 일러 준다. 잠깐 어머니를 뵙고 아내와 자식들이 있는 집으로 돌아가는 것처럼 자연스럽게 인숙이 집 앞에서 내린 그는 택시를 보내지 않고 인숙에게 전화를 건다.

인숙은 마침 저녁 설거지를 끝내고 손에 크림을 바르다가 전화를 받았다. 잠깐 나오라는 소리에 집안에서 활동하기 편한 밤색 추리닝 바지에 감색 파커를 걸치고 서둘러 나간다. 파카는 원래 민희 것인데 몸 치수가 비슷해서 같이 공동으로 입는 옷이고 마음이 급하다보니 신발도 민희가 신던 것을 꿰신고 있었다.

정남은 길가에 빈 택시를 세워놓고 서서 담배를 피우고 있다가 인숙이가 가까이 다가오자 택시 뒷문을 열고 여자를 밀어 넣는다. 이미 사방은 먹물처럼 까맣고 지나다니는 자동차 불빛에 먹물이 갈라지다가 다시 합치기를 반복한다.

이번에도 인숙은 어디를 가는지 묻질 않았다. 정남은 창밖으로 고개를 돌리고 까만 어둠속만 죽어라고 쳐다보고 있는 여자의 손을 찾아 잡는다.

여자의 고개가 원위치로 돌아와 부끄러운지 고개를 숙이고 이제 남자가 까만 창밖으로 고개를 돌리면서 혼자만의 한숨을 삼킨다.

그들은 한적한 여관을 찾아 들었다. 누가 먼저랄 것도 없이 두 사람은 목이 마르고, 인숙이도 이미 그리운 사람 앞에 몸이 열리는 여자가 되어 갈증을 느낀다.

두 영혼은 그들의 젊음을 묵혔던 세월 속으로 거슬러 올라간다. 알을 낳기 위해 흐르는 물을 거슬러 오르는 연어처럼 오르고 또 오르고 지치도록 오르고도 그들의 보상은 채워지지 않는다. 게다가 정남은 어머니에 대한 반항심이 빵을 부풀리는 누룩처럼 보상을 한껏 부풀리고 있었다. 그는 차라리 여자를 학대하듯 탐닉했다.

채워지지 않은 보상은 우열의 승부를 가리지 못한 채 이미 지쳐있음에도 흐느적흐느적, 싸움을 계속하는 선수들의 움직임처럼 끝을 내려 하지 않는다. 땀에 젖은 채 충분히 지쳐 있을 때 두 사람은 이제 내가 너고 네가 나인 듯, 내 몸이 네 몸이고 네 몸이 내 몸인 듯, 마치도 오랜 세월을 살 부비고 살아온 부부처럼 서로가 편안했다.

정남은 엎디어 담뱃갑을 더듬어 찾는다. 인숙은 담배 한 개비를 빼내어 정남이의 입에 물려주고 불을 붙이려는데 더듬던 손이 인숙이의 손을 잡는다.

여자의 손에 쥐어진 라이터를 뺏어 담배에 불을 붙이더니 담배에 기갈 들린 사형수처럼 한 모금을 깊게 들이 마신다. 담배 한 개비가 다 소실될 때까지 침묵이 조용히 침잠하고 있었다.

담배를 비벼 끈 정남은 몸을 돌려 여자에게 팔베개를 해주고 천장을 바라보면서 혼잣말처럼 나직하게 말을 한다.

"나, 어머니에게 다녀오는 길이었어. 우리의 사이를 말씀드렸지. 우리

딸 정인이도 알려드렸어. 예측 못한 바 아니었지만 아무도 이해하려고 하질 않아. 어머니나 가족들에게 서운한 생각이 들더군. 그러나 후련 해. 이해해 주길 기다릴 필요까지는 없어. 내일부터 나는 당신하고 혼인신고부터 하겠어. 내 딸도 찾겠어. 장정인이 아닌 김정인을 찾겠어.”

“…미안해요. 그때는 나도 벼랑 끝처럼 막막했어요. 정인을 앞세워 당신 앞길을 막을 수는 없었어요. 정인이 출생신고를 할 때 괴로웠던 제 심정을 어찌 말로써 다 표현이 되겠어요. 용서하세요.”

“아니, 나는 당신이 용서가 안 돼. 나를 찾아 볼 생각을 해야지, 그런 불한당 같은 인간을 내 아이의 애비로 만들어버린 당신을 어떻게 용서 할 수 있다고 생각해? 당신 하나 그 지경이 된 것도 피가 될 노릇인데 내 피가 흐르고 있는 내 아이를 감히, 어떻게 당신 그렇게 경솔할 수가 있어. 그러나 지금에 와서 어쩔 수 없는 일이고 이제부터 바로 잡아야 해. 당신은 내가 하는 대로 따라오기만 해.”

“민식이 아버지는, 물론 자업자득이겠지만 평생 사람대접 한 번 받아보지 못한 사람이에요. 소같이 일만 했고 우리 네 식구 평생 살아갈 수 있게 만들어 놓고 갔어요. 정인 아빠! 이미 이 세상사람 아니잖아요. 우리 민식이를 봐서라도 너무 경멸하지 말아주었으면 해요. 가끔 우리 정인이가 아장아장 걸어 마중을 나가 같이 나란히 들어오곤 했는데 그때 그의 얼굴에서 처음으로 평화라는 것이 보였어요. 언젠가 정인이가 밖에서 놀다가 이웃집 개한테 놀래 자지러지게 우는 것을 보았던가 봐요. 벼락같이 개한테 대들어 작대기로 패는데 정통으로 머리를 맞은 개가 비명을 지르며 달아나고, 며칠 후에는 아무것도 모르는 개 주인이 개가 병이 들었는지 밥을 안 먹는다고 걱정하는 소리를 들었어요. 다행히도 죽지는 않았어요. 제 자식은 아니지만 정인을 많이 좋아했던가 봐요. 자기애들은 그 아버지 곁

에 얼씬도 하지 않았었거든요. 우리 정인이 때문에 마지막으로 인간으로
서의 감정을 느껴보고 갔는지 모르죠. 세상에서 가장 불쌍한 사람이라는
생각이 들어요. 그것은…"

인숙은 잠시 망설이다가 아주 어렵게 덕배가 입원했을 때 의사로부터
들었던 덕배의 상태를 얘기 해 주었다.

"칼부림이 있던 날 그리 되었던 것 같아요."

"……."

잠자코 듣고 있던 정남이 대답은 없고 담배 한 개비를 다시 꺼내어 다
태우고 나서 그는 용서가 안 되면서도 인숙을 안쓰러운 듯이 가슴에 안는
다. 그리고 죽은 세월의 보상행위가 다시 시작되고 인숙은 그것을 용서의
응답으로 받아들인다.

아들의 여자

인숙이가 사놓은 땅은 신도시가 들어서는 중심부가 될 거라는 소문이 돌면서 하루가 다르게 다락같이 뛰고 있었다. 그토록 순진무구하던 인숙은 어느 날부터 복부인이 되어 있었다. 썬캡을 눌러쓰고 농기계를 몰고 들판을 향하던 그녀는 이제 버스를 타고 나가 중개소 문턱을 넘고 있었다. 부동산경기가 활발해지자 여기저기 우후죽순처럼 중개소 간판이 얼굴을 내밀었다.

인숙은 닳고 닳은 중개인들에게 휘둘리지 않을 만큼 영악했다. 중개인들은 그녀의 차분하고 순박한 모습을 보고 덤볐다가 차분하게 거절을 당하곤 했다. 그녀는 중개인들의 장황스런 설명 없이도 비싼 값에 땅을 내놓을 줄 알았고 변두리로 들어가 싼값으로 더 많은 땅을 매입 할 줄도 알았다. 그 땅은 얼마 안가서 또 다시 메뚜기 뛰듯 뛰어오르곤 했는데 신도시가 들어서는 그 주변이 머지않아 덩달아 개발이 되었기 때문이다. 부뚜막에 오르는 데는 얌전한 강아지가 따로 없다더니 봄바람 같은 그녀가 폭풍같이 드센 복부인이 될 줄이야.

그녀는 부동산을 드나드는 복부인들처럼 눈썹에 진한 문신을 하거나, 화려한 옷차림으로 번쩍거리는 보석을 줄줄이 늘어뜨리거나, 굽실대는 중개인 앞에서 교만을 떨거나, 여기저기 땅이 있음을 온 몸으로 뻐기는 걸음으로 걷거나 하지 않았다.

그녀가 부동산 시세를 알아보기 위해 중개소에 들어가면 중개인은 일단 화들짝 반기던 얼굴에 점점 실망의 빛을 띠우면서 어디 사글세나 전셋집 나온 것부터 머릿속에 그리기 시작했다. 아니면 여태 상담하던 손님이 행여 일어나 나가버릴 것만 두려워 아예 무시해 버릴 때도 있었다. 그래도 그녀는 중개인이 하품할 만큼 한가할 때까지 기다릴 줄 알았고 그녀와 상담 도중 중개인의 얼굴에서 순간순간 경이와 희열이 나타나는 것도 볼 줄 알았다.

중개인 입장에서는 소박데기 같은 여자가 의외로 큰손임을 알았을 때 그 놀람과 이런 여자쯤이라면 내 손아귀에서 인절미 주무르듯 할 수 있을 것 같아 내심 속으로 쾌재를 부르게 되는데 그러나 인숙은 상관하지 않았다.

중개인 혼자서 들뜬 마음에 혀가 말릴 만큼 바짝 침이 마를 때까지 긍정도 부정도 하지 않고 듣는다. 일어날 때는 살포시 웃는 것으로 상대방에게 기대를 걸게 만들고 문을 나서면 중개인은 길거리까지 따라 나와 땅에 떨어진 돈이라도 줍듯이 허리를 굽혀 인사를 했다.

졸업을 한 민식은 본교의 대학병원 약사로 근무하고 있었고 민희는 지방공무원시험에 합격하여 시청공무원이 되었다. 인숙은 민식에게 대전에다 아파트를 한 채 사 주었다. 굳이 독립을 하고 싶다는 민희에게도 우선 작은 평수의 아파트를 사서 내보냈다.

그의 아비가 소처럼 일한 결실을 인숙은 그의 자식들을 위해 아끼지 않았다. 인숙이도 살던 집을 팔고 신도시 아파트로 입주했다. 새 아파트에 입주하자 인숙은 맨 먼저 정남이를 불러들였다.

정남의 노모가 '너무 오래 살아 못 볼꼴을 본다' 고 울부짖던 날, 형님의 투박한 손바닥이 따귀를 사정 두지 않고 올려 치던 날, 택시를 잡아타고 무작정 인숙을 불러내어 여관방에 들어가 그들에게 이미 죽은 세월의 보상으로 결렬한 행위를 멈추지 않던 날, 정남은 인숙에게 혼인신고부터 하겠다했었다. 그 때 인숙은 좀 더 기다리자고 했다. 정남은 불같이 화를 내며 내 딸 정인을 한시라도 빨리 데려와야 하므로 안 된다고 했고, 인숙은 교육자로서 명예도 있겠고 무엇보다도 부모형제와 의절하면서까지 서둘 필요가 있느냐고 달랬다.

그 이후로 두 사람은 만나면 목이 타는 격렬한 행위 뒤에 언제나 그 문제로 옥신각신 다투었다. 그날도 두 사람은 목마른 사랑을 한 뒤에 인숙이 제안을 했다.

"정 그렇다면 제가 가족들을 한 번 만나 뵈면 어떨까요?"

"뭐라구? 우리 어머니를? 우리 형님을 뵙겠다구? 그건 안 돼. 당신한테 상처가 될 꺼야."

"어차피 한 번은 뵈어야 될 분들이잖아요?"

"솔직히 난 자신 없어."

"그렇다고 어떻게 부모 형제도 모르게 혼인신고를 해요? 도둑처럼 살 수는 없어요. 죽도록 얻어맞더라도 공포(公布)를 살아요. 가족이잖아요."

이 여자, 어찌 저리 담대한가, 감히 호랑이 굴속에 들어가 보겠다니. 저 여린 어디에 그런 담대함이 숨어 있는가. 그랬다. 여느 여자들과는 감히 겨루어 볼 수 없는 여자였다.

어린 나이에 그토록 잔혹한 박해를 당했다면 적어도 정신분열증이라도 일으켰어야 했다. 지금쯤 어느 정신병원에 갇힌 채 폐인이 되어 웅크리고 있을 수도 있었다. 그러나 툭 털고 일어난 그녀는 번득이는 칼날을 등에 깔고 자면서까지 사지에 눌러 앉아 병든 어머니와 어린 조카들을 지켰다. 처음 사랑해본 남자를 보내고 그 핏줄을 혼자 낳고 기르면서도 사지를 벗어나지 않은 여자다.

그녀가 살아온 숱한 고난에 비한다면 지금 그녀는 사랑하는 남자의 가족으로부터 멍석말이 몰매를 맞는다 해도 찾아갈 여자다. 그녀는 몇날 며칠을 졸라 정남이의 허락을 받아냈다.

시댁에 가는 날, 비교적 단아한 옷차림으로 집을 나섰다. 진한 쥐색 니트 투피스에 베이지색 코트를 걸쳤다. 목이 길어 늦가을의 쓸쓸함이 드러나 보이는 목에는 검정과 흰색이 어우러진 실크 머플러를 느슨하게 둘렀다.

윤기 있는 머리가 어깨에서 출렁인다. 정남을 다시 만나고부터는 머리를 고정시켰던 핀을 빼 버렸다. 정남이 원하기 전에 스스로 행한 행위였다. 이제 이웃을 의식하지 않아도 되었고 그만큼 빛바랜 여자로 살았으면 충분했기 때문이다.

청바지에 체크 남방을 걸치고도 무색하지 않은 미모였는데 요즘에는 험한 농사일도 하지 않고 계절에 맞춰 옷을 바꿔 입고 나서면 마주치는 사람들을 돌아보게 만들었다. 흰색 피부가 창백해 보였지만 가을여자라는 제목으로 어느 잡지책 표지 모델에 담아도 될 것 같은 분위기다.

그녀의 양손에는 며칠 전부터 고심하여 준비한 선물꾸러미가 들려있었다. 백화점에서 어머니에게 드릴 밍크 숄을 고르는데 정남이가 고액 가격에 놀라면서 한사코 말렸지만 그녀의 고집을 꺾진 못했다. 어쩌면 혼수예물이 될 수도 있을 것이라는 엉뚱한 생각이 들기도 했지만 그러나 내 아이의 할머니라는 생각이 그녀의 마음을 더 달뜨게 했다. 형님 선물을 고를 때에는 내 아이의 큰 아빠, 형수님의 선물을 고를 때에는 내 아이의 큰 엄마, 친척하나 없이 외롭던 그녀는 갑자기 마음이 풍요로워지면서 풍선처럼 부풀었다.

그들이 마당에 들어설 때는 그리 늦은 시간은 아니었지만 사방이 어둑해져 있었다. 일부러 어둑해질 시간을 택한 것이다. 행여 며느릿감을 직접 보고나면 마음이 돌아설지도 모르는 가족들과 하룻밤이라도 같이 지낼 수 있으리라는 계산에서였다.

농사짓는 시골답게 정리가 되지 않은 마당이 평생 농사를 지었던 인숙이의 눈에 그리 낯설지 않고 정겨웠다. 담 모퉁이 한쪽으로 얼기설기 엮어놓은 닭장에는 이미 고단한 닭들이 푸덕거리며 '꼬르륵 꼭' 잠꼬대를 하고, 마루 밑에서 앞다리에 머리를 얹고 막 잠이 들려던 복술이가 인기척을 듣고 '컹' 하고 짓다가 제 식구임을 아는지 졸린 김에 다시 느긋하게 주저앉는다.

마당에 들어선지 불과 이십분도 못 되어 다시 마당을 딛고 밖으로 쫓겨 나온 두 사람, 늦가을의 냉기가 어깨를 움츠리게 하고 하늘에 박힌 별들이 유난이 차가워 보인다.

양손에 들려있던 선물 꾸러미들은 진작 마당에 내 팽개쳐져 버렸고, 또다시 노모의 처절한 넋두리 울음소리에 마루 밑에 있는 복술이가 일어나고 잠꼬대 하던 닭들이 놀라 선잠을 깨어 두시럭거린다.

방으로 들어간 인숙이, 내 아이의 할머니에게 큰절을 올리려 하자,

"여기가 워디라고 저런 화냥년을 함부로 끌어들이는 게여. 당장 데리고 나가지 못 허냐?"

"어머니이! 제발."

아들은 내 여자를 화냥년이라 하는 어머니에게 또다시 소리를 지르고, 자리에서 벌떡 일어난 노모가 방문을 부서져라 열어젖히더니 선물꾸러미를 마당으로 휙휙 내던졌다.

저 선물을 고를 때 내 아이의 할머니라서, 내 아이의 큰아빠라서, 내 아이의 큰엄마라서, 얼마나 마음이 풍요로웠던가. 그런데 지금, 마당에서

신음하고 있는 선물 꾸러미들은 넝마가 쏟아놓은 쓰레기만큼이나 초라해 보인다.

제 방에 틀어박혀있던 조카들이 또다시 튀어나오고 형님과 형수는 이미 밖으로 나가고 있는 두 사람의 등짝을 노려보고 있었다.

신작로까지 나오는 동안 두 사람은 그림자처럼 말이 없다. 다만 남자가 여자의 어깨를 감싸 안고 걸을 뿐이다. 가슴이 답답한 듯 간간이 한숨을 토해낸다. 가슴에 얹혀 있는 울분도 토해낸다. 정남은 생각한다. 이 길을 다시는 걷지 않으리라, 지금 이 발길이 마지막이 될 것이다, 내 여자를 거부한 고향의 이 흙을 다시는 밟지 않으리라, 내 여자를 밀어낸 고향의 체취를 나는 기꺼이 잊으리라, 거부당한 만큼 상처가 났을 내 여자를 외면하는 고향 하늘의 별도 달도 바람까지도 나는 모두모두 잊으리라고.

빈 택시가 오래 기다린 두 사람 앞에 멎는다. 택시에 오른 인숙은 핸드백을 열고 도장과 혼인신고를 할 수 있는 서류봉투를 꺼내어 정남이 손에 쥐어준다. 그녀는 이십분도 안 되어 시댁을 쫓겨나오면서 생각했다. 앞으로 더 기다리는 일은 하지 않겠다고.

그렇게 해서 인숙이의 새 아파트로 옮겨온 정남은 이미 혼인신고가 끝난 상태고 다소 시간이 걸리기는 했지만 정인이의 호적도 정리를 했다. 갑자기 성이 바뀐 정인이가 감당하기 어려울 것을 염려한 가족들은 정인을 민희가 사는 곳으로 전학을 시키고 민희와 함께 생활하게 했다. 물론 정인과 헤어지기 싫은 민희가 먼저 제안을 했던 것이고 정남은 그런 민희가 정인이의 친언니 같은 착각을, 제 딸 같은 착각을 잠깐 했었다.

핏줄이란 것이, 정인은 겨울 여행 중에 오빠에게서 전해들은 아버지라는 사람 앞에 섰을 때 낯설음을 느끼지 않았다. 처음 본 남자가 '이 아이

가 정영 내 딸이라니' 하면서 품에 안았을 때 난생 처음 안겨본 아버지의
품은 요람이었다. 심장소리가 가깝게 들리고 온 몸의 전율이 전해 왔었
다.

시간이 흐를수록 아버지 그늘은 부족했던 무언가가 채워지는 완성이었
다. 성장기능이 끝나버린 나이가 되었어도 유아처럼 아버지 눈이 미치는
반경을 벗어나고 싶지 않았고 추락한다 해도 아버지의 팔이 있어 두렵지
않았다. 아버지의 모습에서 언뜻 제 모습이 보일 때면 감동에 북받치기도
해서 차라리 숙연해지기도 했다.

'내 아빠.'

그러다가 혼자만 다 가졌다는 생각에 엄마도 없고 아버지도 없는 언니
와 오빠한테 많이 미안했다. 속이 깊은 아이였다. 아버지가 아무리 좋아
도 너무 친한 체하지 말아야 되겠다는 생각을 한다. 오빠와 언니가 자신
을 멀리 할 것 같아 불안하기도 했다. 어느 날 아버지의 팔짱을 끼고 산책
을 나오면서 정인은 자기의 곤란한 입장을 밝힌다. 아빠가 이해해 주시라
고.

난색을 짓고 있는 딸을 쳐다본 정남이 '다 컸구나' 하며 어깨를 감싸안
아주는데 정인은 아버지의 눈이 잠시 붉어지는 것을 본다.

정남은 그 나름대로 딸 정인을 보면서 간혹 억울한 생각이 없는 줄 아
는가. 세상에 태어나 처음으로 아버지가 되게 해 준 아이한테서 아버지로
서 해 본 것이 아무 것도 없었다는 것이 억울했다. 손가락 두 마디도 안
되는 분홍빛 나는 아이의 발바닥을 보지 못한 것이 억울했고, 응가하는
아이의 찡그리는 얼굴을 보지 못해서 억울했고, 무릎에서 놀던 아이가 바
짓가랑이에 흠씬 싸버린 오줌을 받아보지 못한 것이 억울했다.

땅에 닿지 않는 짧은 다리로 용케 보행기를 밀고 다니면서 깨득깨득 웃

는 모습을 보지 못한 것이 억울했고, 제 키만 한 인형을 업고 있는 앙증맞은 모습을 보지 못한 것도 억울했다. 하다못해 흙바닥에 벌렁 누워 땡강 부리는 아이의 엉덩이라도 한번 철썩 못 때려준 것 까지도. 딸이라서 초경을 치를 때의 겁먹은 모습이라든가. 강낭콩만큼 부풀어 오르기 시작하는 아이의 가슴이라든가, 그 모든 것이 죽도록 억울했다.

어느 날 키가 더 이상 자랄 필요 없이 훌쩍 커버린, 가슴이 봉긋 부풀고 도화꽃송이같이 화사한 얼굴을 하고 나타난 딸이 낯설다기보다는 품에 안아보기에 너무 커버려 가까이 가려다가 멈칫, 서먹함이 느껴질 때, 그래서 또 억울했다.

그래도 잘 자라준 딸이 고맙고 딸을 반듯하게 키운 아내에게 감사했다. 술과 여자로 자신을 학대하는 동안 혼자서 내 아이를 낳은 아내 인숙을 그래서 언제부턴가 용서하고 있었다.

엄마를 죽어도 이모로 바꿀 수 없는 민희는 언제부턴가 정남에게 정인과 같이 아빠라는 호칭을 아주 자연스럽게 쓰고 있었다. 정남이도 덕배처럼 제 자식이 아니지만 민희를 좋아했다. 아껴주고 싶고, 두 남매가 세상을 살기에 부족함이 없게 온 마음을 다 주고 싶고, 그들이 끝까지 행복하기를 아내처럼 진실로 바랬다.

방황

한때, 민희는 하루아침에 엄마가 이모로 바뀌어 버렸을 때, 처음으로 방황이라는 것을 해 보았다. 도서관에다 가방만 내팽개쳐 놓고는 종일 거리를 쏘다니기도 하고 생전 입에도 대 보지 않던 술도 마셨다.

처음 술을 마시게 된 동기는 제대하고 집에 돌아온 지 이틀이 되었다는 고등학교 선배 규종이를 우연히 만나고부터다. 빡빡머리에 시커멓게 그을린 얼굴이 거북스럽더니 활짝 웃는 모습이 보기 좋은 청년으로 변해 있었다.

고등학교 일 년 선배였으나 재수와 국가의 아들로 삼 년 불려가는 바람에 대학에서는 까마득한 후배로 전락한 상태다. 다행히 같은 대학이 아닌 것이 규종에게는 천만다행인 것이다.

민희가 고삼 때 등록한 학원에 그는 이미 재수생으로 들어와 있었다. 우연이었지만 옆자리에 앉게 되었고 동문인지라 이미 낯이 익은 두 사람은 금세 서로를 알아보았다. 그러나 별다른 감정까지는 발전할 틈이 없었고 그가 지방대학이지만 꽤 괜찮은 대학 학과에 들어갔다는 소식만 들었을 뿐이다.

대학생이 된 후 두 사람은 약속 없는 거리에서 약속 없는 시간에 또 한 번 우연히 만난 적이 있었다. 그것도 대도시인 서울 한복판, 가장 인파가 많이 몰리는 동대문운동장역이었다.

4호선을 타기 위해 발 디딜 틈도 없이 빽빽하게 들어찬 사람들은 흡사 지친 영혼들처럼 조용했다. 바로 옆에 제 부모나 자식이 서있다 해도 모를 만큼 자아에 빠져있는 표정들이 건조했다. 구름처럼 몰려든 그 많은 사람들이 내는 소리는 옷 스치는 소리와 아스팔트에 구두굽이 닿는 소리 뿐이었다.

양쪽에서 숨차게 달려온 전철이 아가리를 벌려 토사물을 뭉텅 토해 놓고는 다시 꾸역꾸역 허기진 뱃속을 채우고 있는 중이었다. 그때 선배이자 학원 동기인 규종이 토사물에 섞여 나오고 민희는 허기진 뱃속으로 들어 가고 있는 찰나였다.

서로 눈이 마주치고 자아에 빠져있던 두 얼굴은 금세 의식을 찾은 얼굴로 되돌아온다. 허기진 뱃속을 채우고 막 아가리가 닫히려는 순간 토사물이던 선배가 반쯤 닫히고 있는 아가리를 통해 날렵하게 뱃속으로 뛰어 들어오고 두 사람은 지금까지 계속 만나오고 있었던 관계처럼 깔깔대고 웃었다. 그리고 다음 역 충무로에서 내렸다.

민희 손에는 시집 한권과 소설책 한권 그리고 청바지가 들어있는 쇼핑백이 들려있었다. 책은 안국동 지하 서점에서 무심코 집어서 뒤적이다가 놓기가 아까워 그냥 사버렸고 기왕 나온 김에 청바지나 하나 살까하여 동대문 시장까지 오게 된 것이다.

선배는 요즘 대학에도 들어갔겠다, 머리도 식힐 겸, 정서도 찾을 겸 평소에 배우고 싶었던 기타를 배우는 중이라고 했다. 오늘은 악기점을 순회해 보려고 올라왔다가 청계천이나 종로 쪽에 중고악기점이 있다기에 알아보려고 동대문 운동장에서 내리는 중이었다고 한다.

그날 그들은 목적도 없이 약속 없는 거리에서 약속 없는 시간을 기약 없이 죽이고 돌아다녔다. 얄은 하늘이 심상치 않다 했는데 봄비까지 추적추적 내리기 시작했다.

하늘에서 떨어졌나 땅속에서 솟았는가, 어느새 우산장수들이 여기저기서 우산들을 짊어지고 나타나 호객행위를 하며 돌아다니고 있었다. 그들도 각자 비닐우산 하나씩 사서 쓰고 질척거리는 명동거리를 지나 을지로통을 휩쓸다가 종로5가를 가로질러 자유분방한 대학로라는 곳까지 오게 되었다.

젊음이 용트림하는 거리, 활화산처럼 젊음을 분출하는 거리, 가로수까지도 덩달아 술렁거리는 거리에서 매운 떡볶이로 저녁을 때웠다. 젊음은 그러나 전혀 초라하지 않았다. 부끄럽지도 않았다. 그들은 다시 동대문에서 콩나물시루 같은 1호선 전철을 타고 시달리면서 돌아왔다.

일상생활 안에서 늘 만나는 사람들처럼 두 사람은 서로 아무런 약속도 없이 손을 흔들며 각자 집으로 돌아왔다. 그리고 비오는 거리를 쏘다니다가 매운 떡볶이를 먹었다는 것에 그다지 큰 의미를 두지 않은 채 시간은 가고 지금은 기억에도 없었다. 그런데 그가 교도소에서 방금 출옥한 모습으로 그러나 당당하게 활짝 웃으며 다가오고 있었다.

"헤이! 후배씨. 오래앤만이군."

"어? 그러네? 근데 교도소에서 언제 출옥했어?"

"저런, 교도소라니. 이 몸은 대한민국의 아들로서 나라의 부름을 받고 당당히 병역의무를 마치고 돌아온 지 이틀이 되는 남아 중에 남아를 감히…."

"그러세요? 병역의무 혼자서만 받으신 몸처럼 거창하기는…."

"후배씨는 어딜 가시나?"

"그냥, 날은 덥고, 하늘은 염치도 없이 맑고, 도서관에 죽치고 앉아 있으려니 심술이 나고 해서, 그래서 작정도 없이, 계획도 없이, 그냥 걷고 있는 걸세."

"허허! 선배한테 후배의 그 말버릇 좀 고칠 수 없나?"

"어허! 선배군, 현실을 볼라치면 이 몸이 대선배라는 것을 모르나?"

이렇게 또 한 번 약속 없는 시간에 약속 없는 거리에서 우연히 만난 두 사람은 비가 오던 그날처럼 마냥 쏘다니다가 그 날은 매운 떡볶이가 아닌 생맥주를 마셨다. 민희가 오늘은 술이 먹고 싶다고 했기 때문이다.

규종은 잠시 놀라는 듯 눈을 크게 뜨며 쳐다보고 그때 민희의 얼굴에서 쓸쓸함이 달그림자처럼 덮여 있는 것을 보았다.

그들은 통닭집에 들어가 안주로 통닭을 시켜놓고 500cc 생맥주 두 조끼를 시켰다. 거품이 삼분의 일을 차지한 노란 액체를 내려다보고 있는 민희의 얼굴이 많이 상해 있었다.

대학에 들어가서도 남들처럼 미팅이다, 서클이다, 어떤 올가미라도 씌워서 명분을 만들어 놓고 튀지 못해 안달을 하는 젊음들을 민희는 그다지 선호하지 않았다. 그래서 술을 마실 수 있는 기회가 거의 없었다.

술을 먹고 싶다고는 했지만 막상 술잔을 보니 종지만한 소주잔 같지 않고 목욕탕 같은 어마어마한 크기에 담겨져 있는 액체가 부담스러웠다. 그래도 오늘은 마셔보고 싶었다. 또 지금은 혼자가 아니라는 안도감이, 나도 한번 술이라는 것을 마셔보자는 용기가 객기처럼 솟아났다. 앞에 앉아 있는 선배가 예전 같지 않고 그런대로 제법 믿음직스럽게 보이는 탓도 한 몫을 했고.

건배를 외친 규종은 목이 마른 김에 먼저 벌컥벌컥 들이키기 시작한다. 액체가 식도를 통과할 때마다 선배의 목 줄기가 오르락내리락 하는 것을 쳐다보다가 민희도 목욕통 같은 조끼를 두 손으로 성작(聖爵)처럼 받쳐 들고 눈을 질끈 감는다.

처음 한 모금을 넘기는 데는 쓴맛에 진저리가 쳐졌다. 또 한 모금을 넘겨보았다. 이번에는 쓴맛이 조금 익숙해지려 한다. 세 번째 넘길 때는 쓴맛 뒤에 제법 향기가 느껴졌다. 개운함도 함께. 규종은 어느새 500cc 두 조끼를 비웠고 민희는 한 조끼를 막 비우고 있었다.

"오호 후배씨, 제법인데. 우리 한잔씩만 더 하까?"

민희가 거품 묻은 입가를 훔치며 고개를 끄덕인다. 기분이 묘했다. 하반신이 노골노골 후들거리면서 튜브에서 바람이 빠지듯 기운이 점점 빠져나가는 것 같았다. 이상한 것은 술이 계속 마시고 싶은 것이다. 얼마든지 마실 수 있을 것 같았다. 그때, 종업원이 500cc 목욕통을 앞에 놓고 가자 다시 성작(聖爵)처럼 받쳐 들고 걸신들린 듯이 들이킨다.

"좀 천천히 마셔. 무슨 술을 며칠 동안 술 구경 못한 중독자처럼 그렇게 마시냐?"

"어? 내가 그으랬어?"

술에 대해서는 시쳇말로 초딩인 데다가 초판부터 냅다 1000cc를 마셔버렸으니 온몸을 지탱해주는 근육들이 연체동물처럼 흐느적거렸다. 입안에 있는 혀조차도 말려 올라가서는 제 자리를 찾아오지 못하고 있었다.

"후배씨! 괜찮아?"

"내가 뭐어얼."

"야, 그만 마셔라. 안 되겠다."

다시 가져온 500cc를 규종이 자기 앞으로 끌어오는데 흐느적거리는 팔을 춤을 추듯이 흔들면서 붙잡으려한다.

"야, 선배군아! 이리 주라 했다아. 나 더 마실 수 있다고 했다아."

"안 돼! 그만 마셔. 자 그만 일어나자. 바람이라도 좀 쏘이자. 일어나."

민희의 양쪽 겨드랑이를 부축하여 간신히 밖으로 나와 가까운 공원 벤치에 앉힌다. 차가운 음료수라도 사서 먹이려고 일어나려는데 민희가 갑자기 벌떡 일어나더니 한쪽 구석으로 고꾸라지듯이 달려간다. 처음 입에 대보는 술을 돼지가 구수에 부어놓은 구정물 들이키듯이 했으니.

‘웨액, 웩.’

규종은 가게에 가는 것을 포기하고 민희의 등을 열심히 두드린다.

“토할 수 있으면 다 토해버려.”

“…….”

“다 토한 것 같냐? 내가 약 사올게. 저기 가서 좀 앉아 있어.”

민희를 부축하여 벤치에 앉혀놓고 손수건을 꺼내어 입을 닦으라고 내어준다. 일 저질러 놓고 염치없어하는 모양으로 얌전하게 손수건을 받아 입을 닦다가 그만 손수건으로 입을 틀어막더니 수리죽여 울기 시작한다.

“왜 그래? 속이 안 좋아서 그래? 그렇다고 울 정도로 괴로워?”

이번에는 약을 사러 가려다가 도로 주저앉아 온몸으로 울고 있는 민희의 어깨를 다독거린다.

언제나 유아(幼兒) 같은 말간 표정이던 후배였다. 그 맑음은 차라리 청결해서 아무리 가깝게 있어도 이성(異性)으로서의 욕망이 속된 움직임을 하지 않을 것 같았다.

마주보면 반가운 얼굴이지만 돌아서면 기억에서 구태여 꺼내보고 싶은 열정까지 필요로 하지 않는 얼굴이었다. 그런데 오늘 거리에서 만난 후배는 분위기가 많이 변해 있었다. 말간 얼굴 위로 고뇌의 그림자가 드리우고 외로움이 물에 젖은 옷처럼 몸에 철떡 걸쳐있었다. 내 눈이 성숙해졌는가, 민희가 비로소 완전한 여자로 보였다. 어쩌면 날마다 기억에서 꺼내야하는 열정이 필요하게 될지도 모른다는 생각을 했다. 그런데 지금 내 앞에서 온몸으로 울고 있다. 그 동안 후배에게 무슨 일이 있었던 걸까.

민희의 방황은 다행하게도 벽을 향해 고무공을 날리는 스쿼시처럼 규종이 만을 향해 방황을 날렸고 규종은 민희가 성숙해진 여자로 보인 이후로 헤어지고나면 그녀를 기억에서 꺼내는 열정을 쏟고 있었다.

민희도 완벽한 청년으로 변해있고 웃는 모습이 좋아 보이는 규종을 지금 이 시점에서 많이 의지하고 있었다. 그냥 젊음이라고 해두자.

이십 년이 넘는 세월을 같이 산 엄마가 어느 날 갑자기 나는 네 엄마가 아니고 이모라고 했을 때, 민희가 받아들이기에는 엄청난 재난일 수밖에 없었다. 같은 피가 흐르는 혈육임에는 변함이 없다하나 하루아침에 엄마가 이모로 바뀌는데 신발 바꿔 신듯 그렇게 아무렇지 않을 수는 없었다. 일 년 동안 옆에 앉았던 짝꿍을 바꾸어도 한 동안 다른 짝꿍에게 적응이 안 되는 것이 아니던가.

생모에게 버림을 받았다는 배신감보다 엄마가 지금에 와서 내 엄마가 아니라는 상처가 더 컸다. 내 동댕이쳐진 기분이 들었다. 엄마에게 습관적으로 다가서려다가 주춤 멈춰지고, 자신도 모르게 타인처럼 예의를 갖추게 되고, 그러다보니 집 밖이 더 편한 것이 무엇보다 외로웠다. 민희는 나름대로 많이 힘들어하고 있었다.

복학 기간이 아직 남아있는 규종이와 다리 알통이 불거지도록 싸돌아다니다가 막차를 겨우 붙들어 타고 들어오는 날이 많았다. 간간이 코가 비틀어지게 술을 마시고 들어오다 텃밭에 토하기도 했다. 혼자서 감당하기가 너무 버거워 오빠를 붙들고 하소연도 해 보았다.

"오빠는 알고 있었어? 언제부터 알았어?"

"그렇게 힘드냐? 그럴 것 없어. 변한 것도 없잖어."

"변하고 안변하고가 문제가 아냐. 갑자기 살던 집이 없어지고 다른 집에 온 것 같애. 다른 집에 왔어도 잠은 잘 것이고 세끼 밥은 먹을 것이고 도서관에도 가고 하겠지. 변한 것은 없어, 하지만 내가 살던 집이 아닌 것만은 분명하잖어?"

"어렴풋이 기억이 나기는 해. 생모 얼굴은 전혀 기억에 없고 할머니하고 나하고 또 한사람 생모가 아닌가 싶은데 우리 세 사람한테 아버지가 도끼 자루를 쳐들고 달려와서 내가 막 울었던 기억이 나. 하루는 자고 일어나니까 그 여자가 안 보였어. 원래 나는 그 여자보다 지금 엄마를 더 좋아했던 것 같다. 가끔 내가 잠을 자고 있는 동안에 이 엄마도 없어지면 어쩌나 싶어 자다가 벌떡 일어나서 많이 울었던 기억도 나. 버스를 타고 어디를 갈 때면 엄마가 내 앞에 앉아있어야지 뒤에 앉으면 불안했어. 날 두고 이 엄마도 혼자 내려 버릴까봐서. 밖에 나가서도 오래 놀지 못했어. 수시로 들어와 엄마를 확인하고는 했었지. 그래서 항상 엄마 치마꼬리라도 붙잡아야 마음이 놓였었어. 그 불안증상은 엄마가 정인이를 낳고 나서부터 차츰 덜하다가 내가 중학교에 들어갈 무렵부터는 완전히 없어진 것 같어."

"그럼 오빠는 원래부터 알고 있었던 거네?"

"어린 마음에 엄마가 둘인 줄 알았었지. 아버지와 엄마의 관계가 처제와 형부라는 사실은 나도 처음 알았다. 생모가 집을 나간 원인이 아버지한테 있는 것 같기는 해."

"아무리 원인이 누구한테 있던 어떻게 자식을 버리고 그렇게 소식이 없을 수 있어? 더구나 학교 들어갈 나이가 되도록 출생신고도 안 해 놓고. 오빠는 어떻게 생각할지 모르지만 나는 절대로 용서 못해."

"짜식. 이제 너도 그만 원위치하면 안 되겠냐? 집안 분위기가 영 말이 아니다. 엄마가 자꾸만 니 눈치를 보는 것 같단 말야."

"노력해 볼게."

그날은 규종이 연극표가 생겼다고 불러냈다. 대학로에 있는 소극장에서 하는 연극이었다. 젊음이 용트림하는 대학로, 말간 얼굴에 마음도 황량하지 않았던 시절, 우연한 거리에서 우연한 시간에 우연히 만나 계획

없이 갔었던 곳, 추적추적 비오는 거리를 쏘다니다가 매운 떡볶이만 먹고 돌아섰던 거리, 그래도 결코 초라하지 않던 젊음.

이번에는 전철을 타고 서울 혜화역에서 내렸다. 시간이 많이 남아 있었다. 서로 눈이 마주치고 선배가 보기 좋은 웃음을 씨익 웃더니 민희의 어깨를 밀면서 걷는다. 매운 떡볶이 집이었다. 내부 수리도 하지 않고 그대로였다. 주인도 그대로였다. 내부 수리라도 했으면 그냥 나오고 싶었을 것이다. 주제는 떡볶이가 아니기 때문이다. 그들의 얼굴을 밟고 지나간 삼년이란 세월을 다시 보고 싶었던 것이다.

비오는 거리를 쏘다니다가 젊음이 분출하는 거리에서 매운 떡볶이를 먹었다는 것에 그다지 큰 의미를 두지 않았던 그날을 다시 보고 싶었던 것이다. 자리도 같은 자리에 앉았다. 그러나 민희만 느끼는 것인데 그날처럼 떡볶이는 맵지 않았다. 그날처럼 맛있지도 않았다. 그날은 젊음이 결코 초라하지 않았었지만 지금은 마냥 초라한 자신이 보였다. 어미에게 버림받은 몰골이 거기 앉아 있었다.

연극이 끝나고 나니 아직 초저녁이었다. 규종이는 계속 민희의 눈치를 보느라 정작 연극을 제대로 감상하지 못했다. 그는 상대방의 심사를 읽을 줄도 알았고 스스로 입을 열기 전에는 결코 묻지 않는 인내심도 있었다. 상대가 자신을 필요로 할 때까지 함께 있어주는 배려도 있었다.

동대문 근처까지 와서 전철을 타기 전에 민희를 돌아본다. 우울한 후배를 이대로 보내면 안 될 것 같아서였다.

"먼 길 온 김에 이번에는 객지에서 한번 망가져 보까?"

"내 맘을 어찌 그리 영험하게 아는고?"

"선배가 달리 선배더냐. 하루 빛이 어디라고."

"지난번에는 집에 다 가서 집 앞 텃밭에다 실수했어."

"어쩐지, 그날 영 그럴 조짐이 보이더니마는 용케 넘긴다 했더니 결국 텃밭에다 신고했군. 오늘은 무리하지 말자. 간단하게 한 잔씩만 하고 일어나자. 괜찮지?"

"응."

전철역 바로 옆 이층에 생맥주집이 있었다. 올라가는 통로가 너무 좁아 비만인 체구는 사양이란 팻말이라도 붙여놔야 할 것 같았다. 창가로 자리를 잡고 앉았다.

아가리에 거품을 문 500cc 두 조끼가 탁자 위에 놓이고 안주로는 땅콩과 김, 튀김과자 몇 조각에 팝콘이 나왔다. 민희는 내내 기억을 잃은 표정을 하고 있다가 앞에 놓인 팝콘을 습관처럼 집어먹는다.

"후배씨! 오늘 나 만나고 나서 말 몇 마디 한 줄 아냐?"

"어?… 미안해."

"아냐, 아냐, 좀 심심했달 뿐 별 다른 의미로 한 얘긴 아냐. 자, 한잔 쭉 들고."

이번에도 민희는 중독자가 며칠 만에 술 구경한 것처럼 마시고 있었다. 규종이 손을 뻗어 민희가 마시고 있는 맥주조끼를 잡는다.

"오늘은 또 어디에다 신고하려고?"

"아! 힘들어."

규종이 술잔을 잡자 싫증난 장난감 놓아버리듯 하고 두 팔 안에 얼굴을 묻어버린다. 규종은 술잔을 잡았던 손을 거두지 않고 탁자 위에 물처럼 쏟아진 머리칼을 엄지와 검지로 비벼본다. 그러다가 일어나 민희 옆자리로 옮겨 앉아 어깨를 가볍게 두드려준다.

"많이 힘들어?"

"……."

고개를 들어 선배를 쳐다보는 눈에 그렁그렁 눈물이 담겨있었다. 민망하여 서둘러 외면하는 후배의 어깨를 이번에는 살그머니 끌어온다. 단단한 가슴으로 끌어온다. 순순히 끌려와 가슴 벽에 기대어 온몸으로 울음을 삼킨다. 후배에게 무슨 일이 일어나고 있는 걸까.

"가슴이 답답할 때는 긴 한숨을 내쉬면 시원해져. 그것처럼 어떤 이유로 힘이 들 때도 누군가에게 다 쏟아버리면 좀 나아지거든? 우리 어디 가서 소리라도 막 질러 보까?"

"이 시간에? 산에 올라 갈 수도 없고 길거리에서? 고성방가(高聲放歌)로 '삑 뽀 삑 뽀' 백차 타고 싶어?"

"산에 못 갈건 또 뭐야. 우리가 가면 가는 거지."

"그래 가더라도 술은 먹고 가야지."

"아무렴, 옳으신 판단, 천천히 드세요."

기분이 좀 나아진 얼굴로 대꾸를 해 오는 것이 황공스러워서 규종은 얼른 술잔을 쥐어준다.

"선배, 고마워."

"뭐가?"

"아무것도 묻지 않아줘서. 그러면서도 끝까지 같이 있어줘서."

"후배도 그럴 거잖아. 내가 힘들어할 때."

"나는 선배처럼 그럴 수 없을 것 같애. 왜 그러느냐고, 얘기해 보라고, 답답해 죽겠다고, 얘기도 안 하려면서 왜 나를 나오라고 했냐고, 내가 그렇게 만만하더냐고, 다시는 안 만날 거라고, 음 그리고 또, 암튼 상대를 질리게 만들고 말걸?"

"그럼 나도 그렇게 해봐? 왜 그러냐? 답답해 죽겠다. 얘기도 안 하려면서 왜 나를 만나냐? 내가 그렇게 만만하냐? 다시는 안 만나겠어. 음, 또 어떻게 해야 니가 질리지?"

눈을 흘기며 쿡쿡 웃고 있는 후배가 점점 여자로 보인다. 안아보고 싶어진다. 도드라진 입술에 입맞추고 싶어진다. 어느새 욕망이 속된 음모의 지시를 받고 빠른 속도로 움직인다. 열기가 얼굴로 몰려와 머리가 지끈 뚝딱 지끈 뚝딱거리고 가슴에서는 두둥둥 북채 두드리는 소리가 들린다.

하체의 중심부는 이미 발사대를 떠나기 직전의 유도탄이 되어 있었다. 그때 여자가 입을 열고 무슨 얘기를 하려고 한다.

"엄마가 어느 날 갑자기 내 엄마가 아니라고 한다면 선배는 어떨 것 같애?"

"어?…그게 무슨 소리…."

"이십년을 넘게 같이 살고 있는 엄마가 하룻밤 사이에 일어나고 보니 내 엄마가 아니라 하네? 내 엄마는 내가 겨우 돌이 지나고 나서 집을 나가 버렸다네?"

"그럼 지금 엄마는 아버지와 재혼하신 분이고?"

"아니."

"그럼 뭐야?"

"이모래. 이모는 오빠와 나를 키우느라 결혼도 못하고 그리고…."

머리에서 요란스럽던 지끈 뚝딱은 온데간데없고 가슴속에서 두둥둥 북채 소리도 조용하다. 하체 중심부의 유도탄은 불발탄으로 폭삭 주저앉아 고개를 숙이고 있었다.

후배의 말을 액면 그대로 듣고 있자니 도무지 현실감이 나지 않았다. 하루아침에 엄마가 이모로 변해버린 당사자의 충격도 충격이겠지만 물론 충격의 본질이야 다르겠으나 규종이의 충격도 만만찮은 충격이었다. 어떻게 그런 일이 있을 수 있을까. 출생신고조차 되어있지 않은 조카들을 위해서 형부와 혼인신고까지 할 수 있었을까. 더구나 사랑하는 사람까지 보내버리고 그 사람의 자식을 낳았지만 그 아이를 형부의 자식으로 키웠다니. 또한 서류상 혼인관계까지 성립된 남녀가 부부로 연을 맺지 않고 형부와 처제로만 살아 갈 수 있었을까.

민희는 단지 엄마가 아니라는 것에만 충격을 받고 괴로워하지만 어미의 자리에 있는 이모라는 여자는 분명 지상에 발을 딛고 사는 사람이라고는 도저히 볼 수가 없었다.

"이모라는 분 한번 뵙고 싶다. 너는 지금 엄마가 아닌 것만 힘들어하는데, 이모라는 분이 엄마 자리를 지키면서 살아온 세월을 생각해본다면 말이다, 네 괴로움에 앞서 그분의 고통을 먼저 헤아려봐야 할 것이 아닌가 싶다. 그 분은 네가 이렇게 자주 울고 있는 걸 알고 계실까? 만약 알고 있다면 그분은 더 힘들어할 것 같은데?"

"…아마도 그럴 꺼야. 모든 부모가 다 마찬가지겠지만 엄마는 항상 오빠와 내가 밝고 올바르게 자라서 반듯한 사회인이 되기를 원해서. 우리는 아빠하고는 별로 대화를 해보지 않았어. 아빠는 엄마와 우리에게 늘 불친절했었거든. 다른 아이들 아빠들도 다 그런 줄만 알았어. 한 번도 아빠하고 엄마가 같이 있는 것을 보지 못했지만 다른 부부들도 그렇게 사는 것인 줄 알았어. 나는 지금도 엄마랑 같이 자. 어려서 자다가 일어나보니 엄마가 없었어. 엄마를 부르며 막 울었어. 그때 아빠가 방문을 열더니 왜 우냐고 울지 말라고 야단을 쳤어. 그런데 조금 있으니까 아빠가 소리를 지르면서 엄마를 막 때리는 거야. 누구랑 여태 있다가 지금 들어오느냐고 하면서, 오빠와 내가 마당으로 뛰어 내려가 엄마를 감싸 안고 막 우는데 아빠가 오빠랑 나를 하나씩 번쩍 들어서 던져버리는 거야. 그날 이후로 우리는 아빠 곁에 가는 것을 더 꺼렸어. 지금 생각하니 그날 엄마는 사랑하는 사람을 만나고 내려오는 길이었던가 봐. 어떻든 나와 오빠에게는 엄마가 전부였어."

민희는 어느새 1000cc를 마시고도 전처럼 전혀 취한 기색이 없었다. 한 조끼를 더 시킬 양으로 손을 번쩍 들고 있었다.

"괜찮아? 더 마실 수 있겠어?"

"응, 털어놓고 나니 속이 후련해. 나 더 마셔도 오늘은 무사할 자신 있어."

"우리 그러지 말고 여기서는 이것으로 끝내자. 그리고 가다가 술이 좀 깨거든 집 가까운 데서 한 잔씩 더 하지 뭐. 어때?"

"흐응 조오치."

전혀 취한 기색이 없더니 웬걸, 일어나려다가 휘청, 옆에 있는 규종의 옆구리에다 냅다 몸을 부린다. 얼떨결에 팔로 안다보니 몽실한 젖가슴이 손등에 올라와 있었다. 신비하도록 보드라웠다. 그러나 이번에는 욕망이 딴전 피듯 조용히 침묵하고 있었다.

팔 안에 있는 이 여자, 어미의 얼굴도 모른 채 폭력적인 아비 밑에서 이모를 어미로 알고 살아온 여자, 어미가 아님을 뒤늦게 알고 소리죽여 온 몸으로 우는 여자를 규종은 팔에 힘을 주어 안아준다.

그들은 읍에까지 와서 한잔씩을 더하다보니 민희는 막차를 겨우 탈 수 있었다. 막차라서 손님이 몇 사람 없었다. 썰렁한 것이, 거기다 오늘따라 달은 왜 그리 밝은지 모르겠다. 막차를 타기 위해 일어나려는데 선배가 어깨를 감싸 안으며 하던 말이 머릿속을 뱅뱅 돌아다닌다.

"민희야! 많이 힘들지? 그런데 엄마 입장에서 생각해 볼래? 너는 단지 엄마가 아니라는 것에만 국한되어 있겠지만 너희 엄마는 그 어린 나이에 두 조카를 지키겠다고 지금까지 수행(修行)하는 생활을 하면서 여기까지 온 것을 생각해봐. 그런데 그 조카가 날마다 울고 다닌다는 것을 안다면 아마도 너희 엄마는 그 동안 지내온 시간보다 더 많이 힘들어할 거야. 엄마를 생각해서 이제부터 울지 않기."

"……."

한 번 더 가볍게 안았다가 놓아 준다. 속이 깊은 선배라는 생각이 들었다.

차에서 내리자 예나 없이 엄마가 기다리고 있었다. 대학입시 때 학원에서 늦게 돌아올 때마다 거기 서 있던 엄마였다.

차에서 내리면 무거운 가방을 어깨에서 벗겨 받아들고 한 팔로는 내 어깨를 감싸 안고 걸어갈 때면 쌓였던 고단함과 피로가 바람에 분말처럼 날아가지 않았던가.

오늘도 엄마는 그 자리에 똑같이 서 있었다. 내 입에서 술 냄새가 풀풀 날 것이지만 엄마는 모른 척하고 앞장서 걷는다. 그리고 엄마가 독백처럼 하는 소리를 듣는다.

"나는 말이다, 뭐가 제일 억울했는지 아니? 느이 아버지가 세상에 있을 때는 민식이랑 너를 내 자식이라고 떳떳하게 자부(自負)하지 못했던 거, 그게 제일 억울했단다. 엄연히 형부의 자식들인데 내 자식이라고 할 수가 없잖니? 그런데 말이다 너희들에게는 몹쓸 짓이다마는 형부가 세상을 뜨고 나니까 이제 너랑 민식이는 온전히 내 자식이라는 생각에 잠을 이루지 못했다. 너무 좋아서 잠을 잘 수가 없더라. 지금도 내가 얼마나 행복한지 너는 아마 모를 것이다."

'그래. 내 엄마야. 당신은 누가 뭐래도 내 엄마지. 지구가 존재하는 한 내 엄마야. 뭐가 달라졌다고 그래?'

뒤에서 엄마의 허리를 안아본다. 엄마 등에 얼굴을 묻는다.

'엄마 미안.'

생모

　　정남은 오지 근무를 한 보람으로 근평 점수가 높아 머지않아 교감발령을 받는 데 문제가 없었다. 그러나 그의 사생활이 다소 문제가 될 수도 있겠으나 정남은 그깟 교감 따위에 신경 쓰지 않았다. 인숙이 내 곁에 있고 사랑하는 딸을 찾았고 그리고 인숙은 지금 갑부가 되어 있었다.

　　주말이 되면 민식은 두 동생을 앞세우고 집에 와서 주말을 보낸다. 참으로 완전한 가족이었다. 아이들이 오는 날은 전날부터 음식을 만드느라 인숙은 주방에서 아주 많은 시간을 보낸다.

　　생일상처럼 진수성찬을 차린 식탁에 둘러앉아 정남은 민식이를 상대로 스승과 제자가 되기도 하고 선배와 후배가 되기도 하여 근간에 일어난 일들과 돌아가는 사회나 경제를 얘기하면서 간단한 술 대작을 했다.

　　선생님과 합치면서 많이 행복해 보이는 이모를 보고 있노라면 민식은 가슴이 뿌듯했다. 여태 이모의 발목을 채운 족쇄가 되었던 죄의식에서 해방되는 기분이 들었다. 이모 모습이 보기 좋아 전처럼 뒤에서 무심코 안았다가 정남과 눈이 마주치기도 했는데 이상하게 눈치가 보였다. 물건을 만지다가 주인이 나타났을 때의 민망함 같은 눈치가, 그러나 그 주인이 이모가 사랑하는 선생님이라서 든든했다.

　　대학병원 약제실 앞에 있는 의자에 한 중년 부인이 오랜 시간동안 앉아 있었다. 진료를 받고 난 외래환자가 의사의 약 처방을 내고 약을 받아가는 대기실이다.

　부인은 연한 보라색 코트를 입고 있었다. 코트 속으로 코트 빛깔보다 다소 진한 보라색 실크스카프가 느슨하게 흘러내리고 있었다. 부유해 보이는 것이 제법 품위가 있어 보였다.

　약제실 창구에서 호명을 받은 사람들은 하나 둘 약을 받아가지고 돌아가고, 오후 네 시가 지나자 북적거리던 대기실에는 썰물이 빠져나간 듯 빈 의자들만 공허하게 하품들을 하고 있었다. 그런데 한쪽 구석에 앉아 있는 중년 부인만은 그 자리에서 움직이지 않고 그대로 앉아 있었다.

　부인은 창구에서 호명한 환자에게 투약법을 일일이 설명해 주고 있는 직원을 뚫어지게 지켜보고 있었다. 간혹 고개를 푹 숙이기도 하고 눈을 감고 있다가 한참 만에 뜨기도 했다.

　무릎 위에 있는 악어핸드백을 잡은 두 손등에는 힘줄이 불거지도록 힘이 들어 있었다. 잔뜩 긴장한 모습으로 앉아있는 것을 멀리서도 알 수 있었다. 주위가 한산해지자 부인이 자리에서 일어나 조용히 창구로 걸어오고 있었다. 민식이는 민원을 대하는 자세를 흩뜨리지 않고 서서 기다린다.

　"무엇을 도와 드릴까요, 손님?"

　"저어. 장민식이지요?"

　"…네에 제가 장민식입니다만, 저를 어떻게….."

　"초면에 미안해요. 퇴근하고 잠깐 시간을 좀 내줄 수 있었으면 합니다만."

　"저 말입니까? 누구신지….."

　"혹시 이 근처 어디 잘 아는 찻집이라도 있으면 거기서 기다릴게요."

　"네. 퇴근시간이 30분 정도 남았습니다만, 정 그러시다면 정문 앞 길 건

너에 나그네라는 찻집이 있습니다. 거기에서 기다리시면 제가 퇴근하고 가서 뵙지요."

"고맙습니다."

부인은 대화를 하면서도 목에 걸린 장민식이란 명찰을 뚫어지게 응시하고 있었고 너무 긴장한 탓으로 숫제 화가 난 표정이었다. 순간, 민식은 자기가 무슨 잘못한 일이라도 있었던가, 짚어본다.

부인이 돌아서는데 왠지 낯설지 않은 느낌을 받았다. 서둘러 퇴근할 준비를 하면서도 부인의 얼굴이 어른거린다.

'누구지? 어디서 봤지?

찻집 문을 열고 들어가자 구석진 곳에 부인이 앉아 있다가 조용히 일어난다. 민식은 성큼성큼 걸어가 가벼운 목례를 하고 부인과 마주 앉는다. 민식이가 자리에 앉자 부인은 민식의 얼굴을 한번 훑어보더니 이내 고개를 숙이고, 그때 종업원이 차 주문을 받으러 다가온다. 별수 없이 숙였던 고개를 들고 우유와 커피를 시킨다.

민식도 부인의 얼굴을 유심히 바라본다. 차림새로 보나 풍기는 모양이 부유해 보이는 것이 고생을 모르는 부인 같았다. 곤혹스러운지 간혹 손으로 이마를 짚었다가 스르르 내려와 입 언저리에서 맴돈다. 손이 고왔다. 어른 손이 저렇게 고울 수도 있구나 싶었다.

"갑자기 보자 해서 놀랐을 것 같은데."

"네. 좀. 그런데 절 아시는지요."

"… 민식아, 훌륭하게 아주 잘 컸구나. 이 어미를 용서해 달라고는 하지 않으마."

"네? 지금 제 어머니라고 하셨나요?"

"면목 없구나. 내가 무슨 염치로 지금에 와서 어미라고 할 수 있겠냐마는 그래도 자식이 지척에 있다는데…. 여길 찾아오기까지 많이 생각하고 많이 망설였다."

"…그러셨군요. 그럼 그 동안 어디에 계셨습니까?"

"대전에서 살고 있었다. 지금까지 쭉."

"그런데 제가 있는 곳을 어떻게 아셨습니까?"

"작년 겨울에 네 이모가 찾아 와…"

"누가 이모입니까? 함부로 말하지 마세요. 그 분은 제 어머니이십니다."

무거운 저음이었다. 잇새에 노기가 꽉 들어찬 소리였다. 노려보는 눈에 핏발이 보였다. 찻잔이 손아귀에서 바스라질것 같았다.

"……."

"너희들 어미가 엄연히 여기 있으니 이제 그 사람은 이모라고 알려주려고 여길 찾아오셨습니까? 그런 겁니까?"

아닌 줄 알면서 숫제 비아냥거리듯 몰아붙인다.

"그렇게 말하지 마. 낸들 마음이 편했을 거라 생각하니?"

"부인의 맘이 편하고 아니고는 제가 알 바 아니지요. 아무렴 저희 어머니만큼이야 했겠어요? 열아홉 살밖에 안된 어린 나이에 그 어미로부터 버려진 생후 한 살 된 핏덩이와 다섯 살 난 아이를 이만큼 사람 모양으로 만들어 놓았습니다. 병든 할머니까지 수발하면서 말입니다. 그분마저 우리 남매를 버렸더라면 우리 남매는 굶어 죽었거나 요행히 살았다면 아마도 지금쯤 뒷골목 부랑자가 되어 있겠지요. 그 분이 지금까지 흘린 피땀과 피눈물을 짐작이나 하시겠습니까? 그 앞에서 어떻게 부인의 맘이 편하고 안 편하고를 논할 수 있습니까. 출생 신고조차 안 되어 이 세상에 없는 아이들로 되어있는 그런 조카들을 위해서 앞길이 창창한 젊은 처녀가 자청하여 형부라는 사람의 아내로 입적까지 하신 분입니다. 형부라는 사람의 아내라니, 누가 알세라 그 자리가 얼마나 어설프고 군시러운 자리였겠습니까? 그분의 얼굴에서 한 번도 밝은 표정을 본 적이 없습니다. 먹장이 낀 어두운 얼굴로 그 좋은 시절을 다 보내버린 분입니다. 머슴처럼 평생 험한 들일을 하면서 학원비 아끼지 않고 우리들이 하고 싶은 공부 다 시키신 분입니다. 학원에서 늦게 오거나 시험기간 때면 여자 몸으로 들일을 하고 돌아온 고단한 몸으로 우리와 같이 잠도 자지 않고 밤참을 해서 먹이신 분입니다. 우리는 그분의 발목에 채워진 족쇄였습니다. 영원히 탈출을 할 수 없도록 단단히 채워진 족쇄였단 말입니다. 그런 분을 두고 감히 비교하려들지 마십시오. 생모라는 분한테는 자식이 학교에 입학할 나이가 되어도 소식 한 장 없었다기에 이 세상 사람이 아닌가보다 했습니다. 그런데 한 도시 안에서 살고 계셨었군요. 그렇다면 지금 부인의 마음이 그동안 편치 않았다는 것을 알려주고 싶어 찾아오셨습니까?"

새삼 자신이 버려졌다는 사실이 가슴을 치고 올라왔다. 앞에 앉아 있는 여자가 내 어머니라는 것이 더 화가 났다. 생모라는 사람이 저렇게 멀쩡한 모습으로 존재함이 더욱 견딜 수가 없었다. 차라리 절름발이거나 곰배팔이거나 얼굴이라도 비루먹은 개처럼 말라비틀어져 있었다면, 하다못해 손이라도 비생산적인 손이 아닌 땔나무꾼처럼 투박했더라면, 옷이라도 후줄근하게 입었더라면, 초라하다 못해 적선이라도 하고 싶은 모양새라면 이렇게 화는 나지 않을 것 같았다. 이것이 무슨 심보인지.

어미를 경멸하고 있는 자식의 얼굴을 보다가 명숙은 그만 흠칫 놀란다. 친정아버지 죽음 앞에서도 요지부동이던 그 아비인 덕배의 등짝이 보였다. 뒤란에서 헐레벌떡 뛰쳐나오던 그 아비의 몰골이 보였다. 백합 같은 인숙이 짓이겨진 채 빨간 선혈이 장미꽃 잎처럼 흩어져있던 뒷방이 보였다. 도끼로 마룻장을 찍어 내리던, 도끼자루를 쳐들고 돌아보던 그 아비의 시뻘건 눈이 자식의 얼굴에서 선명하게 보였다. 이십년 전의 시간이 되돌아와 시야를 덮었다. 진저리가 쳐지고 아들의 얼굴에서 눈을 내려 버린다.

터진 콩 자루에서 콩이 쏟아지듯이 속사포처럼 경멸을 쏟아내는 아들의 얼굴을 간간이 고개를 들어 쳐다보는 부인의 표정은 극히 담담했다. 처음부터 기대를 하지 않았던 듯한 체념, 그러나 악어핸드백에서 언제 손수건을 꺼냈는지 두어 번 눈물을 찍어낸다. 회한의 눈물보다는 아직도 분하고 원통해서 나온 눈물이다.

처녀가 애를 배고도 할 말은 있는 것이고 서방질을 하다 현장에서 들통난 마당에도 할 말은 있는 것이다. 이 부인인들 치가 떨리는 그 사건을 말할 것 같으면 어찌 할 말이 없겠는가.

저 아이가 내 속에서 나왔다는 실감이 당최 나지 않았다. 그저 지나치던 사람과 우연하게 한 자리에 앉게 된 기분 그 이상도 이하도 아닌 것이다. 자신도 놀라고 있었다.

이십년 만에 만나는 자식이었다. 여러 날을 생각하고 또 생각하여 찾아나선 자식이었다. 처음 자식을 찾아 나설 때만 해도 긴장이 되고 흥분도 되고 그랬다. 창구에 서 있는 아들을 먼빛으로 보았을 때 가슴이 후드득 떨림이 있었다. 그러나 솔직히 지금, 그 아비에 대한 저주 때문인지 아이에게 미안한 마음은 별로 들지 않았다. 물론 아이의 입장에서는 황당할 노릇이겠지만.

내 살 속에서 빠져나온 자식이 훌륭하게 성장하여 비록 내 앞에 앉아 있기는 했으되 조금도 경이롭다는 느낌이 들지 않았다. 더구나 지금에 와서 자식을 버린 어미로서의 죄의식은 더더욱 들지 않았다. 어미를 경멸스러워하는 아들의 얼굴에서 짐승 같은 그 아비의 모습이 선명하게 찍혀져

있었기에 더욱 그랬는지 모른다. 부인은 이내 시선을 찻잔에 떨군 채 되레 격앙된 소리로,

"나를 용서하라고 하지 않았다. 그러나 부탁하겠는데, 다시는 지금처럼 경멸하지는 마라. 내가 비록 너희 두 남매한테 좋은 어미가 되지 못했다마는 그럴만한 이유가 있었다."

"네, 이유가 있으셨겠지요. 인지(人智) 이상으로 집을 나갔다 해도 그 인지 이상이 이유이고, 사랑하는 외간남자 따라 집을 나갔다 해도 사랑했다는 명분이 충분한 이유가 되는 것이지요. 그러나 어떤 이유가 있었는지는 모르지만 어린 두 생명을 거리에 유기할 만큼, 열아홉 살 꽃 같은 젊은 인생을 영원히 묶어놓을 만큼, 그렇게도 절실했던 겁니까?"

"그때는 그랬었다. 도저히 살 수 없는 상황이었다. 적어도 자식들을 유기하는 한이 있더라도 집을 뛰쳐나올 수밖에 없는 상황이었다. 지금도 그 상황이었다면 아마 몇 번이고 똑같은 행동을 했을 것이다."

"그때의 상황을 제가 알면 안 되겠습니까?"

"안돼! 그건…."

단호했다. 곡절이 있어도 아주 끔찍한 곡절이 있었음을 민식은 느낀다. 그렇다고 용서 할 마음은 없다.

"집을 나와서 결혼을 했겠군요. 엄연히 처녀로 되어 있으니 적어도 결혼하는 데는 방해가 되지 않았겠죠. 물론 지금쯤 자녀도 있겠지요? 그런데 새삼스럽게 절 찾아오신 이유가 뭡니까? 버린 자식이 지금은 어떤 몰골을 하고 있는가, 그것이 궁금해서입니까?" .

"그래도 천륜인지라 모른다면 모를까 알고 있는 이상은 가만히 있게 되질 않더구나. 죽기 전에라도 한번쯤은 보는 것이 도리일 것 같았다. 그러나 나 혼자서 결정한 것은 아니다. 작년 겨울에 이모와 상의를 했었다."

"잘못하신 것 같습니다. 차라리 저의 생모라는 분은 이 세상에 없다고 생각했던 편이 훨씬 마음이 편했었는데 말입니다."

"그러겠지. 미안하구나."

"지금까지 불편함 없이 잘 지내셨다면 앞으로도 그렇게 사시기 바랍니다. 저희들도 지금까지 아무런 불편 없이 아주 잘 지내고 있습니다. 그럼 이만 실례합니다."

자리를 박차고 일어나 찻값을 계산하고 있는 아들의 뒷모습을 물끄러미 바라본다. 어떻든 반듯한 모습으로 잘 컸다는 생각을 한다. 순간 그 아비의 모습으로 잠깐 섬뜩했던 마음이 봄눈처럼 녹는다. 자식의 입으로부터 쏟아져 나온 경멸도 그리 섭섭지 않았다. 어미로서 해준 것이 아무것도 없는데 무엇을 더 바라랴. 명숙은 한참을 더 앉았다가 일어난다. 그리고 다섯 살 아이가 저 모습이 되기까지 인숙이의 피맺힌 한을 생각하고 비로소 눈시울이 뜨거워진다.

'인숙아! 못난 언니를 대신해서 죽음 같은 생활을 해야 했던 너에게 용서조차 빌 수가 없구나. 나를 용서하려고 하지 말거라. 너에게 죄인으로 남아 있는 편이 훨씬 편할 것 같구나. 고맙다.'

민식은 찻집을 나와 마냥 걷는다. 명색이 생모라는 사람을 이십여 년 만에 만나고 나오는 길이다. 소설이나 드라마에 나오는 장면을 보면 쌓였던 한과 원망을 주체하지 못하고 울고불고 하거나 술집에 들어가 인사불성이 되도록 마셔대거나. 침대에 눕힐 여자를 사서 언짢은 마음을 쏟아붓는 장면을 흔히 볼 수 있다.

지금쯤 자신도 술집을 향해 가거나 창녀를 찾아가거나 할 만큼 마음이 언짢아야 옳을 일이다. 그런데 참 이상했다. 부인이 생모라는 사실을 밝혔을 때조차 전혀 마음의 동요를 일으키지 않았었다. 마치 마주치는 이웃집 아주머니 같은 느낌이었다. 사실은 경멸할 필요까지 있었을까 후회하는 중이다.

찻집에서와는 달리 지금 생각하니 생모가 불행해 보이지 않고 평온하고 부유해 보이니 한결 마음이 홀가분한 것은 사실이다. 여기에다 동정심까지 베풀어야할 처지라면 어쩌면 더 경멸스러운 말을 사정없이 뱉어냈을지도 모른다. 자식 팽개치고 집나가서 겨우 그렇게 밖에는 살 수 없더냐고, 이십년이 넘도록 소식 없더니 이런 모습 보여 주려고 찾아 왔느냐고.

눈앞에 있을 때는 초라하지 않은 것이 용서가 안 되더니마는 눈에서 멀어지니 초라했다면 더 용서가 안 될 것 같았으니, 무슨 심사일까.

그러나 시간이 흐를수록 길을 걷는 민식의 가슴은 맷돌을 매단 것처럼 묵직했다. 어떻든 생모였다. 이십년 만에 나타나서 자식에게 난자당한 생모의 마음이 헤아려졌다. 조금만 참을 것을. 시야가 흐려지더니 굵은 눈물 한 방울이 속절없이 툭 떨어진다. 어찌 그러지 않으랴, 제 아무리 외면하고 도리질을 해본들 남 같을 것이더냐, 천륜인 것을.

내 살을 찢고 낳았어도 아이에게 사후관리를 해주지 못한 어미는 아이의 마음에서 이미 이방인이다. 성인이 되어도 유아시절의 황량했던 가슴을 숙명처럼 안고 있는 자식에게 천륜은 이미 찢어진 깃발쯤으로 여길 것이다. 성장한 자식 앞에 나타난 새삼스런 어미를 마음에 담아보려 해도 가슴이 외면한다. 자식의 마음이 열리기를 기대한다는 것은 어리석은 일이다. 스치는 이웃과 조금도 다를 것이 없기 때문이다. 어쩌면 자식으로부터 그 동안 받은 상처를 고스란히 되돌려 받을 각오쯤은 해 둘 필요도 있다. 그들의 천륜은 뒤늦게 형태를 갖춘다 해도 어색한 광대에 지나지 않을 뿐이다.

행여 천륜이라는 명목으로 인간의 의식을 지배하는 물질을 필요한 만큼, 또는 그 이상으로 안겨준다면 어떨까. 그럴 능력이라도 된다면 좋겠지. 인간의 육신은 70~80% 수분으로 이루어 졌지만 100% 탐욕으로 구성된 인간의 의식은 절대로 물질을 외면하지 않을 것이며 어미로 인하여 황량했던 가슴을 물질로라도 보상받아 꼭꼭 채우려 들 것이다. 그러나 용서까지는 바라지 않는 것이 현명하다. 버려진 상처는 영원히 아물지 않고 조금만 건드리면 화농이 되어버리는 고질병이기 때문이다.

아내의 멍에

　인숙은 정남과 합법적인 부부생활을 하게 되면서 여느 부부들과 같이 토닥토닥 싸워보기도 하고 때로는 각방을 쓰며 시위를 하기도 한다. 인숙은 남편에게 맘 놓고 쫑알대기도 하고 정남은 그런 아내에게 눈을 부릅떠 보이기도 한다. 그러나 쫑알대는 입에는 악의가 없고 부릅뜬 눈에는 노기가 없었다. 남편을 위해 음식을 장만하고 있는 아내의 등 뒤에서 엉덩이를 주무르는 엉큼한 남편에게 아내는 참지 못하고 슬금슬금 맞장구를 쳐주다가 오밤중에나 저녁을 먹게 되는 일도 많았다.

　저녁시간 거실 소파에 묻혀 텔레비전을 볼 때는 어느새 팔다리가 서로 엉켜 있고 더듬는 남편의 손길을 아내는 거부하지 않는다. 그대로 잠들어 버렸다가 어쩌다 집에 들른 아이들에게 민망한 모습을 들켜버린 적도 있었다.

　아내가 욕실에 들어가면 따라 들어가 네가 나고 내가 너인 듯 샤워도 같이 했고 짙은 수증기를 마시며 사랑도 했다. 여름 한 계절, 학부형과 담임선생 신분으로 산에 올라 밀회를 할 때의 신선한 두 젊은 가슴은 살인적인 절제를 하느라 날마다 지옥이었었지만 이제 그들은 동물적 감각이 존재하는 시간들을 때와 장소에 구애받지 않고 즐겼다.

　아내는 남편에게 잔소리를 하면서도 미움이 없고 남편은 아내의 잔소리가 귀에 거슬리지 않는다.

　비록 웨딩드레스는 입지 않았어도, 틀에서 찍어내는 빵처럼 삼십분에 한 쌍씩 찍어내는 결혼식장의 혼란 속에서 하객들의 형식적인 축하는 받지 않았어도, 부부라는 이름으로 사는 세상은 똑같았다.

아침에 눈을 뜨면 아내의 얼굴이 있고 남편의 얼굴이 있다. 하품하는 누런 이가 아무렇지 않고 매달린 눈곱을 서로 떼어주면서 일어난다. 휴일 날 늦잠을 자는 남편을 깨우러 들어갔다가 나른하게 누워 올려다보는 남편의 눈에 색정이 어른거릴 때면 행복한 포로로 잡혀주기도 하면서 두 사람은 그렇게 찬 세월 더운 세월을 함께 살아가고 있었다.

그들 부부는 면사포를 써 보지 못한 것이 한이 되는 아내에게 뒤늦게라도 면사포를 씌워준답시고 나무껍데기처럼 쩍쩍 갈라진 피부에 덕지덕지 분을 처바르고 동정어린 축하를 받는 일 따위는 하지 않고 늙어갔다. 결혼식이라는 형식에 얽매이지 않고도 두 부부가 남은 세월을 사는 데 방해되는 일은 아무 것도 없었다.

정남은 안정된 생활을 하게 되자 무엇보다도 가족들로부터 아내 인숙에게 씌워진 화냥년이란 불순한 멍에를 벗겨주고 싶었다. 신성한 아내로 돌려놓고 싶었다. 그는 고심 끝에 아내를 위한 자서전을 쓰기로 마음을 먹는다. 교육자다운 발상이었다.

즉시 집필에 들어갔다. 물론 아내는 모르는 일이었다. 주로 학교에서 쓰거나 아내가 잠이든 후에 서재에 들어가서 몰래 썼기 때문이다. 학창시절 상큼했던 아내를 묘사하다가 얼굴에 여드름이 깔린 사춘기 남학생 시절에 느꼈던 감정이 되살아나는 바람에 안방으로 건너가 잠든 아내의 얼굴에 입을 맞추기도 하고, 가장 아름다운 청춘을 볼모로 잡힌 아내가 가엾어서 또 안방으로 건너가 잠든 아내를 안아 주기도 했다.

첫사랑인 담임선생님과의 밀회를 묘사할 때, 아내가 스스로 몸을 열고 첫 남자가 되어 달라 했을 때, 십 오년의 죽음의 강 같은 세월이 뜨거운 입맞춤으로 녹을 때, 그는 영락없이 안방으로 건너갔고 잠결에도 남편의 손길을 느끼고 뜨거워지는 아내를 안았다.

육개월에 걸쳐 집필을 끝낸 그는 친구가 운영하는 출판사에 원고를 맡겼다. 드디어 책이 발간되었다. 이제 가족들로부터 화냥년이란 오명이 벗겨질 책이 나온 것이다. 책이 발간되던 날 정남은 책 한권을 정성껏 포장했다.

퇴근시간에 맞춰 아내를 불러내고 오랜만에 둘이서 교외로 나갔다. 한적한 곳에서 외식을 하고 술도 마셨다. 그리고 포장한 책을 내밀자 의아하게 쳐다보는 아내에게 어서 뜯어보라고 눈짓을 한다.

『볼모가 된 천사』, 제목 밑에는 김정남이라는 낯익은 이름이 보였다. 다시 쳐다보는 아내에게 그는,

"당신이 살아온 자서전이야. 당신의 가장 아름다운 청춘을 볼모로 잡혀 살아온 사연이 담긴 글이야."

갑자기 인숙은 얼굴이 하얗게 되더니 뜨거운 냄비를 집었다가 놓는 것처럼 손에 들었던 책을 놓아버린다.

"안 돼! 애들이 알면 어떡해. 안 돼요."

그러나 정남은 팔을 뻗어 인숙의 손을 잡아준다.

"걱정하지 않아도 돼. 내가 이 글을 쓰기로 결심한 이유는 단지 당신 자매를 더러운 오명에서 벗어나게 해 주려는 의도 외에는 없어."

정남은 아내가 두려워하는 이유를 알고 책을 펴서 명숙이가 집을 나가게 되는 동기가 적힌 페이지를 보여준다. 인숙은 조심스럽게 남편이 펴놓은 페이지를 아주 두려운 듯이 읽어 내려간다.

「덕배는 방아 피대에 가랑이가 걸려 넘어졌다. 하체에 심한 통증을 느꼈지만 그는 계속해서 방아 기계를 멈추지 않았다. 방아 찧을 벼가 너무 많았던 것이다. 미련한 그는 오직 오늘 중으로 이 많은 벼를 다 찧어야 한다는 생각뿐 어떤 생각도 할 수 없었다. 그런데 그가 걸어 다니는 곳마다 바닥에는 붉은 핏방울이 꽃잎처럼 떨어져 있었다. 방아의 피대에 걸렸던 가랑이 상처에서 나오는 피가 바지 사이로 흘러내리고 있었던 것이다.

방아 찧는 데만 몰두해 있는 덕배는 정작 자기 신체 어딘가에서 실개천처럼 선혈이 흐르고 있는 것을 모르고 있었다. 밤이 깊어서야 일을 마친 그는 아내가 대야에 물을 퍼 주자 얼굴을 씻고 발을 씻는데 그만 대야에 담긴 물이 금새 빨간 핏물이 되는 것을 멍청하게 바라보고 있었다. 그래도 그는 아내에게 다쳤다는 말을 하지 않았다. 대야의 물이 핏물이 되더라는 말도 하지 않았다.

그는 밤새 열이 펄펄 끓으며 끙끙 앓았다. 아내가 일어나 어디가 아프냐고 해도 쇠귀신같이 새우처럼 구부리고 누워 사타구니를 움켜쥐고서 대꾸를 하지 않았다. 끙끙 앓는 소리에 아내가 일어나면 앓는 소리도 내지 않았다.

그는 지금까지 사는 동안 처음으로 아파보는 것이다 그 흔한 감기 몸살이 도대체 어떻게 아픈 것 인지도 모르는 사람이었다. 이것도 자고 나면 괜찮을 것이고 방아를 찧다보면 아픈 것도 잊어버릴 것으로 알고 있었다.

명숙은 여느 때와 똑같이 일어나 아침밥을 짓기 위해 부엌으로 들어가고 그 시간 덕배는 배뇨를 느끼고 일어나는데 사타구니에 쇳덩어리가 매달린 듯 둔탁한 통증과 함께 주저앉고 말았다.

잠깐 앉은자리를 돌아본다. 밤새 피오줌으로 칙칙하게 얼룩진 요가 보였다. 사타구니를 내려다보니 뚝배기를 엎어놓은 것처럼 불룩하게 부어

있었다. 그는 엉금엉금 기어서 겨우 변소까지 가기는 갔으나 소변을 보려다가 그만 고함을 지르고 만다.」

방아피대에 사타구니를 심하게 다쳐 결국 성불구자가 되어버린 덕배는 밤낮으로 아내인 명숙이를 폭행하는 버릇이 생겼고 명숙은 이유도 모른 채 그 무지막지한 폭행을 견디다가 어느 날 폭행이 거의 살의에 가깝다보니 집을 뛰쳐나가게 된 것으로 쓰여 있었다.

어머니는 날마다 피투성이가 되는 딸을 보는 충격으로 쓰러져 중풍에 걸려 버렸고, 그때 인숙의 나이 열아홉 고등학교 졸업반이었는데 그녀 앞에는 나무토막 같은 늙은 어머니와 이제 막 돌 지난 핏덩이를 겨우 면한 아이, 그리고 네 돌이 된 어린 두 조카가 그녀의 발목을 족쇄처럼 걸고 있었다고 쓰여 있었다.

아내의 치욕을 드러내지 않고 상처받은 아내를 성스럽게 승화시키려는 남편, 그런 남편을 차마 쳐다보지 못하고 인숙은 생각한다.

'나는 이 남자에게 밟히는 벌레가 되어도 좋으리라.'

박해를 당한 사람은 누군가에게 또 다른 박해를 가하여 자신들이 당한 억울함을 공유하려는 심리가 은연중에 깔려있다.

이들 자매처럼 자신들이 받은 박해를 희생, 그리고 사랑으로 승화시킬 수 있는 사람이 몇이나 있을까, 자식이 없어 노후를 쓸쓸해 하는 한 남자를 사랑하면서 그에게 자식을 낳아주고도 아내 자리를 탐하지 않고 기꺼이 사랑의 너울로 덮고 사는 여자.

자신에게 아물지 않는 상처와 씻을 수 없는 치욕을 안겨준 사람의 자식을 위해 영혼을 바치고, 거리에 유기된다면 사회의 독풀이 될 수도 있는 어린 새싹들을 사랑으로 품어 사회의 아름다운 꽃으로 피워 놓은 여자.
　자매는 이렇듯 각기 다른 형태의 희생과 사랑으로 자신들의 만신창이 상처를 치유하며 살아가고 있었다.

　인숙이, 그녀는 볼모로 잡힌 천사였다.

작가의 후기

고등학교 시절 작문시간이었다. 선생님께서는 학생들이 쓴 작문을 선별하여 읽으셨는데 그 중에 내가 쓴 콩트를 읽으셨다. 나는 부끄러워 고개를 책상에 처박고 딴 짓을 하고 있었다. 다 읽고 나신 선생님께서는 유독 내 콩트에 대한 평을 하시는 것이다. 내 귀에는 다른 소리는 들어오지 않고 선생님의 마지막 한 말씀이 귓속으로 쏘옥 들어왔다.

"그런데 좀 건방져."

세상에! 기왕이면 나이에 비해 표현이 좀 성숙하다든가 그 나이다웠으면 더 좋겠다든가 하실 것이지 하필이면 한창 예민한 사춘기 소녀에게 가장 상처가 되는 건방지다는 평을 하시다니.

그리고 며칠 후면 여름 방학이었다. 선생님이 나를 조용히 부르셨다. 그 즈음 나는 선생님 보기가 창피하고 부끄러워 피해 다니고 있었는데 선생님이 부르시는 것이다.

"너는 말야, 여름방학 국어 숙제로 단편소설 하나만 써와."

으악! 비명이 나오려는 것을 간신히 삼키고 나는 그냥 비시시 웃기만 했다.

'치이! 건방지다고 하시고는, 이번에는 또 무슨 소릴 하시려고?'

그 후로도 복도에서 선생님과 마주치게 되면 영락없이 다짐을 주시곤 했지만 나는 끝내 말을 듣지 않았다.

"너 임마! 정말 선생님 말 안 들을래?"

그리고 사십년이 흐른 후에 나는 선생님이 평한 그 건방진 끼로 소설

작가가 되었다. 선생님께서 평한 건방지다는 것은 행동의 소지가 아닌 문학성의 끼를 그렇게 표현한 것임을 진즉에 파악하였더라면, 그래서 여름방학 숙제를 했었더라면 지금쯤 나는 어디쯤 와 있을까 하는 생각을 해본다. 글을 쓰면서 선생님 생각을 자주 하게 된다. 여름방학 숙제를 이제야 하고 있는 것 같아서다. 선생님을 죽어도 잊지 못하는 제자는 이 책을 맨 먼저 사랑하는 '최석범' 선생님께 바칠 것이다.

"깨진 어항에 아직도 금붕어가…"

이 소설을 쓰게 된 동기는 부모로부터 버려진 아이들이 시설에 맡겨져 성장하는 것을 보고 나서다. 시설의 영아들이 돌연사를 많이 한다고 한다. 의학적인 병명이 없는 영아돌연사는 사랑의 결핍에서 오는 결과라는 것이 밝혀졌다. 아이는 물을 주면 잘 자라고 물을 주지 않으면 말라죽어버리는 식물과 같아서 사랑을 먹고 자란 아이는 자라면서 받은 만큼 사랑을 나눌 줄을 알지만 그렇지 못한 아이는 자라면서 황폐해진다.

어떤 이유로든 자식을 방치해서는 안 되는 것이고, 사고나 병으로 세상을 떠났거나 피치 못할 사정이 있어 아이를 방치할 수밖에 없다면 가장 가까운 부모형제 친척이 그래도 시설보다는 낫지 않겠나 싶어서다.

구부러진 쑥도 삼밭에 나면 꼿꼿해진다고 하지 않는가. 그 아이의 성장 과정이 사회의 독풀이 될 수도 있고 향기가 될 수도 있기 때문이다.

끝으로 표지그림과 그 밖의 많은 그림을 선뜻 내 주신 박명희 화백님께 깊이 감사하며 이 책을 내기까지 많은 도움을 주신 출판사와 내 가족에게도 고마움을 전한다.

世和　김 덕 중